bb

Jef Geeraerts gehört zu der nicht allzu großen Zahl von Schriftstellern niederländischer, genauer: flämischer Sprache, die sich nicht nur im eigenen Lande besonderer Popularität erfreuen, sondern auch in andere Sprachen übersetzt werden. Nach seiner Rückkehr aus dem ehemaligen Belgisch-Kongo suchte er zunächst seine Erfahrungen und Erlebnisse als Verwaltungsbeamter und Soldat durch Schreiben zu bewältigen, ohne sich indes von der Last seiner kolonialen Vergangenheit jemals ganz befreien zu können. Allmählich aber wandte er sich, das rein autobiographische Element zurückdrängend, weiter gespannten Themen zu und widmete sich in den letzten Jahren vorwiegend dem Kriminalroman, einem Genre, das seiner Meinung nach zu Unrecht als minderwertig betrachtet wird. So unterschiedlich seine Sujets jedoch sein mögen, Geeraerts behandelt stets denselben Problemkreis: die Einengung des Individuums durch die bürgerliche Gesellschaft, die Anwendung von Gewalt in all ihren Formen, den Mißbrauch politischer und ökonomischer Macht.

Die „Coltmorde" sind eine Serie ungewöhnlich brutaler Verbrechen, die von der belgischen Polizei, der Rijkswacht, nur mit modernsten Untersuchungsmethoden aufgeklärt werden können und weitere Gewalttaten auslösen. Geeraerts verlegt die Handlung seines 1980 publizierten Thrillers in das Jahr 1990, bestimmte Entwicklungen und Tendenzen technisch-wissenschaftlicher, aber auch politischer Natur vorwegnehmend. Aus der raffinierten Mischung von Tatsächlichem und Erdachtem, von realen und fiktiven Ereignissen und Personen entsteht eine authentisch scheinende, atemberaubende Geschichte, deren Leser nun selbst überprüfen kann, wie weit die Voraussagen, Befürchtungen und Ahnungen des Autors Wirklichkeit geworden sind.

Jef Geeraerts

Die Coltmorde

Polizeithriller

Deutsch
von Alexander und Christiane Pankow

Aufbau-Verlag

Titel der niederländischen Originalausgabe
De Coltmoorden. Politiethriller

ISBN 3-351-01764-2

1. Auflage 1990

Ausgabe mit Genehmigung von Uitgeversmaatschappij
Manteau n. v. Antwerpen
Einbandgestaltung Günther Lück/Regine Schmidt
Lichtsatz Karl-Marx-Werk, Graphischer Großbetrieb, Pößneck V 15/30
Druck und Binden
III/9/1 Grafischer Großbetrieb Völkerfreundschaft Dresden
Printed in the German Democratic Republic
Lizenznummer 301. 120
Bestellnummer 614 417 3
00295

Für Henny und Henk de Wit

Als modernes Korps ist die Rijkswacht der wachsame Hüter der öffentlichen Ordnung und der entschiedene Feind aller Unruhestifter und Missetäter jeden Schlages. So geht sie voller Zuversicht dem 21. Jahrhundert entgegen.

Majoor Stabsbrevetträger G. Denis 1977

Crime and criminals follow no rules.
Verbrechen und Verbrecher folgen keinen Regeln.

Robert Daley

Donnerstag, 12. Juli 1990

Distriktskommando Rijkswacht Gent, Tramstraat Zwijnaarde. 9.20 Uhr

Kapitein-Commandant Willy Velge, 36, SGO[1] des Rijkswacht-Distrikts Gent, legte mit einem Lächeln den Hörer auf. Er riß das Blatt vom Notizblock und unterdrückte geübt das Wollustgefühl, das jedesmal in ihm aufstieg, wenn ihm der Sekretär des Distriktskommandanten die Ausgangsdaten für die Einleitung einer Ermittlung durchgab. Mord.[2]

Er streckte die Schultern, machte Nackenlockerungsübungen, drei nach rechts, drei nach links, und drückte den Sprechknopf auf dem Switchboard vor ihm. Eine Sekunde später tönte durch das Intercom* eine metallische Stimme.

„Adjudant Boel."

„Guten Morgen, Guido, ruf die A-Gruppe zusammen. Abfahrt jetzt plus five, eine Leiche mit Kopfschuß, im schicken Viertel. Eine Frau. *Latêm Saint-Martin*."

Er sprach wie immer eine gebildete Umgangssprache mit Antwerpener Akzent. Das letzte sagte er mit spöttischem Nachdruck und französischem R.

Adjudant Boel, Chef der Genter BOB, reagierte nicht darauf, doch Velge wußte sehr genau, was er bei seinem Assistenten auslöste, und dies war auch seine Absicht. Ihre beiden Großväter hatten nach dem Krieg von 1940 bis 1945 wegen politischer Unzuverlässigkeit einige Jahre im Gefängnis verbracht – eine zwar längst verheilte Wunde, doch immer noch ein gültiger Grund zur Solidarität, die dem Dienst übrigens hundertprozentig zugute kam. Adjudant Boel war der einzige Unteroffi-

1 Supervisor Gerechtelijke Opdrachten (dt. Supervisor für gerichtliche Aufträge). – Die numerierten Fußnoten bzw. Anmerkungen stammen vom Verfasser.

2 Siehe Anhang.

* (engl.) Wechselsprechanlage. – Die mit Sternchen versehenen Fußnoten stammen vom Verlag.

zier, der ihn im Dienst mit dem Vornamen anreden durfte, nicht, weil Velge von Natur aus zum familiären Umgang mit Untergebenen neigte, sondern aus purer Bewunderung für den American way of life, seiner Meinung nach die beste Art, Menschen zu manipulieren.

Er hörte Boel vorschriftsmäßig „Wilco out“[3] sagen und schaltete das Intercom aus. Er rief den Sekretär des Distriktskommandanten an, meldete, daß er von nun an mit dem Krisenstab[4] in der Übertragungszentrale in Funkverbindung bleiben würde, schaltete seinen superstarken Walkie-Talkie RS 14 ein, stand auf, ging zum Metallspind, nahm eine Schulterhalfter heraus, die er ein Jahr zuvor während eines offiziellen Besuchs in New York gekauft hatte, spannte sich schnell die elastischen Träger über den Rücken und schob mit einem kräftigen Ruck seinen Revolver in die Halfter. Es war eine FN Barracuda .357 Magnum mit Zweizollauf, die neue Dienstwaffe der BOB. Velge war von der Barracuda nicht gerade begeistert (nur das Kaliber sagte ihm zu), aber er liebte Waffen überhaupt, und obgleich er während einer Ermittlung eigentlich keinen Revolver brauchte, befand er sich doch seit dem 18. November 1988 ständig in gesetzlich verordneter Bereitschaft zur Selbstverteidigung, und das fand er herrlich. Außerdem hegte er jene leichte Paranoia, die jeder erfährt, der eine verborgene Waffe bei sich trägt.

Er sah aus dem siebenten Stock des neuen Rijkswacht-Komplexes, eines Juwels aus Beton, Stahl und Glas mit einem siebzig Meter hohen Antennenmast, hinüber zu den Gebäuden des Akademie-Krankenhauses auf der anderen Seite der Ringvaart. Sie flimmerten in der Hitzewelle, die nun schon sechs Tage lang für Temperaturen von über 35 Grad sorgte. Velge drehte sich um, nahm seine schwarzlederne Sportjacke vom Haken, zog sie an, schob die Schulterhalfter tiefer unter die Achsel, öffnete ein Fach seines Schreibtischs und holte einen flachen Aluminiumhandkoffer heraus.

Bevor er das Büro verließ, schaltete er den Walkie-Tal-

3 Im Radiocode: Ich habe Ihren Befehl verstanden und werde ihn ausführen.

4 Siehe Anhang.

kie aus, steckte sein Plastik-Fotolabel in die Brusttasche, hob den Packen Morgenzeitungen vom Fußboden auf und drehte den Knopf der Klimaanlage, der Sommervorschrift entsprechend, auf LOW. Er sah auf seine Uhr, öffnete die Tür und trat mit elastischem Schritt auf den sauberen weißen Gang, wo die Temperatur merklich höher war. Er wartete auf den Fahrstuhl und erwiderte den Gruß eines Unteroffiziers vom Administrativen Dienst, der ihn bis zum Erdgeschoß begleitete. Als er die gläserne Ausgangstür öffnete, schlug ihm die Hitze heftig ins Gesicht. Er holte seine Astronautensonnenbrille hervor, setzte sie auf und erstarrte zu einem Standbild.

Willy Velge (unter Kollegen wegen seiner Bewunderung für den ehemaligen FBI-Chef J. E. Hoover „John Edgar“ genannt) blieb auf der Betontreppe in der Sonne stehen und genoß zutiefst das narzißtische Gefühl, eine auffallende Erscheinung zu sein. Ein Meter siebenundachtzig, kein Gramm Fett und trotzdem neunundachtzig Kilo, ein Muskelpaket, Rijkswacht-Champion im Boxen und Florettfechten, Superdetektiv. Er war sich praktisch sicher, daß er noch in diesem Jahr Gold auf dem Schirm seiner Uniformmütze tragen würde.[5] Er fuhr sich kurz mit der linken Hand durch seine dichten dunkelbraunen Locken, preßte die Luft aus den Lungen und schloß die Augen.

Irgendwo hörte er einen Wagen starten. Er wartete sechs Sekunden, hörte den Wagen näher kommen und die Reifen auf dem Kies knirschen. Dann öffnete er die Augen und atmete kräftig ein.

Da stand sein silbergrauer BMW 535 Turbo, makellos wie immer, am Steuer Wachtmeister De Groodt, zugleich Fotograf des A-Teams. Neben ihm saß der Erste Oberwachtmeister Borry, der Chef des Labors. Hinten Adjudant Boel.

Velge hatte die alte Sitte abgeschafft, daß die Fahrer für Offiziere die Wagentür aufhalten mußten. Einfach, weil ihn der Zeitverlust störte. Während er einstieg, nahm er beiläufig die Ankunft des schwarzen Peugeots mit vier Männern des BOB-Sondermorddezernats wahr. Alles Elite-Unteroffiziere, die ihr Bestes taten, um so

5 Vom Dienstgrad Majoor an.

wenig wie möglich wie BOBer auszusehen, ein Begriff, dem die Bevölkerung trotz der Tätigkeit des Public-Relation-Dienstes noch immer mehr oder weniger mißtrauisch begegnete.

Besessen von dem Wunsch nach perfekter Ausführung polizeilicher Aufgaben, hatte Velge seine Mitarbeiter mit äußerster Sorgfalt ausgesucht, und er leitete sie mittels eines besonderen Instinkts, der voraussehen konnte, wie Menschen in bestimmten Situationen reagieren würden. An erster Stelle verlangte er jedoch, daß sein Team Probleme *schnell* erfaßte, was ihm Ausbrüche ungeduldiger Geringschätzung ersparen sollte – eine schlechte Angewohnheit, die ihm ständig zu schaffen machte.

„Latem, Eikeldreef 62 A, Johan", sagte er zum Fahrer, der schnell losfuhr. Der Erste Oberwachtmeister Borry entfaltete einen Plan des Genter Ballungsgebiets und suchte die Straße.

Der Fahrer war ein langer, drahtiger Limburger mit kurzgeschnittenem blondem Haar. Er hatte ein frisches, offenes Gesicht und ähnelte mehr einem amerikanischen Boy scout als dem, was er wirklich war: Fotograf und Experte in aggressivem Autofahren. Er war dreiundzwanzig und noch nicht verheiratet. Nach Dienst interessierte er sich ausschließlich für Sport und Frauen. Er besaß eine umfangreiche Kollektion bunter T-Shirts, von denen er täglich eins unter seiner Windjacke trug.

Sein Kollege Borry war ein ruhiger, korpulenter Genter von einundvierzig Jahren mit einer runden Brille und Neigung zur Glatze, und er sah noch weniger wie ein Rijkswacht-Mann aus als der Fahrer. In seinem billigen Konfektionsanzug konnte man ihn für einen Angestellten einer Filiale der Kreditbank halten. Er war jedoch Chemiker und hatte gerade ein sechsmonatiges Praktikum im FBI-Labor in Washington hinter sich. Er war vollkommen vertraut mit den modernsten Techniken gerichtlicher Analyse, so daß Velge auf diesem Gebiet fortan unabhängig war. Außerhalb seiner Arbeit lebte Borry äußerst bescheiden mit seiner dicken, früh gealterten Frau in einer Sozialwohnung an der Watersportbaan. Damit er das Studium seiner einzigen Tochter finanzieren konnte, die sich in den Kopf gesetzt hatte, eine Fachrichtung ohne Zukunftsaussichten zu belegen.

Der BMW war die neueste Anschaffung der Rijkswacht. Jeder SGO im Lande hatte einen zu seiner Verfügung erhalten. Der mächtige, 250 km/h schnelle Wagen hatte einen 8-Zylinder-Turbomotor mit elektronischer Benzineinspritzung und war mit Klimaanlage, Funkgerät, Fernsehschirm, Autotelefon und einem Computerterminal ausgerüstet, der in sechs Sekunden Infos aus Argus liefern konnte, der Datenbank des CVI[6].

Velge knipste das Lämpchen über der Tastatur des Terminals an, gab seine Codenummer ein, wartete das Signal AFFIRM ab und tippte 9830, die Postleitzahl von Sint-Martens-Latem, sowie die Adresse, um die elementare C-Information[7] zu erhalten. Der BMW nahm gerade die Kurve um die Rotunde des Sterre und fuhr den Kortrijksesteenweg hinauf, als die Info durchkam. Velge notierte in sein Notizbuch:

LEBLANC *Hélène Denise Charlotte.*
370317004-92.
Eikeldreef 62 A, 9830.
Witwe Notar Norbert Leblanc.
† 27.2.84 (70).
2.9.62 - Jean-Pierre,
seit 1989 Personal Botschaft Pakistan.
18.6.65 - Isabelle,
seit 1985 Columbia Univ. New York.
Jaguar V12 XJ-8700,
Nummer 17C410.

Er kniff die Augen zu schmalen Schlitzen zusammen und überlegte. Dann tippte er die Codenummer der Geheimen Informationsabteilung B, Moralische Personalien.

Zwei Sekunden später erschien auf dem Bildschirm das Signal AFFIRM. Er tippte 370317004-92[8] und wartete.

6 Siehe Anhang.
7 Siehe Anhang.
8 Siehe Anhang.

Als die Info zu laufen begann, erschrak er kurz, dann überkam ihn ein Gefühl des Triumphs.

Er war berechtigt, von den B-Mikrofiches Notizen zu machen unter der Bedingung, daß der Text später vernichtet wurde, aber er merkte sich die Info lieber.

NYMPHOMANIE – BEVORZUGT ALTE
MÄNNER – WO : PRIVAT – KEINE FESTEN
BINDUNGEN – BAR LA CASA GENT –
POLITISCH: LIBERAL – FRANZ. SPR.
BÜRGERTUM – NORBERT LEBLANC
MAITRE GRANDE LOGE GAND –
DROGEN NEGAT. – SUBVERSIVE TÄTIGK.
NEGAT. – STRAFREGISTER NEGAT.
(EVENTUELL DRUCK ÜBER ZAHLR.
GESCHWINDIGKEITSÜBERTR.) –
GEBRAUCH ALS INFORMANT NEGAT.

Velge schaltete den Terminal aus und blickte hinaus. Sie hatten die Ortschaft Sint-Martens-Latem verlassen und fuhren durch einen Wald. Noch bevor sie zu der Adresse gelangten, mußte er mit der soeben empfangenen Information unbedingt etwas anfangen. Er wandte sich an Adjudant Boel, der mitgelesen hatte, und sagte: „Erster Auftrag: Alle Männer, mit denen sie jemals ins Bett gekrochen ist, ermitteln und vernehmen. Familie und Bekannte aus dem Computer rauskitzeln. Zweiter Auftrag: Das ‚La Casa' am Sint-Pieters-Bahnhof in die Mangel nehmen."

„Das ist ein Lesbenschuppen", sagte Boel und sah ihn an.

„That's correct", antwortete Velge, „setz die da mal ordentlich unter Druck, das kann nie schaden."

Diese Art Forschheit war wenig professionell, aber er hatte Lust, seinen Impulsen zu folgen. Wie immer, wenn es länger als zwei Tage her war, daß er ejakuliert hatte.

Boel nickte und begann in seinem nagelneuen Notizbuch zu schreiben. Er hatte die gute Angewohnheit, für jeden neuen Fall ein spezielles Notizbuch einzurichten. Selbst beim Schreiben behielt der Brügger seine Polizistenmaske: ein mageres, unbewegliches Gesicht mit harten, mißtrauischen Augen und zusammengepreßten

Kinnladen. Er war zweiundvierzig und Witwer. Ein Jahr nach dem Tod seiner Frau hatte er plötzlich festgestellt, daß dieser neue Status für seine Arbeit äußerst vorteilhaft war, und das fand er so herrlich, daß er beschloß, sich nicht mehr nach einer anderen Frau umzusehen. Fortan konnte er die Menschheit gelassen in zwei Kategorien einteilen: die Kollegen des Korps, mit denen man sich unterhalten konnte, und der Rest der Bevölkerung, der dazu da war, daß man ihm mißtraute und ihn überwachte. Sein einziger Frust war, daß er noch sechs Monate warten mußte, um zu dem Examen zugelassen zu werden, das ihm gemäß dem „Gesetz über sozialen Aufstieg" die Chance auf eine Offizierskarriere gab.[9] Darüber mokierte er sich manchmal, und zu Recht, denn er wußte, daß er längst die Fähigkeiten dafür besaß. Seine Loyalität gegen das Korps war jedoch größer als sein Groll. In Uniform kam seine eckige Gestalt gut zur Geltung, in der Öffentlichkeit aber war er verpflichtet, sich anders zu kleiden, um nicht aufzufallen. Er besaß lediglich einen Anzug aus dunkelblauem Tergal, den er täglich bügelte, so daß er tadellos aussah. Er hatte eine umfangreiche Fachbibliothek und interessierte sich nur für eins: das Aufspüren und Bekämpfen des Verbrechens in allen seinen Formen. Velge konnte sich keinen besseren Assistenten wünschen. Er war ebenso ungeduldig, besessen, unermüdlich und kompetent, und er traf seine Entscheidungen unbelastet von romantischen Moralauffassungen. Nur eins unterschied sie: Velge konnte ab und zu freundlich sein. Daß dies jedoch äußerst trügerisch war, hatten schon viele Menschen zu ihrem Schaden erfahren.

Sie bogen in die schmale Eikeldreef ein, die holprig und voller Löcher war. Die Straße endete als Sackgasse bei der Nummer 62 A, einer imposanten, mit Efeu bewachsenen Villa im Tudorstil, auf einem flachen Hügel zwischen alten Buchen und Rhododendronsträuchern gelegen. Sie fuhren an einer gemähten Wiese vorbei die Auffahrt hoch, und Velge sah einen weißen Rijkswacht-

9 Art. 51 des Gesetzes vom 27. Dezember 1973, betreffend die Satzung für das Personal der Aktiven Kräfte des Operativen Korps der Rijkswacht.

Kombi mit rotem Streifen neben der Villa stehen. Ein Glück, daß nicht die Gemeindepolizei oder, noch schlimmer, der Gendarm eingeschaltet worden war, wie es noch allzuoft geschah. Das bedeutete fast jedesmal amateurhaftes Gestümper und unberechenbaren Schaden für die Ermittlungen. Velge hatte einen Horror vor allem, was mit der Gemeindepolizei zu tun hatte. Wäre es nach ihm gegangen, hätte er ihre gerichtliche Zuständigkeit auf Verkehrssünder beschränkt. Er rechnete aus, daß er über reichlich zwei Stunden verfügte, um in aller Ruhe die ersten Fakten aufzunehmen. Er erwartete den Vertreter der Staatsanwaltschaft und den Untersuchungsrichter vom Dienst gegen Mittag. Er hatte sich in der Prozedur eine Unverschämtheit gestattet, die vor dem famosen Vollmachtgesetz undenkbar gewesen wäre: Er hatte mit dem Distrikt abgesprochen, daß der Justizpalast erst um elf Uhr von dem Fall in Kenntnis gesetzt werden solle.

Der BMW hielt, und als würden sie elektrisch gesteuert, öffneten sich die vier Türen gleichzeitig. Ein Rijkswacht-Mann in Sommeruniform kam aus der Villa, erkannte den BMW, näherte sich Velge und salutierte stramm.

„Adjudant Meeus, territoriale Brigade De Pinte, zu Ihrer Verfügung, Commandant", sagte er mit unterdrücktem Genter Akzent.

„Guten Morgen, Adjudant", antwortete Velge freundlich, „wer hat Anzeige erstattet?"

„Die Putzfrau, Commandant, die alle Tage gegen acht zum Saubermachen kommt und Madame tot aufgefunden hat. Telefonanruf 901. Der Distrikt hat die Meldung an uns weitergegeben, weil die Person von *einem Unfall* sprach und den Hörer vor Erregung auflegte. Sobald wir festgestellt hatten, daß es Mord war, habe ich den Distrikt nochmals über Funk angerufen."

„Okay, sie hatte also einen Schlüssel?"

„Jawohl, Commandant."

„Ist sie schon vernommen worden?"

„Das Protokoll steht zu Ihrer Verfügung. Wir haben der Person ein Aspirin geben müssen. Sie sitzt in der Küche."

„Okay, sonst noch etwas?"

„Mit drei Mann haben wir das Haus und den Hof durchgekämmt und dabei festgestellt, daß weder Türen noch Fenster aufgebrochen wurden. Keine Reifen- oder Fußspuren. Nur Pferdehufe. Von 'nem Reiter, denke ich."

„Ist das alles, Adjudant?"

„Nein, Commandant. Den Hund von Madame haben wir auch tot aufgefunden."

„So", sagte Velge scheinbar gleichgültig, „natürlicher Tod?"

„Ich glaube nicht, Commandant."

„Hm . . ."

Zusammen gingen sie die breite Treppe hinauf zu der Eingangstür unter einem Portikus im Seitengiebel. In Velge wurde das Wollustgefühl nun allesbeherrschend.

Eikeldreef 62 A, Sint-Martens-Latem. 10.17 Uhr

Velge brachte sein Gesicht dicht an den mißhandelten Kopf auf dem Kissen, dessen Mund obszön offenhing. Er betrachtete ihn mit Polizistenaugen, das heißt wie die Katze einen Vogel. In der linken Schläfe war ein kleines rundes Loch ohne Blut, Schmauch oder Pulvereinsprengung[10]. Das linke Auge war zugeschwollen und blau unterblutet. Der Schädel war unter dem hydrostatischen Druck des auseinanderdrängenden Gehirns geborsten, die rechte Schläfe zerrissen und mit blutigem Brei durchsetzt, das Auge hing aus der Höhle wie bei einer kaputten Puppe. Velge drückte mit dem Zeigefinger auf das blutverklebte schwarze Haar an der Schläfe. Der Knochen fühlte sich an wie eine zerschmetterte Kokosnuß. Er dachte an die Fontanellen seines Sohnes. Wie immer nach dem ersten physischen Kontakt mit dem Opfer war der Zauber gebrochen. Er fing nun an, ausschließlich an den Täter zu denken. Ruhig sah er sich um. Das Schlafzimmer war üppig eingerichtet wie ein Salon. Einige kostbare antike Stücke in einem Meer von modernem Design. Velge fuhr mit der Hand flüchtig über die Bettdecke. Lila Satin. Um ganz sicher zu sein, näherte er erneut sein Gesicht dem Kopf der Toten. Die Einschußwunde zeigte keinerlei Pulverspuren. Fernschuß also. Die größtmögliche Entfernung war von der Tür aus, doch dies setzte einen Scharfschützen voraus. Automatisch dachte Velge: Atem anhalten, zielen, konzentrieren, sanft abziehen, die ohrenbetäubende Explosion ... Er gewann seine Konzentration zurück. Die Kugel. Wo war die? Er lief zur anderen Seite des breiten Bettes, auf dem eine purpurfarbene seidene Tagesdecke mit Vogel- und Blumenmotiven lag. Er schob die Hand unter das Kissen und begann vorsichtig zu tasten. Als er

10 Siehe Anhang.

die Satindecke zurückzog, stieg ihm zu seinem nicht geringen Erstaunen eine Wolke Parfüm in die Nase. An einem Finger der verkrampften rechten Hand saß ein Platinring mit einem großen rechteckigen Diamanten. Er tastete weiter. Als seine Finger ein längliches Stückchen Metall berührten, mußte er lächeln. Er hob das Kopfkissen an, ohne seine Lage zu ändern, und pulte die Kugel aus dem Loch im Kissenbezug. Er fegte den Flaum ab und kniff die Augen zusammen. Schweres Kaliber. Voller Kupfermantel. Die Spitze leicht abgeflacht. Obwohl das eigentlich die Aufgabe des Schußwaffenexperten war, öffnete er das Aluminiumköfferchen, das neben dem Bett stand, holte einen Meßschieber heraus und maß äußerst vorsichtig, ohne einen Kratzer auf dem Metall zu hinterlassen, den Durchmesser der Kugel. 355 Punkt. Also Kaliber .38.[11] Er schob den Meßschieber wieder zusammen, legte ihn zurück und nahm eine Juwelierslupe zur Hand. Linksdrall mit sechs Zug- und Feldspuren. Nochmals der Meßschieber. Breite jeder Spur 1,45 mm. Obwohl er schon so gut wie sicher war, zog er schnell die Kaliberliste seines privaten Waffennotizbuchs zu Rate. Die Fakten paßten zu den Laufeigenschaften eines Coltrevolvers .38 Special.

„Johan!“ rief er.

Wachtmeister De Groodt, der dabei war, die Beschreibung des Hauses in einen Kassettenrecorder zu diktieren, während er fotografierte, antwortete aus dem Ankleidezimmer: „Komme sofort, Commandant!“ und erschien einen Moment später mit einem Mini-Nagra-Recorder mit Stecknadelkopfmikrofon und einer Hasselblad-Kamera auf der Brust.

Velge gab ihm die Kugel und sagte: „Spektrumfoto machen für den McDonnell Douglas[12]. Colt .38 auf die Liste setzen.“ Er war so gut wie sicher, daß dies nichts ergeben würde, aber das sagte er nicht.

„Sorge dafür, daß ich die Kugel zurück habe, bevor der Staatsanwalt hier ist“, fügte er beiläufig hinzu. De Groodt nickte, schielte auf die Leiche, pfiff unhörbar und verschwand.

11 Siehe Anhang.
12 Siehe Anhang.

Velge beugte sich wieder über den Kopf und betrachtete nochmals die Einschußwunde, diesmal mit seinem Vergrößerungsglas. Nicht die geringste Pulverspur. Vorsichtig zog er die Satindecke zurück und sah es sofort: Das weiße Musselinnachthemd von Hélène Leblanc wies eine saubere Reihe von Löchern auf, die über der Brust anfing und im Unterleib endete. Es war, als hätte der Mörder ein Lineal benutzt. Velge zählte neun Löcher. Er öffnete den Ausschnitt des Nachthemds und sah kein Blut. Er drückte leicht auf eins der Löcher. Kein Blut. Die Art der Stichwaffe konnte nur bei der Autopsie festgestellt werden. Ein Sadist, fuhr es ihm durch den Kopf, doch er zwang sich mit aller Macht, die unvollständigen Fakten nicht zu interpretieren. Er suchte nach Abwehrverletzungen. Nichts. Untersuchte die Innenseite der Fingernägel. Nichts. Er versuchte, den Arm zu beugen. Steif wie ein Brett. Der Rigor mortis* war eingetreten. Also länger als drei bis vier Stunden tot. Er bedachte nochmals das Fehlen von Blut an den Wunden. Verletzungen wahrscheinlich erst nach dem Tod zugefügt.[13]

Wieder mußte er den aufkommenden Gedanken verdrängen. Er zog das Nachthemd hoch, sah auf die drei Löcher in dem schlanken wachsfarbenen Bauch, die pechschwarze Schambehaarung. Auf dem Laken sah er zwischen den gespreizten Schenkeln mit lila Totenflekken an der Unterseite einen Fleck wie von geronnenem Eiweiß. Wenn es Sperma war, bedeutete dies wahrscheinlich die erste Spur vom Täter. Der trainierte Verstand Velges begann zu arbeiten. Der Reihe nach überprüfte er die Möglichkeiten. Vorausgesetzt, daß das Sperma vom Täter stammte und er nicht zu den 15 Prozent Non-Sekretoren gehörte[14], konnte seine Blutgruppe ermittelt werden, was lediglich den Beweis erbrachte, daß das Sperma nicht von einer Person mit anderer Blutgruppe herrührte. Es bestand aber auch die Möglichkeit, daß die Dame in derselben Nacht mit *zwei* Kerlen ins Bett gegangen war, oder erst mit einem, wonach der

13 Siehe Anhang.
14 Siehe Anhang.
* (lat.) Totenstarre.

Täter sie ein paar Stunden später mit seinem Revolver . . .

Er holte eine Füllfedertaschenlampe aus dem Köfferchen, das Geschenk eines New-Yorker Kollegen vom FBI, knipste sie an und richtete den Lichtstrahl auf den Fleck. Schnell beugte er sich vor und sah deutlich ein langes, kräftiges, gekräuseltes weißes Haar. Er nahm sein Köfferchen, zog eine sterile Wegwerfpinzette aus der Verpackung, nahm eine kleine Plastiktüte und hob das Haar auf, roch unwillkürlich daran und ließ es geschickt in das Tütchen fallen. Er zerbrach die Pinzette, warf sie in das Köfferchen und dachte nach.

„Commandant . . .“

„Johan?“

„Hier ist die Kugel, Commandant. Spectrum-instamatic ist im Computer. Müssen auf die Codierung und das Print-out des Douglas warten. Schätze, gegen Mittag.“

„Würdest du mal den Adjudanten rufen, Boy?“

„Wilco, Commandant.“

Velge ließ die Kugel auf seiner Handfläche hin und her rollen und schaffte es nicht, sich wieder zu konzentrieren. Er hörte seine Männer unten miteinander sprechen. Er trat ans Fenster, das auf einen Balkon sah, zog die Spitzengardine zur Seite und blickte auf die Buchen im hellen Sonnenlicht. Der Traum seines Lebens. Einmal ein hübsches Landhaus besitzen mit einem großen, wilden Garten, einem Teich und alten Bäumen.

„Ja, Willy . . .“

Velge erschrak. Er hatte sich ablenken lassen. „Etwas gefunden?“ fragte er, ohne sich umzudrehen.

„Der Hund. Umgebracht mit einem Dolch oder so was . . .“, sagte Boel.

„Welches Geschlecht hat der Hund?“

„Eine Hündin.“

„Noch etwas?“

„Vier Champagnergläser und zwei leere Flaschen Roederer Brut. Wir pudern sie gerade ein. Jeden Mittwochabend kamen Freunde zum Bridge, hat die Putzfrau gesagt. Ein gewisser Notar ’T Kint mit seiner Frau und ein pensionierter Generaal. Sie müßten die letzten Personen gewesen sein, die das Opfer lebend gesehen haben.“

„Hm“, sagte Velge, „und wie heißt der pensionierte Generaal?“

„Das weiß die Putzfrau nicht genau, aber wir haben die Telefonnummer des Notars. Er wird den Namen des Generaals wohl wissen, nehme ich an.“

„So bald wie möglich vernehmen. Aber zuerst möchte ich, daß du dir das hier mal ansiehst.“

Er zeigte die Kugel, die er zwischen Daumen und Zeigefinger hielt wie ein Stück Edelmetall. „Colt .38 Special. Mantelgeschoß.“

Boel zog die Augenbrauen hoch. „Bist du sicher?“

Velge überging die unpassende Bemerkung. Eine Kugel mit vollem Kupfermantel richtet immer relativ wenig Schaden an, weil sie ihre Form behält. Das war bekannt. Er war enttäuscht, doch er zeigte es nicht. Zusammen gingen sie zum Bett.

Boel wußte, daß sein Chef auf eine allgemeine Beurteilung wartete. Dann würden sie die Ermittlung endgültig in Gang bringen mit der nachträglichen Pro-forma-Genehmigung von Staatsanwaltschaft und Untersuchungsrichter. Boel legte seinen Walkie-Talkie auf die Tagesdecke, beugte sich über den Kopf der Leiche und widmete der Inspektion der Einschußwunde auffallend viel Zeit. Flüchtig blickte er auf die zerschmetterte rechte Schläfe, nickte nachdenklich, während er auf eine Wunde über der rechten Brust drückte, schürzte die Lippen, als er den Fleck zwischen den Oberschenkeln sah, und nickte erneut.

Velge stopfte die Kugel wieder in das Loch im Kissenbezug, zog die Decke hoch und sah seinen Assistenten fragend an.

„Kein schlechter Schütze“, begann Boel.

Velge nickte. „Kein schlechter Schütze und jemand, der vom Opfer hereingelassen wurde . . .“, sagte er.

„Fraglich, denn die Putzfrau sagte, daß Madame nachts niemals auch nur eine einzige Tür abschloß.“

Velge blickte ihn starr an. „Adjudant Meeus hat mir eben gesagt, daß die Putzfrau einen Schlüssel hatte. Ist der Adjudant noch da?“

„Nein, er ist schon abgefahren. Die Putzfrau hatte den Schlüssel von der Vordertür, der einzigen ohne Klinke.

Wir haben alle anderen Außentüren gecheckt. Keine einzige verschlossen. Vergangenes Jahr wurde übrigens eingebrochen, Diebstahl. Madame hat sich nicht mal die Mühe gemacht, Anzeige zu erstatten. Also . . ."

„Dann verstehe ich nicht, warum sie der Putzfrau einen Schlüssel geben mußte", sagte Velge zurückhaltend. Der erste Fehler. Ein Glück, daß er rechtzeitig entdeckt wurde, so daß sie nicht auf der falschen Angabe aufbauten.

„Was war sie nach Aussage der Putzfrau für ein Mensch?" fragte er, weil ihm nicht sofort etwas Sinnvolleres einfiel.

„O, ein guter, natürlich. Lieb, großzügig, eine Witwe mit unbescholtenem Lebenswandel."

„Du weißt doch, was in ihrer B-Fiche steht?"

„Ich habe Etienne von der Tramstraat aus in die ‚Casa' geschickt. Oswald und Carl sehen sich in der Nachbarschaft um. Noch keine Meldung. Ich habe bei der Mobilen Gruppe[15] Verstärkung angefordert, um die Umgebung durchzukämmen. Fotos sind gemacht. Jos und Marc sind mit den Fingerabdrücken beschäftigt. Ivo und ich untersuchen das Haus und die Mülltonnen. Die Post wurde geöffnet. Nur Werbung und Drucksachen. Ich werde für eine Woche einen Mann zur Überwachung von Post und Telefon hierlassen."

„Hat die Putzfrau etwas Besonderes bemerkt, an den Möbeln oder so?".

„Nein, nichts. Sie hat sich bloß ein bißchen angestellt, als wir ihre Fingerabdrücke nahmen für den Vergleich."

Velge zuckte die Schultern.

„Wir haben auch einen Spürhund angefordert", fuhr Boel fort, „und Luitenant Boeckx leitet den Krisenstab. Noch etwas: Welche Parameter sollen wir in den Computer eingeben?"

Velge dachte nach.

„Folgender Auftrag: Fingerabdrücke des Opfers nehmen. Nicht auf den Gerichtsmedziner warten. Johan hat die Kugel schon eingegeben. Es ist natürlich eine illegale Waffe, oder der Typ muß auf den Kopf gefallen sein. Ich habe noch an etwas anderes gedacht. Wir soll-

15 Siehe Anhang.

ten die Gelegenheit nutzen und alle Colts .38 Special aus der Zeit vor dem Waffengesetz von 1985[16] in den Computer eingeben. Fang mit denen aus dem Distrikt an, danach sehen wir weiter."

„Also anhand der Listen vorgehen, zu den Adressen fahren, aus jeder Waffe einen Probeschuß abgeben und die Kugel mitnehmen."

„That's correct."

„Verstößt das nicht gegen das Calewaert-Datenschutzgesetz von 1983?"

„Wir leben jetzt im Jahre 1990, und wir haben ein Geschäftsführendes Kabinett. Du weißt doch, was das bedeutet?"

Boel sah Velge mit dem geöffneten Notizbuch in der Hand an. „Die Parameter . . .", sagte er geduldig.

Velge reagierte nicht. Er dachte nach.

„Nimm die Lustmörder. Die Vergewaltiger. Die aus der Haft entlassenen. Die rückfälligen. Die mit Hafturlaub, wenn es noch welche gibt. Obwohl – ein Lustmörder mit Revolver . . . Und noch etwas anderes. Laß Marc Borry Vaginalflüssigkeit entnehmen, um festzustellen, ob vor oder nach dem Tode Koitus stattgefunden hat. Zieh deine Schlußfolgerungen, und gib eventuell den Parameter Nekrophile mit ein . . ."

Boel sah ihn fragend an.

„Typen, die lieber Leichen vögeln als lebende Frauen . . . oder Männer", erklärte Velge geduldig.

„Ich hatte das Wort vergessen, Willy."

„Noch etwas. Ich habe nicht die geringste Lust, morgen in der Kluyskensstraat[17] wegen einer blöden Blutgruppe auf die Knie zu fallen. Sag Marc, er soll eine Spermaprobe nehmen. Heute abend beim Briefing möchte ich gern etwas Neues wissen. Laß auch feststellen, ob es *Menschensperma* ist."

„Nächstes Jahr sind wir von diesem CVP*-Arschloch aus der Kluyskensstraat erlöst."

„Abwarten. Nächstes Jahr machen wir unsere Autopsien und Waffenexpertisen im eigenen Haus. Und

16 Siehe Anhang.
17 Siehe Anhang.
* Christliche Volkspartei.

dann nehmen wir Professor Moerman und Ingenieur Colle zurück, wie früher, bevor Tindemans uns diesen Streich gespielt hat."

„Er ist tot. Zum Glück."

„Von mir aus hätte er ruhig noch ein paar Jahre weiterleben können. Dann hätten wir jetzt das MCK-System.[18] So muß unser Computerkomplex auf diese Goldgrube vorläufig noch verzichten. Das wichtigste ist, daß wir nächstes Jahr bei gerichtlichen Aufträgen völlig unabhängig sein werden von den Zivilisten. Danach kommt der schwierigste Schritt. Unabhängig werden von der Justiz, aber es ist durchaus zu schaffen."

„Wollen wir's hoffen. Ist das alles, was die Parameter angeht, Willy?"

„Nimm die Typen mit weißen Schamhaaren dazu. Falls es diesen Parameter gibt, zumindest."

„Wie?"

„Zwischen ihren Schenkeln hab ich eins gefunden. Kann nicht von ihr sein."

Boel sah ihn neugierig an.

Velge holte das Plastiktütchen aus dem kleinen Koffer und zeigte es ihm.

„Apropos, ich wollte dir ganz nebenbei noch was sagen, Guido. Im Prinzip machen nur Halbmantel-, Hohlmantel- und Bleiprojektile Matsch aus einem Schädel . . ."

Boel atmete tief ein, verzog aber keine Miene.

„Ich haue ab, bevor die Staatsanwaltschaft da ist zur Übernahme. Thibau und der kleine Unterstaatsanwalt Van Houtte. Laß die beiden Herren nicht aus den Augen. Bis heute abend beim Briefing*. *Johan!*"

In diesem Augenblick piepte Boels Walkie-Talkie. Er hob ihn an den Mund und sagte gedämpft: „Boel . . ."

Er horchte, nickte, runzelte kurz die Stirn, sagte „Roger out"[19] und blickte Velge an.

„Notar 'T Kint ist den ganzen Tag erreichbar in seinem Büro in der Rooseveltlaan. Ich werde jemand hinschik-

18 Siehe Anhang.

19 Im Radiocode: Ich habe verstanden und breche die Verbindung ab.

* (engl.) Dienstbesprechung.

ken. Und wir haben auch den pensionierten Generaal gefunden. Dich trifft der Schlag, wenn du seinen Namen hörst."

„Nun sag schon."

„Luitenant-Generaal der Rijkswacht Welckenraedt."

Velge spürte, wie ihm der Atem stockte, doch er gewann schnell seine Selbstbeherrschung wieder.

Er nickte und fragte kurz: „Hast du seine Adresse und Telefonnummer?"

Boel drückte auf den Sendeknopf seines Walkie-Talkie und begann hineinzusprechen. Dann schrieb er etwas in sein Notizbuch.

„De Heide 127F, Deurle. Telefon 827070."

„Das ist ganz in der Nähe. Ich wußte nicht, daß Albert der Zweite in dieser Gegend wohnt ..."

„Idéal pour l'équitation."

„En effet, mon cher, du sable mou."*

Sie mußten lachen.

„Ich denke, daß ich in diesem Fall am besten die Operative Direktion informiere", sagte Velge, „aber zuerst fahre ich in die Tramstraat und ziehe einen guten Anzug an."

„Oder Ihre Galauniform mit Sporen", grinste Boel.

„Und den Notar werde ich mir auch vornehmen", sagte Velge, als hätte er den Witz nicht gehört.

Er warf einen letzten Blick auf die Leiche, ergriff sein Köfferchen und verließ das Schlafzimmer. Er lief leichten Schrittes, aus der Hüfte heraus, die Treppe hinunter, konstatierte erneut den allgegenwärtigen Luxus und kam in das Vestibül mit blauen Moiré-Wänden voll alter Radierungen. Die Vordertür stand offen. Velge trat in die Hitze, setzte seine Sonnenbrille auf und rief nach drinnen: „Johan, are you ready, boy?"

Wachtmeister De Groodt trat aus einem der Räume, die vom Vestibül abgingen. Er trug seine Tasche mit der Fotoausrüstung über der Schulter. Auf seinem T-Shirt stand „We Are Here To Drink Beer".

Velge lief die Steintreppe hinunter zum BMW, der im Schatten stand. Er öffnete die hintere Tür, stieg ein und ließ sich in dem klimatisierten Wagen, der angenehm

* (franz.) Ideal zum Reiten. – In der Tat, mein Lieber, weicher Sand.

nach geöltem weichem Kalbsleder roch, in die Polster sinken. Er legte sein Köfferchen neben sich, schaltete den Empfänger ein, der zu rauschen begann, und wählte den Kanal der Übertragungszentrale. Danach nahm er den Hörer des Mobilofons und wählte die Nummer 827070. Nach dem achten Rufzeichen wurde von einer Frau abgenommen. Sie sagte in ostflämischem Dialekt, daß sie die Haushälterin sei. Nein, der Generaal sei nicht da. Er mache einen Ausritt. Sie erwarte ihn etwa in einer Stunde.

Velge legte erleichtert den Hörer auf und sagte zu De Groodt, der wartend am Steuer saß: „Tramstraat, Boy. Und mach eine Spazierfahrt draus."

„Wilco, Commandant."

De Groodt startete und fuhr los.

Velge nahm die erste Zeitung, „Le Soir", las auf der Titelseite INVASION DE RATS DANS LES QUARTIERS ABANDONNES PAR LES ETRANGERS EXPULSES und PROTESTATION DE L'ORDRE DES ADVOCATS CONTRE REFORME DU CODE PENAL*, holte seinen Kugelschreiber hervor, um interessante Passagen anzustreichen, und begann schnell mit der diagonalen Lektüre der inländischen Morgenpresse, eine Aufgabe, die er niemals ausließ. Mit großem Behagen streckte er seine Beine und vergewisserte sich, daß kein Fleck auf seinen Mokassins zu sehen war. In einem amerikanischen Buch mit dem Titel „Macht" hatte er einmal gelesen, daß schmutzige Schuhe ein Zeichen von Schwäche seien. Der BMW hielt an. Velge blickte auf. Ein Reiter auf einem prachtvollen dunklenbraunen Pferd kam in kurzem Galopp dicht an dem BMW vorbei, der in der schmalen Allee so weit wie möglich nach rechts ausgewichen war. Der Reiter trug eine Sportmütze aus Tweed, eine Jacke aus demselben Stoff, Handschuhe und glänzende Stiefel mit Sporen. Es war ein schlanker, sonnengebräunter älterer Herr, der kerzengerade im Sattel saß.

„War das nicht unser früherer Korpskommandant?"

* (franz.) Ratteninvasion in den Vierteln, die von den ausgewiesenen Ausländern verlassen wurden ... Protest des Advokatenordens gegen Reform des Strafgesetzbuchs.

fragte De Groodt über die Schulter weg, während er wieder losfuhr.

„Wen meinst du?"

„Generaal Welckenraedt. Der muß hier irgendwo wohnen, hab ich gehört."

„Das ist möglich", antwortete Velge gleichgültig und vertiefte sich lächelnd in seine Lektüre.

Villa Rittersporn*, Deurle-aan-de-Leie. 14.28 Uhr

Nachdem die in Grau gekleidete Haushälterin, klein und mütterlich wie viele spanische und ostflämische Frauen, Velge in den Salon begleitet hatte, flüsterte sie ihm zu, daß *der Generaal* jeden Augenblick kommen müsse. Sie verschwand geräuschlos, als verließe sie eine Friedhofskapelle, wo der Leichnam noch aufgebahrt lag. Velge, feingemacht mit dunkelblauem Anzug, gestärktem weißem Hemd und weinroter Krawatte, setzte sich vorsichtig auf den abgenutzten hellgrünen Louis-Seize-Stuhl. Der Salon mit seinem großen, halbkreisförmigen Erker war blitzsauber und atmete jene distanzierte Vornehmheit, der man in manchen französischen Häusern begegnet, wo die verarmte Aristokratie mit ungehemmter Nostalgie die noch verbliebenen jener Privilegien hätschelt, die sie vor Jahrhunderten selbst geschaffen hat. Die einzige Spur von schlechtem Geschmack waren außer allerlei Nippes in einer Glasvitrine eine Reihe silberner Pokale, die der Generaal bei Dressurwettbewerben gewonnen hatte, sowie die blau-rot-goldene Standarte des Korpskommandanten, die mit drei breiten Schlaufen an einem Bambusstock mit kupferner Spitze befestigt war.

Velge fühlte sich nicht recht wohl in seiner Haut. Es war das erste Mal, daß er mit einem gerichtlichen Auftrag bei einem hohen Offizier vorsprechen mußte. Die Operative Direktion hatte ihm eine äußerst vage Beschreibung seiner Aufgabe gegeben. Ein informelles Gespräch, um den Background im Fall Leblanc zu erhellen. Keinesfalls ein Protokoll.

Er wurde dadurch in seiner gewohnten Position als Vernehmender beträchtlich behindert. Er konnte unmöglich seine irreführende Taktik charmanter Zudring-

* Im Original deutsch.

lichkeit anwenden, mit ständig sich überschneidenden Fragen, wodurch er Laien meist sehr schnell dort hatte, wo er sie haben wollte, nämlich auf den Knien. Obwohl der Generaal schon seit vier Jahren pensioniert war, wurde im Korps noch immer mit Respekt von „Albert dem Zweiten“ gesprochen, der das Ruder seiner Vorgänger resolut herumgeworfen und aus der Rijkswacht wieder jenes scharfe Instrument von Gesetz und Ordnung gemacht hatte, auf das sich das heutige Geschäftsführende Kabinett bedingungslos stützen konnte.[20]

Velge wurde durch das Geräusch schneller Schritte aus seinen Gedanken aufgeschreckt. Die Salontür öffnete sich mit einem Ruck. Er sprang in Habachtstellung, und es erschien eine lange, breitschultrige Gestalt, kahl, mit einem grauen Schnurrbart, gekleidet in einen tadellosen beigefarbenen Alpaka-Maßanzug mit einer violetten Rosette auf einem goldenen Plättchen am Revers. Er streckte eine kräftige Hand aus und beantwortete die vorschriftsmäßige Vorstellungsformel von Kapitein-Commandant Velge mit einem kurzen „Welckenraedt, angenehm“ und „Nehmen Sie Platz“, wonach er sich selbst in eine Louis-Seize-Bergère niederließ, die Beine übereinanderschlug und Velge mit jenem Adlerblick ansah, vor dem zwei Generationen Rijkswacht-Angehöriger gezittert hatten.

„Ich höre“, sagte er nach ein paar Sekunden, gab dadurch scheinbar die Initiative preis, gewann jedoch automatisch die Oberhand, und das wußte er. Velge war nun gezwungen, den Verlauf des Gesprächs zu bestimmen, der vom Generaal nach Belieben korrigiert werden konnte. Diese Aussicht fand Velge höchst unangenehm, zumal er von Adjudant Boel am Telefon erfahren hatte, daß der Generaal unerwartet zu Pferde im Garten von Hélène Leblanc erschienen war, um mit ihr wie jeden Mittag ein Glas Sherry zu trinken. Er hatte keinerlei Emotion gezeigt und unbedingt die Leiche sehen wollen, er hatte die Vertreter der Staatsanwaltschaft durch sein hochmütiges Auftreten irritiert und Boel nach dem verantwortlichen Offizier gefragt, weil er den sprechen wollte. Als Boel ihm gesagt hatte, daß man in seinem

20 Siehe Anhang.

Haus angerufen habe, hatte er nur „Tiens . . .“ gesagt und war wortlos wieder in den Sattel gestiegen.

„Herr Generaal, die Operative Direktion hat mir den Auftrag erteilt, von Ihnen, wenn möglich, Hintergrundinformationen einzuholen betreffend . . . das Opfer Mevrouw Leblanc, die eventuell für die gerichtliche Untersuchung von Nutzen sein können“, legte Velge los, indem er absichtlich den Text des Telexberichts aus Brüssel gebrauchte.

„Kapitein-Commandant . . . äh . . . Velghue, falls Sie damit meinen, ich könnte jemanden in Verdacht haben, der irgendein Motiv gehabt hätte, Mevrouw . . . äh . . . Leblanc ums Leben zu bringen, was leider geschehen ist, so muß ich zu meinem Bedauern *negativ* antworten.“

Das Niederländische des Generaals war archaisch durch den recht feierlichen Gebrauch vager Konjunktive. Die Aussprache war eine kuriose Mischung von Genter und französischen Phonemen, eine romanische Version des gespreizten Niederländischen, das Haager Diplomaten mit Vorliebe benutzen.

Velge blieb die Luft weg. Die kryptische Antwort des Generaals machte jede folgende Frage eigentlich überflüssig. Sein Blut begann zu kochen, doch er bezwang sich. Sein Hemd war in wenigen Sekunden schweißnaß. In Panik suchte er nach der nächsten Frage. So etwas war ihm noch nie passiert.

„Ich bin über Ihren gerichtlichen Auftrag informiert und weiß, was meine Pflicht ist“, sagte der Generaal ermutigend, „ich stehe vollkommen zu Ihrer Verfügung.“

Velge holte tief Luft. „Haben Sie vielleicht am Mittwochabend, als Sie Mevrouw Leblanc zum letztenmal gesehen haben, etwas Besonderes bemerkt, Herr Generaal?“

„Was meinen Sie?“

„Zum Beispiel, war sie anders als sonst?“

„Nein, mir ist nichts aufgefallen.“

„Hatte sie noch andere Freunde außer Ihnen und dem Ehepaar ’T Kint?“

„Unsere beiderseitigen Beziehungen beschränkten sich auf einen Bridgeabend jeden Mittwoch . . .“

Velge seufzte unhörbar. Dieses Gespräch fortzusetzen war sinnlos und außerdem gefährlich. Er war gegen diesen Mann ungenügend gewappnet und nicht bereit, durch weitere Fragen das Risiko eines offiziellen Verweises einzugehen. Er nickte mit einem gezwungenen Lächeln und sagte schnell: „Verzeihen Sie bitte die Belästigung, Herr Generaal . . .", doch dieser machte mit der ausgestreckten rechten Hand eine kurze Bewegung, daß Velge sitzen bleiben solle, und fragte: „Und wie steht es mit Ihrer Position im Korps, Kapitein-Commandant?"

Velge atmete auf.

„114. Ausbildungseinheit. Alle Waffen ‚Luitenant Bracquenier'[21]. Kriminalistik Rijksuniversiteit Gent. Nach den fünfzehn Monaten Kommandierung eine Probezeit bei HDO-DOP[22], Monsignore-Dugardijn-Preis[23] . . ."

„Wo sind Sie geboren?"

„In Antwerpen, Herr Generaal."

„Gymnasium?"

„Sint-Jan-Berchmans-College, Herr Generaal."

„Jesuiten?"

„Nein, Herr Generaal, bischöfliches College."

„Mm, treiben Sie Sport?"

„Boxen und Fechten, Herr Generaal, ich bin . . ."

„Reiten nicht?"

„Die Anfangsgründe, Herr Generaal. Ich habe auch den Fußmarsch Brüssel-Lourdes mitgemacht."

„Mm, und was sind Ihre Aussichten?"

„Ich habe im Februar das Majoorsexamen bestanden, Herr Generaal."

„Und?"

„Noch keine Ernennung, Herr Generaal."

„Wie alt sind Sie?"

„Sechsunddreißig am 8. April."

„Neunzehnhundertundneunzig?"

„Jawohl, Herr Generaal."

„Möchten Sie, daß ich hinsichtlich Ihrer Ernennung Brüssel einen Wink gebe?"

„Gern, Herr Generaal."

21 Siehe Anhang.
22 HDO = Operative Hauptdirektion, DOP = Gerichtliche Polizei.
23 Siehe Anhang.

„Sind Sie verheiratet?"

„Jawohl, Herr Generaal. Wir haben einen Sohn, der im Mai sieben geworden ist."

„Erziehen Sie ihn streng, dann wird er vielleicht später ein guter Rijkswacht-Offizier, denn gegenwärtig läßt die Zucht bei der Jugend viel zu wünschen übrig."

Unmittelbar nach diesen Worten erhob sich der Generaal, gab Velge die Hand und ging mit langen Schritten durch das breite Vestibül, wo eine Reihe Fotos, aufgenommen bei Paraden, Springen, Feierlichkeiten und Tagen der offenen Tür bei der Rijkswacht, seine Karriere darstellten; das letzte Foto in einem vergoldeten Rahmen zeigte ihn als Korpskommandant in Galauniform mit all seinen Auszeichnungen.

Er öffnete die Vordertür, sah den BMW stehen und sagte: „Das Korps ist gegenwärtig gut ausgerüstet. Ein bißchen *Geldverschwendung* bei dem Benzin, das heute sechsundfünfzig Franc pro Liter kostet, finden Sie nicht auch, Kapitein-Commandant?"

Velge lächelte zustimmend.

„Nach dem Ableben meiner Gattin habe ich mein Auto weggegeben", sagte der Generaal, „ich erledige nun alles zu Fuß und zu Pferd, ich benutze nicht einmal die Straßenbahn oder den Bus."

„Darum sehen Sie noch so fit aus, Herr Generaal . . ."

Generaal Welckenraedt entblößte zum erstenmal sein gepflegtes Gebiß zu einer Art öligem Lächeln, ohne daß sich seine Augen veränderten.

„Bon", schloß er und nickte kurz.

Velge streckte seinen Körper in Habachtstellung, sagte automatisch: „Keine weiteren Befehle, Herr Generaal?", machte rechtsum kehrt und stieg ein, während Wachtmeister De Groodt die Wagentür aufhielt, nachdem der Generaal den Gruß des Fahrers mit einem Kopfnicken erwidert hatte. Die lange Gestalt auf der Türschwelle sah dem BMW nach, bis er von der Auffahrt verschwunden war.

„Tramstraat . . .", sagte Velge unwirsch und bat De Groodt, die Reportage von der Tour de France etwas leiser zu stellen. Die ersten Minuten der Fahrt blickte er schweigend vor sich hin. Er fühlte sich unbehaglich und unsicher und war deshalb ärgerlich auf sich selbst. Denn zum erstenmal in seiner Karriere hatte er den sicheren Eindruck, manipuliert worden zu sein. Vor allem war ihm die eiskalte Haltung des Mannes aufgefallen, und das fesselte ihn. Er hatte durch keinerlei Anzeichen zu erkennen gegeben, daß der Tod einer Freundin ihn getroffen hätte. Seltsam. Velge begann an die B-Fiche von Hélène Leblanc zu denken. Nymphomanie. Bevorzugt alte Männer.

„Was bedeutet Rittersporn, Commandant?" fragte De Groodt plötzlich.

„Hm", sagte Velge, „noch nicht darüber nachgedacht. Schlägst du das für mich nach?"

De Groodt seufzte, warf einen Blick nach hinten und sah, daß Velge ins Mikrofon sprach.

„Guido, neuer Auftrag. Nimm du dir heute nachmittag den Notar vor. Nicht zu hart zusetzen, aber laß ihm auch nicht zu viel Leine. Das Ziel ist, soviel wie möglich über die Madam zu erfahren, okay? Sonst nichts Neues?" Velges Gesicht erstarrte. „War es wirklich ein tauglicher Spürhund?" Er nickte. „Gib mir lieber alle Details beim Briefing, okay? Apropos, weißt du, was der Name Rittersporn bedeutet?" Velge begann zu lachen, sagte: „Byebye, Guido" und hängte das Mikrofon auf.

„Rittersporn ist der Urgroßvater des westfälischen Wallachs Rasputin, mit dem wir heute den Generaal getroffen haben", erklärte Velge.

„Da bin ich aber froh", antwortete De Groodt, „ich hätte ums Verrecken nicht gewußt, wo ich danach hätte suchen sollen."

„Schlag dann mal das englische Wort Studbook* nach", sagte Velge, „damit du es mir morgen sagen kannst. Und zu niemand einen Ton, ich wiederhole, zu niemand, nicht mal im Korps, daß wir eben im Rahmen der Untersuchung bei Generaal Welckenraedt gewesen sind."

„Zu Befehl, Commandant."

Velge lächelte vor sich hin. Er erholte sich langsam von dem erniedrigenden Gespräch mit dem Generaal. Darum hatte er auch Adjudant Boel beauftragt, Notar 'T

* (engl.) Gestüt-, Stutbuch.

Kint zu vernehmen. Er kannte sich selbst gut genug, um voraussagen zu können, daß er den Notar hätte dafür büßen lassen, und das konnte auch mal schiefgehen, die Kaste der Frankophilen war noch immer mächtig. Boel pflegte zu sagen: „Nur mit Flammenwerfern auszurotten."

Velge beschloß, sich ein bißchen zu entspannen mit einem Spielchen, das ihm auch beruflich große Befriedigung bereitete. Er gab seine Codenummer auf der Tastatur des Terminals ein und notierte die Nummer des ersten Wagens, der auf dem Kortrijksesteenweg vor dem BMW fuhr. Nach einigen Sekunden erschien auf dem Bildschirm eine lange Reihe von Daten über den Besitzer. Velge vertiefte sich darin. Vor fünf Jahren waren die Informationen noch auf den Wagen selbst, die Adresse sowie wichtige Verkehrsvergehen beschränkt gewesen. Jetzt konnte sich Velge über ungefähr zwei Drittel der männlichen Bevölkerung des Landes amüsieren mit allerlei Denksportübungen anhand von Kontonummern und -bewegungen, Reisen ins Ausland, Strafregistern, Fingerabdrücken, Steuererklärungen, Diplomen, Berufen, Einnahmen und Ausgaben, philosophischen Anschauungen, Familienverhältnissen, Abonnements, Vergnügungsgewohnheiten, außerehelichen Beziehungen, psychiatrischen Behandlungen, medizinischen Gutachten und so weiter. Das CVI der Rijkswacht bekam automatisch all diese Informationen in seinen berüchtigten Cyber-205-Computer, der 800 Millionen Daten pro Sekunde verarbeiten konnte. Die Computer aller Banken, Reisebüros, Kliniken, Zeitungen und Zeitschriften, Gerichte, Ministerien, Verwaltungsorgane und Unternehmen des ganzen Landes waren schließlich schon seit fünf Jahren an den Cyber 205 angeschlossen.[24]

Als der BMW vor dem Haupteingang des Rijkswacht-Komplexes anhielt, hatte sich Velge von den drei Autonummern, die er aus dem Computer herausgeholt hatte, eine interessante notiert. Zwei andere waren noch nicht eingespeichert. Er würde den Eigentümer mehrere Tage lang von Männern der Abteilung Information beschatten lassen, um mehr Angaben zu erhalten. Nötigenfalls sein

24 Siehe Anhang.

Telefon mit der Abhörzentrale verbinden und seine Post kontrollieren lassen. Das seltsame Verhältnis zwischen seinem Lebensstandard, seinem Beruf, Anleihen bei verschiedenen Banken und der Steuererklärung war Velge aufgefallen. Dazu kam noch eine Liaison mit der Frau eines Arztes, der ihm Rezepte für Valium ausstellte. Der Doktor war noch nicht drin in Argus.

Velge nahm sein Köfferchen und den Stapel Zeitungen unter den Arm, stieg aus und ging schnell die Treppe hinauf. Der Beton strahlte Hitze aus, die wie Dampf in seine Hosenbeine stieg. Er stieß die Glastür auf, schritt, vor sich hin summend, den langen kühlen Gang entlang, befestigte sein Fotolabel am Revers, bog ab in Richtung Kantine, wo er eine kalte Platte, ein Brötchen und ein Pils aus dem Eisschrank des Self-Service herausnahm, steckte seine RW-Kreditkarte in den Schlitz der Kasse, die mit einem elektronischen Auge die drei Artikel notierte und den Endbetrag von seinem Konto abbuchte, ging zu einem Tisch und begann zu essen.

Konferenzraum 218, Rijkswacht-Komplex. 18.00 Uhr.

Kapitein-Commandant Velge, in hellblauen Denimslacks und Cowboyhemd, die muskulösen braunen Arme nackt, frisch rasiert und geduscht, nach After Shave duftend, betrat mit der Mappe 1990 / 11856 in der Hand den Konferenzraum, wo bereits Männer vom A-Team und vom Morddezernat saßen und Coke und Pils tranken.

„Achtung!" rief Adjudant Boel. Alle erhoben sich.

Obwohl er noch nichts unternommen hatte, um diesen alten militärischen Brauch abzuschaffen, machte Velge eine vage Geste, daß das nicht nötig sei, und setzte sich in einen Polyester-Drehstuhl an der Stirnseite des Tisches. Sein Schreibblock lag bereit. Er schlug die Mappe auf und zog einen Kugelschreiber aus der Gesäßtasche. Die Reihe entlangblickend, fragte er: „Alle anwesend?" und sagte kurz „Guido" zu Boel, der links von ihm saß[25], wie immer in einem ordentlichen Anzug.

Boel hatte die Kopien der Protokolle, die seine Männer an diesem Tag aufgenommen hatten, in einer Foliomappe vor sich liegen. Velge schob seine Kreditkarte über den Tisch zu De Groodt, der damit zum Getränkeautomaten ging. Er kam mit einer Dose Bier zurück. Velge steckte die Kreditkarte in die Tasche und riß die Dose auf. Boel setzte seine Lesebrille auf, hüstelte, blickte in die Runde, um die Aufmerksamkeit auf sich zu lenken, und sagte: „Auftrag eins: Männer aufsuchen und vernehmen, mit denen das Opfer Leblanc, Hélène, *Beziehungen* unterhielt . . ."

Er blätterte in den Protokollen. „Merkwürdig", sagte er, „bisher sind uns genau drei Personen bekannt, mit denen die Leblanc normale *freundschaftliche* Beziehungen unterhielt. Ein älteres Ehepaar und ein alter Herr, mit

25 Siehe Anhang.

denen sie jeden Mittwochabend Bridge spielte, aber die kommen für die Untersuchung nicht in Frage."

Velge nickte. Er hatte Boel um Diskretion gebeten. Der Name des Generaals durfte unter keinen Umständen genannt werden.

„Die Haussuchung hat nichts in dieser Richtung ergeben. Weder Briefe noch Fotos anderer Männer. Die Putzfrau wußte, daß die Leblanc die Briefe nach dem Lesen immer herumliegen ließ. Sie handelte alles lieber per Telefon ab. Wir haben die Telefonrechnungen von 1990 mitgenommen. Die Madam muß ganz schön viel telefoniert haben!"

Er ging die Formulare durch. „Januar-Februar. Mehr als fünfzehntausend Franc. März-April. Achtzehntausendsechshundert. Mai und Juni. Bloß elftausend, aber den ganzen Juni über war sie in Knokke. In der Villa ..."

Velge notierte *Knokke* auf seinem Block und fragte: „Gab es Auslandsgespräche?"

„Jawohl, Commandant. Wir haben das beim RTT*-Auskunftsdienst gecheckt. Eine Reihe von Antiquaren in London und Paris."

Die Männer grinsten.

„Ferner die Botschaft in Islamabad und eine Adresse in New York."

„Ihre Kinder", unterbrach Velge.

Boel fuhr fort: „Am Körper wurde ein Ring mit einem kostbaren Diamanten gefunden. Im Schlafzimmer ein Kästchen mit Juwelen im Wert von schätzungsweise drei Millionen. In ihrer Geldtasche fünfundachtzigtausend Franc in Banknoten. Also mit Sicherheit kein Raubmord, würde ich sagen."

„Familie?"

„Keine Geschwister, Eltern verstorben, eine alte Tante, der sie ab und zu einen Besuch abstattete. Keine Beziehungen mehr zur Familie ihres verstorbenen Mannes. Von dieser Seite also wenig brauchbare Infos."

„Befragung der Nachbarschaft?" fragte Velge.

„Oswald und Carl?" sagte Boel und sah die beiden Männer an. Der Erste Wachtmeister Oswald Eylen-

* Radio teletype = (engl.) Funkfernschreiber.

bosch, ein schwerer blonder Riese, der unter der Hitzewelle litt, pustete durch die Nase und sagte: „Das ist da in Latem eine Villengegend mit ziemlich reichem Volk. Sie behandeln dich, als wärst du der letzte Dreck. Sie kennen Madame zwar vom Sehen und so, aber sie interessieren sich nicht für die Nachbarn. Sie waren äußerst neugierig, wie der Mord passiert ist, aber wir haben keinen Ton gesagt, versteht sich. Madame raste gern mit ihrem Jaguar durch die Gegend, das wußten sie schon, aber sie kam nie auf die Straße zum Spazierengehen oder so, und mit der Putzfrau hatten sie natürlich keinen Kontakt. Über eventuellen Männerbesuch abends haben wir nichts erfahren. Gestern abend haben sie auch nichts gehört oder gesehen."

„Habt ihr was von einem Schuß gesagt?" fragte Velge.

„Nur in den Häusern, die an ihr Grundstück grenzen, Commandant, aber die Grundstücke sind so groß, daß man im Haus schon mit einer Kanone schießen muß, ehe man was hört."

„Und der Herr zu Pferde, der jeden Mittag seinen Aperitif trinken kommt?" fragte Velge ruhig.

„Davon haben sie keinen Ton gesagt, Commandant, aber davon wußten wir auch nichts, gegen Mittag hatten wir woanders zu tun."

Velge nickte zufrieden.

Wachtmeister Carl Lannoy, der wie ein Intellektueller aussah, blaß, schmächtig und nervös, bestätigte die Ausführungen seines Kollegen und fügte hinzu: „Ich hatte sofort den Eindruck, daß die Leute nur das sagten, was sie sagen wollten. So nach dem Motto: Ihr Typen habt hier nichts zu suchen. Eine Art Solidarität, die jeden ausschließt, der nicht zu ihrem Stand gehört."

„Kamin und Mülltonnen?" fragte Velge.

„Da wurde nicht viel gekocht", sagte Boel, „die Leblanc schien ziemlich auf ihre schlanke Linie zu achten. Nur Reis und Gemüse aus dem Diätladen. Fünf Sorten Zwieback, Knoblauchpillen, Bierhefe, teure Frucht- und Gemüsesäfte, kein Fleisch, Nichts Interessantes in der Mülltonne. Der Kamin leer."

„Aß sie manchmal in Restaurants?"

„Muß das überprüft werden, Commandant?"

„Warte noch damit. Leere Flaschen von alkoholischen Getränken?“

„Nichts außer den zwei leeren Champagnerflaschen. Die Ration von jedem Mittwochabend, sagte die Putzfrau. Im Keller standen noch fünf Kisten von dieser Marke.“

„Die Bar?“

„Nur Sherry und sehr alter Portwein. Im Keller ein paar hundert Flaschen Bordeaux und Burgunder von einer guten Marke.“

„Die alte Tante befragen. Nach der Autopsie Zeit und Ort der Beerdigung notieren. Eine Gruppe Männer mit Minox Bs[26] dorthin und alle Wagennummern aufschreiben. Oswald und Carl nach Knokke schicken zur Nachbarschaftsbefragung.“

Boel notierte die neuen Aufträge.

„‚La Casa‘“, sagte Velge und blickte zum Ersten Oberwachtmeister Van Leuven hinüber, Chef der Abteilung Sittlichkeitsdelikte, einem schwerleibigen Burschen mit hochrotem Gesicht und einem Bauch, der gewaltig über seinen Gürtel quoll. In der Szene wurde er gehaßt und gefürchtet wegen seiner Unberechenbarkeit. Darum hatte er den Spitznamen „der Apache“ bekommen, auf den er unsagbar stolz war.

„Commandant, ich habe mich zuerst zu dem Haus begeben, wo der Mord begangen wurde, um mir ein Foto des Opfers Leblanc, Hélène, zu beschaffen“, begann Van Leuven. Er sprach stets in feststehenden Protokollformeln. „Dann habe ich mich zum Lokal ‚La Casa‘ begeben, welches sich beim Sint-Pieters-Bahnhof befindet, und die Gastwirtin namens D'Hooge, Simone, vernommen hinsichtlich der im Auftrag geforderten Auskünfte. Ich zeigte ihr das Foto von Leblanc, Hélène, schwieg über die Fakten selbst und stellte die Fragen, die im vorliegenden Protokoll festgehalten sind. Wie Sie bestätigen werden, Commandant, besuchte Leblanc, Hélène, der D'Hooge zufolge lediglich ein einziges Mal obengenanntes Lokal. Wir haben sie dann ein bißchen bedrängt – wenn Sie verstehen, was ich meine –, doch die D'Hooge blieb bei ihrer ersten Aussage: Nur das eine Mal um

26 Siehe Anhang.

Neujahr herum, ganz allein, und nach einem Glas Champagner hat sie das Lokal verlassen."

Velge reagierte nicht, sondern fragte: „Keine Vermutungen in diesem Kreis hinsichtlich eines möglichen Verdächtigen?"

„Noch keine Spur, Commandant, ich habe meine Abteilung full time auf den Fall angesetzt."

Velge schrieb abwesend *B-Fiche* auf seinen Notizblock und sagte zum Ersten Oberwachtmeister Van Leuven, er solle nach dem Briefing noch einen Moment bleiben.

Das Telefon neben Velge klingelte. Er nahm ab, murmelte: „Commandant Velge . . .", schrak zusammen und sagte: „Jawohl, stellen Sie ihn durch."

Es war Generaal Welckenraedt.

„Spreche ich mit Kapitein-Commandant Velghue?"

„So ist es, Herr Generaal", sagte Velge so leise wie möglich.

„Ich habe Brüssel informiert, und es werden in Kürze gute Nachrichten für Sie kommen", sagte der Generaal.

Velge konnte fast kein Wort mehr herausbringen. Sein Herz begann in seiner Kehle zu schlagen.

„Ich danke Ihnen, Herr Generaal", sagte er nur.

„Wie steht es mit der Ermittlung?" fragte der Generaal.

„In diesem Augenblick sind wir beim Briefing, um die gesammelten Fakten zu ordnen. Morgen werden wir über den Autopsiebericht und den Bericht des Waffenexperten verfügen . . ."

„Halten Sie mich auf dem laufenden, Kapitein-Commandant?"

„Gewiß, Herr Generaal", versprach Velge leichtsinnig.

„Vielen Dank", sagte der Generaal und legte auf.

Leicht zitternd legte Velge den Hörer auf; er war sich bewußt, daß ihn die Männer genau beobachteten.

„Brüssel . . .", sagte er mit trockener Kehle, nahm einen Schluck Bier und fühlte eine kribbelnde Wärme in sich aufsteigen. Er atmete tief ein, nahm noch einen Schluck, sah Adjudant Boel an und fragte: „Hat der Gerichtsarzt etwas Interessantes gesagt?"

„Er hat Aufnahmen von der Leiche gemacht und den Zeitpunkt des Todes festgestellt: 12. Juli zwischen zwei und vier Uhr morgens", sagte Boel und kratzte sich im Haar. „Weiter nichts. Autopsie morgen früh um zehn."

„Und der Waffenexperte?"

„Er hat die Kugel sichergestellt, Aufnahmen vom Kopf gemacht und ist gegangen."

„Hast du nicht versucht, das eine oder andere über das Kaliber der Kugel und über seine Schlußfolgerungen bezüglich der Waffe zu erfahren?" fragte Velge und sah Boel direkt in die Augen.

„Ingenieur Van Wesemael wird nach der Autopsie dem Herrn Untersuchungsrichter Bericht erstatten", antwortete Boel, was allgemeines Grinsen auslöste.

Velge wandte sich an Wachtmeister De Groodt.

„Johan, hast du den Computer-Output für Colt .38 Special?" fragte er verschwörerisch.

Bevor De Groodt ein Wort sagen konnte, brach das Gelächter los. In solchen seltenen Momenten trat die Korpssolidarität spontan zutage. Velge wartete mit einem schalkhaften Schimmer in den Augen, bis sich das Lachen legte.

De Groodt nahm einen Computer-Ausdruck aus der vor ihm liegenden Mappe und reichte ihn Velge, der einen flüchtigen Blick darauf warf.

„Sicher negativ?"

„Negativ, Commandant."

„Wieviel Colts von vor 1985?"

„Siebzehn, Commandant, ich habe alle Brigaden des Distrikts angerufen, die Namen und Adressen notiert und an den Adjudanten weitergegeben."

„Und?" wandte sich Velge an Boel.

„Ich habe Gust den Auftrag gegeben, alle diese Adressen abzufahren. Größtenteils Mitglieder von Schießklubs."

„Das schadet nichts. Wenn das Resultat für den Distrikt negativ bleibt, werden wir eine Überprüfung für das ganze Land beantragen."

Boel notierte den Auftrag.

Zu De Groodt sagte Velge: „Sind die Fotos fertig?"

„Natürlich, Commandant." Er reichte einen großen Umschlag hinüber. Velge ordnete ihn in seine Mappe ein.

„Wer geht zur Beobachtung in die Eikeldreef, um Post und Telefongespräche abzufangen?“ fragte Velge beiläufig, während er auf seinen Notizblock *Marke Kugel?* schrieb.

„Langsam kommt die Urlaubszeit, und bei der BOB fehlt es an Personal“, sagte Boel, „in der Brigade De Pinte ist nur ein einziger Junggeselle verfügbar ...“

„Negativ. Ruf die Mobile Gruppe an und frag nach einem zuverlässigen Mann.“

Boel zog die Augenbrauen hoch. Es geschah nicht oft, daß Velge in solche Detailfragen eingriff.

„Apropos, würdest du dafür sorgen, daß Adjudant Meeus von der Brigade De Pinte mich so bald wie möglich anruft?“

Boel griff zum Telefonhörer, rief die Übertragungszentrale an und gab den Auftrag durch.

„Und was war das für ein Theater mit unserem Spürhund?“ fragte Velge munter.

„Ja, also, ich habe das alles mit eigenen Augen gesehen, sonst würde ich es nicht glauben. Punkt halb eins ist der Erste Wachtmeister Aernout mit seinem Schäferhund gekommen, aber nach einer Minute konnten wir nichts mehr mit ihm anfangen. Es war, als ob das Biest toll wurde. Winseln und schnüffeln und von einer Seite zur andern rennen und das Bein heben und alles bepissen ...“

Die Männer schüttelten sich vor Lachen.

Velge konnte sich nur mit Mühe zurückhalten.

„Wohl sicher diese tote Hündin?“ fragte er, während sich die Männer ausschütten wollten.

„Zuerst dachte ich das auch, doch er hat den Kadaver untersucht und sogar seinen Hund daran schnuppern lassen, aber das war es anscheinend nicht. Wir zurück ins Schlafzimmer – dasselbe Spielchen. Er konnte keinerlei Ausgangspunkt für eine Spur finden, der Hund hatte völlig den Kopf verloren. Sein Herrchen hatte nicht wenig Lust, ihn zu verprügeln, denn wir kugelten uns natürlich vor Lachen ...“

„Was war seine Erklärung?“ fragte Velge kurz. Die Heiterkeit verebbte.

„Die gleiche Reaktion, als wenn ein Rüde eine läufige Hündin wahrnimmt.“

„Nimm Kontakt auf mit dem Labor der Abteilung Pathologische Anatomie der Veterinärmedizinischen Fakultät. Zusätzliche Frage bei der Autopsie: Das seltsame Verhalten des Spürhunds. Paßt aber auf, daß sie euch da keinen Bären aufbinden."

Während Boel den Auftrag notierte, ging das Telefon.

Velge nahm den Hörer ab, nickte und kniff die Lippen zusammen. Er sprach gedämpft in die Muschel.

„Adjudant Meeus, könnten Sie mir bitte in kurzen Worten erklären, warum Sie mir heute morgen nichts von der Tatsache gesagt haben, daß keine einzige Tür außer dem Haupteingang der Villa, an die Sie sich hoffentlich noch erinnern, abgeschlossen war?"

Velge hörte zu.

„So, das haben Sie vergessen. Ist Ihnen bewußt, daß diese Dummheit die Untersuchung verzögert hat?"

Velge wurde ungeduldig.

„Okay, Adjudant, davon werden Sie noch hören", beendete er das Gespräch und legte den Hörer auf.

„Haben die Männer der Mobilen Gruppe etwas gefunden?"

„Eine ganze Plastiktüte voll, Commandant", sagte Boel. „Hier ist die Liste der Gegenstände. Sie liegen unten."

Velge ging die Liste durch. „Eine zerrissene Strumpfhose, zwei Kondome, Bierdosen, ein leerer Zerstäuber, ein Paar kaputte Schuhe, leere Zigarettenschachteln, ein verrostetes Federmesser . . ."

Boel unterbrach ihn in seiner Lektüre. „Der Zerstäuber ist aus Glas und sieht neu aus. Es war noch etwas Flüssigkeit drin, aber kein einziger Fingerabdruck war daran zu finden. Das fand ich verdächtig. Die Flüssigkeit lasse ich analysieren. Das dauert ziemlich lange, sagt Marc. Morgen früh erfahren wir Neues."

Velge nickte. „Haben die Männer der Mobilen Gruppe Pinzetten benutzt?"

„Jawohl, Commandant."

„Die anderen Fingerabdrücke?"

„Jos ist noch im Haus beschäftigt. Es wird noch ein paar Tage dauern, bis wir den Schlußbericht haben."

Boel machte ein nachdenkliches Gesicht. Velge drängte ihn nicht weiter.[27]

„Die Fingerabdrücke des Opfers hat *der Gerichtsarzt* genommen“, sagte Boel, „die Finger waren krumm und steif, und wir wagten nicht, die Handgelenksehnen durchzuschneiden.“

„Marc ...“, sagte Velge und blickte in die Richtung des Ersten Oberwachtmeisters Borry. Dieser nahm das erste der drei mit Zahlen und Formeln beschriebenen Blätter, die vor ihm lagen.

„Eine Probe des Spermasubstrats, in unserem Fall die Vaginalflüssigkeit des Opfers, wurde einem Enzym-Test[28] unterzogen, um festzustellen, ob eine vitale Reaktion auf das Sperma stattgefunden hat oder nicht. Vitale Reaktion bedeutet Kontakt vor dem Tod. Keine Reaktion bedeutet Kontakt nach dem Tod ...“

Man hätte im Raum eine Stecknadel fallen hören können. Velge würdigte die kurzgefaßte Klarheit des Berichts.

„Keine vitale Reaktion“, sagte Borry und blickte Velge an, der sich nicht rührte, „das plus die Tatsache, daß unnormal viel Sperma aus der Vagina gelaufen war, deutet darauf hin, daß der Kontakt nach dem Tod stattfand. Die Muskeln entspannen sich und ...“

Gemurmel ging durch den Raum.

„Die Blutgruppe anhand des Spermas zu bestimmen, das tatsächlich von einem Menschen stammt, erwies sich als nicht möglich.“

Velge blickte mit einem Ruck zu ihm.

„Wieso?“

„Non-Sekretor, Commandant.“

„Motherfucker!“

Die Männer atmeten auf. Das war John Edgar, wie sie ihn mochten.

Velge starrte bewegungslos vor sich hin, nickte wie zu sich selbst, blickte auf seine Armbanduhr, schlug die Mappe zu, fragte: „Noch etwas?“ und schloß: „Morgen Briefing um sieben wegen der Hitze.“

27 Siehe Anhang.
28 Siehe Anhang.

Die Männer standen geräuschvoll auf. Velge machte Boel ein Zeichen. „Warte auf mich in meinem Büro."

Wenige Minuten später war nur noch der Erste Oberwachtmeister Van Leuven im Raum. Velge blickte ihm lächelnd in die Augen.

„Etienne, ich möchte Ihnen nur eine Frage stellen", sagte er freundlich, „und zwar folgende: Von wem haben Sie die Information über Hélène Leblanc und das ‚La Casa' erhalten, denn ich nehme an, daß Sie wissen, wie sie in die B-Personalia gekommen ist?"

„Durch meinen Indic*, Commandant", antwortete Van Leuven, ohne zu zögern.

„So etwas ist natürlich prächtig", fuhr Velge im selben Ton fort, „aber haben Sie sich auch die Mühe gemacht, die Information Ihres Indic zu *checken*?"

„Er ist vertrauenswürdig", sagte Van Leuven mit Nachdruck.

„Ver-*trauens*-würdig", flüsterte Velge mit einem kurzen Lachen, „ver-*trauens*-würdig. Ein schönes Wort, nicht wahr?"

Bevor Van Leuven antworten konnte, fuhr Velge ihn an: „*Ich*, Van Leuven, vertraue *niemandem*, der nicht zu unserem Klub gehört! Ich prüfe, bis ich hundert Prozent sicher bin, daß eine bestimmte Information korrekt ist. Keine neunundneunzig Komma neun Prozent, sondern *hundert* Prozent, Van Leuven!"

Van Leuven wurde blaß. Schweiß perlte auf seiner Stirn. Er stand obenan auf der Beförderungsliste.

„Was ist mein Auftrag, Commandant?" stammelte er.

„Glauben Sie, daß die Hure aus der ‚Casa' Sie reingelegt hat?"

„Sie weiß, was sie erwartet, falls wir herausfinden, daß sie gelogen hat."

„Das denke ich auch. Sehen Sie zu, daß Sie diesen Clown heute noch zu fassen kriegen, und konfrontieren Sie ihn mit dem, was die Hure gesagt hat. Ziehen Sie Ihre Schlußfolgerungen daraus. Und veranlassen Sie, daß dieser Mist aus ihrer B-Fiche verschwindet. Und vergessen Sie niemals, daß ein Indic eine Geschäftsverbindung ist! Das bedeutet: Unentbehrlich für den guten Gang der

* Indicateur = (franz.) Spitzel, Informant.

Dinge und manchmal unbezahlbar. Vorausgesetzt, daß er *gute Arbeit leistet*, Van Leuven!"

Velge machte kehrt, griff seine Mappe und verließ den Konferenzraum. Er fuhr mit dem Fahrstuhl in die siebente Etage. In seinem Büro ging er zum Kühlschrank und fragte, an Boel gerichtet, der auf dem Fensterbrett saß: „Bier?" Boel nickte. Velge reichte ihm eine Bierdose. Sie tranken. Velge bereitete sich auf den Pep talk* vor, den angenehmsten Teil des Tages. Er setzte sich ebenfalls auf das Fensterbrett.

„Bisher konnte man mit Hilfe der Parameter noch nichts aus dem Computer herausholen, das habe ich noch vergessen zu sagen", begann Boel, „und mit der Staatsanwaltschaft ist alles wie geschmiert gelaufen, abgesehen vom Besuch des Generaals . . ."

Velge nickte zustimmend. „Erzähl mir lieber genau, was monsieur le notaire so alles zu erzählen hatte", sagte er munter.

„Nun ja, Willy", begann Boel bedächtig, „das läßt sich nicht mit zwei Worten sagen. Über die Leblanc wußte er nicht so viel Interessantes, aber ohne daß ich ihn danach fragte, hat er eine ziemlich ausführliche Beschreibung der Art gegeben, wie der Generaal Bridge spielt . . ."

„Hatten der Generaal und die Leblanc eine Liaison?" fragte Velge, eingedenk des Prinzips, daß jemand in einer Machtposition niemals selbst klatschen darf, jedoch andere dazu verleiten muß.

„Sie behaupten nein. Nun, sie wissen es wohl nicht genau. Oder sie wollen nicht den Mund aufmachen. Wenn das so ist, komme ich schon dahinter."

„Sag mir erst mal", erwiderte Velge und trank schnell in kurzen Schlucken von seinem Bier, „um welche Zeit das Ehepaar und der Generaal das Haus der Leblanc verlassen haben."

„Um Viertel nach zwölf. Sie wissen das so genau, weil der Generaal immer pünktlich um zehn vor zwölf aufsteht und sich verabschiedet. Er geht dann zu Fuß nach Hause. Meistens bleiben sie noch, um ein bißchen zu plaudern, und gehen dann auch nach Hause."

„Okay", sagte Velge, „fahr fort."

* (engl.) Aufmunternde Worte, „Moralspritze".

Distriktskommando Rijkswacht Gent. 20.35 Uhr

Kapitein-Commandant Velge legte den Telefonhörer hin. Er hatte seine Frau angerufen und ihr gesagt, daß er spät nach Hause komme und daß sie mit dem Schlafengehen nicht auf ihn warten solle. Davor hatte er genüßlich gegessen. Er hatte sich aus der Kantine ein Rumpsteak mit Pommes frites und eine Schüssel Gemüse nach oben bringen lassen. Das Plastiktablett mit den leeren Tellern hatte er auf den Fußboden gestellt. Er rauchte nur eine Zigarette am Tag, und jetzt war der geeignetste Augenblick. Er steckte sich eine Camel an und nahm einen tiefen Zug. Lauschte in die Stille, die im Gebäude herrschte. Solch eine behagliche Atmosphäre war für ihn ideal, um eine Zusammenfassung von dem Fall zu machen und ungestört nachzudenken. Außerdem arbeitete er gern zu ungewöhnlicher Stunde. Dies sei auch ein Zeichen von Macht, hatte er in demselben Buch gelesen. Er setzte sich an seinen Schreibtisch, lehnte sich im Drehsessel zurück und sah träumerisch durch das große Fenster mit Heavy-duty-Thermopanscheiben, die kein Geräusch durchließen.

Es war das erstemal in seiner Karriere, daß er in einem Mordfall nach elf Stunden noch nicht die geringste Spur hatte. Schlimmer: Er wußte nicht einmal, in welcher Richtung er suchen sollte. Das war merkwürdig, denn die meisten Mordfälle waren recht einfach zu lösen. Zum erstenmal erfuhr er die Magie, die ein unaufgeklärter Mord ausstrahlt. Er empfand es als Bedrohung durch einen umherschleichenden Geist, der jeden willkürlich ermorden kann. Ein faszinierender Gedanke kam ihm: *Er selbst* hätte beispielsweise ebensogut der Täter sein können. Vielleicht war es spannend, sich auf den Mord zu konzentrieren, als hätte er ihn selbst begangen . . . Nach der Aufklärung könnte er dann wieder normal funktionieren . . . Dann hätte er *jemand anders*. Er schüttelte den Gedanken ab.

Laien sind oft fasziniert von jemandem, der den Mut hat, einen anderen Menschen umzubringen. Sie neigen auch dazu, den Unterschied zwischen dem normalen Menschen und dem Mörder als grundsätzlich und unüberbrückbar zu betrachten. Velge wußte, daß praktisch jeder zu jedem beliebigen Verbrechen fähig ist. Er wußte auch, daß es ein *unvorstellbares* Verbrechen nicht gibt. In der Vergangenheit wurden alle Arten von Verbrechen begangen, und das würde sich auch in der Zukunft nicht ändern. In jedem Menschen verbirgt sich das prähistorische Tier, dem vor Millionen Jahren Fesseln angelegt wurden, das aber darauf lauert auszubrechen. Ohne Motiv. Velge verabscheute dieses Wort. Wenn jeder mit einem Motiv einen Mord beginge, dann würden nur wenige Menschen eines natürlichen Todes sterben.

Und doch lief eine Ermittlung nicht gut ohne nachweisbares Motiv. Vorläufig war er also gezwungen, mit materiellen Indizien zu arbeiten, von denen zwar jedes seine Geschichte zu erzählen hatte, die er jedoch nicht weitergehend befragen konnte, so daß er vor einem unentwirrbaren Knäuel saß: einer Reihe simpler Fakten ohne Zusammenhang. Er hatte viel lieber mit *Personen* zu tun, die etwas mit dem Fall zu tun hatten. Die konnte man unter einen gewissen Druck setzen, und nur wenige Menschen konnten diesem Druck widerstehen. Er war sich bewußt, wie gefährlich diese Situation für den Verlauf der Ermittlung war. Eine einzige falsche Schlußfolgerung wäre ausreichend, um die Sache gründlich zu verderben. Ohne nachweisbares Motiv blieb nur der sogenannte Sexualmord übrig, begangen von einem Psychopaten, einem einsamen Wolf, der zuschlägt und sofort wieder in der anonymen Masse verschwindet. Die Psychiatrie war eine Wissenschaft, die Velge mehr als alles andere mit Mißtrauen erfüllte. Weil Vernunft und lineare Logik dabei völlig fehlten. Genau da beginnt die große Angst eines jeden Polizisten: die erprobten Mittel nicht mehr gebrauchen zu können, kostbare Zeit zu verlieren, im Dunkeln warten zu müssen, bis Der Andere ein zweites Opfer findet, und hoffen, daß er eine Spur hinterläßt, die ihm zum Verhängnis wird. Oder auf das Wunder hoffen. Daß er den Streß nicht mehr ertragen kann und sein Geheimnis der ganzen Welt verkündet: *Ich* weiß etwas, was *ihr* nicht wißt! Obwohl er wußte, daß sich die Chancen, einen Fall aufzuklären, mit der Zeit, die verstreicht, zunehmend verringern, konnte er sich den Luxus nicht leisten, ungeduldig zu sein. Er mußte auf professionelle Art abwarten und zugleich mit allen verfügbaren Mitteln weitersuchen, bis er etwas fand, was dem Fall eine Wende gab.

Er nahm einen letzten Zug von seiner Zigarette und drückte sie im Aschenbecher aus. Auf dem Notizblock setzte er mit dem Kugelschreiber sechs große *W* untereinander. Dem ersten *W* fügte er *AS?* hinzu und begann zu schreiben:

> *12. Juli 1990, 0.15 Uhr. Die 3 Freunde haben die Villa verlassen. Generaal W. schon gegen Mitternacht zu Fuß nach Hause. Keine Tür außer der Vordertür abgeschlossen. Möglichkeit, daß Täter eingelassen wurde = gering, bleibt aber bestehen.*
> *Kannte der Täter die Leblanc?*
> *Kannte er die Gewohnheiten des Hauses?*
> *Wurde der Hund zuerst getötet?*
> *3.00 Uhr: Fernschuß.*
> *9 Stiche mit unbekannter Waffe.*
> *Coitus post mortem.*
> *Kein Raubmord.*
> *Sexualmord (dem widerspricht: perfekter Schuß, perfekte Reihe Stiche + nicht gewalttätig und blutig genug, Revolver paßt nicht ins Schema.)*

Velge dachte einen Augenblick nach. In Klammern schrieb er:

> *(Es sieht ganz so aus, als ob der Täter uns einen Bären aufbinden will!)*

Es bekräftigte sein Mißtrauen gegenüber klassischen Fällen.

Er schrieb *WER?* und notierte:

Hélène Leblanc. Reich. Witwe. B-Fiche:
alte Herren (weißes Schamhaar!)
Vorläufig 2: Notar 'T Kint. Schlüssiges Alibi.
Testament der Leblanc?
Alibi Generaal? Ist er wirklich nach Hause gegangen?
Wer kann das wissen? Seine Haushälterin?
Hatte der Generaal einen Konkurrenten?
Bestand eine Liaison Generaal-Leblanc?

Velge erschrak, als die folgende Deduktion wie selbstverständlich aus seiner Feder floß:

Besitzt Generaal W. einen nichtregistrierten Revolver Colt .38 Special?
Mögliches Motiv: RACHE, EIFERSUCHT.
Hatte die Leblanc andere Liebhaber?

Er fand, daß die Sache eine beunruhigende Wendung nahm. Viele Rijkswacht-Offiziere besaßen tatsächlich einen oder mehrere Revolver oder Pistolen, die nicht offiziell registriert waren. Meistens beschlagnahmte Waffen, nach denen kein Mensch mehr fragte. Er erinnerte sich noch genau an die peinliche Affäre mit den GPs. 1978, nachdem die 9mm GP als Dienstwaffe teilweise durch die 7,65 Browning ersetzt worden war, hatten einige Angehörige der Rijkswacht einen einträglichen Handel mit den ausgedienten GPs angefangen. Zum Glück konnte die Sache damals geheimgehalten werden. Im Gegensatz zum Fall François zwei Jahre später. Durch die Dummheit der Staatsanwaltschaft, die alles an die Presse weitergab . . .[29] 1980 war ein schlechtes Jahr gewesen. Generaal Beaurir, der damalige Korpskommandant, war der Situation nicht gewachsen gewesen. Albert der Zweite hatte 1982 entschieden den Umschwung gebracht. Nicht zu spät, aber im letzten Moment. Plötzlich wurde Velge die Gefahr bewußt, in der er sich persönlich befand. Kurz vor einer wichtigen Beförderung. Die geringste Indiskretion in Verbindung mit dem Generaal konnte fatale Folgen haben, die auf *seinen* Kopf herabkommen würden. Er schrieb:

29 Siehe Anhang.

Notar 'T Kint vorläufig in Ruhe lassen bezüglich Generaal W.

Velge schloß für einen Moment die Augen. Ohne unumstößlichen Beweis durfte er in dieser Richtung nicht weiterdenken. Oder verwarf er schlechthin die Möglichkeit, weil er sich aus Korpssolidarität weigerte, sie zuzugeben?

Er notierte:

WANN ? 12. 7. 90±3.00 Uhr

WO ? Bett Schlafzimmer Leblanc.
Umlagerung der Leiche unwahrscheinlich.
Keine Blutspuren außerhalb d. Bettes.
Totenflecke checken Autopsie.[30]

WOMIT ? Revolver Colt .38 S.
Stichwaffe.
UNAUFFINDBAR.

WARUM ? Vorläufiges Motiv: Sexualmord oder Racheakt.
PSYCHOPATH?
Finanzielles Interesse an ihrem Tod?
Kinder?
Alibi Sohn (Min. f. Auswärt. Ang.)

REMINDERS: Indic La Casa (Apache)
Zerstäuber
Autopsie 10.00 Uhr
Verhalten Spürhund
Autopsie Hund Leblanc
Datum und Ort Bestattung Leblanc
Guido Boel: KNOKKE
FAMILIE LEBLANC
TANTE LEBLANC
KORTRIJK
PARAMETER
MINISTERIUM
F. AUSWÄRT. ANG.
TESTAMENT LEBLANC
MARKE KUGEL (FONS)

30 Siehe Anhang.

Während er die letzte Gedächtnisstütze niederschrieb: *Generaal W. auf dem laufenden halten*, dachte er: Seltsam, daß jemand wie der Generaal sich herabläßt, mich persönlich anzurufen. Normalerweise sagt so einer: „Rufen Sie mich um die und die Zeit an." Vielleicht schmeichelte es einfach seiner Eitelkeit, daß er eine gute Nachricht übermitteln konnte. Schließlich war der Generaal jemand, der schon lange die Spitze erreicht hatte und es sich erlauben konnte, weniger zu scheinen, als er war.

Plötzlich fühlte Velge etwas wie einen elektrischen Strom durch sein Rückgrat aufsteigen; er warf seinen Kugelschreiber fort, rief händereibend „Majoor Wilfried Velge!", schob seinen Stuhl mit einem Ruck nach hinten, ging zum Fenster, sprang ohne Anlauf auf das Fensterbrett und dann geschmeidig wie eine Katze zurück auf den Boden, ließ sich auf Hände und Zehenspitzen fallen, machte schnell zwanzig Liegestütze, ohne den Fußboden mit der Brust zu berühren, sprang auf, spreizte die Beine und beugte sich tief hinunter, fühlte den Drang aufkommen, etwas zu vernichten, fand nichts, was dazu geeignet gewesen wäre, und versetzte der Schreibtischplatte mit aller Kraft einen dröhnenden Faustschlag. Das Schildchen mit dem Wappen der Königlichen Rijkswacht-Schule „Nihil Sine Labore"* fiel um, er erreichte mit drei Schritten den Schrank, zog seinen Dienstrevolver aus der Schulterhalfter, sprang in die Verteidigungsschießhaltung, zielte auf den Schrank, nahm das Schloß ins Visier und rief: „Peng, peng, peng!" Er fühlte sein Blut bis in die Fingerspitzen pochen, bekam einen so starken sexuellen Drang, daß er beinahe nicht mehr schlucken konnte, schnallte seine Halfter an, steckte den Revolver hinein, nahm seine Lederjacke vom Haken, den Walkie-Talkie und verließ das Büro. Im Flur sah er auf seine Uhr: 21.55 Uhr.

Er nahm den Fahrstuhl und tastete an seinem Hosenschlitz, ob die Erektion nicht zu sehr vorstand. Auf dem Flur im Erdgeschoß war niemand. Am Eingang gab er sein Fotolabel beim diensthabenden Unteroffizier ab. Er trat in die tropisch schwüle Nacht hinaus, schaltete seinen Walkie-Talkie an, bekam Verbindung mit der Über-

* (lat.) Nichts ohne Mühe.

tragungszentrale und sagte in breitem Antwerpener Dialekt zu Luitenant Boeckx, dem Chef des Krisenstabs: „Raoul, hier der Willy, ich setz mich ab, stör mich nur, wenn's wirklich nötig ist, ja? Okiedoo!"

Velge ging zum Parkplatz, stieg in seinen roten Mitsubishi 1800 T, startete den Motor und fuhr eine Sekunde später mit quietschenden Reifen davon. Er liebte den Turbomotor mit elektronischer Zündung, der einzige in der Preisklasse, die er sich erlauben konnte. Sein Traum war eigentlich ein großer amerikanischer Convertible. Cadillac oder Continental. Was ihn davon abhielt, sich einen aus zweiter Hand zu kaufen, war die Tatsache, daß er seine Vorgesetzten nicht vor den Kopf stoßen wollte. Seine Frau war Lizentiatin der Mathematik und gab Unterricht am Lyzeum. Das bedeutete ein doppeltes Einkommen. Und sie wohnten in einem Einfamilienhaus mit Garten, das seine Frau von ihren Eltern bekommen hatte. Das war das Äußerste, was sie sich nach den neuen „Verbindlichen Verhaltensnormen" der Rijkswacht erlauben konnten. Es wurde großer Wert auf Einfachheit und Sparsamkeit gelegt. Wegen der Wirtschaftskrise. Übrigens das einzige im Korps, was Velge ärgerte, denn er lebte gern in großem Stil.

Statt an der Ringvaart in die E5 Richtung Oostende nach Hause abzubiegen, fuhr er schnell durch zum Kortrijksesteenweg und hielt sich widerwillig an die Geschwindigkeitsbeschränkung, weil er wußte, daß ein neues, unsichtbares Teleradar aufgestellt war, das die Fotos unmittelbar an den Computer in Brüssel durchgab. Die Geldstrafe wurde noch in derselben Woche automatisch von dem betreffenden Bankkonto abgebucht. Ab und zu blickte er in den Rückspiegel, um sich zu vergewissern, daß ihm niemand folgte. Es war unwahrscheinlich, doch periodisch wurden alle Offiziere des Korps, mit Ausnahme der höchsten, „gecheckt". Da er selbst an der Spitze des Abhördienstes der Geheimen Informationsabteilung des Distrikts stand, wußte er, wie weit solche Überprüfungen gehen konnten. Deshalb hatte er für seine eigene Sicherheit ein in Belgien verbotenes kleines ultraempfindliches Mini-Counter-Measure-Gerät*

* (engl.) Gegenmeßgerät

aus New York mitgebracht, den „Cloak". Es war so flach, daß es in ein Seitenfach seiner Brieftasche paßte. Er hatte eine kleine runde Öffnung ins Leder geschnitten, in der Höhe des Lämpchens, das immer leuchtete, wenn ein „bug" in der Nähe war. Velge fürchtete vor allem den magnetischen „Jagdhund" irgendwo am Chassis seines Wagens, durch den die Position seines Autos auf einer großen Karte im Hauptquartier verfolgt werden konnte. Das war genauso schlimm wie der Harmonica bug[31] im Telefon, der ständig abhören konnte. Velge holte die Brieftasche aus seiner Innentasche, ließ sie aufklappen und sah hin. Kein Signal. Doch er fühlte sich unsicher. Es war keine Paranoia. Jeder hat schließlich etwas zu verbergen. Er kannte die Mittel, die zur Verfügung standen, zu gut, um sich nicht darüber im klaren zu sein, daß sie, wenn sie das wollten, alles über ihn erfahren konnten. In den Staaten benutzten CIA und FBI nun auch schon das gefürchtete Tele-Video, das die Möglichkeit bot, mit Hilfe des Kabelfernsehens jemand durch seinen eigenen Bildschirm hindurch zu beobachten. Überdies ein unaufspürbares System. In der HDO hatte er eine Dokumentation dazu gesehen. Das war ein Zeichen dafür, daß das Korps Interesse hatte. Er wußte, was das bedeutete.

Als er die Gemeinde Deurle erreichte, verringerte er die Geschwindigkeit und fuhr auf den privaten Parkplatz einer Bar mit der roten Neonschrift „Gaylord" auf dem Dach. Er sah drei Wagen parken und fuhr am Haus entlang bis hinter eine Hecke, stieg aus, schloß die Wagentür ab, ging zu einer Tür an der Rückseite des Hauses und klingelte. Schritte näherten sich, Licht wurde eingeschaltet, und eine Frau öffnete die Tür. Sie hatte lange, platinblonde Haare, und in ihrem engen roten Rock war ein Schlitz, der ein beträchtliches Stück Schenkel sehen ließ.

„He, bist du's?" sagte sie im Genter Dialekt und lachte. Sie hatte lüsterne Lippen. Große Brüste. Einen straffen Hintern. Sie war stark parfümiert.

„Tag, Schnute", sagte Velge munter.

„Tag, John."

31 Siehe Anhang.

„Was Neues?"

„Das Päckchen liegt bereit."

Die Frau ließ ihn ein und schloß die Tür. Sie gingen einen Flur entlang zu einem Salon mit roten Plüschsesseln und einem Sofa, das von versenkten Spots beleuchtet wurde.

Während die Frau zum Schrank ging, blickte Velge kurz auf die Öffnung in seiner Brieftasche. Wie erwartet, kein Signal, doch er wollte keinerlei Risiko eingehen.

„Hier . . .", sagte sie und gab ihm einen Umschlag und zwei kleine Plastikhülsen.

Er nahm ein Blatt Papier aus dem Umschlag und begann zu lesen. Sieben Vornamen mit Nummern daneben von den Schnappschüssen. Die Kennzeichen ihrer Autos. Er nickte. Mehr brauchte er nicht.

„Ich wette, daß da ein amüsanter Typ dabei ist", sagte sie, „ein Schuldirektor mit einer halblahmen Frau."

Velge reagierte nicht. Sie sah ihn an. Er hatte kleine Augen.

„Einen Drink?" fragte sie.

„Keine Zeit", erwiderte er. „Blas mir lieber einen."

Sie schnaubte durch die Nase und lachte professionell. Stand auf. Öffnete den Reißverschluß seiner Jeans und prustete los.

„Na so was, dem ist aber heiß."

„Make it snappy, please"*, sagte Velge mit gepreßter Stimme.

Sie kniete sich hin und begann mit trägen, rhythmischen Bewegungen zu saugen.

Velge fühlte, wie sein Körper vor Genuß zu beben begann. Ein Glück, daß er sich vor dem Briefing in der Dusche nicht einen runtergeholt hatte. Er schloß die Augen, und als er den Samen kommen fühlte, ging er in die Knie, kniff den Arsch zusammen und ejakulierte stöhnend. Sie ließ sein halbsteifes Glied aus ihrem Mund gleiten und schluckte.

„Elf Stöße, Donnerwetter!" sagte sie und erhob sich.

Velge stand mit gesenktem Kopf und keuchte wie ein Boxer, der groggy ist.

* (engl.) Mach schnell, bitte.

„Verdammt, genausogut wie ein Fick", flüsterte er.

„Wann machst du's mal richtig mit mir?"

„Nächste Woche."

Sie lachte kurz und brachte ihre Kleidung vor dem Spiegel in Ordnung. Er zog den Reißverschluß seiner Jeans zu, nahm den Umschlag, die zwei Filme und drehte sich um.

„Wann sehn wir dich wieder?" fragte die Frau.

„Das wirst du schon merken; hast du noch genug Filme?"

„Ja doch."

Sie gingen zusammen zur Tür.

„Krieg ich keinen Kuß?"

Er gab ihr einen flüchtigen Kuß. Sie öffnete die Tür.

„Tschüs, Schnute", sagte er und verschwand in den Abend. Lautlos schloß sie die Tür. Velge öffnete die Tür seines Wagens, startete und fuhr vorsichtig, mit Standlicht rückwärts bis auf den Parkplatz. Er schlug die Richtung nach Kortrijk ein und schaltete erst jetzt die Scheinwerfer an. Bei der nächsten Ampel bog er nach Nevele ab. Er drehte das Fenster herunter und ließ die laue Abendluft über sein Gesicht streichen. Er fühlte sich gespannt. Sein sexueller Drang war noch nicht befriedigt. Die Tatsache, daß er imstande gewesen war, eine Hure zu zwingen, etwas gratis zu tun, wofür andere ein paar tausend Franc hinblättern mußten, hatte kaum die Glut gestillt, die ständig in ihm schwelte. Velge haßte alle Frauen. In erster Linie, weil er sie fortwährend brauchte. Es gab nur eine einzige Frau in der ganzen Welt, die er anbetete und respektierte, und das war seine Mutter. Bei ihr fühlte er sich wirklich als Mann: der stolze Sohn-und-Beschützer. 1988 war alles auf einmal deutlich geworden. Während eines Urlaubs in Spanien. Nachdem er ein einziges Mal den fatalen Fehler begangen hatte, seine Frau zum Orgasmus zu bringen. Danach war bei ihr etwas sehr Merkwürdiges in Gang gekommen. Von dem Augenblick an schien es, als wollte sie ihn buchstäblich auffressen. Vielleicht war *leersaugen* das bessere Wort. In der milden Urlaubsstimmung hatte er nachgegeben, bis er nach einer Woche praktisch impotent war. Er war ängstlich und wütend geworden.

Weil er durch die Schuld einer Frau seine Überlegenheit verloren hatte. Er hatte sich geschworen, daß so etwas nie wieder geschehen würde. Danach hatte er sich systematisch geweigert, ihr noch Lust zu bereiten, und zu seiner großen Zufriedenheit merkte er, daß die Maßnahme ihr Ziel erreichte. Seine Frau war spürbar und tief erniedrigt. Von jenem Augenblick an ließ er allen Frauen, zu denen er Beziehungen hatte, eine spezielle Behandlung zuteil werden: er bestrafte sie tropfenweise, *homöopathisch*. Das einzige Mittel, um das Ideal einer totalen männlichen Identität zu verwirklichen: von nichts und niemandem abhängig sein. Macht ausüben, seine private Passion, die er mit niemand anderem zu teilen wünschte. Es half. Das merkte er jedesmal, wenn er seine Frau im Schlaf überfiel, etwas, was er immer häufiger zu tun begann. Das brachte ihm den größten Genuß: die kurze, dominierende Paarung wie bei den Tieren, wodurch das Männchen seine Macht festigt, während das Weibchen apathisch diesem Unterdrückungsinstinkt erduldet.

Als er fast zu Hause war, verspürte er erneut einen starken sexuellen Drang. Kurz vor der Kirche von Baarle bog er links in die Kloosterstraat ein und fuhr am Altersheim vorbei, an der Brücke über die E3 entlang und schließlich in die Noordhoutstraat hinein. Nach den ersten Kurven verringerte er die Geschwindigkeit und fuhr in den Hof des Hauses 24B. Es brannte kein Licht mehr. Das Garagentor stand offen. Er stellte seinen Wagen neben dem Mini Volvo seiner Frau ab, schloß das Tor, atmete ein paarmal tief ein und aus und dachte: Wenn ich jetzt könnte, wie ich wollte, würde ich unter freiem Himmel mit einer knackigen Hure in meinen Schlafsack kriechen. Er beschloß, zu niemandem über seine Beförderung zu sprechen. Falls es doch nicht stimmte. Er öffnete die Haustür und machte das Licht an. Ihm fiel auf, wie kahl und ärmlich die Diele aussah im Vergleich zu dem prächtigen Vestibül Hélène Leblancs und dem schicken Salon des Generaals. Er stellte seinen Walkie-Talkie laut auf den Glastisch neben die Alabastervase aus Spanien und ging in die Küche. Er holte sich eine Flasche Bier aus dem Kühlschrank und trank sie langsam aus. Der Umstand, daß die Küche säuberlich aufgeräumt war, ärgerte ihn als ein deutliches Zeichen der Kleinbürgerlichkeit. Er zog sich aus, warf die Sachen nachlässig auf einen Stuhl, ging zur Duschecke, öffnete den Plastikvorhang, stieg hinein und ließ alle eventuellen Gerüche von seiner Haut herunterspülen. Seine Frau hatte eine scharfe Nase, und er wollte nicht riskieren, daß sie ihn bei etwas ertappte. Beim Abtrocknen bekam er eine Erektion, die nur noch durch eine Ejakulation wegzubekommen war. In diesem Zustand konnte er nicht zu Eric gehen, um ihm einen Gutenachtkuß zu geben. Er nahm seinen Walkie-Talkie, machte das Licht aus, schlich die Treppe hinauf und öffnete die Schlafzimmertür. Trotz des offenen Fensters war es dort drückend heiß. Als er das Laken herunterzog, mußte er unwillkürlich an die Parfümwolke denken, die aus dem Bett Hélène Leblancs aufgestiegen war. Er glitt unter das Laken und spürte, daß seine Frau wach wurde.

„Mm . . .", murmelte sie, doch er lag schon auf ihr. Sie öffnete gefügig ihre Schenkel. Mit der Hand zwängte er hastig seinen steifen Penis hinein. Sie war trocken, und er hatte Mühe. Sie stöhnte und zog ihren Unterleib zurück. Er spuckte auf seine Finger und befeuchtete seine Eichel. Schnell begann er zu stoßen.

Freitag, 13. Juli 1990

Konferenzraum 218, Distriktskommando Gent. 7.00 Uhr

Die Morgenbesprechungen von Kapitein-Commandant Velge waren meistens extrem kurz. Sie dienten vor allem dazu, anhand der in der Nacht eingegangenen Fakten neue Aufträge zu verteilen. Die Männer saßen an dem langen Tisch und tranken Kaffee aus Plastikbechern. Es wurde mehr gemurmelt als gesprochen. Sie waren ungeduldig, denn sie wollten vor der großen Hitze an die Arbeit gehen.

Als Velge Punkt sieben den Raum betrat, machte er eine abrupte Gebärde, daß keine Zeit sei für militärisches Protokoll. Bevor er auf seinem Stuhl saß, fragte er: „Knokke?“ in Richtung von Adjudant Boel, der einzige außer Borry, der einen Anzug trug. Boel antwortete: „Oswald und Carl sind schon weg. Piet hat um zehn Uhr ein Rendezvous mit der alten Tante in Kortrijk.“

„Okay“, sagte Velge, „Etienne?“

Der Erste Oberwachtmeister Van Leuven sprang auf und übergab ein nicht numeriertes Protokoll. Velge las es schnell durch, nickte und sagte: „Sorgen Sie dafür, daß von dieser Seite ein paar Neuigkeiten kommen, ja, Etienne?“

„Zu Befehl, Commandant“, sagte Van Leuven erleichtert, ergriff seinen Aktenkoffer und verschwand.

Auf das Protokoll schrieb Velge:

CHECKING B-FICHE LEBLANC
INDICS ANTREIBEN
PROT. VERNICHTEN

Auf seinen Notizblock schrieb er:

1. Ministerium f. Auswärt. Ang. Brüssel Alibi erfragen Jean-Pierre Leblanc (Belg. Botsch. Pakistan)

2. Notar 'T Kint kontakten
wegen Inhalt Testament Leblanc,

riß das Blatt ab und schob es hinüber zu Boel, der es las, den Telefonhörer abnahm und in der Übertragungszentrale nach der Nummer in Brüssel fragte, um nach neun Uhr das Ministerium anzurufen.

„Nichts Neues über die Parameter?" fragte Velge, während Boel auf die Nummer wartete.

Boel schüttelte den Kopf und spitzte die Lippen.

„Das war zu erwarten", murmelte Velge.

„Gust?" fragte er in Richtung des Ersten Oberwachtmeisters Saey, eines breitschultrigen, kahlköpfigen Mannes mit einem pockennarbigen Boxergesicht, Breshnew-Augenbrauen und schwarzen Brusthaaren, die aus seinem offenen Hemd quollen.

„Ich hatte mit Johan die ganze Nacht zu tun, die fünfzehn Kugeln zu fotografieren und in den Douglas einzugeben, Commandant", sagte Saey mit seiner rauhen Baßstimme, „mit negativem Resultat."

„Ich dachte, es waren *siebzehn*?" unterbrach Velge.

„Das ist richtig, Commandant, das wollte ich Ihnen gerade sagen. Die zwei, die ich nicht erreichen konnte, weil sie in Urlaub sind, sind beide Mitglieder des Genter Polizeischießklubs. Also . . ."

Velge nickte und sagte zu Boel: „Checking Colt .38 Special auf Landesebene. Die gleiche Prozedur. Beantragen bei der Operativen Direktion."

Boel notierte den Auftrag.

Nur der Erste Oberwachtmeister Borry blieb noch übrig. Velge hatte es absichtlich so eingerichtet.

„Was Neues, Marc?" fragte er.

„Halten Sie sich fest, Commandant", sagte Borry, „es ist *Hundeurin*, kein Zweifel möglich."

Es traf Velge wie ein Schock, aber er beherrschte sich perfekt. Nahm vorsichtig das Fläschchen mit Plastikverschluß und -röhrchen in die Hand und blickte es träumerisch an. Am Boden stand noch etwas gelbliche Flüssigkeit. Er kippte das Fläschchen langsam von links nach rechts und blickte zu Boel, der mit gerunzelten Brauen seine Fingerspitzen betrachtete. Boel reagierte nicht. Er dachte nach. Velge störte ihn nicht; er warf einen Blick auf seine Armbanduhr und sagte zu De Groodt, der schläfrig mit ausgestreckten Beinen auf seinem Stuhl schaukelte: „Kennst du den Hundezwinger in der Kaserne an der Groendreef?"

„Klar, Commandant", antwortete De Groodt und stand langsam auf.

„Marc, versuch mal herauszubekommen, wann ich den Tierarzt der Uni erwischen kann. Nimm Verbindung auf mit meinem Wagen", sagte Velge zu Borry und verließ den Konferenzraum.

Zu dritt gingen sie durch den Korridor zum Aufzug. Es fiel kein Wort. Das Erdgeschoß. Die Glastür. Die Treppe. Der BMW, der in der Morgensonne glänzte. Velge blickte in den stechendblauen Himmel, und auf einmal wurde ihm bewußt, daß Freitag der Dreizehnte war. Gottverdammt noch mal, dachte er.

Kaserne Erste Mobile Gruppe, Groendreef, Gent. 7.50 Uhr

Der Erste Wachtmeister Aernout, diplomierter Abrichter der Spezialschule für Hundedressur zu Leopoldburg und der Verantwortliche für den Zwinger des Gebiets, in dem drei Deutsche Schäferhunde, drei Labrador-Drogenhunde und vier Angriffshunde einsatzbereit gehalten wurden, gab nur einen Kommentar zu dem unkontrollierbaren Betragen seiner Schäferhunde King, Hardy und York, die nun wieder in ihrem Käfig eingeschlossen waren, nachdem sie an dem offenen Zerstäuber geschnüffelt hatten: „Pisse von einer Hündin, die läufig ist. Der Typ, der daran denkt, muß was von Hunden verstehen", sagte er, „das ist übrigens das einzige, wogegen wir sie nicht dressieren können: ihre Natur."

„Haben Sie in anderen Distrikten keine Hündinnen", fragte Velge, „mit denen wir es mal versuchen könnten?"

„Nicht, daß ich wüßte, Commandant", antwortete Aernout, „aber dafür ist es jetzt sowieso zu spät. Die Spur ist weg."

Velge dachte einen Moment nach und fragte: „Wissen Sie, ob man in Waffenläden oder so Pisse von Hündinnen verkauft?"

Boel spitzte die Ohren.

„Nicht, daß ich wüßte, Commandant, aber ich sehe keinen Grund, warum sie die verkaufen sollten. Pisse auffangen ist doch nicht so schwer. Du wartest ab, bis sie ihr Geschäft verrichten müssen, hältst einen Topf drunter, und schon ist die Sache gelaufen."

„Vorausgesetzt, daß du eine Hündin hast", erwiderte Velge.

Aernout sah ihn forschend an, sagte aber nichts.

„Danke, Erster Wachtmeister", sagte Velge und drehte sich um. Boel folgte ihm. Sie stiegen in den BMW.

De Groodt sagte: „Die Tramstraat hat durchgegeben, daß man Sie beim Pferdedoktor erwartet, Commandant."

„Okay, Boy, wir haben noch viel Zeit", sagte Velge nach einem kurzen Blick auf seine Uhr leichthin.

Als sie das Wachhäuschen der Kaserne hinter sich gelassen hatten und in die Rooigemlaan einbogen, bat Velge, ohne Boel anzusehen: „Hilf mir auf die Sprünge, Guido."

Boel war auf der Hut. Sein Chef äußerte diese Bitte nur unter außergewöhnlichen Umständen, das heißt, wenn er am Wert einer Schlußfolgerung zweifelte, die ihm im Kopf herumging.

„Die Mittel, die ein Mörder benutzt, um seine Spur zu verwischen, sind oft die Indizien, die uns auf seine Spur bringen", sagte Boel.

„Die Tatsache, daß jemand kein Strafregister hat, beweist nur, daß er noch nicht geschnappt wurde", erwiderte Velge spitz. „Versuch mir bitte nichts zu verkaufen, womit ich nichts anfangen kann."

„Die Tatsache, daß jemand Mittel anwendet, um einen Spürhund unbrauchbar zu machen, weist meiner Meinung nach darauf hin, daß die Person weiß, daß man einen Spürhund einsetzen wird. Ich nehme an, daß es nicht allzu viele Belgier gibt, die das wissen", sagte Boel langsam, um sorgfältig formulieren zu können.

„That's correct", sagte Velge zufrieden, „nicht allzu viele Belgier, die das *wissen*, und nicht allzu viele Belgier, die unter den gegebenen Umständen *daran denken*. Und dieser Belgier hat auch dafür gesorgt, daß auf seinem Zerstauber kein einziger Fingerabdruck zurückgeblieben ist."

„Es besteht die Chance, daß der Täter eine Hündin besitzt."

„Möglich."

„Was hast du da vorhin mit der Frage über Hundepisse in Waffenläden gemeint?"

Velge mußte lachen. „Als ich in den Staaten war, habe ich zufällig erfahren, daß man praktisch in jedem Waffenladen, der auf Jagdartikel spezialisiert ist, Fläschchen kaufen kann mit verschiedenen Sorten von *lure*. Lockmitteln. Für Füchse, Otter, Coyoten, Biber. Auf der Basis von Urin und Moschusdrüsenflüssigkeit."

„Was hat das mit Hunden zu tun?"

„Nichts, aber man kann nie wissen. Ruf auf jeden Fall Parret in der Oudburg an und frag ihn, ob diese Dinge auch in Belgien verkauft werden. Und fühl ihm mal vorsichtig auf den Zahn wegen Hündinnenpisse. Wenn *er* die nicht in seinem Laden hat, wüßte ich weiter niemand. Gegen vier Uhr werde ich das FBI in Washington anrufen, um zu hören, ob sie da nicht einen schlauen Burschen haben, der uns was beibringen kann. Noch etwas: Hast du eine Idee bezüglich der Herkunft des Zerstäubers?"

„Nein, aber ich denke, daß ich damit einen Mann zu ein paar Parfümerien und Drogerien in der Stadt schikken werde."

Velge nahm den Zerstäuber, hielt ihn mit drei Fingern fest und streckte ihn vor wie ein Markthändler, der seine Ware anpreist.

„Sieh dir dieses Gerät mal gut an. Fällt dir daran nichts auf?"

„Nein", sagte Boel, „in solchen Dingen bin ich kein Spezialist."

„Na schön, Guido, hast du jemals in deinem Leben so ein häßliches Ding gesehen? Genau die Miniaturausgabe einer Mineralwasserflasche. Gewöhnliches weißes Glas. Ein Plastikverschluß. Wegwerfzeug. Stellt sich eine Frau so was auf ihren Toilettentisch?"

Velge legte den Zerstäuber neben sich auf das Lederpolster.

„Was willst du damit sagen?"

„Daß ich meinen Kopf darauf verwette, daß das mit Parfüm oder so was nichts zu tun hat."

„Würdest *du* mir jetzt auf die Sprünge helfen?"

„Sure."

„Glaubst du, daß es ein Sexualmord ist?"

„Immer weniger."

„Ich bin froh, das zu hören. Ich bekomme langsam den Eindruck, daß der Täter uns mit aller Macht an einen Sexualmord *glauben lassen* will. Das einzige, was ich mich frage, ist: warum?"

„Der Täter will uns einfach an der Nase herumführen, Guido. Die Geschichte von dem Sadisten, der eiskalt wie ein Hitman* mit dem Revolver umgeht, danach in aller Seelenruhe eine säuberliche Reihe Löcher sticht, in aller Seelenruhe Samen ergießt und danach anfängt, mit Hündinnenpisse rumzuspritzen, um uns ein bißchen zum Narren zu halten. Und dann habe ich noch den faulen Trick mit dem Hund vergessen. Die Sache stimmt hinten und vorn nicht. Ein Sadist vergewaltigt und würgt sein Opfer oder richtet am Ende ein Blutbad an, aber kein Potpourri. Das einzige greifbare Indiz ist, verdammt noch mal, ein weißes Schamhaar. Ein alter Kerl. Nicht zu glauben."

„Dann bin ich auch ein alter Kerl", sagte Boel trocken, „die Hälfte meiner Schamhaare ist weiß wie Schnee."

Velge reagierte nicht.

Ein Wüstling, der seine Taten perfekt unter Kontrolle hat, dachte er. Crazy like a fox. Smart crazy.**

„Vielleicht haben wir es hier auch mit einem dieser pfiffigen Burschen zu tun, die sich einbilden, sie wären Genies und wir bloß ein Haufen seniler Affen", erwiderte Boel. „So was scheint öfter vorzukommen, als man denkt. Ich meine bei Psychopathen."

„Guido, ich mag dieses Wort nicht. Mit diesem Wort wurden schon viel zu viele gute Dossiers aus dem Verkehr gezogen . . . Überlaß das den Seelenklempnern. Das ist ihr Job."

„Zu tun, worum du sie bittest, wenn du nur bezahlst."

„Ja, wie die Huren."

Sie genossen den Berufsjargon, der ihre Zusammengehörigkeit festigte.

Der BMW hielt vor dem Gebäude der Fakultät für Veterinärmedizin auf dem Casinoplein.

Velge und Boel stiegen aus und gingen zum Haupteingang. Die Verwaltungsangestellten arbeiteten noch nicht, doch in der Halle war eine große Tafel mit den Namen der Abteilungen und der Professoren auf jeder Etage. Velge fand es sofort: „Pathologische Anatomie", 121, Prof. Dr. J. Rommelaere.

* (amerik.) gedungener Mörder.
** (engl.) Total wahnsinnig. Wahnsinnig, aber mit Methode.

Sie gingen die Treppe hinauf, und auf dem Gang der ersten Etage liefen sie die Reihe der Türen entlang bis zur Nummer 121. Sie klopften an. Eine tiefe Stimme rief „Ja!", und Boel öffnete die Tür.

„Aha, die Herren vom Gericht", sagte ein rotgesichtiger dicker Mann von etwa fünfzig Jahren in weißem Arztkittel, der an einem Schreibtisch saß und arbeitete.

Boel und Velge näherten sich dem Schreibtisch, der Mann stand auf und streckte eine schwere Hand aus. Er war so groß wie Velge. Nachdem man sich vorgestellt hatte, sagte Professor Rommelaere: „Und wie läuft's im Justizpalast? Ist Untersuchungsrichter Jespers noch nicht wieder im Dienst?"

„Wir sitzen nicht im Justizpalast, Professor", sagte Velge mit einem dünnen Lächeln, „wir sind Offiziere der Rijkswacht."

„Ach, ich wußte nicht, daß die auch in Zivil rumlaufen. Kein Wunder, daß ich nichts davon weiß. In meinem Beruf habe ich selten mit Ihnen zu tun. Wollen wir anfangen? Nehmen Sie Platz, meine Herren."

Velge und Boel setzten sich und warteten.

Professor Rommelaere öffnete eine Mappe, setzte die Brille auf und sagte: „Tja, die Sache war nicht allzu kompliziert. Acht Stiche von ungefähr sechzehn Zentimeter Tiefe. Zugefügt mit einem spitzen, geraden Instrument von ungefähr vier Millimetern Durchmesser. Am ehesten zu vergleichen mit einem stählernen Dorn, den man benutzt, um Löcher in Holz zu bohren, so daß man die Schrauben mit der Hand eindrehen kann. Die Stiche erfolgten mit Kraft und Präzision in den Rücken des Dakkels, vier rechts und vier links in ungefähr fünf Zentimetern Abstand vom Rückgrat. Es sieht aus wie zwei Reihen Knopflöcher. Die Folge war, daß praktisch jedes lebenswichtige Organ durchbohrt wurde. Drei Stiche sind quer durch die Bauchhöhle gegangen. Der Dorn ist auf der anderen Seite herausgekommen. Die Todesursache ist innere Verblutung. Keine Hämatome. Kehlkopf und Schädel unbeschädigt. Kein Gehirntrauma. Keine anderen äußeren Verletzungen. Das ist alles, denke ich." Professor Rommelaere blickte auf und nahm seine Brille ab.

„Ich danke Ihnen, Professor", sagte Velge, „aber da ist noch etwas, was wir Sie fragen möchten . . ." Er holte den Zerstäuber aus der Tasche und stellte ihn auf den Schreibtisch.

Der Professor fing an zu lachen. „Ja, um diese Auskunft wurde ich auch gebeten", erklärte er, „lassen Sie mich das Ding mal sehen."

„Unser Labor hat festgestellt, daß es *Hundeurin* ist", sagte Velge.

„So, wenn Sie das schon wissen, warum fragen Sie mich dann noch?" erwiderte der Professor pikiert.

„Der Spürhund, ein Rüde, reagierte auf die Flüssigkeit, als würde er eine läufige Hündin riechen", fuhr Velge unerschütterlich fort.

„Dachten Sie, daß der Urin vielleicht von dem toten Dackel stammt?"

Velge sah ihn fragend an.

„Da kann ich Sie gleich beruhigen. Es ist unnötig, in dieser Richtung zu suchen, weil die Dackelhündin durch Ovarektomie sterilisiert war. Nach dieser Operation hört bei den Hündinnen der Zyklus auf und somit auch die Blutungen. Die Folge ist, daß sie nicht mehr läufig werden und daß sich ein Rüde für sie auch nicht mehr interessiert. Daraus würde ich schlußfolgern, daß Ihr Urin von einer anderen Hündin stammt."

Professor Rommelaere gab Velge den Zerstäuber zurück.

„Noch eine letzte Frage, Professor", sagte Velge, „reagiert ein Rüde in dieser Weise nur, wenn es sich um den Urin einer *läufigen* Hündin handelt, oder . . .?"

„Mijnheer, ein gesunder Rüde springt auf alles, was warmblütig ist, auch auf Frauen, das werden Sie wahrscheinlich wissen, nehme ich an, doch wenn Ihr Spezialist festgestellt hat, daß dieser Zerstäuber Hundeurin enthält, und wenn Ihr Rüde auf diese Art darauf reagiert hat, so können Sie praktisch sicher sein, daß der Urin von einer läufigen Hündin stammt. Zwar zeigt ein Rüde auch Interesse für den Urin einer nicht läufigen Hündin, aber dann weniger heftig."

Professor Rommelaere schloß die Mappe und blickte sie an. „Vielen Dank, Professor", sagte Velge steif, „kann ich auch eine Kopie des Autopsieberichts für die Gerichtsakte bekommen?"

„Muß ich die nicht an den Herrn Untersuchungsrichter schicken?"

„Vergangenes Jahr ist das betreffende Gesetz geändert worden", erwiderte Velge mit einem liebenswürdigen Lächeln.

„Gut. Noch etwas: Wir haben noch den Kadaver im Haus. Kann er zum Vernichten abtransportiert werden?"

„Gewiß, Professor."

Velge und Boel standen auf, drückten dem Professor die Hand und verließen das Zimmer. Während sie die Treppe hinuntergingen, brummte Boel: „Die Anspielung auf Richter Jespers fand ich ausgesprochen dumm. Nach über zwölf Jahren."

„Das ist möglich", antwortete Velge, „aber das ist auch der Beweis dafür, daß das, was Richter Jespers getan hat, noch viel dümmer war."

Draußen in der Sonne war es glühend heiß.

„Wenn das so weitergeht, fahre ich im Urlaub nach Norwegen", sagte Boel.

„Ich komme mit, aber bevor wir losfahren, müssen wir uns noch von jemand verabschieden, der jetzt im Kühlschrank der Kluyskensstraat liegt."

Boel seufzte nasal.

Sie stiegen in den BMW.

„Labor für Gerichtsmedizin, Johan", sagte Velge und warf den Zerstäuber neben sich auf den Sitz. Er spürte, daß er sein Frühstück schlecht verdaute. Es brannte säuerlich in seinem Magen. Er nahm ein Pfefferminzplätzchen und steckte es in den Mund.

Labor für Gerichtsmedizin, Kluyskensstraat. 10.00 Uhr

Im sauberen weißen Autopsiesaal herrschte eine Temperatur wie auf Borneo während des Monsuns. Obwohl Velge Autopsien verabscheute, war für ihn die Anwesenheit dabei ein Muß, sogar wenn der Täter bereits festgenommen war. Durch eine Autopsie erhielt eine Untersuchung gleichsam eine andere Dimension. Bestimmte Details, die sonst verborgen geblieben wären, konnten dem Täter unerwartet unter die Nase gehalten werden. Mörder lügen gern, was die Todesursache ihres Opfers betrifft. Indem er im richtigen Moment ein solches Detail hervorholt, kann ein geschickter Vernehmer eine niederschmetternde Wirkung erzielen.

Velge sah ungeduldig auf die Uhr. Vier Minuten über die Zeit.

„Bei Professor Moerman war so etwas undenkbar", flüsterte er Boel zu. Der zog die Augenbrauen hoch. Ihm war zu warm. Er mochte Autopsien genausowenig.

Emile, der Angestellte des Leichenschauhauses, der dem Gerichtsmediziner assistierte, gekleidet in einen weißen Wegwerfoverall aus Papier, steckte den Kopf durch die Tür, machte zu Velge die Gebärde eines hilflosen Teppichhändlers und verschwand wieder.

Der Mangel an Pünktlichkeit bei Dr. Noré verstärkte Velges Gereiztheit, die nach dem Gespräch mit Professor Rommelaere entstanden war. Und er mußte sich noch eines anderen Gefühls erwehren, das er über alles fürchtete: einer zunehmenden Unsicherheit. An Brechreiz, den er als Kriminologiestudent während der ersten Autopsie hatte unterdrücken müssen, litt er nun zum Glück nicht mehr. Es war vor allem *die Nachwirkung*, die ihn beunruhigte. Nach einer Autopsie hatte er stundenlang Mühe, sich wieder zu konzentrieren. Es war nicht so sehr der Anblick der nackten Leiche in der erstarrten

Haltung des gewaltsamen Todes, der sein Denkvermögen angriff. Vor allem die Art und Weise, wie der Leichnam während einer Autopsie behandelt wurde, sogar die Stromlinienform des weißen Porzellantischs, auf dem Leichenflüssigkeit und Blut abflossen, erfüllte ihn mit Widerwillen und existenzieller Angst. Der Gedanke an die Möglichkeit, jemals selbst in den Kühlschrank aus rostfreiem Stahl in einer Leichenhalle und dann auf einen Autopsietisch zu gelangen, jagte kalte Schauder über seinen Rücken. Diese Angst hatte ihn zum erstenmal vor einigen Jahren unerwartet überfallen, während einer Autopsie an einem jungen, athletisch gebauten Mann, der mit einer .22 Long Rifle Selbstmord begangen hatte. Gerade in dem Augenblick, da das Seziermesser, von Professor Moerman mit sprichwörtlicher Schnelligkeit geführt, die Bauchhöhle aufschnitt und seine linke Hand Penis und Hodensack griff und beiseite zog, um den Schnitt so weit wie möglich zu führen. Danach war dieser Gedanke zu einer Zwangsvorstellung geworden, die stets wiederkehrte, doch nur dann in all ihrer Heftigkeit, wenn er während einer Autopsie *auf das Geschlechtsorgan eines Mannes sah.* Wenn eine Frau aufgeschnitten wurde, berührte es ihn weniger. Zu einem gewissen Zeitpunkt dachte er von dieser Angst geheilt zu sein. In dem berüchtigten Leichenschauhaus von New York hatte er an einem einzigen Vormittag vierzehn Autopsien beigewohnt. Zu seiner Überraschung hatte er die ganze Zeit keine Probleme gehabt, nicht einmal mit der widerwärtigen Luft, die ständig durch starke Ventilatoren abgesaugt wurde. Vielleicht hatte er sich deshalb sicher gefühlt, weil es alles Leichen von Negern und Puertoricanern waren. Einer von ihnen wog einhundertundneunzig Kilo, und er stand ungerührt dabei, als die dreißig Zentimeter dicke Fettschicht losgeschnitten und mit einem dumpfen Schlag in einen Waschkübel geworfen wurde, den dann ein langer Neger mit einer elektrischen Karre wegfuhr. Danach, während des Besuchs im Dr.-Helpern-Museum in der dritten Etage des Leichenschauhauses, hatte er sogar mit Dr. Lahary ein Sandwich gegessen.

Velge blickte erneut auf die Uhr. Zwölf Minuten über

die Zeit. Er wurde so nervös, daß er sich zurückhalten mußte, um nicht wegzugehen und die Aufgabe Boel zu überlassen. Zwei Gründe hielten ihn davon ab: Der Untersuchungsrichter, mit dem er notgedrungen sprechen mußte, und die Aussicht auf das Zeugnis, das er später in der öffentlichen Sitzung des Schwurgerichts abzulegen hatte, etwas, was er gern und daher vortrefflich machte. Er wollte dort bei keinerlei Ungenauigkeit ertappt werden. Er erinnerte sich an einen peinlichen Augenblick. Zu Beginn seiner Karriere, als ihn einmal ein Verteidiger fragte, ob er denn der Autopsie beigewohnt habe. Er hatte eine verneinende Antwort geben müssen. „Wie sind Sie dann zu all den interessanten Einzelheiten gekommen, Luitenant?" hatte der Verteidiger bissig erwidert.

Er hörte Stimmen näher kommen. Angeregt miteinander sprechende Herren betraten den Autopsiesaal. Velge erkannte Untersuchungsrichter Thibau, in hellgrauem Anzug, und Ingenieur Van Wesemael, den Waffenexperten, der wie gewöhnlich sein Bestes tat, um wie ein Engländer auszusehen. Sie erblickten Velge. Thibau winkte kurz. Van Wesemael fuhr lachend in seiner Rede fort, während sie langsam auf Velge zukamen. Sie sprachen wie üblich französisch. Man wechselte einen kurzen Händedruck.

„Sehen wir uns nach der Autopsie, Commandant?" fragte Thibau.

„Selbstverständlich, Herr Richter", antwortete Velge.

„Apropos, die Mordwaffe ist ein Colt .38 Special", sagte der Waffenexperte.

„Und von welcher *Marke* ist dic Kugel, Mijnheer Van Wesemael?" fragte Velge.

Der Waffenexperte sah ihn erstaunt an. „Müssen Sie das unbedingt wissen?"

„Wenn's möglich ist, ja."

„Reicht es, wenn ich das nächste Woche kläre? Ich fahre gleich übers Wochenende an die Küste."

„Ich hätte die Information gern noch heute", sagte Velge beherrscht.

„Tja, wie können wir das arrangieren?" sagte Van Wesemael mit nachdenklicher Miene.

„*Ich* kann es versuchen, wenn Sie mir die Kugel geben", sagte Velge.

„Fabelhaft."

Der Waffenexperte holte eine Plastiktüte mit der Kugel aus seiner Tasche und gab sie Velge, der sich bedankte und ein winziges Federmesser hervorholte, es öffnete und in die Unterseite der Kugel sorgfältig HL ritzte. Er klappte das Messerchen zu und bemerkte, daß Boel ihn beobachtete.

„Hast du das gehört?" flüsterte Velge durch die Zähne.

Boel machte ein saures Gesicht und zuckte mit den Schultern.

„The *mother*fucker!" zischte Velge.

In diesem Augenblick fuhr Emile langsam eine Bahre auf Rädern in den Saal. Sie war mit einem weißen Laken überdeckt. Er genoß sichtlich die Tatsache, daß er zum Mittelpunkt des Interesses wurde. Eine Assistentin in weißem Kittel folgte ihm mit einem Schreibblock auf einer Unterlage in der Hand. Dann erschien Dr. Noré persönlich, in makellosem grünem Chirurgenanzug, ebensolcher Mütze und weißen antistatischen Stiefeln. Während er nach links und rechts grüßte und den zweiten Gummihandschuh über die Hand streifte, machte er eine Geste zu Emile, der das Laken zurückzog. Alle blickten auf die nackte Leiche mit gespreizten Beinen und einem gebogenen Arm, der schräg nach oben stand. Velge sah nicht hin. Er behielt Dr. Noré im Auge. Der nach oben gefallene Student, so nannte er ihn, oder der Chief Medical Examiner, je nachdem, wie er aufgelegt war. Noré, der trotz seiner vierzig Jahre wie ein Student des ersten Studienjahrs aussah, war ein mittelmäßiger Pathologe, in Leuven ausgebildet, der plötzlich aus dem Nichts aufgetaucht war und durch ein Manöver, dessen Hintergründe offenbar niemandem außer ihm selbst und seinem damaligen Paten Premier Tindemans bekannt waren, kurzerhand auf dem Thron des bekannten Professors Moerman Platz genommen hatte. Moerman behielt den Lehrstuhl für Gerichtsmedizin in Gent und Brüssel, doch Autopsien, mit denen er sich einen großen Namen gemacht hatte, wurden ihm von einem Tag auf den anderen aus der Hand genommen, eine Tatsache ohnegleichen in den Annalen der Universität. Emile, damals der einzige, der es sich erlauben konnte, mit Professor Moerman in breitem Genter Dialekt zu sprechen, und der Tausende von Autopsien vorbereitet und mitgemacht hatte, wurde von Noré mit gnädiger Herablassung behandelt. Emile tat fortan nur noch seine Pflicht. Er hob den starren Körper von Hélène Leblanc auf den Porzellantisch.

Noré blickte durch seine dicken Brillengläser um sich und sagte zu der Assistentin: „Verlesen Sie bitte den Auftrag des Herrn Untersuchungsrichters für die anwesenden Herren, Fräulein."

Die Assistentin, ein blasser Typ mit blondem, zu einem Dutt frisiertem Haar, errötete, schluckte und begann in protokollmäßigem Niederländisch stockend vorzulesen.

„Der Unterzeichnete Jean Noré, Doktor der Medizin, ist beauftragt von Herrn Untersuchungsrichter Thibau zu Gent, am 13. Juli 1990 um 10 Uhr die Obduktion der Leiche von Leblanc, Hélène, 53 Jahre, verstorben zu Sint-Martens-Latem am 12. Juli 1990, in Anwesenheit von Arthur Van Wesemael, Waffenexperte, durchzuführen."

Während die Assistentin Gewicht, Körpergröße und Kleidung beschrieb sowie die Totenflecke und die Narbe der Blinddarmoperation auf dem Bauch, Angaben, die man schon vorher festgehalten hatte, wusch Emile mit einem Schwamm das Blut vom Gesicht und begann mit einer Haarschneidemaschine schnell den Schädel kahl zu scheren. Velge suchte sich vor dem Geschehen zu verschließen, alles zu verfolgen, als wäre es ein Film. Als er hörte, wie Noré das Wort nahm mit „Nähere Untersuchung der Schußwunde", veränderte er den Brennpunkt seiner Aufmerksamkeit. Noré sprach ein äußerst gepflegtes Niederländisch und hörte sich selbst gern reden. Er hatte ein Stahllineal in der Hand. Die Assistentin schaltete ein eingebautes Tonbandgerät an und ergriff eine Minox B.

„Die Einschußöffnung hat einen Durchmesser von neun Millimetern", begann Noré, „und weist einen schmalen typischen Schürfsaum und eine Erosionszone[32]

32 Siehe Anhang.

auf. Keine Beschmauchung oder Pulvereinsprengung. Die Einschußöffnung befindet sich äh ... zehn Zentimeter vom Scheitel entfernt ... elf Zentimeter links von der Mittellinie und ... fünfzehn Zentimeter von der Fläche des Tisches, auf dem die Leiche in Decubitus dorsalis* liegt. Der Ausschußkrater ist schwer zu messen, das rechte Auge wurde weggeschlagen ..."

Noré legte das Lineal hin. Emile drehte die Leiche auf den Bauch.

Keine Pulvereinsprengung, also Fernschuß, dachte Velge wieder. Blaurote Totenflecke auf der Rückseite, das heißt, die Leiche wurde nicht umgelagert. Der Kerl wurde von der Leblanc ins Haus gelassen oder überfiel sie im Schlaf. Tötete er zuerst das Hündchen, das zu bellen anfing? Kannte er den Hund, so daß der nicht bellte? Schlief die Leblanc fest? Es gab keine Schlaftabletten im Hause. Eine halbe Flasche Champagner für den ganzen Abend ist nicht gerade viel. Der Kerl konnte ohne Licht unmöglich einen so genauen Schuß plazieren. Eine Mischung aus Rache, Sadismus und einer alles beherrschenden Kaltblütigkeit. Etwas stimmte nicht. Der Mörder war ein Psychopath. Velge fühlte seine Kehle trokken werden. Er hatte am Abend einen zusammenfassenden Rapport per Telex nach Brüssel durchzugeben. Das Wort Psychopath mußte um jeden Preis vermieden werden. In der Operativen Direktion hatten sie eine enorme Abneigung gegen das Wort. Er hatte den Eindruck, daß er seine Zeit verschwendete.

Die Assistentin machte eine Reihe Fotos von der Leiche und legte den Apparat beiseite. Noré gab Emile ein Zeichen, der daraufhin hinter einer Milchglasplatte, auf der ein Röntgenbild des Schädels angebracht war, Licht einschaltete. Noré fing an, Erklärungen abzugeben, doch sie interessierten Velge kaum, er wußte, daß die Kugel ganz geblieben war, praktisch unverformt, und er hatte sie sicher in seiner Tasche. Er wartete auf die Interpretation der Stichwunden und eventuell des Spermas, aber er vertraute Borry hundertprozentig. Die vor noch nicht langer Zeit entdeckte Methode der Enzymreaktion war sicher. Überdies war Borry solch ein ewiger Zweifler, daß

* (lat.) Rückenlage.

er selten ein völlig positives Urteil abgab. Velge sah, wie Emile die Leiche wieder auf den Rücken legte. Emile keuchte vor Anstrengung. Velge mußte die gefürchteten Gedanken jetzt schnell verdrängen, doch es gelang ihm nicht. Vorgestern hatte Hélène Leblanc wahrscheinlich noch nackt zum Sonnenbaden in ihrem prächtigen Garten gelegen, ihre erstaunlich gut erhaltenen Brüste, die Schultern und der flache Bauch glänzend von der Estée Lauder Sun Cream, diesem teuren Sonnenschutzprodukt, das er im Badezimmer gefunden hatte neben allerlei Sorten von After Sun Milk und Kosmetika.

Emile sammelte das Haar ein und stopfte es in eine Plastiktüte. Kurzes schwarzes Haar, wahrscheinlich bei Lintermans frisiert. Der kahl geschorene Schädel war kreideweiß. Velge wandte den Kopf ab.

„Als Nächstes gehen wir zur Untersuchung des Situs thoracalis* über", sagte Noré mit der angelernten kultivierten Art eines Radioreporters. Er begann die erste Inzision an der rechten Schulter und schnitt mit kräftigen Rucken knochentief schräg in Richtung des Nabels. Die Assistentin machte fleißig weitere Aufnahmen aus verschiedenen Blickwinkeln.

Dann die linke Seite. Eine dünne Fettschicht wurde sichtbar. Emile griff die Spitze des Fleischlappens und zog ihn hoch, während Noré die Muskeln dicht an den Rippen losschnitt. Langsam, unwiderruflich veränderte Hélène Leblanc ihre Identität. Als die roten, mit Fett geäderten Brustmuskeln über ihrem Kopf lagen, war sie ein aufgeschnittener Kadaver auf dem Hackblock eines Schlachthauses.

Velge sah aufmerksam auf den Brustkorb. Er konnte deutlich die Löcher sehen, die der Mörder hineingestochen hatte.

„Und nun gehen wir zur Untersuchung des Situs *abdominalis*** über", fuhr Noré fort und gab der Assistentin ein Zeichen, die schnell ein Papiertaschentuch hervorholte und damit die Stirn des Doktors trocknete.

Velge wurde plötzlich warm. Nicht, weil Noré schwitzte, sondern weil er wußte, was nun folgen würde.

* (lat.) Zustand des Brustkorbs.
** (lat.) Zustand der Bauchhöhle.

Noré ergriff die Bauchdecke unter der dünnen Fettschicht, zog sie straff und schnitt das weiche Gewebe mit einem Ruck bis zum Schambein auf. Die Schichten wurden vorsichtig losgeschnitten und aufgeklappt. Die Därme lagen nun frei wie modellierter und durch Eiweiß zum Glänzen gebrachter Glaserkitt. Velge sah drei Löcher in kleinen Pfützen grüner Flüssigkeit. Er hielt den Atem an, doch im selben Augenblick bekam er den süßlichen Geruch in die Nase, der ihn an die kochende Brühe von Schweineherzen erinnerte, die seine Frau für den Kater Cäsar zubereitete. Velge blickte zu Boel und Borry, die äußerlich unbewegt dabeistanden, wahrscheinlich des Rijkswacht-Lehrgangs eingedenk: *„Eine Leiche bedeutet nichts. Ein Kind von sechs oder eine alte Frau von achtzig, erstickt, in Stücke gehackt, ertrunken oder im Zustand der Verwesung, es bedeutet nichts. Vergiß sogar, daß es eine Leiche ist. Nur der Mörder zählt.“*

Noré legte sein Seziermesser hin und nahm eine Art Gartenschere zur Hand, deren gebogenes Messer er unter den Brustkorb schob, während das andere Messer die Rippen mühelos durchschnitt wie Zweige. Als das Brustbein abgetrennt war, legte Emile es auf das aufgeklappte Fleisch, ein sehr obszöner Anblick.

Noré beugte sich aufmerksam über das Zwerchfell, das in gleichem Abstand durchbohrt war, nahm ein spitzes kleines Seziermesser und machte sorgfältig einen Schnitt ins Gewebe, um festzustellen, wie tief die Stichwunden waren. Jedesmal maß er mit einer Stahlsonde und diktierte die Ergebnisse der Assistentin, die eine Skizze des Rumpfes in ihren Block gezeichnet hatte. Auf ein entsprechendes Zeichen hin rollte Emile den Fleischlappen zurück auf seinen Platz, wodurch sich Hélène Leblanc wieder mehr oder weniger in einen Menschen verwandelte. Noré steckte die Sonde in jede Wunde, diktierte die Tiefe und bat die Assistentin, die beiden Meßergebnisse zu addieren. „Stichwunden von ungefähr sechzehn Zentimeter Tiefe, beigebracht mit einem geraden, spitzen Instrument. Keine Blutung oder vitale Reaktion, also erst nach Eintritt des Todes beigebracht“, diktierte Noré. Emile zog den Fleischlappen erneut über das Gesicht. Noré fing an, das Herz abzutrennen. Velge gab Boel und Borry durch Kopfnicken ein Zeichen, daß er ihnen etwas zu sagen hatte. Sie zogen sich in den angrenzenden kleinen Sitzungssaal zurück.

„Habt ihr noch etwas anderes zu tun, was eilt?" fragte Velge, während er zum offenen Fenster ging und schnell tief ein- und ausatmete.

„Ich möchte kurz zum Wagen gehen, um in Brüssel und bei Notar 'T Kint anzurufen", sagte Boel, auf seine Armbanduhr blickend, „und ich werde Johan mit diesem Zerstäuber und einem Auftrag in die Tramstraat fahren lassen."

„Okay, versuch zurückzusein, wenn unser Genie den Schädel öffnet. Und du, Marc?"

„Eigentlich nicht, Commandant, ich denke, daß wir nur mit halbem Ohr hinhören brauchen, was dieses Spermasubstrat betrifft, angesichts der Tatsache, daß der Täter *höchstwahrscheinlich* kein Sekretor ist ..."

„Was sagst du da?" fragte Velge.

„Ich meine, Commandant, falls sich später herausstellt, daß das Sperma und das Schamhaar von jemand anders stammen, der mit dem Mord nichts zu tun hat."

„Ich bin froh, das zu hören", sagte Velge langsam, „daran habe ich natürlich auch gedacht, aber ich wette um zehntausend Franc, daß es einen Haufen Leute gibt, die daran *nicht* denken werden. Wenn du keine große Lust hast zu bleiben, halte ich dich nicht zurück."

„Ich habe noch eine Menge Arbeit mit dem Abschlußrapport über die Fingerabdrücke, Commandant."

Borry verließ den Saal. Velge steckte ein Pfefferminzplätzchen in den Mund, machte ein paar Nackenübungen und ging mit Widerwillen zurück zum Autopsiesaal, wo er sich Untersuchungsrichter Thibau und dem Waffenexperten zugesellte, die dicht neben der geöffneten Tür zum Labor gedämpft miteinander redeten.

„Une chance qu'il n'y a pas encore de décomposition", meinte der Untersuchungsrichter, „avec cette chaleur ..."*

Velge sah ihn fragend an, sagte aber kein Wort.

* (franz.) Eine Chance, daß noch keine Verwesung eingetreten ist, ... bei dieser Hitze ...

Der Untersuchungsrichter tat, als bemerkte er es nicht.

„Noch nichts Neues, Commandant?" fragte er.

„Noch nicht, Herr Richter", antwortete Velge zurückhaltend. Er betrachtete die Mitglieder der Staatsanwaltschaft und des Magistrats nicht als Profis in Sachen gerichtlicher Untersuchungen. Er brauchte sie vorläufig lediglich noch, damit sie Unterschriften auf Unterlagen setzten für Aufträge, die er längst an seine Männer vergeben hatte. Mit ihnen über den Verlauf der Ermittlung zu sprechen, betrachtete er als reine Zeitverschwendung. Ausgenommen damals mit Professor Moerman und dem Waffenexperten Colle, die über Polizistenverstand verfügten, hatte er es niemals der Mühe wert gefunden, mit Außenstehenden Gedanken oder Meinungen auszutauschen.

„Ein bemerkenswerter Fernschuß, finden Sie nicht auch?" fragte Van Wesemael.

Velge bremste sich, denn er war schon drauf und dran zu sagen: „Ein Sadist und Scharfschütze", doch er brummte nur etwas Unverständliches und ließ die Pfefferminzluft stoßweise durch seine Nase entweichen. Er blickte kurz zum Autopsietisch, wo Dr. Noré soeben die Tiefe der Darmperforation maß.

„Ist schon etwas aus dem Computer gekommen?" fragte Thibau.

„Noch nichts, Herr Richter", antwortete Velge.

„Haben Sie eine Idee bezüglich des Motivs?"

„Kein Raubmord", sagte Velge ausweichend, „übrig bleiben Sexualmord, Mord aus Leidenschaft, aus Rache, wegen finanziellem Vorteil und Mord ohne Motiv . . ."

„Was ist Ihre Meinung?"

Velge blickte den Untersuchungsrichter ausdruckslos an. Er hörte Dr. Noré sagen: „Die Aorta abdominalis weist eine leichte Arteriosklerose auf . . ."

„Arteriosklerose, das steht uns allen bevor!" sagte Van Wesemael mit kurzem Auflachen.

Velge blickte auf seine Uhr. Er hoffte, daß Noré endlich mit dem Schädel anfangen würde, dann konnte er bald gehen. Er sah Boel den Saal betreten und auf sich zukommen.

„Der Sohn ist mit dem Flugzeug von Islamabad unterwegs nach Belgien zum Begräbnis", flüsterte er Velge ins Ohr, „und das ganze Vermögen von Mama geht an die beiden Kinder."

Velge nickte. Es überraschte ihn nicht, und er hatte es mehr oder weniger erwartet. Es war ein mögliches Motiv im Zusammenhang mit der klassischen Frage „Cui prodest?" (Wem nützt es?), die er nun von seiner Liste streichen konnte.

„Und der Waffenhändler Parret dachte, daß ich nicht ganz richtig im Kopf wäre. Er hat von Hundepisse-in-Fläschchen noch nie was gehört."

„Okay", sagte Velge, „das können wir also vorläufig ruhen lassen."

Er hörte Noré sagen: „Fehlen von Muskelblutungen in der Zunge. Das Halsskelett ist unbeschädigt" – also kein Würgen, dachte Velge beiläufig–, „die Speiseröhre ist frei. Die großen Halsschlagadern weisen Anzeichen von Atheromatose[33] auf. Die Halswirbelsäule ist nicht gebrochen. Und nun, meine Herren, gehen wir zum Verlauf der Projektilbahn über."

Velge und Boel gingen näher an den Autopsietisch heran, gefolgt von Thibau und Van Wesemael. Dr. Noré wartete, bis sie nahe genug waren, und führte mit sichtlichem Vergnügen einen schnellen Schnitt von Ohr zu Ohr durch die Schädelhaut. Mit Seziermesser und Fingern löste er die Haut ab und zog sie nach vorn über das Gesicht Hélène Leblancs. Der glatte, weiße Schädel lag zu drei Vierteln bloß. Das hintere Stück Haut zog er über den Nacken. Wie ein eiförmiges Kinderköpfchen, dachte Velge. Dr. Noré sah sein Publikum an und erklärte: „Beim Umklappen der Galea aponeurotica[34] sieht man frontal links eine leichte Ekchymose[35]. Eine zweite Ekchymose findet sich rund um die Einschußstelle in der linken Schläfe und um den Schläfenmuskel. Im linken Schläfenknochen sieht man den Einschußkrater. Der rechte temporale Muskel ist schwer ekchymotisch. Vorhandensein eines breiten Ausschußkraters, sowohl

33 Siehe Anhang.
34 Siehe Anhang.
35 Siehe Anhang.

im rechten Schläfenmuskel als auch im Schläfenknochen. Nun gehen wir zum Aufsägen des Schädels über.“

Er legte das Messer beiseite. Emile reichte ihm die elektrische Säge, Noré schaltete sie ein, und ein Geräusch wie von einem Küchenmixer durchschnitt den Saal. Als die Säge durch den Knochen zu gleiten begann, steckte sich Velge noch ein Pfefferminzplätzchen in den Mund. Er ertrug den Geruch des erhitzten Knochenstaubs nur schlecht, wie beim Zahnarzt, wenn der einem mit dem Bohrer in einem hohlen Zahn herumfuhrwerkte.

Emile nahm das Schädeldach, das Noré mit einem Beitel abgetrennt hatte, und legte es umgekehrt auf die Brust Hélène Leblancs. Velge mußte schlucken, um seine Kehle frei zu bekommen. Das Gehirn lag unter der harten Hirnhaut bloß wie eine große gebleichte Nuß, mit einer roten Bruchlinie quer darüber von der Kugel.

„Die Hirnhälften sind symmetrisch“, sagte Noré lebhaft, „sie sind vom linken unteren Schläfenlappen durch den vorderen Hirnstamm bis zum rechten Schläfenlappen durchschossen worden. Das Projektil hat einen breiten Tunnel durch das Gehirn geschlagen, der mit Blut gefüllt ist.“

Er trennte das Gehirn ab, legte sein Messer hin, nahm die puddingähnliche Masse mit beiden Händen heraus und legte sie auf die Waagschale.

„Dreizehnhundertundzwanzig Gramm, Doktor“, sagte Emile. Die Assistentin trug das Gewicht auf ihrem Block ein.

„Ich vergaß noch etwas: Beachten Sie auch die feine Bruchlinie über der Zentralfurche“, sagte Noré, der das Schädeldach erneut in die Hand genommen hatte, „und den Scharnierbruch über beiden Schläfenbeinen, verursacht durch den hydrostatischen Druck im Gehirn beim Eindringen der Kugel . . .“

Velge wußte, daß Dr. Noré nicht das geringste Interesse für Schußwunden hatte. Er rühmte sich, noch niemals mit einer Waffe geschossen zu haben. Velge wußte, daß sein Witzchen früher oder später kommen würde.

„Emile, sorgen Sie bitte für das Nachthemd, für die Entnahme von Gewebestücken für die histologische Untersuchung und für die Blut- und Urinprobe zur Alkoholbestimmung, und würden Sie mir danach den Gefallen tun, Madame wieder sauber zuzunähen?"

„Aber gewiß, Doktor", antwortete Emile, der die Leiche gerade umgedreht hatte, um das Blut herauslaufen zu lassen, und sehr beschäftigt war mit der Spritze.

Dr. Noré zog seine beschmierten Gummihandschuhe aus und warf sie mit elegantem Schwung in einen Treteimer, holte ein weißes Taschentuch hervor, nahm die Brille ab, blinzelte mit den Augen und wischte sich die Stirn. Alle folgten ihm in den Sitzungssaal.

Auf dem Weg dorthin sagte Noré: „Wie Sie festellen können, meine Herren, das soundsovielte Opfer eines Waffenfetischisten, die Krankheit unserer Zeit. Wenn alle Feuerwaffen verboten würden, könnte ich endlich auch mal Urlaub machen."

Es wurde höflich gelacht. Velge sah Boel mit unbewegtem Gesicht von der Seite an.

Im Saal setzten sie sich an den gefirnißten Eichentisch. Untersuchungsrichter Thibau holte aus seinem Aktenkoffer eine dicke Foliomappe mit Kopien des bereits ausgefertigten Protokolls.

„Bevor wir unsere ersten Schlußfolgerungen ziehen, meine Herren, gebe ich Ingenieur Van Wesemael das Wort."

Van Wesemael öffnete eine dünne Mappe, suchte etwas in der Tasche seines Tweedjacketts, zuckte zusammen und sagte entschuldigend zu Velge: „Könnte ich das Projektil noch mal von Ihnen leihen, Commandant?"

Du dreifach blöder Sack, dachte Velge, während er das Plastiktütchen herausholte und Van Wesemael überreichte.

„Na, na, Commandant!" rief Dr. Noré schelmisch und schwenkte tadelnd den Zeigefinger. Es wurde wieder gelacht.

Während Van Wesemael die Kugel beschrieb, stieß Boel seinen Chef leicht mit dem Ellbogen an. Auf seinen Block schrieb er in deutlichen Druckbuchstaben: HA-

BEN DIE DAS SPERMA GESEHEN? und schob ihn Velge zu.

Der nahm seinen Kugelschreiber und schrieb darunter: SPIELT KEINE ROLLE. Boel las es, ohne eine Miene zu verziehen, riß das Blatt ab und steckte es in die Tasche. Er blickte verstohlen auf seine Uhr, dann zu Velge. Der einen langen Seufzer ausstieß.

Waffengeschäft Baeyens, Aalst. 16.30 Uhr

Der drahtige kleine Mann mit kariertem Hemd und roter Jägermütze streckte seine Hand über den gläsernen Ladentisch voll schwerer Revolver und Pistolen und faßte die Velges mit kräftigem Griff.

„Ah, John Edgar, ich dachte, du wärst schon lange tot!" sagte er und fing an zu lachen.

„Tag, Little Fons", erwiderte Velge mit breitem Lächeln. Er fühlte sofort gute Laune in sich aufsteigen. Er ging gern mit Spezialisten um.

„Willst du nicht lieber mit ins Atelier kommen? Da ist es gemütlicher", sagte Fons, „im Monat Juli läuft das Geschäft immer sehr ruhig. Alle sitzen an der Costa Brava, und da regnet's jetzt Scheiße, hahaha!"

„Traust du deinen Kunden nicht mehr?" fragte Velge. Er zeigte auf den Klingelknopf draußen an der Tür, auf den man drücken mußte, wonach Fons von unter dem Ladentisch ein elektrisches Schloß betätigte.

„American style", antwortete Fons, „und as a matter of fact, es spart Menschenleben." Er spielte auf den Waffenhändler in Leuven an, den im vergangenen Monat in seinem Laden ein Bandit mausetot geschossen hatte.

„Was würdest *du* tun, wenn plötzlich in *deinem* Laden so 'n Typ mit 'ner Knarre vor dir steht?" fragte Velge munter.

„John Edgar", sagte Fons in mitleidigem Ton, „denkst du wirklich, daß dieser Typ 'ne Gelegenheit kriegen würde, die Knarre zu *ziehen*?"

Velge sah ihm gerade in die Augen und zuckte die Schultern. „Man weiß nie", sagte er, schob blitzschnell seine rechte Hand unter die Jacke und zog seinen Revolver, doch bevor er ihn in Anschlag hatte, sah er in den Lauf einer verchromten Browning 9 mm GP, die Fons mit der Geschwindigkeit einer Klapperschlange aus der Alessi-Halfter gezogen hatte, die ständig hinten an seinem Gürtel saß.

„Für einen Gendarmen war's sehr flink, aber doch nicht flink genug", sagte Fons, ließ die Pistole zurück in die Halfter gleiten und bekam einen Lachanfall.

Velge blickte sauer drein, doch seine gute Laune änderte sich nicht. Fons gehörte zu den schnellsten Practical shooters* der Welt. Gegen ihn hatte so gut wie niemand eine Chance.

„Laufen die BOBer immer noch mit den Spritzen unterm Frack rum?" leitete Fons eine ihrer endlosen Unterhaltungen über Waffen ein. Velge steckte die Barracuda zurück in die Schulterhalfter und folgte Fons in die Werkstatt hinter dem Laden.

„Was findest du denn besser?" fragte Velge zur Einleitung, obwohl er die Antwort schon wußte.

„Das darfst du mich nicht fragen."

„Automatic pistol?"

„Right, wie vor zwanzig Jahren, in der Zeit, wo es bei der Gendarmerie noch Menschen gab, die von Waffen Ahnung hatten, aber dann bitte keine Browning 140 DA[36] oder eine Fabrikwaffe. Eine Fabrikwaffe, die ist keinen Pfifferling wert. Sie klemmt mehr, als sie schießt, und wenn du dann doch mal 'nen Schuß abgibst, landet er am verkehrten Fleck, und das kann ziemlich unangenehm sein."

„Wenn ich mal sehr viel Geld habe, werd ich meine GP für eine Combat conversion[37] herbringen."

„Gute Idee. Dann mach ich daraus ein Schmuckstück, das in deine Hand paßt wie der Hintern einer achtzehnjährigen Mieze. Aber um fortzufahren, du hast gerade gesagt ‚Automatic pistol'. Right. Warum, denkst du, sind sie in den Staaten bei der Polizei heute auf die Automatic mit Speed-Halfter umgestiegen?"

„Weil sie festgestellt haben, daß sechs Schuß eigentlich zu wenig sind."

36 Siehe Anhang.
37 Siehe Anhang.
* (engl.) Schützen im praktischen Einsatz (im Unterschied zu den Sportschützen).

„Right. Plus die Tatsache, daß 'n guter Schütze mit 'ner Automatic, in Condition one[38] getragen, blitzschnell und tödlich genau zwei Schüsse abgeben kann in der Zeit, wo der Kunde mit seinem Revolverchen erst anfängt. Ausgenommen natürlich ein paar Sonderlinge, die mit ihrem Revolver schlafen statt mit ihrer Frau."

Sie setzten sich an einen großen Tisch voller demontierter Revolver und Pistolen. Jede Waffe hatte ein Schildchen am Abzugsbügel.

„Keinen Durst?" fragte Fons.

„Ein Pils wäre nicht schlecht."

Während Fons zum Kühlschrank ging, betrachtete Velge die Drehbänke, Fräsmaschinen und Regale mit sorgfältig geordneten Werkzeugen, den Elektroofen, um Stahl zu härten, alles blitzsauber, als käme es direkt aus der Fabrik.

Fons schenkte sich selbst einen Schluck Johnnie Walker ein ohne Eis.

Velge öffnete die Bierdose und goß sich ein.

„Chin."

Sie tranken.

Fons nahm seine Mütze ab, fuhr sich durchs Haar und sagte: „Also, was ist?"

„Kannst du mir etwas über diese Kugel erzählen?" fragte Velge und legte sie mit einem Klicken auf den Tisch.

Fons nahm sie in die Hand, kniff die Augen halb zu und sagte ohne das geringste Zögern: „Punkt 38 Special jacketed semi wadcutter Norma. 158 grain[39]. Ein Killer, der ohne Mühe eine Wagentür durchschlägt und dann noch tödlich ist für den, der dahintersitzt."

„Norma aus Schweden?"

„Right. Meiner Meinung nach die beste Munition, die gegenwärtig auf dem Markt zu haben ist. Ich verkaufe sie in meinem Laden an Schützen, die auf fünfzig Meter keine Probleme haben wollen, sie kostet natürlich ein bißchen mehr."

Er fuhr mit dem Daumennagel über die Einkerbun-

38 Mit einer Patrone in der Kammer, den Hahn gespannt, den Sicherungsbügel umgelegt.

39 1 grain = 65 mg.

gen der Züge, drehte die Kugel langsam und sagte: „Auf den ersten Blick, Colt."

„Voll ins Schwarze", bestätigte Velge.

„Was hat das Köpfchen plattgeschlagen?"

„Ein anderes Köpfchen", antwortete Velge. Sie mußten lachen.

„Selbstmord?

„Nein."

Fons pfiff leise. „Single shot?"*

„Ja. Fernschuß."

„Tüchtiger Bursche", meinte Fons und gab Velge die Kugel zurück.

„Gibt es in Belgien viele Waffengeschäfte, die Norma führen?" fragte Velge.

„Meiner Meinung nach alle seriösen Geschäfte. In letzter Zeit kommt Norma sogar in den Staaten in Mode. Das ist 'ne gute Referenz."

Velge überlegte. „Ist die jacketed semi wadcutter gängig?"

„Ich hab sie immer im Hause. Ich empfehle sie fürs Zielschießen. Besser ausbalanciert als die gewöhnliche wadcutter. Spezialistenmunition."

Velge beschloß, es hierbei zu belassen.

„Sagt dir das etwas?" fragte er plötzlich und holte den Zerstäuber aus der Tasche. Fons nahm ihn, betrachtete ihn eine Sekunde, stand auf und ging zu einem Schrank in der Ecke der Werkstatt. Er öffnete den Schrank, kramte darin herum und holte etwas heraus. Er schloß den Schrank, ging zurück zum Tisch und stellte genau den gleichen Zerstäuber mit einem Ruck auf die Tischplatte.

„Voilà", sagte er, „da setzt du dich auf den Hintern, was, John Edgar?"

„Little Fons, du bist ein Genie, meine Ohren sind weit offen."

„Yes, Sir. Ich werde Ihnen das schnell mal erklären. Voriges Jahr flog ich nach einer Practical shooting competition** von Tucson, Arizona, nach Washington, und unterwegs bestellte ich mir 'nen Martini Dry Gin. Hier in

* (engl.) Einzelschuß?

** (engl.) Wettbewerb im „praktischen" Schießen.

Europa gießt man normalerweise zuerst seinen Martini ins Glas, und dann gießt man seinen Gin dazu. In den Staaten machen sie das gerade umgekehrt. Zuerst ein kleines Fläschchen Gin, und dann sprühen sie ihren Martini mit einem Zerstäuber auf den Gin. Es scheint, daß das den Geschmack verbessert."

Velge sah schweigend auf die beiden Zerstäuber.

„Darf ich den mitnehmen?" fragte er.

„Yes, Sir, aber unter einer Bedingung. Daß du ihn mir zurückbringst. Du weißt, daß ich alles aufhebe, was ich eines Tages noch gebrauchen kann."

„That's a promise"*, sagte Velge. Er trank sein Glas aus, blickte auf die Uhr und erhob sich. „Ich muß sehen, daß ich um sechs Uhr in Gent bin zum Briefing", sagte er, „das nächste Mal bleib ich ein bißchen länger."

„Allzeit willkommen", sagte Fons, während er aufstand „und ich hoffe, daß *du* mir nie einen Gefallen tun mußt, haha!"

Velge lachte herzhaft mit.

Im Laden verabschiedeten sie sich voneinander, Fons drückte auf den Knopf unter dem Ladentisch, so daß das elektrische Schloß aufsprang. Velge öffnete die Tür, winkte kurz und ging schnell den Bürgersteig entlang, der Hitze ausstrahlte wie eine glühende Kochplatte. Er ging zum Parkplatz des Polizeikommissariats, wo der BMW im Schatten stand. Velge öffnete die Hintertür und stieg in den kühlen Wagen. De Groodt hörte gerade die Übertragung von der Tour de France. Er stellte das Radio etwas leiser.

„Tramstraat, Johan", sagte Velge freundlich, „nichts Neues vom Distrikt?"

„Nein, Commandant."

De Groodt startete den Wagen und fuhr langsam rückwärts. Auf seinem blutroten T-Shirt stand unter einem stilisierten Revolver „Murder Inc."**.

Velge öffnete sein Notizbuch, suchte eine Nummer heraus, nahm den Hörer des Mobilofons ab und wählte 00-1-202-324-4420. Nach nur einem Rufzeichen wurde abgenommen.

* (engl. Ist versprochen.

** (engl.) Mord GmbH.

„Federal Bureau of Investigation Headquarters, good morning“, sagte eine Frauenstimme sachlich.

„Good morning. This is major Velge. Belgian Criminal Police“, sagte Velge langsam mit amerikanischem Akzent, „can I speak with Bill Morgan from Research?“

„One moment, please.“

Velge dachte mit Wohlbehagen an das bevorstehende Briefing, vernahm ein Klicken, dann eine tiefe Stimme.

„Morgan speaking.“

„Bill, this is major Will Velge from Belgium . . .“

„Will! *Boy*! How aa'ya?“

„Fine, and you?“

„Topping, how's work going?“

„Fine!“

„What can I do fo' ya?“

„Bill, I've got a problem.“

„Go ahead.“*

* (engl.) FBI-Zentrale, guten Morgen . . . – Guten Morgen. Hier ist Major Velge. Belgische Kriminalpolizei . . . kann ich bitte mit Bill Morgan von der Forschung sprechen? – Einen Augenblick, bitte. – Morgan am Apparat. – Bill, hier ist Major Will Velge aus Belgien . . . – Will! *Mensch*! Wie geht's dir? – Gut, und dir? – Bestens, wie läuft die Arbeit? – Prima! – Was kann ich für dich tun? – Bill, ich habe ein Problem. – Schieß los!

Distriktskommando, Rijkswacht-Komplex Gent. 19.02 Uhr.

Velge lehnte sich in seinem Drehsessel zurück und legte die Füße auf die Schreibtischplatte. Langsam zündete er sich eine Camel an und inhalierte den Rauch bis in die Lungenspitzen. Er holte ein Nagelpflege-Set aus seiner Tasche, klappte die kleine Feile heraus und fing an, sich sorgfältig die Fingernägel zu säubern. Er betrachtete mit Genugtuung seine schönen, muskulösen Fäuste. Sie waren braun und gerade genügend behaart, nicht wie die eines Affen, so wie die Pfoten von Gust Saey. Die typischen Fäuste eines Boxers mit einem harten Punch, eine Eigenschaft, die ihn zum Champion der Rijkswacht gemacht hatte. Er klappte das Nagelpflege-Set wieder zusammen und sah sich um in der Absicht, etwas zu finden, was er tun könnte, bevor er an die Abfassung des langweiligen Lageberichts für das Telex an die Operative Direktion ging. Er zögerte damit, weil er bereits vergebens nach einer geeigneten Formulierung gesucht hatte, um mehr oder weniger zu verschleiern, daß die Ermittlung nach sechsunddreißig Stunden so gut wie festgefahren war.

Er nahm die Füße vom Schreibtisch, drückte die Zigarette, die ihm nicht schmeckte, aus, ballte die rechte Hand und seufzte. Er dachte an das Briefing. Der einzige Lichtblick war die Identifizierung des Zerstäubers gewesen, ein persönlicher Erfolg für Willy Velge. Ein recht dürftiger Erfolg übrigens, denn es war letztlich nur ein Stückchen von dem Puzzle, das noch nirgends hineinpaßte und vorläufig nichts einbrachte, nur den Hinweis, daß der Täter möglicherweise irgendwann in den Vereinigten Staaten gewesen war, doch im Jahre 1990 war die Anzahl der Belgier, die dort gewesen waren, enorm. Seiner Eitelkeit schmeichelten die überraschten Blicke seiner Männer, Boel inbegriffen. Es wurmte ihn nur, daß er mit eisernem Gesicht gelogen hatte. Was den Martini Dry Gin im Flugzeug von New York nach Washington betraf, den handlichen Zerstäuber, den er sich in die Tasche gesteckt hatte, kein einziges Wort über Little Fons. Um die Lüge wasserdicht zu machen, hatte er De Groodt sogar befohlen, ihn vor dem Briefing kurz nach Hause zu fahren. Wo er fünf Minuten geblieben war, um ein sauberes Hemd anzuziehen. Er hatte mit seiner Frau Ärger gehabt, die wie jeden Freitagabend mit ihm zwischen acht und neun zum Supermarkt wollte für die Wochenendeinkäufe, etwas, was ihm fürchterlich zuwider war.

Die Befragung der Nachbarschaft in Knokke hatte nichts erbracht. Die Nachbarn, die den Juli über in ihrer Villa am Meer blieben, waren im Juni nicht dort gewesen und wußten also von nichts. Der Ortspolizist wußte nur zu berichten, daß die Leblanc sehr gern in ihrem Garten lag zum Sonnenbaden und daß sie eine sehr freundliche Dame war. Die Putzfrau, die an drei Tagen in der Woche im Hause saubermachte, erklärte, daß Madame bis mittags schlief, fast nichts aß, viel telefonierte und splitternackt in der Sonne lag, zumindest wenn sie schien. Checkings des RTT wiesen in dieselbe Richtung wie die Telefonrechnungen in Sint-Martens-Latem. Von Notar 'T Kint hatte Guido Boel gehört, daß dieser mit seiner Frau und dem Generaal jeden Mittwochabend nach Knokke fuhr zum Bridgespielen. Der Generaal fuhr dann in ihrem Wagen mit. Nach dem Spiel ließen sie ihn auf der E 3 an der Ausfahrt Drongen aussteigen, und er ging zu Fuß nach Hause, bei gutem wie bei schlechtem Wetter.

Velge schrieb lustlos auf seinen Block: *Bars von Knokke abklappern mit Foto der L.* Was hat sie in Gottes Namen die ganzen Tage in Knokke gemacht, wenn die Sonne *nicht* schien? Bisher war noch kein einziger Beweis für Nymphomanie erbracht. Dieser Parameter war natürlich viel schwerer zu überprüfen als die blöde Information auf der B-Fiche über lesbische Neigungen. Doch daß man absolut nichts über Beziehungen zu Männern gefunden hatte, fand er merkwürdig. Morgen würde er bei Van Leuven anfragen, wie der Parameter Nymphomanie in den Computer gelangt war. Die alte Tante in Kortrijk hatte sich geweigert, auch nur ein Wort Niederländisch zu sprechen. Keine einzige brauchbare Information, kein unmittelbarer Anknüpfungspunkt. Wie alle Zeugenaussagen war, was sie sagte, nicht ganz gelogen und auch nicht ganz wahr, das heißt, es war gefährlich, es zu verwenden. Velge dachte an die FBI-Anleitung „Clues and Evidence", die er aus Washington mitgebracht hatte. Und dann Bill Morgan . . . Der hatte sich vor Lachen verschluckt. „*Dog* urine! From a bitch *in heat*! Boy! Fuck *no*! Waauw!"*

Der Bericht des Wachtmeisters der Mobilen Gruppe, der die Überwachung in der Villa der Leblanc durchführte, hatte vier Anrufe gemeldet. Zwei Anrufer hatten sofort aufgelegt, als sie die Männerstimme hörten. Die beiden anderen waren ohne Wert. Ein Weinhändler, der fragte, wann die Bestellung geliefert werden solle, und die Masseuse, die wissen wollte, warum Madame nicht zu ihrem üblichen Termin erschienen war. In Französisch. Der Wachtmeister hatte vergessen, nach der Adresse des Schönheitssalons zu fragen, doch Boel hatte zum Glück das Telefonverzeichnis der Leblanc beschlagnahmt. Morgen früh würden sie der Masseuse am Laurentplein auf den Zahn fühlen. Auf dem Massagetisch wird schon ab und zu über amouröse Abenteuer geklatscht. Die beiden schiefgegangenen Anrufe. Das konnten natürlich Männer gewesen sein, die eine Verabredung treffen wollten. Die Chance, daß der Mörder anrufen würde, war sehr gering, aber nichts war unmöglich. Jammerschade, daß man die Anrufe nicht hatte identifizieren können. Das Problem war im Grunde einfach genug. Ein Special Service Number Decoder wie bei den Hilfsdiensten 900, 906 und 901, und die Burschen hätten binnen einer Stunde einen Mann vom A-Team vor der Tür gehabt. In Deutschland beim BKA[40] wurde in solchen Fällen das blockierte Telefon automatisch an einen zentralen Computer angeschlossen, und der Mann am Telefon hatte einen mobilen Terminal, der die Nummer angab, die bei ihm anrief. So weit war die belgische Rijkswacht noch nicht. Velge beschloß, das

40 Bundeskriminalamt (in der BRD).

* (engl.) *Hunde*urin! Von einer *läufigen* Hündin! Junge! Verdammt, *nein*!

Problem bei der nächsten Versammlung in Brüssel zur Sprache zu bringen, es wurden genug Kredite verschwendet.

Die Post der Leblanc war spärlich. Eine Ansichtskarte aus Italien mit Urlaubsgrüßen von einer gewissen Nadine. Ein Brief aus Pakistan von ihrem Sohn. Die Stromrechnung. Werbung und Drucksachen.

Morgen Sonnabend. Außerordentliches Briefing um halb neun. Er würde wie gewöhnlich um halb sechs aufstehen und länger trainieren als sonst.

Velge ertappte sich dabei, daß er Mühe hatte, weiterhin analytisch über den Fall nachzudenken. War es, weil der Faktor „das Unbekannte" alles zu beherrschen begann? Er erinnerte sich an einen Satz aus der FBI-Anleitung „Investigation Techniques": „Men never perform well against the unknown."* Hätte er nur eine verdächtige Person, die er mal tüchtig durch die Mangel drehen könnte! Vielleicht sollte er sich morgen Van Leuven greifen und ihn irgendwo ein Opfer suchen lassen? Velge haßte dieses unprofessionelle Vorgehen, und es war kein gutes Zeichen, daß er mit diesem Gedanken spielte. Er versuchte sich dagegen zu wehren, aber es war, als ob etwas in seinem Kopf nicht normal funktionierte. Kurz vor dem Briefing hatte er übrigens gespürt, wie sich etwas näherte, das er gut kannte und mehr als alles andere fürchtete: leichter Kopfschmerz und das Gefühl, daß er von innen leerzulaufen begann wie ein durchstochener Ballon. Daß er in eine Art Vakuum stürzte, wo jeder Versuch zu handeln in Zweifel und Unsicherheit mündete. Sich zu konzentrieren war beinahe unmöglich. Und das schlimmste von allem: Er fühlte sich langsam in eine Art Apathie abrutschen. Er mußte so schnell wie möglich versuchen, etwas zu tun.

Auf einmal fiel ihm ein, daß er versprochen hatte, Generaal Welckenraedt über den Fall auf dem laufenden zu halten. Widerwillig ergriff er den Hörer, schaltete die Außenleitung ein und tippte die Nummer 827070. Als hätte der Generaal neben seinem Telefon gesessen und

* (engl.) Menschen erreichen nie ihre Höchstleistung, wenn sie es mit dem Unbekannten zu tun haben.

gewartet, wurde schon nach dem ersten Rufzeichen abgenommen.

„Welckenraedt", sagte die Stimme kurz angebunden.

„Guten Abend, Herr Generaal, Sie sprechen mit Kapitein-Commandant Velge vom Rijkswacht-Distrikt Gent, Sie hatten mich gebeten . . ."

„Guten Abend, Kapitein-Commandant, ein Glück, daß Sie mich jetzt anrufen, ich war gerade im Begriff, in den Pferdestall zu gehen, sagen Sie mir in kurzen Worten, wie weit Sie sind?"

„Nun, Herr Generaal, bisher haben wir noch nicht die geringste Spur, aber das Team ist in diesem Augenblick beim Sichten der Aufträge und . . ."

„Tiens, noch nicht die geringste Spur? Das ist kein allzu gutes Zeichen, finden Sie nicht auch?"

Velge war sofort auf der Hut.

„Die Suche nach Waffen vom Typ der Mordwaffe ist im ganzen Land veranlaßt worden, aber die Ergebnisse sind noch nicht vollständig eingetroffen, Herr Generaal."

„Mm, und was ist das für ein Waffentyp?"

„Coltrevolver .38 Special, Herr Generaal", sagte Velge gehemmt. Er zweifelte, ob diese Auskunft mit seinen Pflichten vereinbar war.

„Tiens, eine schöne Waffe. Ist ähnlich wie die Barracuda, aber viel besser. Ich habe mich übrigens immer gegen den Ankauf der Barracuda für das Korps gewehrt. FN soll das Browning-Patent weiter benutzen, das ist Tradition."

Velge fand, daß das Gespräch eine gefährliche Wendung nahm. Er gab keine Antwort.

„Apropos, Kapitein-Commandant, ich wollte Sie noch etwas *ganz anderes* fragen", fuhr der Generaal mit sanfter Stimme fort, „als ich heute morgen in das Haus von Madame Leblanc kam, um die Blumen zu gießen, wurde mir von einem unverschämten Lümmel von der Ersten Mobilen Gruppe, der mich einfach nicht erkannte, der Zutritt zum Haus untersagt. Nun würde ich gern von Ihnen hören, was Sie davon halten . . .?"

Es war, als hätte Velge einen Schlag aufs Zwerchfell erhalten. Das einzige, was er nach einigen Sekunden herausbringen konnte, war ein eingeschliffener Reflex: „Ich werde sofort das Nötige veranlassen, damit das nicht noch einmal vorkommt, Herr Generaal."

Sofort wurde ihm klar, was für einen gewaltigen Schnitzer er gemacht hatte. Wie kam es, daß er von dem Vorfall nichts wußte? Hatte der Generaal einen Schlüssel von der Villa? Die Schlafmütze von der Mobilen Gruppe unterstand doch unmittelbar seinem Befehl! Er fühlte kalte Wut in sich aufsteigen.

„... sofort das Nötige veranlassen, damit das nicht noch einmal vorkommt, das finde ich ziemlich merkwürdig", hörte er den Generaal in schleppendem Ton sagen, „das soll also heißen, daß Sie den Befehl für diesen Lümmel werden ändern müssen. Ich weiß zwar nicht recht, wie, aber nun gut. Vielleicht etwas von der Art wie: Laß von jetzt ab jeden hinein ..."

Velge schloß die Augen. Es war, als würde er wie ein junger Hund im Nacken gepackt und mit der Nase in seine eigenen Exkremente gestoßen. Unbesonnen sagte er: „Der Mann von der Mobilen Gruppe wird den Auftrag bekommen, Sie hineinzulassen zum Blumengießen, Herr Generaal."

„Kapitein-Commandant, wir wollen jetzt nicht kindisch sein und wieder ganz am Anfang anfangen. Wie lautete der ursprüngliche Auftrag des bewußten Lümmels?"

Velge mußte sich zusammenreißen, um nicht aufzulegen. „Das Telefon blockieren und die Post abfangen, Herr Generaal."

„Das begreife ich nicht ganz."

„Das ist das normale Verfahren, Herr Generaal." Velge krümmte sich nach diesem zweiten unwillkürlichen Schnitzer.

„Das weiß ich zufällig auch, Kapitein-Commandant, aber darum geht es nicht, ich werde meine Worte also ein bißchen anders formulieren. Der Mann hat also den Auftrag, das Telefon zu blockieren und die Post abzufangen. Bon. Hat das etwas zu tun mit einem alten Freund des Hauses, der sich anbietet, die Blumen zu gießen, wie dies schon seit Jahren der Fall ist bei Abwesenheit der Bewohner? Die einzige Schlußfolgerung, die ich daraus ziehe, ist, daß der Auftrag *unvollständig* und damit *schlecht* erteilt wurde. Und gerade das kann ich bei einem Majoorsanwärter der Rijkswacht nicht recht begreifen."

„Ich werde den Auftrag ändern, Herr Generaal", sagte Velge mit erstickter Stimme.

„Habe ich Ihr volles *Vertrauen*?"

„Ich verstehe nicht, Herr Generaal."

Velge preßte den Hörer so fest ans Ohr, daß es schmerzte.

„Ich fragte vor zehn Sekunden, ob ich Ihr volles *Vertrauen* habe."

„Natürlich, Herr Generaal, Sie sind ja vier Jahre lang mein Korpskommandant gewesen . . ."

„Ich bin *tief gerührt* von Ihrer Antwort", sagte der Generaal in unüberhörbar sarkastischem Ton.

Velge hielt den Mund.

„Aber das wird mich nicht hindern, etwas *nicht zu tun*!" fuhr der Generaal ihn plötzlich an, „und das ist folgendes: Nie wieder setze ich einen Fuß in die Villa von Mevrouw Leblanc! Ich wünsche Ihnen noch einen guten Abend, Kapitein-Commandant!"

Das Klicken des Telefons klang in Velges Kopf nach wie ein Echo. Langsam legte er den Hörer auf und starrte entgeistert vor sich hin.

„*Motherfucker*!" rief er plötzlich und schlug mit der Faust hart auf die Schreibtischplatte. Einen Augenblick später riß er den Hörer erneut hoch und wählte die Nummer von Hélène Leblanc.

„Hier ist Leblanc", antwortete eine affektierte Frauenstimme nach drei Rufzeichen.

Velge stockte der Atem. Wieder von einem eingeschliffenen Reflex getrieben, sagte er: „Hier Kapitein-Commandant Velge, Rijkswacht Gent."

Er hörte ein kurzes Lachen, dann eine Männerstimme.

„Erster Wachtmeister Van Gool, Mobile Gruppe, zu Befehl, Commandant."

Es dauerte einige Sekunden, bis Velge die Situation erfaßte. Wenn dies ein Mann von seinem Team gewesen wäre, hätte er laut gelacht und ihm zu dem glänzenden Einfall gratuliert. Gerade noch rechtzeitig fiel ihm ein, daß der ursprüngliche Auftrag mittlerweile offenbar jemand anderem übertragen worden war.

„Wo ist Wachtmeister Wyndaele?" fragte er.

„Der ist um halb eins abgezogen worden, Commandant. Sie sind doch nicht böse, daß ich eine Frau nachgemacht habe?"

Velge suchte nach einer passenden Antwort.

„Stand das in Ihrem Auftrag, oder ist das Ihre eigene Initiative, Erster Wachtmeister?" fragte er in demselben sanften Ton wie der Generaal.

„Meine eigene Initiative, Commandant, ich dachte, es kann nicht schaden ..."

„Wissen Sie, warum genau Wachtmeister Wyndaele ersetzt wurde?"

„Keine Ahnung, Commandant."

„Was ist Ihr Auftrag, Erster Wachtmeister?"

„Telefon blockieren, Post abfangen und niemand hineinlassen, aber auch absolut niemand, selbst König Boudewijn nicht."

Velge dachte nach. Er hörte den Atem des Unteroffiziers im Hörer. Er beschloß, eine verfängliche Frage zu stellen.

„Okay, Erster Wachtmeister. Noch etwas. Wem müssen Sie im Normalfall Bericht erstatten?"

„Dem Offizier S2 von der Mobilen Gruppe, Commandant."

„*Kapitein Bourguignon*?" fragte Velge perplex.[41]

„So ist es, Commandant, aber der ist im Urlaub."

Velge ließ sich nicht auf eine mögliche Diskussion mit einem Unteroffizier über Schlampigkeit in der Befehlsführung ein.

„An wen müssen Sie besondere Vorkommnisse außer Post und Telefon melden, Erster Wachtmeister?"

„Auch an den S2, Commandant."

„Warum haben Sie mir das nicht gesagt?" fragte Velge schnell.

„Ich führe meine Befehle aus, Commandant."

„Okay, das ist alles, Erster Wachtmeister."

„Zu Befehl, Commandant."

41 Das war gegen das Reglement. Die Überwachung stand unter dem vorläufigen Befehl Velges.

Zitternd vor Wut legte Velge den Hörer auf. Er mußte zugeben, daß er an der bestehenden Situation nichts ändern konnte. Es war zu spät. Er hatte keinerlei Kontrolle über das, was der Stab der Mobilen Gruppe eigenmächtig beschlossen hatte. Er verstand den Grund nicht. Ihm wurden nur die Folgen einer dummen Initiative klar, für die er schließlich die Verantwortung trug. Hätte er einen Mann von der Brigade De Pinte eingesetzt, wie Guido Boel vorgeschlagen hatte, weil die BOB während der Urlaubszeit zu wenig Personal hatte, so wäre der Vorfall mit dem Generaal eine Minute später im Distrikt telefonisch gemeldet worden. Daß er in die Entscheidung eingegriffen hatte, war die Schuld von diesem Mistkerl von einem Adjudanten Meeus . . .

„Gottverdammich!" schrie Velge hilflos, packte die Tischplatte und rüttelte daran. Er hatte Schmerzen in der linken Schulter. Eine heftige Migräne. Es war das allererste Mal in seiner Laufbahn, daß er während einer Ermittlung mit einem Rückschlag solchen Ausmaßes konfrontiert wurde. *Ein* dummer Fehler, der eigentlich gar keiner war, und die Folgen häuften sich. Wenn er nicht aufpaßte, kam ein zweiter Fehler, und dann war die Katastrophe unabsehbar.

Er stand auf und ging zum Fenster. Der Horizont über den Gebäuden des Akademie-Krankenhauses war diesig und flimmerte vor Hitze. Die Temperatur betrug in diesem Moment noch 33 Grad. Es war windstill, knochentrocken, ab und zu kam ein Hauch von Nordostwind, die ganze Atmosphäre knisterte vor statischer Elektrizität. Velge schloß die Augen und atmete rhythmisch ein und aus, rieb mit den Daumen die Nackenmuskeln, doch der stechende Kopfschmerz wollte nicht weichen. Er ging zum Kühlschrank und nahm sich eine Büchse Bier, öffnete sie und trank. Langsam entspannte er sich. Er setzte sich auf das Fensterbrett und dachte nach. Obwohl er das überhaupt nicht gern tat, war die einzige Lösung, Kolonel Paquet nach der Dienstzeit anzurufen. Er ging zurück zum Schreibtisch, stellte die Bierdose neben das Telefon und schaltete das Switchboard auf Außenverbindung. Er wählte die Privatnummer des Kolonels in Bosvoorde. Am anderen Ende der Leitung klingelte es. Nach dem zwölften Rufzeichen sah Velge auf seine Armbanduhr. Halb acht. Freitagabend, dachte er. Jeder macht Einkäufe oder geht aus. Wer in Gottes Namen ist am Freitag um halb acht zu Hause? Auf einmal wurde abgenommen. Es war Mevrouw Paquet.

„Hier Willy Velge, Mevrouw“, sagte er mit großer Erleichterung, „ist der Kolonel zu Hause, bitte?“

„Sie haben Glück“, sagte sie freundlich, „wir sind vor einer Minute vom Einkaufen gekommen, ich rufe meinen Mann, eine Sekunde.“

„Paquet“, sagte eine Stimme.

„Kolonel, hier Willy Velge, entschuldigen Sie bitte, daß ich Sie nach dem Dienst störe“, sagte Velge.

„Das hängt davon ab, worum es geht, Willy“, sagte der Kolonel wohlwollend, „wo bist du im Augenblick?“

„Im Kommando, Kolonel.“

„Okay, dann bist du automatisch auf der Militärleitung, kein Problem, ich höre . . .“

Velge erschrak. Er wußte nicht, daß auch das Privattelefon des Chefs der Operativen Direktion abgesichert war.

„Kolonel, es handelt sich um ein Problem, das aufgetaucht ist im Mordfall Leblanc, mit dem ich zur Zeit befaßt bin, und dieses Problem fängt an, sich meiner Kontrolle zu entziehen . . .“

Kolonel Paquet reagierte nicht. Gewöhnlich unterbrach er.

„Das Haus, wo der Mord passiert ist, wird seit gestern durch einen Wachtmeister der Ersten Mobilen Gruppe überwacht . . .“, fuhr Velge fort.

„Warum nicht durch einen Mann von Ihrem BOB-Detachement oder von der zuständigen territorialen Brigade?“ unterbrach Paquet.

Velge fühlte, wie das Blut aus seinem Gesicht wich. Der Kolonel hatte den Finger schon auf die Wunde gelegt. Velge schwieg kollegial über die eigenmächtige Entscheidung der Mobilen Gruppe.

„Unsere Iststärke war wegen der Urlaubszeit unzureichend“, platzte er heraus. Er wußte, daß er durch diese Aussage bei jemandem wie Kolonel Paquet ein enormes Risiko einging.

„Okay, sprich weiter", sagte der Kolonel ruhig.

„Es handelt sich um den Hausfreund des Opfers ... Generaal Welckenraedt, den früheren Korpskommandanten. Heute mittag wollte er die Blumen im Haus gießen, und der Wachtmeister hat ihm den Zutritt zum Haus verweigert ..."

„Wie hast du das erfahren, Willy, durch den Rapport oder durch den Eifer einer Klatschbase?"

Velge krümmte sich. Mit Mühe beherrschte er seine Stimme. „Gestern nachmittag hatte ich mit dem Generaal eine Unterhaltung über den Hintergrund des Falles, weil er schließlich ..."

„Das weiß ich, wir haben übrigens das Telex geschickt."

„Als ich mich von ihm verabschiedete, fragte er mich, ob ich ihn vielleicht auf dem laufenden halten würde über jede neue Entwicklung in dem Fall. Er wäre stets zur Mitarbeit bereit, falls ..."

„Und du hast dich also einschüchtern lassen."

Es war, als ob Velge eine Ohrfeige bekäme. „Kolonel, Sie müssen das verstehen, er ist doch vier Jahre lang unser Korpskommandant gewesen ...", sagte er verlegen, „und ich ..."

„*Gewesen*, Willy, *gewesen*. Vergiß nicht, daß Generaal Welckenraedt *pensioniert* ist und im Korps genausoviel zu sagen hat wie ein normaler Bürger, das heißt einen Scheißdreck."

Velge atmete auf. Wegen der zwei letzten Worte. Er kannte seinen Förderer lange genug, um zu begreifen, daß er ihn in dieser Sache decken würde.

„Hor mal, Willy, ich will mich kurz fassen", sagte der Kolonel, „schon seit zwölf Uhr sind wir in Brüssel über die schmutzige Affäre informiert. Der Herr Welckenraedt senior hat um halb eins per Telefon eine eiskalte Dusche vom Großen Boss bekommen. Mit der dringenden Bitte, keinen Fuß mehr in das Mordhaus zu setzen. Es wurde sofort ein neuer Überwachungsmann eingesetzt, der von der ganzen Verwicklung nichts weiß. Und das Söhnchen Boudewijn Welckenraedt, der, wie du weißt, S1 der Ersten Mobilen Gruppe ist und kein S2. Und der, Gott weiß warum, auf den Einfall gekommen ist, dem mit der Überwachung betrauten Wachtmeister den Befehl zu geben, *an den S2* Bericht zu erstatten, wobei er selbst den S2 vertritt. Und der den Wachtmeister auf Wunsch von seinem Pa, verdammmich, in den Rapport seines Eskadronskommandanten gesetzt hat! Was, von der Ungerechtigkeit der Maßnahme abgesehen, übrigens völlig außerhalb der Befugnisse eines S1 liegt. Welckenraedt junior wurde sito presto aus Gent nach Brüssel vor den Großen Boss persönlich gerufen, und ich kann mit meinem Kopf dafür bürgen, daß er dort eine Zigarre verpaßt kriegte, von der er sich bis jetzt noch nicht erholt hat."

Velge schwindelte der Kopf. Er begann die Tragweite des Geschehens langsam zu begreifen. „Ich finde es nur schlimm für Bo Welckenraedt, Kolonel. Wir sind Studienkameraden. Das hat er eigentlich nicht verdient. Es ist nicht seine Schuld, daß er unter dem Befehl seines eisernen Vaters gestanden hat . . ."

„Du sagst es, Willy. Gestanden *hat* . . ." Der Kolonel begann zu lachen.

Velge lachte zögernd mit.

„Du bist doch nicht etwa plötzlich ein heiliger Antonius geworden? Welckenraedt junior ist doch alt und klug genug, um als S1 der Mobilen Gruppe solche Dummheiten nicht zu machen . . ."

„Ich möchte Ihnen noch etwas anderes mitteilen, Kolonel", sagte Velge schon viel munterer, „ich muß an eine sonderbare Reaktion des Generaals denken. Als ich ihn vor einer halben Stunde anrief, um ihm zu sagen, daß wir noch immer keine Spur in dem Fall haben, mehr nicht . . ."

„Du mußt dich nicht entschuldigen, sag mir ruhig, was dir auf der Seele liegt."

„Nun, er hat mich ziemlich häßlich in die Enge getrieben, er packte mich jedesmal bei einem bestimmten Wort und gab dem eine bestimmte Wendung. Ich bekam allmählich den Eindruck, daß ich eine Rotznase bin, die vom Meister in die Ecke geschickt wird. Am Ende des Gesprächs wurde er auf einmal giftig und sagte: ‚Nie wieder setze ich einen Fuß in das Haus von Mevrouw Leblanc' . . ."

Kolonel Paquet lachte.

„Das ist Albert der Zweite, wie er leibt und lebt", sagte er, „politisch ist er zwar ein blaublütiger Frankophiler, aber vergiß nicht, daß er sein Gymnasium bei den Jesuiten absolviert hat, das ist in den Kreisen immer ein bißchen Mode gewesen, man behauptet noch immer, es seien die besten Schulen. Und noch etwas: Mit Menschen, die bei den Jesuiten studiert haben, soll man sich niemals auf ein Wortgefecht einlassen."

„Hm", sagte Velge.

„Wußtest du das nicht? Sie winden und drehen sich, bis sie recht haben. Ich kenne Geschichten über ihn, nicht zu glauben. Einer seiner eigenen Mitarbeiter, ein Generaal-Majoor – ich werde seinen Namen nicht nennen –, kam jedesmal nach einem Gespräch mit Welckenraedt blaß vor Wut heraus. Höre, Willy, ich bin froh, daß du mich wegen der Sache angerufen hast, mach dir nichts draus, Welckenraedt hat nicht mehr den geringsten Einfluß im Waffenkomitee[42] oder in den zuständigen Ministerien. Justiz, Innere Angelegenheiten und Verteidigung sind in den Händen außerparlamentarischer Leute mit CVP-Sympathien, aber du mußt mir eins versprechen: Beim geringsten Ton aus dieser Richtung rufst du mich an, auch wenn es ein Uhr morgens ist, abgemacht?"

„Danke, Kolonel", flüsterte Velge mit feuchten Augen, „ein schönes Wochenende und Grüße an Mevrouw."

„Viel Erfolg."

Nachdem er den Hörer aufgelegt hatte, stieß Velge eine Reihe langer Seufzer aus und schüttelte den Kopf, als ob er aus einem tiefen Schlaf erwachte. Nachdem er fünf Minuten völlig gedankenlos vor sich hin gestarrt hatte, griff er nach der Bierdose, fühlte, daß sie lauwarm war, nahm sich eine neue und trank sie in einem Zug leer. Sein Kopfschmerz hatte nachgelassen, aber er fühlte sich müde wie nach einer Stunde Krafttraining. Er setzte sich wieder an den Schreibtisch, blickte auf seine Uhr, sah, daß es kurz vor acht war, überlegte einen

42 Gremium auf höchster Ebene, besteht aus dem Verteidigungsminister und den Generälen.

Augenblick, ob er seine Frau anrufen solle, um ihr zu sagen, daß er nicht vor zehn zu Hause sein würde, doch dann rief er die Kantine an und bestellte Rumpsteak mit Pommes frites und eine Portion gemischtes Gemüse. Er wußte, daß sie jetzt auf ihn wartete, um die Wochenendeinkäufe zu machen. Sie kann verrecken, dachte er, alle Weiber der ganzen Welt können meinetwegen zum Teufel gehen. Er riß unnötigerweise das erste Blatt von seinem Schreibblock, zerknüllte es zu einer Kugel und warf es in den Papierkorb. In Druckbuchstaben schrieb er dann:

LAGEBERICHT
FALL 90 / 11856
13. 7. 1990

Sonnabend, 14. Juli 1990

Noordhoutstraat 24 B, Baarle-aan-de-Leie. 7.29 Uhr

Willy Velge, in dunkelblauem Trainingsanzug mit dem Schild der Rijkswacht links auf der Brust, den Walkie-Talkie mit zwei elastischen Bändern am Unterarm befestigt, lief in hohem Tempo den letzten Abschnitt seines täglichen Sechskilometercrosslaufs. An der letzten Straßenbiegung, bei den hohen Ahornbäumen, würde er mit abwechselnden Lockerungsübungen wieder ins Gehtempo fallen, um zu Atem zu kommen und die Muskeln zu entspannen. Es war ein prächtiger, lauer Morgen mit leichtem Nebel über den Wiesen. Er schwitzte und fühlte sein Blut kräftig in den Adern pulsieren. Er sehnte sich nach der kalten und warmen Dusche, wonach er sich vollkommen entspannen würde. Dann das Frühstück. Wahrscheinlich allein, denn Eric war bei den Großeltern in den Ferien, und seine Frau lag nach einer Schlaftablette noch im Bett. Sie war böse. Gestern abend war er um halb zwölf nach Hause gekommen, und eine Minute später gab es schon großen Krach, der beinahe zu Handgreiflichkeiten geführt hätte. Er war nervös und müde, und in einem bestimmten Augenblick war er so außer sich geraten, daß er gedroht hatte, ihr alle falschen Zähne aus dem Maul zu schlagen, wenn sie noch ein einziges Wort sagte. Hohe Schreie ausstoßend, war sie ins Schlafzimmer geflüchtet. Er hatte eine Dusche genommen, sich rasiert, sich mit Body cream eingerieben, hatte die Nacht auf der Couch im Salon verbracht und bis halb sieben geschlafen.

Er machte eine Reihe Kniebeugen mit geschmeidigen Armbewegungen und atmete ein und aus. In dem Augenblick, als er ein ruhiges Gehtempo anschlug, begann der Walkie-Talkie unaufhörlich mit kurzen Tönen zu piepen. Velge erschrak. Ein dringender Anruf. Ohne die elastischen Bänder zu lösen, drückte er auf den Sendeknopf, das Piepen hörte auf, und keuchend sagte er: „This is Velge, over."

„Hier Übertragungszentrale. Begeben Sie sich Asap[43] zu Drago, ich wiederhole, Asap zu Drago, over."

„This is Velge, wilco out."

Er spurtete nach Hause. Drago war der Radiocodename des Distriktskommandanten. Ein dringender Anruf erfolgte nur äußerst selten. Er rannte durch die offene Hecke in den Garten, stieß die Vordertür auf, die nur angelehnt war, streifte auf der Schwelle seine Laufschuhe von den Füßen, öffnete den Reißverschluß des Trainingsanzugs, lief in die Küche, sprang unter die Dusche und spülte eilig den Schweiß von seinem Körper, trocknete sich ab und mußte sich eine Denimhose und ein Sporthemd anziehen, die beide zerknittert waren. Seine Frau hatte wegen des Streits keine sauberen Kleider bereitgelegt. Er rannte zur Garage, öffnete die Tür des Mitsubishi, startete den Motor und fuhr mit quietschender Kupplung rückwärts. Auf der Straße fuhr er scharf an und schaltete ruckartig. An der Kirche von Baarle bremste er mit kreischenden Reifen vor dem Stoppschild, mit hoher Geschwindigkeit nahm er die Kurve zur E5, und auf der Autobahn trat er das Gaspedal völlig durch. Genau sechs Minuten später rannte er die Treppe des Rijkswacht-Komplexes hinauf, erhielt vom wachhabenden Unteroffizier sein Label, stürzte in den Gang zum offenen Fahrstuhl. Er drückte auf Knopf 8 und wartete keuchend, fuhr sich mit der Hand über das Kinn, um zu fühlen, ob es noch glatt war, drückte die Fahrstuhltür mit einem Schulterstoß auf und betrat scheinbar ruhig den Gang der achten Etage.

Die Tür zum Büro des Distriktskommandanten stand offen. Luitenant-Kolonel Vergote saß hinter seinem Schreibtisch und sah auf die Uhr, als er Velge hereinkommen hörte.

„Guten Morgen, Kolonel", sagte Velge und ging zum Schreibtisch. Sie gaben sich die Hand.

„Guten Morgen, Willy, mach die Tür zu und nimm dir einen Stuhl", sagte der Distriktskommandant phlegmatisch. Er war ein langer, muskulöser Mann mit pech-

43 Im Radiocode: sofort, unverzüglich.

schwarzem Haar und der dunklen Haut eines Südländers, jedoch ohne die nervöse Beweglichkeit, die diese Rasse kennzeichnet. Seine Reserviertheit war lediglich Schein, er hatte sich einfach völlig in der Gewalt. Er trug eine graue Flanellhose, einen blauen Blazer, ein weißes Hemd und eine blau-schwarz gestreifte Krawatte, so daß er wie der Ökonomische Direktor einer großen Firma aussah.

Velge setzte sich vor den Schreibtisch. Luitenant-Kolonel Vergote sah ihn an, nickte mit einem tiefen Seufzer und sagte: „Schlechte Neuigkeiten, Willy."

Velge erstarrte. Er bohrte seine Fingernägel in die Handflächen und wartete.

„Generaal Welckenraedt hat heute nacht Selbstmord begangen", sagte Vergote mit abgewandten Augen, „in seinem Schlafzimmer. Mit einem Revolver."

Velge verzog keine Miene.

„Die Haushälterin hat ihn heute morgen um sieben Uhr gefunden", fuhr Vergote fort, „und die hat Boudewijn angerufen – übrigens eine sehr vernünftige Reaktion, du verstehst mich, nehme ich an. Boudewijn ist von Astene, wo er wohnt, direkt nach Deurle gefahren. Danach hat er mich zu Hause angerufen. Ich rief meinerseits Kolonel Paquet an, der zum Glück zu Hause war. Er ist auf dem Weg hierher. Wir warten auf ihn und fahren dann zusammen nach Deurle."

„Was ist es für ein Revolver?" fragte Velge, der sich langsam von dem Schock zu erholen begann.

„Warum?"

„Nur so. Sie haben nicht gefragt, welcher Typ?"

„Ich dachte, es wäre besser, ihn nicht zu sehr mit solchen Details zu bedrängen. Er war sehr betroffen."

„Das wäre man wohl schon bei etwas Geringfügigerem. Was sagt Kolonel Paquet?"

„No comment. Du kennst ihn ja. Er ist sofort in seinen Wagen gestiegen. Ich schätze, er wird innerhalb einer Viertelstunde hiersein."

„Darf ich mal in die Kantine gehen, Kolonel? Ich hatte keine Zeit zu frühstücken, und mir sitzen sechs Kilometer Cross in den Knochen."

Vergote lächelte. „Okay, ich denke, du wirst deine

Kräfte heute noch nötig haben, aber dehn es nicht zu sehr aus."

Velge stand auf, verließ das Büro und fuhr mit dem Fahrstuhl in die Kantine. Dort saßen nur vier Männer in Uniform an einem Tisch und tranken Kaffee. Sie nahmen sofort Haltung an. Velge nickte und ging schnell zum Self-Service, wo er sich zwei Scheiben Weißbrot mit Filet américain und eine Tasse Kaffee nahm. Automatisch steckte er seine Kreditkarte in die Kasse, die elektronische Laute von sich zu geben begann. Dann setzte er sich an einen der roten Formica-Tische und fing an zu essen. Er zwang sich gewaltsam, nicht an die delikate Aufgabe zu denken, die ihm bevorstand. Zum Glück war die Lustlosigkeit von gestern abend vergangen. Die Tatsache, daß Kolonel Paquet die Leitung übernahm, war normal, doch Velge fand es unter den gegebenen Umständen nicht angenehm. Er würde vorläufig die Leitung des Falles Leblanc an Boel übertragen müssen. Das andere, das ihm nun durch den Kopf ging, wagte er noch nicht weiterzudenken. Das Brot schmeckte nach gekautem Karton, und an dem heißen Kaffee hatte er sich die Zunge verbrannt. Er ließ die zweite Scheibe Brot liegen und verließ eilig die Kantine. Zum Fahrstuhl. Knopf 7. Zu seinem Büro, wo er schnell sein Köfferchen nahm, die Kugel vom Fall Leblanc und die Plastiktüte mit dem Schamhaar. Zum Fahrstuhl. Knopf 8. Büro 822, dessen Tür offenstand. Der Kolonel war nicht da. Velge blickte auf seine Uhr. 8.14 Uhr. Er ging in das Büro und trat vor das große Fenster, das die gleiche Aussicht bot wie seins. Derselbe stahlblaue Himmel wie an den Tagen zuvor. Ein stickig heißer Tag. Sonnabend, 14. Juli, dachte Velge, heute steht ganz Frankreich kopf. In einem ruhigen Dörfchen an der Leie liegt ein pensionierter Generaal der Rijkswacht tot in seinem Schlafzimmer mit einem blutigen Loch im Kopf oder im Hals. Ein Revolver. Ich hoffe, daß es eine Smith & Wesson ist, dachte Velge, oder eine Ruger, oder eine Barracuda. Er fühlte ein saures Brennen aus seinem Magen aufsteigen. Die Pfefferminzplätzchen hatte er in seinem Büro vergessen. Er sah nochmals auf die Uhr: 8.17 Uhr. Der Fahrstuhl summte. Er horchte. Das Summen brach ab. Er hörte die

Tür aufgehen. Stimmen. Die Stimme von Kolonel Paquet. Velge ging zur Tür. Ein kleiner, magerer, lebhafter Mann mit einem eckigen, energischen, glatten Gesicht, harten braunen Augen, graublondem Haar im Bürstenschnitt, dunkelblauem Nadelstreifenanzug mit Weste. Gefolgt vom Distriktskommandanten, der ihn um einen Kopf überragte. Kurze, formelle Begrüßung. Sie ließen sich in die Sessel der Sitzecke nieder. Velge schloß die Tür.

Kolonel Paquet legte die Fingerspitzen aneinander, kniff die Lippen zusammen und sagte: „Ich muß euch also nicht sagen, daß wir hier mit einem ernsten Problem konfrontiert werden. Erzähl mir zunächst mal, Bob: Welche Personen sind zur Zeit über die Fakten informiert?“

„Wir drei, Kolonel“, antwortete Vergote, „die Haushälterin, sein Sohn Boudewijn. Ich nehme an, daß die Schwiegertochter es auch weiß, aber da bin ich nicht sicher.“

Kolonel Paquet nickte nachdenklich. Es war Velge aufgefallen, daß der Distriktskommandant ihn nicht beim Vornamen nannte.

„Hat der Generaal noch mehr Kinder?“

„Noch eine Tochter, Kolonel“, sagte Velge.

Kolonel Paquet sah ihn ausdruckslos an. „Und Welckenraedt junior, hat der Kinder?“

„Nein, Kolonel.“

„Ich fasse zusammen“, sagte Kolonel Paquet. „Die Haushälterin entdeckt, was geschehen ist, sie ruft den Junior an, der seinen Distriktskommandanten anruft, der seinerseits mich anruft und danach dich, Willy. Ist das korrekt?“ Er sah Vergote an.

„Korrekt, Kolonel.“

Vergote öffnete sein Notizbuch und las vor: „7. 37 Uhr Anruf Junior bei mir. 7. 40 Uhr Anruf von mir bei Ihnen, vierzig Sekunden später Anruf bei Willy. Es wurde nicht abgenommen. Ich veranlaßte die Übertragungszentrale, ihn per Funk zu rufen. Es kam Verbindung zustande, und Willy war zehn Minuten später hier im Distrikt.“

„Wie kam es, daß Ihr Telefon nicht abgenommen wurde?“ fragte Kolonel Paquet Velge.

„Das Telefon steht unten, meine Frau schlief noch, ich machte meinen täglichen Crosslauf und hatte den RS 14 dabei", antwortete Velge.

Kolonel Paquet nickte. Wandte sich erneut an Vergote. „Weiß jemand in der Übertragungszentrale etwas über den Inhalt der Sache?"

„Negativ. Absolut niemand", antwortete Vergote.

„Kennst du Boudewijn Welckenraedt gut?" fragte Kolonel Paquet Velge.

„Wir sind derselbe Studienjahrgang, Kolonel. Nach dem Internat der Militärschule, den zwei Jahren Kriminologie und dem Einsatz an der KRS[44] haben sich unsere Wege ein bißchen getrennt, aber damals waren wir Kameraden, wie es sich für Studienkollegen gehört. Eigentlich . . . suchte er nicht viel Kontakt mit den Kameraden. Er ist ziemlich zurückhaltend. Vielleicht, weil sein Vater . . . Das letztemal habe ich ihn im Februar vor der technischen Prüfung des Majoorsexamens gesprochen . . . Natürlich *sehen* wir uns im Kasino der Mobilen Gruppe während der Essen und Festlichkeiten des Korps . . ."

Kolonel Paquet dachte nach.

„Du sagst *sehen*. *Sprichst* du denn nicht mit ihm?"

„Er ist im Laufe der Zeit noch zurückhaltender geworden, Kolonel."

„Bist du nach der technischen Püfung mit ihm zusammen nach Hause gefahren?"

„Nein, Kolonel, ich brauchte nur sechs Stunden, um damit fertig zu werden. Er ist länger geblieben."

„Was war das Thema der technischen Prüfung?"

„Die Koordinierung der gerichtlichen Dienste, Kolonel."

„Du bist natürlich vor Freude in die Luft gesprungen?"

„So ungefähr, Kolonel."

„Okay, dann werden wir am besten gehen", sagte Kolonel Paquet abrupt und erhob sich. „Wie fahren wir?"

„Mit meinem Wagen, ich kenne den Weg", sagte

44 Fünfzehn Monate Weiterbildungskurs an der Königlichen Rijkswacht-Schule.

Velge. „Darf ich noch schnell eine Nachricht durchgeben?“

Er ging zum Schreibtisch, drückte auf den Sprechknopf des Intercoms und sagte: „Hier Commandant Velge, bitte richten Sie Adjudant Boel aus, er soll um halb neun das Briefing machen in Raum 218 und vorläufig die Leitung der Aufträge übernehmen, okay?“

Er schaltete das Intercom aus und ging hinaus auf den Gang, wo seine beiden Chefs vor dem Fahrstuhl auf ihn warteten. Er sah auf seine Uhr. 8.28 Uhr.

Villa Rittersporn, Deurle-aan-de-Leie. 8.42 Uhr

Die Haushälterin erwartete sie an der Eingangstür der Villa, vor der ein blitzender schwarzer Peugeot stand, ein sehr altes Modell. Sie hatte geschwollene Augen und hielt sich ein Taschentuch vor den Mund. Während sie die drei Männer hineinließ, begann sie zu schluchzen.

„Es ist zu grausam, ich kann es noch immer nicht glauben", brachte sie kopfschüttelnd hervor.

Sie führte die Männer in denselben Salon, in dem Velge das Gespräch mit dem Generaal geführt hatte.

„Nehmen Sie Platz, meine Herren, ich werde Mijnheer Boudewijn mitteilen, daß Sie hier sind", sagte die Haushälterin in demselben Flüsterton wie am Donnerstagnachmittag. Diesmal gibt es allerdings wirklich eine Leiche, dachte Velge.

Sie setzten sich auf die Louis-Seize-Stühle.

„Bist du hier schon mal gewesen?" fragte Kolonel Paquet Vergote gedämpft.

„Nein, noch nie."

„Ich auch nicht", fuhr Paquet fort, „weißt du, daß dieses Haus im Jahre 1902 von le procureur général Léopold Welckenraedt gebaut wurde?"

Vergote zog die Augenbrauen hoch.

Es näherten sich Schritte. Die Tür ging auf, und ein schmächtiger, halb kahler Mann von mittlerer Gestalt mit einem grau-bleichen, faltigen Gesicht und dunklen Rändern unter den Augen betrat den Salon. Er kam auf die drei Männer zu und gab ihnen schweigend mit einer eckigen Bewegung aus der Schulter die Hand. Sie setzten sich.

„Unsere herzlichste Anteilnahme, Kapitein-Commandant Welckenraedt", sagte Kolonel Paquet höflich, „es tut uns leid, daß wir Sie und Ihre Familie in diesem Augenblick stören müssen, aber Sie werden sicher verstehen, daß wir nicht anders können ...“

„Ich stehe zu Ihrer Verfügung, Kolonel“, antwortete Boudewijn Welckenraedt beherrscht. Er hatte eine sehr leise Stimme und sprach die Worte deutlich aus. Velge registrierte, daß die Flanellhose perfekt auf Falte gebügelt war, daß die grauen Augen vergrößerte Pupillen hatten, die durch alles hindurchsahen, und daß sein Haar streng nach Vorschrift geschnitten war. Er drehte unaufhörlich einen Knopf seines Blazers zwischen Daumen und Zeigefinger hin und her. Auf seiner Krawatte war das Wappen der Königlichen Rijkswacht-Schule eingestickt.

Er ähnelt in nichts seinem Vater, dachte Velge, armer Kerl, in sechs Monaten ist er zehn Jahre älter geworden. Und er hat eiskalte Hände. Velge hörte Kolonel Paquet leise sprechen.

„Bevor Kapitein-Commandant Velge an Ort und Stelle die ersten Fakten aufnehmen wird, möchte ich Ihnen mit Nachdruck versichern, daß das Korps äußerste Diskretion walten lassen wird ...“

Welckenraedt nickte abwesend.

„In diesem Zusammenhang möchte ich Ihnen zuerst eine Frage stellen. Wer ist zu diesem Zeitpunkt darüber informiert, daß Ihr Vater verstorben ist, und wer von diesen Personen weiß Bescheid über die ... wahre Todesursache?“

Welckenraedt sah auf seine Hände, hüstelte und sagte mühsam: „Kolonel, die wahre Todesursache kennen bis jetzt nur Irma, die Haushälterin, und ich selbst.“

Kolonel Paquet schürzte die Lippen. „Und Ihre Frau?“

„Sie weiß nur, daß Papa *verstorben* ist.“

„Wollte sie nicht mitkommen?“

„Sie hat empfindliche Nerven, Kolonel, und ich war der Meinung, daß es besser ist, wenn ...“

„Hat sie nicht darauf bestanden, mit hierherzukommen?“

„Nein, Kolonel.“

„Sie wird doch nicht unerwartet ihre Meinung ändern und doch noch kommen?“

„Sie hat kein Auto, Kolonel.“

„Haben Sie Kinder?"

„Nein, Kolonel."

Velge dachte: Es ist noch keine Stunde her, daß er mich das gefragt hat. Gibt es einen einzigen Menschen auf der Welt, dem er vertraut?

„Und andere Familienangehörige?"

„Meine Schwester weiß noch von nichts, Kolonel."

„Werden Sie sie informieren?"

„Ich werde sie gleich anrufen, Kolonel."

Kolonel Paquet dachte nach. Über den Zustand der Leiche und die Tatsache, daß jede Spur von Selbstmord verschwinden mußte. Über das delikate Problem des Totenscheins. Über den Arzt, dem er das anvertrauen würde. Er nickte für sich und sagte zu Vergote: „Bob, würdest du bitte hierbleiben mit dem Kapitein-Commandant. Dann gehen Willy und ich die Fakten aufnehmen."

„Okay", antwortete Vergote merklich enttäuscht.

Kolonel Paquet und Velge standen auf.

„Die Treppe hoch, erste Tür rechts im Flur", sagte Welckenraedt dumpf.

Sie verließen den Salon und schlossen die Tür. Kolonel Paquet ging Velge durch das Vestibül mit den offiziellen Fotos des Generaals voraus zu der schweren Treppe aus Eichenholz mit poliertem Geländer, geschnitzten Pfosten und dunkelblauem Läufer. Während sie sich in den ersten Stock begaben, warf Velge einen Blick auf die alten Stiche auf der Leinentapete, die Fuchsjagden in England auf dem Lande darstellten. Die erste Tür rechts in dem halbdunklen Gang voller Gemälde war geschlossen. Ohne zu zögern, griff Kolonel Paquet die Klinke, öffnete die Tür und betrat das Schlafzimmer. Velge folgte ihm, während sich seine Polizistenaugen blitzschnell auf brauchbare Einzelheiten zu heften begannen.

In einem altmodischen Bett aus poliertem Mahagoni saß der alte Mann halb aufgerichtet an ein riesiges, spitzenumsäumtes, mit Blut bespritztes Kopfkissen gelehnt. Der linke Arm lag unter der Decke, der rechte hing über die Bettkante. Auf dem Teppich unter der wie eine Kralle geöffneten Hand lag ein glänzender Revolver mit kurzem Lauf. In der blutverschmierten, aufgerissenen rechten Schläfe, die vom Pulverschmauch schwarz war, befand sich ein Loch; die andere Kopfseite war ein geborstener Krater, die rechte Wange geschwollen, als hätte er Zahnschmerzen. Fasziniert sah Velge auf den Revolver, machte vier schnelle Schritte, hockte sich davor und bezwang das Stöhnen in seiner Kehle.

„Sieh mal hier", hörte er Kolonel Paquet sagen. Er drehte den Kopf herum, erhob sich und sah den Kolonel neben einer stocksteifen Gestalt in der Paradeuniform eines Luitenant-Generaals mit Mütze und Orden stehen. Sofort erkannte er, daß es eine Schaufensterpuppe war, die dort in der Nische stand. Er brach fast in Lachen aus. Kolonel Paquet sah ihn mit einem dünnen Lächeln an und zeigte auf die Uniformjacke. Machte ein Zeichen, Velge solle näher kommen. Als er dicht genug herantrat, sah er es. In dem dunkelblauen Stoff waren Einschußlöcher. Dicht nebeneinander an der Stelle, wo das Herz sitzt. Drei der Kugeln hatten das Metall einiger Ehrenzeichen durchbohrt.

„Vier", sagte Velge mit gepreßter Stimme.

Kolonel Paquet nickte. „Und da sitzt irgendwo Nummer fünf", sagte er und wies auf den toten Mann im Bett.

„Kolonel, ich möchte zuallererst die Waffe untersuchen", sagte Velge, „aber bevor ich sie anrühre und ihre Lage verändere, möchte ich etwas fragen: Müssen Fotos gemacht werden?"

„Nicht nötig, Willy", sagte der Kolonel kurz.

Velge ging zu dem Revolver, einem Colt .38 Detective Special, hockte sich wieder hin, holte sein Federmesser hervor, faßte die Waffe mit Daumen und Zeigefinger am gerippten Holzkolben, machte mit dem Messer einen Kratzer auf die Trommel direkt neben dem Rahmen, klappte mit dem Daumennagel die Trommel heraus und betrachtete die Rückseite der Hülsen. Kupfer. Fünf mit Spuren des Schlagbolzens in den Zündhütchen. Eine volle Patrone. Er betrachtete die Vorderseite der Trommel. Er sah den vollen Kupfermantel der Kugel. Er brachte die Trommel dicht vor seine Augen und las „Norma 38 SPL". Mit trockener Kehle klappte er den Revolver durch eine kurze Bewegung des Handgelenks wieder zu und legte ihn vorsichtig auf das Nachttischchen neben dem Bett.

„Ich werde die Kugel suchen", sagte er mehr zu sich selbst als zum Kolonel, der nicht reagierte. Er verfolgte aufmerksam Velges Bewegungen. Es war, als wolle er sich auf der Stelle von den professionellen Qualitäten seines Untergebenen überzeugen.

Keine Angst vor dem Kolonel, dachte Velge, das wäre ein Beweis dafür, daß ich vor mir selbst Angst habe.

Er beugte sich über die Leiche und begann, wie zwei Tage zuvor bei Hélène Leblanc, unter dem Kopfkissen zu tasten. Es war das erste Mal, daß er so altmodisches Bettzeug sah. Es erinnerte ihn an das Bett Napoleons, das er in Paris im Musée de L'Armée gesehen hatte. Er fand das kleine Loch im mit Daunen gefüllten Kissenbezug, merkte, daß die Kugel quer durch das Kissen gegangen war, und fand das Loch in der Matratze. Velge steckte seinen Zeigefinger in die Füllung und stieß einen Seufzer der Erleichterung aus, als er die Kugel fühlte. Er riß den Matratzenstoff mit einem kräftigen Ruck auf und holte die Kugel aus der Füllung. Er war darauf vorbereitet, doch als er eine Sekunde später die Kugel zwischen Daumen und Zeigefinger hielt, zog er die Oberlippe hoch, als hätte er Schmerzen. Er murmelte vor sich hin: „Punkt 38 Special jacketed semi wadcutter Norma, 158 grain."

Kolonel Paquet sah ihn ausdruckslos an.

Velge sagte: „Ich möchte so schnell wie möglich ein Spektralfoto dieser Kugel in den Douglas eingeben zum Vergleich."

„Wieso Vergleich?" fragte der Kolonel matt.

„Kolonel, diese Kugel ist von derselben Marke, vom selben Modell und Kaliber, und sie wurde aus demselben Waffentyp abgefeuert wie die Kugel, mit der Hélène Leblanc Donnerstagnacht in ihrem Bett ermordet wurde . . ."

Der Kolonel erstarrte und kniff die Lippen zu einem dünnen Strich zusammen. „Es gibt noch andere Revolver dieses Typs, Willy, das weißt du doch auch", sagte er in sanftem Ton.

Velge nickte. „Ja, aber es würde mich wundern, wenn

es sich hier um *zwei* Revolver derselben Marke und desselben Typs handelt", sagte er, „die Chance ist furchtbar gering."

Wieder erschien das dünne Lächeln auf den Lippen des Kolonels. In einem Ton, als läse er einen Bericht vor, sagte er: „In der Geschichte des Korps hat es noch nie einen Offizier gegeben, der *Selbstmord* beging, denn das wäre der Beweis, daß dieser Offizier eine Memme war. Und es hat mit Sicherheit in der Geschichte des Korps noch nie einen Offizier gegeben, der *einen Mord* beging, denn das wäre der Beweis, daß das Korps sich seine Offiziere schlecht aussucht. Wir werden den Fall also ganz einfach zusammenfassen: Generaal Welckenraedt ist heute nacht an den Folgen eines Herzanfalls verstorben, und er wird mit militärischen Ehren beigesetzt werden. Jeder wird diese Version glaubwürdig finden, aus dem einfachen Grund, weil niemand über bestimmte Umstände informiert ist, über die *wir* zufällig Bescheid wissen ..."

Velge hielt den Atem an.

„... aber das ändert nichts an unserem Dilemma", fuhr der Kolonel geschmeidig fort, „und ich werde dir das gleich erläutern. Ich glaube zu wissen – und du weißt das natürlich auch –, daß ein Selbstmord kein Selbstmord ist, bis wir nicht absolut sicher sind hinsichtlich der Tatsache, daß der Selbstmord kein *inszenierter* Selbstmord ist. Es ist also unsere Pflicht, das festzustellen. Aber. Angenommen, wir entdecken, daß der Generaal *keinen Selbstmord* begangen hat, dann ist unsere Ehre gerettet, wirst du sagen, denn dann wissen wir automatisch, daß der Generaal kein Feigling war. Aber dann haben wir die Tatsache am Hals, daß einer unserer Korpskommandanten *ermordet* wurde, und das ist noch nie passiert, verstehst du mich, Willy?"

„Jawohl, Kolonel", antwortete Velge, der bei dieser unerwarteten Frage erschrak.

„Das ist noch nie passiert; das darf also 1990 ebensowenig passieren", schloß der Kolonel.

Velge sah ihn fragend an.

„Ich höre", sagte der Kolonel und blickte ihm direkt in die Augen. Velge dachte nach. Ein einziges falsches Wort, und die Folgen wären nicht abzusehen, das spürte er deutlich. Behutsam fing er an: „Ich glaube, wir müssen äußerst diskret an die Untersuchung herangehen, und das macht unsere Aufgabe nicht gerade leichter . . .“

„Im Prinzip ist das richtig“, unterbrach ihn der Kolonel, „und ich möchte meine Worte verdeutlichen: Angenommen, man stellt fest, es war Selbstmord und die Kugel, die die Leblanc getötet hat, wurde aus derselben Waffe abgefeuert, dann kann der Mörder der Leblanc niemals gefunden werden, weil der Generaal ja *an einem Herzanfall* gestorben ist. Angenommen, wir entdecken, der Generaal wurde *ermordet* und die beiden Kugeln wurden aus derselben Waffe abgefeuert, dann haben wir es mit einem schlauen Mörder zu tun, der zuerst die Leblanc ermordet und uns aus dem einen oder anderen Grund glauben machen will, daß der Generaal die Leblanc ermordete. Angenommen weiterhin, wir finden den schlauen Mörder und er gesteht beim Verhör den Mord am Generaal – der doch an Herzversagen gestorben ist –, dann sitzen wir bis über die Ohren im Schlamassel. Wie ich schon sagte: einen Generaal zu ermorden ist nicht möglich. Außerdem sehe ich auch nicht recht, wie wir das während eines Schwurgerichtsprozesses vertuschen können sollten. Fazit: Es gibt nur eine Lösung – dem einen Riegel vorschieben. Ich verdeutliche: Die ganze Sache geht niemand außer dem Korps etwas an. Das Korps schon, aber nicht alle zweiunddreißigtausend Angehörigen des Korps. *Die Sache geht vier Offiziere etwas an* . . .“

Velge sah ihn an.

„Von jetzt ab erteile ich Ihnen den geheimen Auftrag, die Ermittlung hinsichtlich der exakten Todesursache des Generaals Welckenraedt ganz allein durchzuführen. Geheim, das heißt, daß nur Sie und ich plus der Große Boss darüber Bescheid wissen. Und Ihr Distriktskommandant, weil es nicht mehr anders geht. Und Sie sind nur mir gegenüber verantwortlich.“

„Das ist eine große Ehre für mich, Kolonel“, antwortete Velge stockend, „aber da ist noch ein Problem, ich bin auch Zweiter Commandant des Distrikts, was mache ich mit dieser Funktion?“

„Das wird am Montag geregelt. Du kommst Montag um neun in mein Büro. Uniform und Handschuhe. Jetzt zur Sache. Was sind Ihre nächsten Schritte nach der ersten Faktenaufnahme an Ort und Stelle?"

Velge atmete auf. Er befand sich wieder auf vertrautem Terrain. Schnell sagte er: „Es ist eine Autopsie erforderlich. Fingerabdrücke der Leiche. Vergleich der beiden Kugeln im Douglas. Der Rückstands-Test[45] an der rechten Hand des Opfers. Durch Neutronenaktivierung und mikroskopische Messung Vergleich eines Schamhaars, eines Kopfhaars und eines Barthaars des Opfers mit dem Schamhaar, das im Bett von Hélène Leblanc gefunden wurde. Feststellung, ob das Opfer Sekretor ist oder nicht."

„Zu welcher Blutgruppe gehörte der . . . Eigentümer des Spermas im Bett der Leblanc?" unterbrach ihn der Kolonel.

„Der Eigentümer ist *Non-Sekretor*, Kolonel."

„Du wolltest noch etwas sagen."

„Eine Haussuchung, Kolonel."

„Das ist delikat, fürchte ich."

„Aber absolut nötig, Kolonel, mit Verlaub."

„Der Sohn wird das ziemlich seltsam finden, nehme ich an. Haussuchung bei Selbstmord . . ."

„Sorry, Kolonel, Selbstmord ist und bleibt eine vermutete Todesursache. Ich denke nicht mehr an Selbstmord, bis er hundertprozentig bewiesen ist. Sonst würde meine Aufmerksamkeit abgelenkt werden."

Der Kolonel lachte kurz.

„Ich werde mit dem Junior reden, das wird wohl ein bißchen helfen, denke ich."

„Danke, Kolonel, meiner Meinung nach sind da aber noch ein paar andere Probleme. *Wer* soll die Autopsie vornehmen? Und wer macht die Analysen, die ich brauche? Wenn wir nicht ganz vorsichtig sind und jemand Wind von der Sache bekommt, wird es eine Katastrophe . . ."

„Bravo, Willy, ich fange an, dir ein bißchen zu folgen", sagte der Kolonel, „was würdest *du* in diesem Fall tun?"

Velge spürte, wie sein Herz schneller zu schlagen be-

45 Siehe Anhang.

gann. Es war das erstemal, daß er ein Wort des Lobes von seinem großen Chef erhielt.

„Ich würde die Autopsie von einem ausländischen Arzt durchführen lassen", sagte er ohne Zögern.

„Von einem ausländischen Arzt. Und im Ausland", verbesserte der Kolonel und fuhr lächelnd fort: „Und der Arzt heißt Kurt Hillner, Direktor des *Instituts für Rechtsmedizin der Universität Mainz**, der medizinische Fühler des BKA."

„Muß ich bei der Autopsie anwesend sein, Kolonel?"

„Hast du etwas dagegen?"

„Nein, Kolonel, das Problem ist nur, daß ich dann einen ganzen Tag verliere, ich möchte so schnell wie möglich mit der Waffe zu einem Experten, der nicht offiziell für das Gericht arbeitet, aber dadurch desto sicherer ist. Das ist wichtig."

„Du wirst mich jeden Abend anrufen, und für ein eventuelles Briefing wirst du nach Brüssel kommen, zu einer Adresse, die ich dir später geben werde. Und selbstverständlich wird kein Wort zu Papier gebracht. Wolltest du mich noch etwas fragen?"

„Ja, Kolonel. Ich sehe Schwierigkeiten mit meinem Assistenten vorher, Adjudant Boel. Er kennt den Fall Leblanc ebensogut wie ich. Angenommen, er will den Generaal nochmals befragen und erfährt am Montag von seinem Ableben; dann geht er direkt zur Haushälterin. Und wie ich ihn kenne, dauert es keine Viertelstunde, bis ihm die Frau die Wahrheit sagt."

„Okay, ich werde ihn mir persönlich vornehmen."

„Danke, Kolonel, aber wie lösen wir das Problem mit dem Transport der Leiche nach Wiesbaden?"

„Nicht nach Wiesbaden. Nach Mainz. Ein Spezialfahrzeug des BKA ist schon unterwegs hierher, Willy."

„Kommt es hierher *mit einem deutschen Kennzeichen*?"

Velge war überrascht, daß alles schon geregelt war.

„Dieses Spezialfahrzeug ist mit einer ganzen Serie von Nummernschildern ausgerüstet, es wird nicht auffallen."

„Dann werde ich die drei verschiedenen Haartypen sicherstellen, eine Schutzschicht auf die rechte Hand sprühen, und dann möchte ich gern die Haushälterin das

* Im Original deutsch.

eine oder das andere fragen. Wenn wir bloß sicher sein könnten, daß sie den Mund hält! Wir können natürlich steif und fest leugnen, was sie in Umlauf bringt, und sie beispielsweise für unzurechnungsfähig erklären, aber ich habe doch lieber keine Komplikationen dieser Art."

„Die Haushälterin ist in der Tat ein schwaches Glied", sagte der Kolonel nachdenklich, „und unsere Kette ist natürlich nur so stark wie dieses Glied. Ich würde gern ihre Personenkennzahl von dir bekommen."

„Zu Befehl, Kolonel."

„Und sprühe eine Schutzschicht auf *beide* Hände."

Velge sah ihn erstaunt an.

„Ich gehe inzwischen mit dem Junior ein paar Worte wechseln. Viel Erfolg."

Kolonel Paquet verließ unvermittelt das Schlafzimmer und schloß die Tür hinter sich. Als er allein war, beschleunigte Velge wieder den Rhythmus seiner Atmung und massierte seine Halsschlagadern. Der leichte Kopfschmerz, den er über alles fürchtete, war wieder da. Nachdem sein Gehirn den Blutstau verarbeitet hatte, ging er zum Bett, öffnete sein Köfferchen, zog eine Wegwerfpinzette aus der sterilen Verpackung, schlug die Decke zurück, öffnete den untersten Knopf des graugestreiften Pyjamas, lüftete pietätlos die Hose, brachte sein Gesicht nahe heran, klemmte zwei superlange Schamhaare in die Pinzette und ruckte kurz, nahm mit der linken Hand ein Plastiktütchen und ließ die Haare hineinfallen. Dasselbe machte er mit mehreren Kopf- und Barthaaren, jedesmal mit einer neuen Pinzette.

Er brachte die Decke wieder in Ordnung, faßte das Handgelenk des linken Arms und versuchte ihn zu beugen. Totenstarre eingetreten, registrierte er. Er betrachtete die linke Seite des Schädels. Geborsten und voll von geronnenem Blut, das Ohr halb abgerissen. In seiner Einbildung hörte er das Heulen der elektrischen Säge. Er holte eine Sprühdose aus dem Köfferchen, zog den Deckel ab, schüttelte die Dose, hockte sich vor die herabhängende rechte Hand und sprühte eine neutrale Schutzschicht darauf, die die Deutschen vor dem Rückstands-Test wie ein durchsichtiges Häutchen abziehen würden. Dasselbe mit der linken Hand. Der Revolver war auch noch ein Problem. Er wollte nichts dem Zufall überlassen. Zuerst mußte man auf dem Revolver nach Fingerabdrücken suchen. Auch auf den Patronenhülsen, obwohl er sich in dieser Hinsicht wenig Illusionen machte. Seinem eigenen technischen Dienst konnte er diesen Auftrag unmöglich übergeben. Das Labor der gerichtlichen Polizei der Staatsanwaltschaft kam nicht in Frage. Die würden sich wundern, warum die Rijkswacht plötzlich mit der Bitte ankam, etwas zu tun, was sie schließlich viel lieber selbst tat. Er mußte versuchen, im Labor eine Einsatzdose für Fingerabdrücke mitgehen zu lassen sowie ein Instamatic-Fotogerät mit ultraempfindlichem Film, und die Fingerabdrücke selbst einpudern und fotografieren. Zum Glück kannte er sich mit der Technik genügend aus. Dann würde er nach Aalst fahren. Mit seinem eigenen Wagen. Little Fons mußte bezahlt werden. Einen Betrag aus der schwarzen Kasse holen. Velge sah sich nach einer Schachtel für den Revolver um. Er öffnete eine Schublade des Kleiderschranks. Sorgfältig geordnet stand da eine Anzahl solider Pappschachteln mit verblaßten Etiketten von Genter Geschäften vom Anfang des Jahrhunderts. *Sioen-De Haeck, Vieux Bourg 58 Gand, Maison Fondée en 1856,* las Velge, hob den Deckel der Schachtel ab, nahm eine Kollektion vergilbter Batisttaschentücher heraus und roch daran. Ein Duft, den er nicht kannte. Auf dem Boden der Schachtel lagen vertrocknete Lavendelblüten. Er schüttete sie heraus, legte die Taschentücher zurück in die Schublade, ging zum Nachttischchen, holte ein Stück Schnur aus seinem Koffer, band sie um den Abzugsbügel, deponierte den Revolver vorsichtig in der Schachtel und legte den Deckel darauf. Er sah sich um und dachte nach. Die Kugeln in der Schaufensterpuppe würde er während der Haussuchung sicherstellen. Er holte seine Brieftasche aus der Innentasche seiner Lederjacke und öffnete sie. Kein Signal. Mit einem letzten Blick auf die Leiche verließ er schnell das Schlafzimmer.

Unten im Vestibül hörte er hinter der Tür des Salons die Stimme von Kolonel Paquet. Einige Sekunden Stille. Dann wieder die Stimme des Kolonels. Er entfernte sich auf Zehenspitzen, ging zu einer Tür neben der Treppe, wo er die Küche vermutete, und klopfte. Er hörte, wie ein Stuhl gerückt wurde, die Tür öffnete sich, und die Haushälterin erschien. Sie hielt sich immer noch ein Taschentuch vor den Mund.

„Madame, Sie müssen entschuldigen, aber ich möchte Ihnen gern ein paar Fragen stellen, darf ich reinkommen?" fragte Velge in dem einnehmenden Ton, den er in solchen Situationen stets anschlug.

„Sicher, Mijnheer, kommen Sie nur herein", antwortete die Haushälterin, „kann ich Ihnen eine Tasse Kaffee anbieten?"

„Nachher, wenn wir fertig sind. Aber würden Sie mir zuerst einen Gefallen tun? Könnte ich Ihre Codekarte[46] mal sehen?"

„Selbstverständlich, Mijnheer."

Sie ging zu der Tür in der gekachelten Wand, öffnete sie und kam mit einer großen Einkaufstasche zurück, wühlte nervös darin herum und holte eine Plastik-Codekarte aus ihrer Brieftasche hervor.

Velge notierte die Personenkennzahl 290625018-12, schrieb daneben: *Irma Elisabeth Johannes DE SCHUTTER, Voordestr. 19 D, Nevele, Witwe* und gab ihr die Karte zurück.

Während sie die Einkaufstasche zurückbrachte, sah er sich schnell um, denn die Küche faszinierte ihn. Ein großer Raum, bis an die Decke mit glänzenden weißen Fliesen ausgelegt. Ein altmodischer weißer Küchenschrank. Ein Tisch, wie ihn sein Großvater früher in seiner Küche hatte. Der geflieste Fußboden glänzte. Regale mit Kupferkesseln und -pfannen wie in einer Restaurantküche. Eine riesige Kochmaschine. Kein Gasherd. Eine Reihe bronzener Kohleneimer. In der Kochmaschine brannte Feuer, doch die Temperatur in der Küche war, verglichen mit der Hitze draußen, recht niedrig. Er nahm sich einen Stuhl.

„Setzen Sie sich nur, Sie sind hier ja eigentlich zu Hause", sagte Velge lächelnd zu der Haushälterin.

Sie setzte sich ihm gegenüber an den Tisch, merklich verlegen.

„Wohnen Sie allein, Madame?" fragte Velge plötzlich.

46 Siehe Anhang.

„Ja, Mijnheer, mein Mann ist im Oktober schon drei Jahre tot, und ich wohne ganz allein in unserem Häuschen ..."

„Haben Sie Kinder, Madame?"

„Vier, Mijnheer, und sie sind alle glücklich verheiratet, und die Enkelkinder ..."

„Madame De Schutter, es ist natürlich eine sehr traurige Aufgabe", sagte er langsam, „doch ich bin verpflichtet, Ihnen einige Fragen zu stellen über ..."

Die Haushälterin unterdrückte ein Schluchzen.

„Ich kann es immer noch nicht glauben, Mijnheer, ich war wie vor den Kopf geschlagen ..."

„Das kann ich sehr gut verstehen, Madame", sagte Velge geduldig. „Aber erzählen sie mir mal haargenau, was Sie gesehen haben von dem Moment an, als Sie die Tür der Villa öffneten. Sie haben also einen Schlüssel?"

„Ja, Mijnheer. Jeden Morgen komme ich genau um sieben Uhr an, aber dann war der Generaal schon immer über eine Stunde auf. Im Stall beschäftigt mit der Pflege von Rasputin ..."

„Rasputin ist sein Pferd?"

„Ja, Mijnheer, was mit dem Tier geschehen soll, weiß ich wirklich nicht, denn Mijnheer Boudewijn reitet niemals, o Gott, o Gott ..."

„Sie waren also verwundert, daß der Generaal nicht im Stall beschäftigt war?"

„Ja, Mijnheer. Ich komme ins Haus, und alles ist mäuschenstill, ich rufe: Mein Generaal! Mein Generaal!"

„So nannten Sie ihn immer?"

„Ja, Mijnheer, die selige Madame, als sie noch lebte, nannte ihn auch *mon général*, sie sprachen immer französisch ..."

„Gut, erzählen Sie weiter."

„Ich ziehe in der Küche meinen Mantel aus, ich stelle meine Tasche ab und rufe noch einmal. Nichts. Ich denke bei mir, ich werde mal im Schlafzimmer nachsehen. Ach, Mijnheer, als ich da geklopft habe und es hat niemand geantwortet und ich mache die Tür auf, Mijnheer, bis zu meiner Sterbestunde werde ich nicht vergessen, was ich da sah, ich blieb wie angewurzelt stehen und sagte: ‚Mein Generaal, was haben Sie jetzt bloß gemacht? Dann muß ich nach unten gelaufen sein und Mijnheer Boudewijn angerufen haben, und der kam eine Viertelstunde später mit seinem Wagen und fing an zu telefonieren . . .“

Die Haushälterin trocknete kopfschüttelnd ihre Tränen.

„Wie reagierte Mijnheer Boudewijn?“ fragte Velge.

„Er sah entsetzlich bleich aus, er konnte keinen Schritt machen, ich dachte, er würde umfallen, und als er sich ein bißchen erholt hatte, sagte er zu mir, daß ich, um des guten Namens der Familie willen, niemandem erzählen darf, wie das . . .“

„Und das werden Sie auch nicht tun?“

„Was ich verspreche, Mijnheer, das halte ich auch, ich bin schon seit dreißig Jahren Haushälterin der Familie, aber nun weiß ich eins nicht: was soll ich *jetzt* tun . . .“

„Wie meinen Sie das, Madame?“

„Ob ich weiterhin das Haus unterhalten darf oder was . . .“

„Da kann ich mich natürlich schlecht einmischen, das verstehen Sie doch, Madame?“

„Selbstverständlich, Mijnheer, aber ich bin noch ein bißchen unruhig deswegen . . .“

Velge stand auf.

„Ich werde eine Tasse Kaffee machen für die Herren, das schmeckt immer, nicht?“

„Das ist eine gute Idee, Madame“, antwortete Velge und sah auf die Uhr: 9. 52 Uhr. Er nahm die Schachtel vom Tisch, verließ die Küche, ging den Flur entlang und klopfte an die Salontür.

„Ja!“ rief Kolonel Paquet. Velge öffnete die Tür und blieb auf der Schwelle stehen.

Der Kolonel winkte ihm.

Velge setzte sich auf den Louis-Seize-Stuhl. Er sah, daß Boudewijn Welckenraedt mit dem Kopf in den Händen auf den Boden starrte.

„Kapitein-Commandant Welckenraedt ist über die Maßnahmen, die ergriffen werden, informiert“, sagte der Kolonel zu Velge, „angesichts der Tatsachen ist er selbstverständlich damit einverstanden, daß eine Haussuchung durchgeführt wird, in diesem Fall von Ihnen,

Willy; gegenüber seiner Frau und seiner Familie wird er sich strikt an die Version halten, die Sie kennen. Der Haushälterin können wir seiner Meinung nach völlig vertrauen, aber er wird ihr alles nochmals eindringlich ans Herz legen."

Der Kolonel wandte sich an Welckenraedt. „Tun Sie das noch heute?"

„Jawohl, Kolonel", antwortete Welckenraedt. Er sah noch bleicher aus als vor einer Stunde. Seine Lippen zitterten.

„Würden Sie jetzt so gut sein und die Haushälterin mit dem Wagen nach Hause fahren, wir müssen auf jeden Fall vermeiden, daß sie das Auto sieht, das den Leichnam abholen kommt."

Welckenraedt stand auf und verließ mit gesenktem Kopf den Salon.

Als die Tür zu war, fragte der Kolonel kurz: „Hast du ihre Personenkennzahl?"

Velge riß das Blatt aus seinem Notizbuch und gab es dem Kolonel, der es in seine Jackettasche steckte.

„Hast du die Kugel, die Haare, die Waffe?"

Velge holte die vier Plastiktütchen aus der Schachtel und gab sie dem Kolonel.

„Um die Waffe kümmerst du dich also selbst?"

„Heute noch, Kolonel, aber ich würde noch gern die anderen Kugeln aus der Puppe rausholen."

„Okay, ich gehe jetzt telefonieren."

Er erhob sich. Velge folgte ihm. Er ging die Treppe hoch, und der Kolonel blieb unten im Vestibül, nahm den Hörer des Telefons ab, das auf einer Eichenkommode stand, wählte die Nummer der Abteilung G3-C Spezielle Aufträge der Operativen Direktion, wartete ein paar Sekunden und sagte gedämpft: „Paco speaking, guten Morgen" und wartete, bis der Voice identificator* seine Stimme gecheckt hatte; das Piepsignal ertönte, und er sagte langsam und deutlich: „Das folgende in deutsch, ich wiederhole, in deutsch über die Militärleitung durchgeben, an die Nummer des Codenamens Sibil, I spell**: Sierra, India, Bravo, India, Lima. Ich spe-

* (engl.) Stimmenidentifikator.
** (engl.) ich buchstabiere.

zifiziere: 1. Autopsie der Leiche plus vollständige toxikologische und histologische Untersuchung. 2. Gesicht des Opfers kosmetisch operieren, um jede Spur von Gewaltanwendung zu beseitigen. 3. Fingerabdrücke von allen zehn Fingern. 4. Autopsiebericht durch Boten an mein Büro. 5. Projektilfotos in unseren Computer eingeben. 6. Rückstands-Test von beiden Händen. 7. Neutronenaktivierung Schamhaar zum Vergleich mit anderen Haaren. Alles priority one*, ich wiederhole, priority one."

Er hörte das Band ab, das seine Botschaft wiederholte, und sagte zum elektronischen Vermittler: „Gib mir jetzt CVI, Büro sechs, eins, acht."

Er holte das Blatt aus Velges Notizbuch hervor, wartete, bis am anderen Ende abgenommen wurde, und sagte: „Sechs, eins, acht, bitte Output Personenkennzahl zwei, neun, null, sechs, zwei, fünf, null, eins, acht, Strich, zwölf. Bitte Output mit Diktiergeschwindigkeit drei."

Er wartete etwa zwanzig Sekunden lang, lauschte mit gespitzten Lippen der metallischen Computerstimme, die die Info zu diktieren begann. Das Output dauerte drei Minuten.

„Hallo, sechs, eins, acht", sagte der Kolonel, nachdem die Stimme schwieg, „gib mir jetzt Büro eins, zwei, drei, acht."

Einige Sekunden sprach er mit dem Mund dicht am Hörer: „Eins, zwei, drei, acht, Anfrage an den Computer, worin die medizinische Behandlung schwerer Diabetes besteht, ich wiederhole, die medizinische Behandlung schwerer Diabetes."

Er wartete erneut etwa zwanzig Sekunden, horchte, nickte und legte mit einem Seufzer den Hörer auf, runzelte die Stirn und dachte nach.

Er griff erneut zum Hörer und wählte die Nummer der DOP, der Operativen Direktion Gerichtliche Polizei, die ebenfalls zur HDO gehörte.

„Hier Kolonel Paquet", sagte er, als die Verbindung hergestellt war, „Abteilung C18[47] bitte."

47 Siehe Anhang.
* (engl.) Dringlichkeitsstufe eins.

Nach mehrmaligem Klicken sagte er: „Hier Kolonel Paquet, steht die Nummer 091-827070 auf der Liste?"

Er hörte den Techniker die genannte Telefonnummer in den Terminal des Computers eingeben. Nach einigen Sekunden sagte die Stimme: „Hallo, Kolonel. Negativ, 091-827070 ist sauber."

„Okay", sagte der Kolonel und blickte in sein Notizbuch. „Würden Sie mich bitte über die Militärleitung mit Knopf elf des vorprogrammierten Switchboards verbinden?"

„Wilco, Kolonel."

In seinem rechten Ohr klickte es einige Male, ein Rufzeichen, ein zweites. Es wurde abgenommen.

„Guten Morgen, ich möchte gern mit Herrn Doktor Hillner sprechen. Oberst Paquet, Kriminalpolizei Belgien"*, sagte er zu der Sekretärin.

„Hallo, Herr Doktor", sagte er einige Sekunden später munter, „wie geht's Ihnen? . . . Sehr gut, danke . . . ja, achtunddreißig im Schatten, . . . wahrscheinlich Selbstmord . . . aber ich habe noch ein ganz anderes Problem. Ist es möglich, Barca heute noch in Wiesbaden zu treffen? . . . Ja, sehr wichtig . . . Fünf Uhr . . . Ausgezeichnet . . . Auf Wiedersehen, Herr Doktor."*

Kolonel Paquet legte auf, ging durch das Vestibül und begann aufmerksam die Fotoserie zu betrachten, die die Karriere des Generals Welckenraedt illustrierte.

* Im Original deutsch.

Noordhoutstraat 24 B, Baarle. 13.25 Uhr

Velge saß in der Badehose am Küchentisch und genoß die Verrichtungen, in denen er keine Routine hatte. Seine Frau war zu ihren Eltern gefahren. Sein schwarzer Kater Cäsar saß mit zusammengelegten Pfoten auf dem Tisch und verfolgte aufmerksam jede Bewegung seines Herrn. Jedesmal wenn Velge erklärte, was er gerade tat, blinzelte Cäsar mit seinen glasgrünen Augen. Er schnurrte kaum hörbar.

„Das hier ist eine Bürste aus Marderhaar", sagte Velge freundlich, „weißt du, was die kostet?"

Cäsar blinzelte.

„Achthundert Franc. Und sie dient dazu, Bleikarbonat auf den Revolver zu pudern. Um festzustellen, ob da nicht Pfotenabdrücke irgendeiner ungezogenen Katze zurückgeblieben sind", fuhr Velge fort. Er holte eine Plastikdose aus seinem Köfferchen, das geöffnet auf dem Tisch stand. Auf dem Etikett stand „Dusting Powder B-40 Instant white". Er tauchte die Bürste in die Dose, klopfte mit dem Stiel gegen den Tisch, damit der Puder in die Haare einsank, und strich äußerst vorsichtig über die schwarzglänzende Metalloberfläche links und rechts vom Hahn. Rechts kamen verwischte Abdruckfragmente zum Vorschein. Links neben dem Colt-Markenzeichen ein deutlicher Abdruck. Velge nahm die Lupe aus dem Koffer. Brauchbarer Abdruck mit linker Schleife im Zentrum. Auf der Trommel nichts. Offensichtlich abgewischt. Dasselbe galt für den Lauf, *der prächtig glänzte*. Er holte die erste der fünf leeren Hülsen mit einer Pinzette aus der Trommel heraus und nahm eine andere Bürste.

„Und das hier", sagte er zu seinem Kater, während er eine andere Dose öffnete, „ist Instant black wie dein Fell. Das kommt auf Kupfer besser raus als weiß, aber mit Kugeln hast du nie Glück. Sie sind zu leicht, und darum greifen die Menschen sie nicht fest genug. Von Kugeln erhalten wir immer unbrauchbare Abdrücke. Verstanden?"

Cäsar gähnte mit weit aufgerissenem Maul und begann mit geschmeidigen Bewegungen seinen Kopf zu putzen. Velge bepuderte nacheinander die Hülsen und die volle Patrone. Nur unbrauchbare Fragmente.

Er war zufrieden. Lieber ein einziger guter Abdruck als fünf mittelmäßige. Er hatte vorgesorgt, daß er die Hülsen in dieselben Kammern zurückstecken konnte.

„Und jetzt machen wir ein schönes Foto", sagte Velge zu seinem Kater, der gerade fleißig eine Hinterpfote putzte, die andere senkrecht hochhaltend. Auf den Hoden hatte er einen weißen Fleck. Sein rosa Penis stak heraus wie ein winziger Lippenstift.

„Heißblut", sagte Velge neckend und streichelte ihm den Kopf. Cäsar hörte auf mit Putzen, stieß heftig mit der Nase gegen die Hand seines Herrn und fing an, ganz laut zu schnurren. Velge spannte den Verschluß der Hasselblad, wartete, bis das rote Signallämpchen des Elektronenblitzes zu flackern begann, stellte das Objektiv haarscharf auf den Revolver ein und drückte. Er machte noch eine zweite Aufnahme. Dann eine von seinem Kater, der auf die Blitze nicht reagierte. Die Fotos mußte er in der Operativen Direktion entwickeln lassen, weil De Groodt die einzige Instamatic mit hatte.

Er packte schnell Bürsten, Dosen, Pinzette und Vergrößerungsglas ein, sah verträumt auf den Revolver und legte ihn auf das Köfferchen wie ein Kleinod, setzte den Objektivschutz auf die Hasselblad und nahm Cäsar auf den Arm. Sofort spürte er dankbares Lecken der rauhen Zunge auf seiner Wange. Er setzte den Kater auf den Fußboden und streichelte seinen Rücken gegen den Strich. Cäsar drehte sich blitzschnell um, versetzte seinem Herrn einen kurzen warnenden Biß und flitzte aus der Küche. Velge ging lächelnd zum Kühlschrank, nahm sich eine Flasche Bier und blieb vor dem Fenster stehen.

Waffengeschäft Baeyens, Aalst. 16.02 Uhr.

Fons nahm den Colt, klappte die Trommel heraus, sah mit einer Lupe nach der Nummer und sagte, während er es aufschrieb: „C 31207, das ist eine alte Waffe, ich werde gleich mal in meinem Verzeichnis nachsehen, von wann genau."

„Und der Stahl ist hier und da vom häufigen Gebrauch abgegriffen, aber es ist eine sehr gut gepflegte Waffe."

Velge nahm einen Schluck Bier.

Fons ging zu seiner Werkbank, klemmte den Revolver zwischen zwei Platten aus Hartnylon in einen Schraubstock, legte ein Stahllineal in den Spalt des Visiers und schob es bis zum Korn.

„Ein Pfuscher hat hier einen nagelneuen Lauf eingesetzt, aber sechs Zehntelmillimeter zu weit. Auf fünfzig Meter gibt das eine Abweichung von bestimmt einem Meter nach rechts."

„Bist du hundertprozentig sicher, daß der Lauf ursprünglich nicht auf dieser Waffe saß?" fragte Velge gespannt.

„John Edgar, ein Kind von drei Jahren kann das sehen", antwortete Fons, „willst du, daß ich noch mehr raushole?"

„Du mußt alles rausholen", sagte Velge.

„Hast du ein bißchen Zeit?"

„Alle Zeit der Welt. Und du mußt deine Zeit dann berechnen."

„Nicht über Geld reden. Das bringt Unglück. Ich werde mal ein Schild an die Ladentür hängen, daß geschlossen ist, denn das ist eine ziemlich knifflige Arbeit."

Fons stand auf und ging mit elastischen Schritten aus der Werkstatt hinaus; Velge hörte ihn einen Schlüssel umdrehen, dann etwas öffnen und wieder schließen.

Fons kam mit einer Schachtel Norma-Patronen in die Werkstatt zurück, stellte sie auf den Tisch, nahm ein Schlückchen Whisky und sagte: „Wir werden mal fünf Probeschüsse abgeben und uns die Sache etwas näher betrachten."

Er nahm ein Stück weiße Pappe, schrieb 6a, 5a, 4a, 3a, 2a, 1a darauf, darunter 6b, 5b , 4b, 3b, 2b, 1b, holte die volle Patrone aus der Trommel und legte sie unter 6a, holte die leere Hülse aus der Kammer rechts davon und legte sie unter 5a.

Velge dachte: Die Trommel von einem Colt dreht sich nach rechts. 5 ist also die Hülse der Kugel, die den Tod verursacht hat, weil 4, 3, 2 und 1 erst in die Puppe abgefeuert wurden. Er blickte auf den Ledergürtel von Fons mit der Halfter rechts hinten, aus der der verchromte Kolben der Browning 9 mm GP hervorsah, und einer länglichen Halfter links mit einem amerikanischen Schnappmesser, einer in Belgien verbotenen Waffe.

Fons nahm eine Patrone aus der Schachtel und verglich sie mit der Patrone, die unter der Ziffer 6a lag.

„Alles ist dasselbe außer einer Sache", sagte er, „der Dichtungslack hat eine andere Farbe, aber in unserem Fall besagt das nur, daß die Munition in meinem Laden aus einem anderen Zweig der Norma-Fabrik kommt als die Munition, die dein Typ gebraucht hat. Das kommt öfter vor."

Velge nickte. „Ich würde gern wissen, wo die Waffe verkauft wurde und an wen, weil sie nicht registriert ist", unterbrach er.

„Du scheuchst mich ganz schön, John Edgar, wie? Wenn du willst, daß ich zuerst bei Luik anrufe, dann sag es gleich, die haben nur bis sechs auf."

„Ruf erst an, dann kann ich nachdenken, während du weiterarbeitest."

„Okay, Sir."

„Ist das der Importeur, bei dem du anrufen willst?"

„Yes, Sir. Centaure. Zu Anfang haben die den Colt für ganz Belgien importiert."

Fons suchte die Nummer im alphabetischen Telefonverzeichnis und wählte sie.

„Bonjour, c'est ici l'armurier Baeyens d'Alost", sagte er

in ordentlichem Französisch, „pourriez-vous me dire où a été vendu le Colt .38 Detective Special numéro C, trois, un, deux, zéro, sept?“*

Fons zwinkerte Velge zu und hielt seinen rechten Daumen hoch.

Es dauerte lange.

„Allô oui“, sagte Fons, „le huit décembre dix-neuf cent cinquante et un chez De Clerck à Hasselt. Merci. Bon weekend.“**

Fons legte auf.

„Wir haben ihn schon am Wickel. Der Vater von meimem Kollegen in Hasselt“, sagte Fons und ahmte das melodiöse Limburgisch nach.

„Kennst du ihn?“

„Hast du denn keine Bekannten in der Gendarmerie?“

Velge lachte. Zum erstenmal an diesem Tag begann er sich entspannt zu fühlen.

„Wenn er nicht gerade an der Costa Brava ist, dann wissen wir gleich wieder ein Stückchen mehr“, sagte Fons und suchte erneut in seinem Telefonregister. Er wählte die Nummer und wartete. Es wurde abgenommen.

„Ich dachte, du wärst an der Costa Brava!“ rief Fons und brach in Lachen aus. Er lauschte und begann wieder zu lachen. „Du treibst dich eben zuviel mit Mädchen rum. Apropos, Rik, dein Alter, der damals die geklauten Revolver der amerikanischen Armee zu Wucherpreisen verschoben hat, hat der nicht mal nach dem 8. Dezember einundfünfzig einen Colt .38 Detective Special verkauft, Nummer C, drei, eins, zwei, null, sieben?“

Fons zwinkerte Velge wieder zu. Eine halbe Minute später kam schon die Antwort.

„Du bist ein flinker Bursche. An wen? Warte, ich suche ein Stück Papier.“

Velge schob ihm seinen Kugelschreiber und das Notizbuch zu.

* (franz.) Guten Tag, hier ist Waffenhändler Baeyens aus Aalst ... könnten Sie mir sagen, wohin der Colt .38 Detective Special Nummer C, drei, eins, zwei, null, sieben verkauft worden ist?

** (franz.) Hallo, ja ... am 8. Dezember 1951 an De Clerck in Hasselt. Danke. Schönes Wochenende.

„An einen gewissen Alfons Fryns, Sint Truidensesteenweg 512 in Hasselt. Am 18. April 1952. Ob der noch lebt? Das ist immerhin achtunddreißig Jahre her! Kannst du nicht mal in deinem Limburgischen Telefonbuch nachsehen, ob der Bursche da noch wohnt und ob er eine Telefonnummer hat, du weißt doch, heute ist Sonnabend, da schlafen sie alle im RTT."

Fons nahm einen Schluck von seinem Whisky.

„Rik, du bist ein Engel", sagte er nach einer Minute, „wenn ich mal in Limburg bin, komme ich deiner Frau ein Küßchen geben, hahahaha! Bye, Rik!" Fons legte auf und sagte zu Velge: „Ich wähle, und du gibst deine Erklärung."

Er wählte die Nummer und gab Velge den Hörer.

Eine Frauenstimme meldete sich.

„Mevrouw, Sie sprechen mit der Rijkswacht Gent, könnte ich bitte Herrn Alfons Fryns sprechen?"

Velge horchte und zog die Augenbrauen hoch.

„Entschuldigen Sie, Mevrouw, mein Beileid. Kannten Sie Ihren Mann 1952 bereits? ... Hm, und wissen Sie auch, ob er damals einen Revolver im Hause hatte? ... Aha ... Genau ... Ich verstehe ... Vielen Dank, Mevrouw." Velge legte auf.

„Alfons Fryns ist vor vier Monaten gestorben. 1957 wurde er vom Strafgericht Hasselt wegen unerlaubtem Waffenbesitz verurteilt. Mit Beschlagnahme der Waffe. Dadurch wird die Sache wesentlich klarer."

Fons sah ihn durchdringend an, aber er sagte nichts.

„Kann ich mit meinem Kino anfangen?" fragte er dann.

„Go ahead."*

„Hier sind ein Paar Stöpsel für deine Ohren. Im Haus macht das ganz schönen Krach."

Schnell lud er den Colt, betrachtete eingehend den Kratzer an der Trommel, schloß sie und drehte sie in die richtige Position. Sie gingen zu einem großen, kubusförmigen Kasten aus dickem Blech, der an der Vorderseite offen und mit Watte gefüllt war. Fons hatte eine Art Kopfhörer angelegt.

In schneller Folge feuerte er fünf Schüsse in die

* (engl.) Leg los.

Watte. Dann nahm er den Gehörschutz ab und ging zum Tisch. Die Werkstatt stank nach Schießpulver.

„Ich würde gern so eine Kugel mitnehmen“, sagte Velge.

„Hol sie ruhig raus, du wirst sie leicht finden“, sagte Fons, der schon am Tisch saß und die Kugel plus die fünf Hülsen in einer zweiten Reihe hinter der anderen auf dem Stück Pappe anordnete.

Velge steckte seine Hand in die Watte, wühlte darin, holte eine Kugel heraus und tat sie in eine Plastiktüte. Er ging zum Kühlschrank und nahm noch eine Dose Bier heraus. Dann setzte er sich wieder an den Tisch und beobachtete Fons aufmerksam bei seinem Tun.

Mit einem winzig kleinen Spachtelmesser trug Fons eine Art dicken Leim aus einer Tube auf die Rückseite der leeren Hülsen auf, die er dann vorsichtig mit der Öffnung nach unten absetzte. Velge fiel auf, wie geschickt und präzise Fons bei all seinen Bewegungen war. Als die Hülsen fertig waren, schloß er die Tube, wischte das Messer ab und goß noch einen Schluck Whisky in sein Glas.

„Was hast du da raufgeschmiert?“ fragte Velge.

„Speziellen Polyester, den ich in den States gefunden habe. Er wird steinhart und verformt sich nicht. Und was noch wichtiger ist, er klebt nicht auf Metall.“

„Und wozu machst du das?“

„John Edgar“, sagte Fons mit leichtem Vorwurf, „hast du etwa vor, Pistol smith* zu werden?“

„Jedes Detail interessiert mich“, entgegnete Velge.

„Weil du ein dufter Kumpel bist, werde ich es dir erklären“, sagte Fons, „aber erst will ich dich noch etwas fragen: Geht es um dieselbe Kugel von dem Mord, wegen der du vorgestern bei mir warst?“

„Ja“, antwortete Velge vorsichtig.

„Dann habt ihr den Täter?“

„Natürlich“, log Velge.

„Hat euer Typ da in Gent, der *Waffenexperte*, wie heißt er doch gleich?“

„Van Wesemael.“

* (engl.) Pistolenschmied.

„Genau. Hat der denn keinen Probeschuß abgegeben?"

„Nein, wir vertrauen ihm nicht mehr hundertprozentig", rutschte es Velge heraus.

„Ha!" sagte Fons, „Endlich bekommen die Gendarmen in Gent ein bißchen Verstand in ihre Köpfe; aber dann weißt du also noch immer nicht, ob die Mordkugel aus diesem Revolver stammt?"

„Wir vermuten es, aber sobald ich nach Gent komme, wird der Vergleich mit dem Computer gemacht, und dann wissen wir es in einer halben Stunde."

Fons' kluge Bemerkungen machten Velge sprachlos. Er mußte um jeden Preis vermeiden, daß er sich verplapperte.

„Der Täter wurde erst heute morgen festgenommen", fügte er hinzu.

Fons nickte. Er schien die Erklärung plausibel zu finden.

„Machen sie das jetzt auch schon mit einem Computer?" fragte er beiläufig.

„Ja, die alten Vergleichsmikroskope[48] sind demontiert worden. Die haben zu viel Zeit gebraucht. Jetzt haben wir ein ganz besonderes System. McDonnell Douglas. Mit Laser. Es hat fünfundzwanzig Millionen gekostet. Du kannst damit auch Fingerabdrücke vergleichen."

„Das erinnert mich an was", sagte Fons trocken.

„Ja, an was denn?"

„Das ist, als würde man Düsenjäger an Länder liefern, wo die Bevölkerung nicht mal einen Nagel hat, um sich am Hintern zu kratzen."

„Das ist subversive Sprache, weißt du das?" sagte Velge grinsend.

„Unser Polyester ist jetzt hart genug, und nun werden wir ein bißchen mit dem Ölstein arbeiten", sagte Fons unbeirrbar, stand auf und kam zurück mit einem flachen rechteckigen Stein und einem Ölkännchen. Er ließ einige Tropfen dünnes Öl auf den Stein fallen, verrieb sie mit dem Zeigefinger und fing an, die erste Hülse mit gleichmäßigen, kreisförmigen Bewegungen über den Stein zu scheuern, rieb die Hülse trocken, betrachtete

48 Siehe Anhang.

sie mit der Lupe und nickte zufrieden, nahm eine Nadel, stach zu, und das Bröckchen Polyester fiel auf die Pappe. Er nahm es mit einer kleinen Pinzette auf und legte es neben die dazugehörige Hülse. Fons arbeitete länger als eine halbe Stunde und sprach die ganze Zeit kein einziges Wort. Velge sah fasziniert zu. Als die zehn Polyesterabdrücke neben den zehn Hülsen lagen, stand Fons auf und holte eine flache schwarze Dose aus einem Kasten, öffnete sie und entnahm ihr ein prachtvolles Mikrometer.

„Nun wollen wir mal sehen, ob wir uns nicht umsonst die Eier wund gearbeitet haben", sagte er.

„Du hast mir jetzt noch immer nicht das *Warum* erklärt", sagte Velge freundlich.

„John Edgar, von dem Moment an, wo ich mitbekam, daß am Lauf jemand rumgepfuscht hat, ist mir ein Licht aufgegangen. Die Frage ist: *Warum* dreht jemand einen anderen Lauf auf eine Waffe? Weil der alte Lauf abgenutzt ist? Forget it.* Es ist Fakt, daß ein Zweizolllauf eines Colts praktisch nicht verschleißt, auch wenn du zehntausend Schüsse damit abgibst. Nur die Trommel verschleißt. Und trotzdem hat der Schlaumeier einen *nagelneuen* Lauf von einem Colt, der mindestens zwanzig Jahre alt ist, hier krumm und schief eingesetzt . . ."

„Ein zwanzig Jahre alter Colt?"

„Yes, Sir. Nach 1970 hat man das Modell Detective Special modifiziert. Fällt der Groschen bei dir immer noch nicht?"

„Natürlich", log Velge.

„Paß gut auf", sagte Fons, „ich nehme mein Mikrometer und messe mit Hilfe des Polyesterabdrucks die Perkussionstiefe des Schlagbolzens im Zündhütchen der Hülse 5a."

Fons spannte das Polyesterstück zwischen die Stahlklemmen des Mikrometers, drehte vorsichtig an der geriffelten Verstellschraube und schrieb eine Zahl auf die Pappe.

„Und jetzt genau dasselbe bei Hülse 5b", sagte er, „und dann können wir uns schon ein Bild machen."

* (engl.) Vergiß es.

Mit angehaltenem Atem sah Velge zu. Er ließ sein Bier unangerührt.

Fons schrieb eine Zahl unter 5b, gab aber keinen Kommentar. Velge blickte nervös auf seine Uhr. 17.42 Uhr. Fons arbeitete ruhig und konzentriert weiter. Ab und zu nahm er einen Schluck Whisky. Als die letzte Zahl unter Hülse 1b stand, sah er auf und sagte: „John Edgar, du kannst einen Besenstiel fressen, aber die fünf Hülsen, die in der Trommel von dem Colt saßen, als du damit hier reinkamst, wurden von einem *anderen* Colt abgefeuert, auf dem wahrscheinlich dieser Lauf saß . . ."

„Bist du da hundertprozentig sicher?" fragte Velge leise. Er klammerte sich an die Tischkante, daß ihm die Finger weh taten.

„Yes, Sir. Der Unterschied in der Perkussionstiefe beträgt im Schnitt 0,228 Millimeter. Das ist sechsmal mehr als die zulässigen Abweichungen für Hülsen, wie Norma sie in ihren Listen angibt. Mit diesem Colt hier muß schrecklich viel geschossen worden sein, faß bloß mal die Trommel an. Dieser andere Colt, von dem wahrscheinlich der Lauf abmontiert wurde, ist eine nagelneue Waffe, aber eben schon zwanzig Jahre alt, hahaha! Du solltest gleich mal euern Mörder fragen, um ihn ans Tageslicht zu fördern. Dann wirst du sehen, daß ich recht habe. Und frag ihn beiläufig mit den besten Grüßen von mir, warum er sich all die Mühe gemacht hat, er kann darauf sicher eine Antwort geben, aber ich nicht!"

„Das wird heute noch geschehen", sagte Velge heiser.

Es gelang ihm nicht, seine Gedanken zu ordnen. Er beschloß, das Problem gleich, wenn er sich von dem Schock erholt hätte, in aller Ruhe schriftlich auszuarbeiten für seinen Bericht an Kolonel Paquet. Schreiben half immer.

„Wieviel schulde ich dir, Little Fons?" fragte er mit breitem Lächeln.

Fons tat, als hätte er die Frage nicht gehört, und schenkte sich noch einen Schluck Whisky ein.

„Fons, würdest du mir sagen, wieviel ich dir schulde?" wiederholte Velge.

„Dreißig Riesen“, sagte Fons und brach in dröhnendes Lachen aus.

„Du forderst doppelt soviel wie Van Wesemael.“

„Wagt dieser Pfeifenheini *fünfzehntausend Franc* zu verlangen?“ fragte Fons mit einem Ausdruck größter Abscheu auf dem Gesicht.

„Ein Psychiater verlangt vierzig für zwei Stunden Quatschen mit einem Mörder.“

„Ich nehme fünf Riesen und keinen Cent mehr“, sagte Fons.

Velge holte die Brieftasche aus der Jacke und gab ihm einen Fünftausend-Franc-Schein. Automatisch blickte er auf die kleine Öffnung in der Brieftasche. Kein Signal.

Fons nahm das Geld schweigend entgegen und steckte es in die Gesäßtasche seiner Jeans.

„Muß ich nichts unterschreiben?“ fragte er.

„Nicht nötig“, antwortete Velge. Er sah auf die Armbanduhr. 18.22 Uhr.

„Ich muß weg“, sagte er.

„Wieder zu diesem Briefing?“

„Ja.“

„Habt ihr jeden Abend Briefing bei der BOB?“

„Wenn wir mit einem Mord zu tun haben, ja.“

Velge steckte die fünf Hülsen und die Kugel in der alten Reihenfolge in die Trommel, holte sein Federmesser heraus und kratzte die Ziffern in die Wand der Hülsen, mit denen die Kontrollschüsse abgefeuert worden waren, legte diese in eine Plastiktüte, schrieb die Abweichungen der Perkussionstiefen ab, nahm den Colt und gab Fons die Hand.

„Bye-bye, Fons.“

„Bye, John Edgar, schönes Wochenende, ruh dich ein bißchen aus, du siehst nicht gerade gut aus.“

„Von Ausruhen wird dieses Wochenende nicht viel die Rede sein“, sagte Velge.

Die Tür ging auf. Velge lief in der tropischen Hitze schnell an den Häusern entlang. Er setzte seine Sonnenbrille auf. Auf der Straße war kaum Verkehr. Sein Wagen stand auf dem Parkplatz des Polizeikommissariats. Unmittelbar nachdem er den Schlüssel in das Schloß der Wagentür gesteckt hatte, zog er ihn wieder ab und lief die Treppe des Gebäudes hoch. Der Diensthabende hinter dem Rezeptionsschalter am Eingang, ein junger Bursche mit Backenbart, blickte ihn uninteressiert an. Er saß da und las in einer Sportzeitschrift. Velge holte seine Dienstmarke hervor und zeigte sie.

„Kann ich hier mal telefonieren?“ fragte er.

„Von der BOB“, stellte der Polizist fest und sah ihn an.

„Ja“, sagte Velge beherrscht, „und mein Dienstgrad ist Kapitein-Commandant.“

„Den Flur rechts rein, dritte Tür, da ist das Offiziersbüro, und da sind Telefone“, sagte der Polizist, „wenn man nach draußen telefoniert, erst die Null wählen.“

„Danke“, sagte Velge und ging in den Flur. Er klopfte an die dritte Tür. Keine Antwort. Er öffnete die Tür. Niemand da. Er sah drei Metallschreibtische mit Schreibmaschinen und Heftern. Auf jedem Tisch stand ein Telefon. Es war drückend heiß in dem ungelüfteten Raum, der nach Zigarettenqualm stank. Velge nahm einen Stuhl, setzte sich, griff zum Hörer, wählte die Null, wartete, bis er die Verbindung nach draußen bekam, und rief die Übertragungszentrale an.

„Hier Commandant Velge. Ist Adjudant Boel im Hause?“ fragte er.

„Adjudant Boel ist in einer Ermittlung unterwegs, Commandant. Ein neuer Mord in Merelbeke“, sagte der Beamte in der Zentrale.

„Wer ist der diensthabende Offizier des Krisenstabs?“ fragte Velge.

„Luitenant Spanoghe, Commandant.“

„Verbinden Sie mich mit ihm.“

„Wilco, Commandant.“

„Tag, Patrick“, sagte Velge, „sag mal . . .“

„Ah, Commandant! Guido Boel sucht Sie schon den ganzen Tag. Um halb vier ist er weggefahren zu einem Mord in Merelbeke. Ein alter Homo mit einer Kugel im Kopf. Er muß schon eine Weile tot sein, weil er nicht mehr ganz frisch ist . . .“

Velge fühlte, wie der Schweiß seinen Rücken hinunterzulaufen begann. „Gibt es eine Möglichkeit, mich mit Guido Boel zu verbinden?“ fragte er.

„Ich habe die Telefonnummer von dem Haus, ich rufe an und verbinde Sie."

„Gib mir erst die Adresse."

„Florastraat 42 A, Merelbeke."

Velge schrieb es in sein Notizbuch.

Nach etwa zehn Sekunden wurde in Merelbeke abgenommen.

„Schauwbroecke", sagte eine Stimme. Velge erkannte die von Wachtmeister De Groodt.

„Johan, hier Commandant Velge, ist der Adjudant in der Nähe?"

„Sicher, Commandant, ich rufe ihn. Einen Moment."

„Boel", sagte eine Stimme.

„Guido, hier Willy."

„Freue mich, dich zu hören."

„Die Operative Direktion brauchte mich."

„Okay, es gibt Probleme."

„Hm . . .", brummte Velge. Er schloß die Augen und drückte vorsichtig auf seine Augäpfel.

„Mit der Morgenpost ist bei der Leblanc ein Brief angekommen, von einem Homosexuellen, einem gewissen Edmond Schauwbroecke aus Merelbeke. Und dieser Herr teilte der Leblanc mit, er habe erfahren, daß sein Geliebter, ein gewisser Albert, zugleich ein Verhältnis mit *ihr* habe, und er könne so nicht weiterleben. Darum habe er diesen Brief geschrieben. Mit dem Ziel, daß sie daraufhin das Verhältnis mit Albert abbrechen möge, so daß Edmond und Albert einander wieder ausschließlich gehören würden. Der Brief wurde in Gent durch einen Gerichtsvollzieher im Auftrag abgeschickt, aber er ist ein bißchen zu spät im Briefkasten der Leblanc gelandet. Albert ist anscheinend inzwischen über die Sache informiert worden, und wahrscheinlich hat er auf die Situation reagiert. Wir sind natürlich sofort zu dem Haus von Edmond gefahren, wir mußten das Spiel vorantreiben. Da haben wir gesehen, wie Albert wahrscheinlich reagiert hat. Edmond lag splitternackt auf seinem Bett, den Hintern nach oben, mit einem Loch im Kopf. Mußte schon einige Tage früher passiert sein, er war schon nicht mehr in sonderlich gutem Zustand, obwohl, bei dieser Hitze . . . Die Kugel, die quer durchgegangen ist, haben wir sichergestellt. Punkt 38 Special mit vollem Kupfermantel. Johan hat das Foto in den Douglas eingegeben, und wir warten auf das Ergebnis . . ."

„Ist die Staatsanwaltschaft schon benachrichtigt worden?"

„Nein, ich wollte damit warten, bis du hier bist."

„Klug von dir, warte ruhig noch ein bißchen länger damit. Ich bin schon unterwegs. In einer Viertelstunde bin ich da."

„Weißt du, wo es genau ist?"

„Ich habe eine Karte von Groß-Gent. Bye, Guido."

„Bis gleich, Willy."

Velge legte den Hörer auf, als wäre er eine Zeitbombe. Er hatte hämmernde Kopfschmerzen. Er zwang sich, so zu tun, als ginge er an einen ganz gewöhnlichen Fall, ohne Verbindungen zu einem anderen. Sein Hemd war schweißnaß. Er stand auf und verließ das Büro.

Florastraat 42 A, Merelbeke. 19.16 Uhr

Velge saß Boel an einem Glastisch gegenüber. Der Kronleuchter des kleinen Eßzimmers brannte, weil die Jalousien heruntergelassen waren. Es roch muffig. Velge hielt in einer Metallklemme den Brief, der voller lila Flecke eines chemischen Produkts[49] war, das der Erste Oberwachtmeister Borry daraufgesprüht hatte, um die Fingerabdrücke sichtbar zu machen. Er blickte kurz zu Boel, der mit herabgezogenen Mundwinkeln seine Fingernägel betrachtete.

Er fing an zu lesen.

Merelbeke, 10. Juli 1990

Sehr geehrte Dame!
Ich schreibe Ihnen diesen Brief in äußerster Not, in der sich jemand wie ich infolge einiger Umstände befindet. Ich habe in der vergangenen Woche zufällig erfahren, daß Albert ein Verhältnis mit Ihnen hat, aber Sie wissen natürlich nicht, daß Albert schon länger als drei Jahre ein Verhältnis mit mir hat. Als ich entdeckte, daß er mich betrog, war ich der Verzweiflung nahe. Ich habe ihn gebeten, sich von Ihnen zu trennen, aber er hat sich geweigert. Diese Situation kann so nicht länger andauern, verehrte Dame, ich gehe daran zugrunde, und in meiner Ratlosigkeit habe ich beschlossen, Ihnen diesen Brief zu schreiben. Wenn er unser Verhältnis nicht respektiert, werde ich das gleiche mit dem Verhältnis tun, das er mit Ihnen hat. Morgen nachmittag kommt Albert, und ich werde ihm sagen, daß dieser Brief bei einem Gerichtsvollzieher in der Stadt liegt (was auch die Wahrheit ist). Wenn er mir nicht zusagt, mit Ihnen zu brechen, wird der Gerichtsvollzieher, ohne Nachricht von mir,

49 Siehe Anhang.

ihn Donnerstag in Gent abschicken. Sie müssen verstehen, verehrte Dame, daß Albert der einzige Trost in meinem Leben ist. Wie die Dinge nun liegen, kann ich es nicht mehr länger ertragen. Ich hoffe, daß ich Ihnen mit diesem Brief nicht allzuviel Kummer bereite. Erlauben Sie mir, verehrte Dame, Ihnen meine Hochachtung auszusprechen.

E. Schauwbroecke

Edmond Schauwbroecke
Florastraat 42 A, Merelbeke

Velge legte den Brief auf den Tisch, nahm sein Notizbuch und sagte: „Diktiere mir erst mal das Drehbuch."

Boel nahm sein neues Notizbuch und setzte seine Lesebrille auf. Im Telegrammstil begann er vorzulesen.

„14.46 Uhr. Büro S2 Mobile Gruppe ruft an, um zu melden, daß die Post der Leblanc in Kaserne Groendreef bereitliegt."

Velge schrieb: *Warum so spät?!*

Er dachte: Hat die Befehlsübertragung immer noch nicht stattgefunden?

„15.02 Uhr. Kurier trifft ein. Kenntnisnahme des Briefinhalts. Sofort Kontakt mit Labor für Fingerabdrücke Brief und Umschlag.

15.15 Uhr. Rufe dich zu Hause an. Keine Antwort. Anruf RS 14 ohne Ergebnis. Ich gebe Befehl, Untersuchung einzuleiten. Abfahrt zur Adresse. Jalousien heruntergelassen.

15.32 Uhr. Auftrag 1: Nach wiederholtem Klingeln und Klopfen Vordertür aufbrechen.

Auftrag 2: Nach Auffinden des Körpers des Opfers sofort Anruf Übertragungszentrale für Zusammenstellung Krisenstab. Zusammenkunft des vollständigen Teams.

Erste Feststellungen: Nackte Leiche alter Mann auf Bett Schlafzimmer. Bauchlage. Arme neben Körper ausgestreckt. Beine leicht gespreizt. Info Argus: Edmond Schauwbroecke, 62 Jahre. Junggeselle. Pensionierter Grundschullehrer. Homosexuell. 8. Februar 1989 Verurteilung wegen Sittlichkeitsvergehen mit Schülern. Zwei Monate eingesessen Strafgericht Gent. Entlassung aus Schuldienst. Wohnt allein in seinem Eigentum. Keine festen homosexuellen Beziehungen bekannt. B-Fiche: Informant der Abteilung Sittlichkeitsvergehen . . ."

„So, dann wird sich der Apache heute einen neuen Informanten suchen müssen", untebrach ihn Velge, „weiß er schon davon?"

„Ja, und er war nicht gerade begeistert. Er hat alle seine Männer auf diese Spur gesetzt, in der Gegend des Sint-Pieters-Bahnhofs."

„Okay, mach weiter", sagte Velge.

„Feststellungen an der Leiche: Zersetzung eingetreten. Keine sichtbaren Abwehrverletzungen. Fingernägel sauber. Blaurote Totenflecke auf Bauch, Brust und Hals. Kopfschuß. Einschußwunde rechts hinten im Schädel. Keine Pulvereinsprengung. Ausschußkrater links oberhalb des linken Auges, das herausgerissen wurde. Linke Wange blau und geschwollen. Neun Stiche mit einem spitzen Gegenstand in einer ordentlichen Reihe rechts von der Wirbelsäule. Laken durch Urin und Exkremente beschmutzt. Spuren von Sperma für uns nicht auffindbar. (Aufgabe des Gerichtsmediziners.) Unbeschädigte Kugel entfernt. Punkt 38 Special mit Kupfermantel, auf den ersten Blick mit der identisch, die den Tod der Leblanc verursacht hat. Unsere Vermutung bezüglich Verbindung der zwei Verbrechen ist gerechtfertigt

Auftrag Wachtmeister De Groodt: Fotos machen von Leiche plus Schauplatz Verbrechen. Beschreibung der Umgebung aufs Band.

16.45 Uhr. Foto Kugel in Computer. Bis jetzt nichts Neues."

Velge blickte ärgerlich auf seine Uhr. „*Schlafen* die da in Brüssel?"

„Es ist Sonnabend, Willy", sagte Boel matt.

„Darf ich die Kugel mal sehen?"

Boel gab ihm eine Plastiktüte mit aufgeklebtem Etikett. Velge warf einen Blick auf die Kugel und steckte die Tüte ein.

„Mach weiter", sagte er und hörte zu, den Kopf auf die rechte Hand gestützt.

„Die Haussuchung ist im Gange. Wir haben genau dasselbe Briefpapier und dieselben Kuverts beschlagnahmt wie von dem Brief, der an die Leblanc geschickt wurde. Wir haben auch Fingerabdrücke von der Leiche genommen, um sie mit denen auf dem Brief und auf dem Umschlag zu vergleichen. Marc ist gerade bei dem Vergleich. Auf dem Brief sind nur Fragmente wie meistens, aber er ist jetzt beim Umschlag, und darauf hat er schon zwei Zentren[50] gefunden."

„Der Umschlag interessiert mich mehr", sagte Velge.

„Ja, mich auch. Manche kommen gut raus, andere bleiben undeutlich."

„Die Schlafmützen von der Mobilen Gruppe haben natürlich schon alles versaut."

„Das weiß ich nicht."

„Frage Marc, ob er Silbernitrat benutzt hat."

„Das habe ich schon. Er hat gesagt, daß er nicht viel weiter gehen kann. Dann riskieren wir, daß auf einmal alles verschwindet. Papier kann nicht soviel vertragen."

„Wo wurde der Brief abgeschickt?"

„In Gent. Wo, wissen wir nicht. Abgestempelt in Gent-Sint-Pieters. Auf dem Stempel steht 12. Juli, 16.00 Uhr. Donnerstag. Der Brief ist erst am Sonnabend in den Briefkasten der Leblanc gelangt, aber das kommt öfter vor, das habe ich gecheckt. Urlaubszeit. In der Sortierabteilung von Sint-Pieters werden die Briefe jetzt maschinell gestempelt und sortiert. Niemand faßt sie mehr an."

„Ist schon der Postbote von Sint-Martens-Latem vernommen worden?"

„Er ist nicht zu Hause. Sitzt irgendwo in den Ardennen. Kommt erst morgen abend nach Hause zurück."

„Reisen-reisen-reisen", brummte Velge.

„Wir konnten die Handschrift auf dem Brief vergleichen mit geschriebenen Texten, die wir hier gefunden haben. Auf den ersten Blick keine Unterschiede, aber am Montag werden wir einen Experten daransetzen. Os-

50 Siehe Anhang.

wald und Carl führen die Befragung der Nachbarn durch, aber es sind nicht viel Leute zu Hause, es ist Wochenende, und die Sonne scheint."

„Keine Fotos mit anderen Männern?"

„Bis jetzt nichts."

„Keine Briefe von einem gewissen Albert?"

„Noch nichts."

„Telefonregister?"

„Keins im Hause."

„Die Post?"

„Werbung und Drucksachen. Zeitschriften. ‚Het Laatste Nieuws' von Donnerstag, Freitag und von heute. Nach dem Datum auf dem Brief zu urteilen, nach den heruntergelassenen Jalousien, nach dem Zustand der Leiche, den Zeitungen und der Mitteilung, daß Albert am Mittwochnachmittag kommen sollte, muß der Mord in der Zeit von Mittwochnachmittag bis Donnerstagfrüh begangen worden sein."

„Sind die Bewohner des Hauses, das neben dem Schlafzimmer liegt, befragt worden, ob sie einen Schuß gehört haben?"

„Wurde versucht. Nicht zu Hause."

„Einen Spürhund anzufordern hat nicht viel Sinn. Die Leiche stinkt zehn Meilen gegen den Wind, und auf der Straße hört jede Spur auf. Hélène Leblanc wurde also am 12. Juli gegen drei Uhr morgens ermordet", sagte Velge matt und fuhr sich langsam über die Augen.

„Ja", sagte Boel und sah ihn leicht erstaunt an.

„Was hältst du von dem Gerichtsvollzieher?" fragte Velge.

„Im Brief schreibt er, daß er sich einen Gerichtsvollzieher aus der Stadt gesucht hat. Die Tatsache, daß der Brief in Gent abgeschickt wurde, ist ein Hinweis. Ich habe die Liste der Gerichtsvollzieher von Gent und Umgebung aus dem Branchenbuch abgeschrieben, aber es ist Wochenende, und alle Büros sind geschlossen."

„Wieviel sind es?"

„Sechsundzwanzig."

„Nicht mehr?"

„Nein, es ist ein geschlossener Klub, wie die Notare."

„Montag erster Auftrag."

„Okay."

„Angenommen, der Gerichtsvollzieher hat kein Protokoll gemacht, dann gibt es nicht die Spur eines Beweises."

„Warum sollte er so ein Risiko eingehen? Schauwbroecke hatte nur die Absicht, Albert unter Druck zu setzen."

„Es geschehen die seltsamsten Dinge. Ein Typ kommt mit einem Brief zum Gerichtsvollzieher. Der Gerichtsvollzieher fragt nach seiner Identität, aber der Typ will unbekannt bleiben. Dann kann ich Ihnen nicht helfen, antwortet der Gerichtsvollzieher. Ja, aber, sagt der Typ, es ist mir zwanzig Riesen wert. Hoho, das ist etwas anderes, meint der Gerichtsvollzieher."

Boel sah ihn forschend an. „Warum die Sache so kompliziert machen? Montag werde ich fünf Mann auf die Aufgabe ansetzen, und der Name Schauwbroecke wird schon irgendwo in einem Protokoll auftauchen."

„Das hoffe ich."

„Warum sollte ein Gerichtsvollzieher seinen Job riskieren? Für zwanzig Riesen?"

„Schauwbroecke ist tot, und der Herr Gerichtsvollzieher hält seinen Mund. Es gibt keinen einzigen Beweis. Und du weißt, was halbe Fingerabdrücke auf Papier wert sind. Einen Dreck."

Boel sah ihn erneut forschend an.

„Ist hier irgendwo ein WC?" fragte Velge.

„Neben der Küche."

Velge stand auf, ging in den schmalen Flur, öffnete eine Tür und schaltete das Licht an. Er schloß die Tür hinter sich und holte schnell die Kugel heraus, die er bei Fons aus dem Schießstand mitgenommen hatte, legte sie auf den Spülkasten des WCs, nahm aus dem Tütchen, das er von Boel bekommen hatte, die Kugel heraus, die Schauwbroecke getötet hatte, betrachtete die Rückseite und sah, daß dort ES eingeritzt war; dann kratzte er schnell ES auf die andere Kugel und steckte sie in die Tüte von Boel. Er urinierte, spülte und verließ die Toilette.

Im Eßzimmer saß Boel und schrieb etwas in sein Notizbuch.

„Laß Johan den Terminal des BMW einschalten, zum Vergleichen der Kugel."

„Okay", antwortete Boel und stand auf.

„Und laß jemand Tabletten suchen, mir platzt der Schädel vor Kopfschmerzen."

„Ich glaube, ich habe im Bad welche gesehen."

Nachdem Boel das Eßzimmer verlassen hatte, sah Velge sich in dem Raum um. Billige Möbel mit dunkelbraunem Furnier und weißem Lack aus den sechziger Jahren. Aufdringliche Tapeten mit Hirtenszenen. Einige Reproduktionen von nackten Männerbildnissen der griechischen Antike. Puppen, Souvenirs. Ein dünner, nachgemachter persischer Teppich auf dem Ziegelfußboden. Eine grasgrüne, mit Kord bezogene Polstergarnitur. Alles sauber und ordentlich, wie oft bei Homos. Er blickte auf die Uhr. 20.21 Uhr. Sein Magen schmerzte vor Hunger. Er sehnte sich auch nach einer kalten Dusche und sauberen Kleidern.

Er stand auf und ging zum Telefon, das auf einem niedrigen kleinen Tisch unter einer kitschigen Stehlampe stand. Er rief zu Hause an. Es wurde nicht abgenommen. Er war im Begriff, seine Schwiegereltern anzurufen, doch im letzten Moment legte er wieder auf. Boel kam ins Zimmer mit einem Glas Wasser und einer Dose Cafdis.

„Danke, Guido", sagte Velge, riß das Silberpapier der Verpackung auf, nahm drei Tabletten und schluckte sie mit Wasser hinunter.

„Ist hier keine Imbißbude in der Gegend?" fragte er.

„Ich werde Johan auf Erkundung schicken, was willst du denn haben?"

„Ich werde ihn selbst bitten. Steht im Kühlschrank kein Bier!"

Boel drehte sich um und ging zur Küche.

„Nur Milch und Selters!" rief er.

„Shit", sagte Velge.

Wachtmeister De Groodt erschien im Eßzimmer.

„Commandant, der Terminal zeigt AFFIRM für den Kugelvergleich, aber sehen Sie doch mal lieber selbst."

Velge stand auf und folgte ihm. Auf der Straße stand eine Gruppe Menschen, die das Haus beobachteten. Als sie Velge sahen, stießen sie einander an und begannen zu reden.

Velge öffnete die Tür des BMW und atmete die gekühlte Luft bis in die Lungenspitzen ein. Auf dem Schirm des Terminals stand AFFIRM, aber er drückte auf den Kontrollknopf, um den Text zurückzurufen, den De Groodt eingegeben hatte. Alles stimmte. Die Schauwbroecke-Kugel stammte also aus derselben Waffe wie die Leblanc-Kugel. Daraus konnte er mit neunundneunzigprozentiger Sicherheit schließen, daß die Welckenraedt-Kugel auch mit dieser Waffe abgefeuert worden war. Um hundertprozentig sicher zu sein, mußte er erst die Kugel eingeben, die Fons abgefeuert hatte.

Der Bursche hatte also so gut wie sicher drei Morde auf dem Gewissen, schoß es Velge durch den Kopf. Er mußte das Chaos zuerst in einzelne Bestandteile zerlegen und dann unter die Lupe nehmen. Und mit Boel reden. Und über Generaal Welckenraedt schweigen. Vielleicht versuchen, etwas zu schlafen. Morgen diese verdammte Haussuchung in der Villa Rittersporn. Und um jeden Preis vermeiden, den Kolonel vor Montagmorgen zu treffen.

„Johan, mit dem Computer ist etwas schiefgelaufen“, sagte Velge. „Mach ein neues Spektrum von der Kugel für den Douglas, hier ist sie.“

Er reichte ihm die Tüte mit der Kugel, die Fons abgefeuert hatte.

De Groodt, der am Steuer saß, drehte sich verwundert um.

„Es ist absolut nicht deine Schuld, Boy, es ist nur etwas mit dem Douglas nicht in Ordnung“, wiederholte Velge.

De Groodt nahm die Tüte und schnaubte durch die Nase.

„Such erst mal in der Umgebung einen Imbiß und hol mir eine große Packung Fritten mit Pickles und Salzhering. Versuch auch, ein paar Bier zu bekommen.“

Er holte seine Brieftasche heraus und gab De Groodt über die Sitzlehne hinweg zwei Hunderterscheine.

„Okay, Commandant“, antwortete De Groodt.

„Warum sagst du nicht wilco?“ fragte Velge lächelnd.

„Ich habe keinen dienstlichen Befehl von Ihnen bekommen, Commandant", antwortete De Groodt schnell.

„Aber du *fährst* mit dem Dienstwagen", setzte ihm Velge zu.

„Sagen wir mal, es kommt in unserem Fall dem Dienst zugute, wenn der Offizier, der die Ermittlung leitet, nicht vor Hunger umfällt", antwortete De Groodt gefaßt.

„Haben die Limburger alle so ein flinkes Mundwerk?" fragte Velge.

„Wir tun unser Bestes, Commandant", sagte De Groodt lachend. Er trug ein hellblaues T-Shirt mit einem weißen Totenkopf und dem Wort FUCK darauf.

Velge schaltete den Terminal ab, stieg aus und warf die Wagentür zu. Eine Sekunde später war der BMW abgefahren. Velge ging ins Haus, dessen Tür nur angelehnt war, und im Flur sah er Borry mit einem kleinen Koffer in der Hand die Treppe herunterkommen. Er sah blaß und müde aus.

„Marc, was gibt's Neues?" fragte Velge. Seine Kopfschmerzen ließen schnell nach.

„Ich hatte vorhin an der Leiche etwas bemerkt und bin par acquit de conscience* noch mal nachsehen gegangen, habe meine Nase etwas näher rangehalten", sagte Borry sarkastisch. Er zeigte eine keine Plastiktüte mit etwas darin.

Velge nahm sie. Braune Krümel. Er sah Borry an.

„Brotreste", sagte er, „im Haar an der Einschußwunde und auf dem Kissen. Wahrscheinlich Roggenbrot."

„Hm", sagte Velge, „und was könnte das deiner Meinung nach sein?"

„Ich wage mich noch nicht zu äußern, Commandant. An sich ist es als materielles Indiz ziemlich merkwürdig. Vielleicht finden wir die Lösung in Verbindung mit anderen materiellen Indizien."

Boel kam mit einem französischen Brot aus der Küche.

„Hier", sagte er zu Borry, „so hart, daß man damit einen Bauern von seinem Pferd schlagen kann."

Borry holte unbeirrbar eine Plastiktüte aus seinem Köfferchen und tat das alte Brot hinein.

* (franz.) um ganz sicherzugehen.

Velge grinste.

„Ich möchte auch noch über eventuelle neue Parameter sprechen“, sagte Boel zu Velge.

„Okay, aber nun habe ich Mijnheer Schauwbroecke selbst immer noch nicht angesehen“, sagte Velge, „vielleicht tun wir das lieber, bevor Johan mit meinem Abendessen kommt.“

„Wir haben oben die Fenster geöffnet“, sagte Boel, „es war sonst nicht auszuhalten.“

„Okay“, sagte Velge, „let's go.“

Er ging die schmale Treppe hoch, gefolgt von Boel.

Sonntag, 15. Juli 1990

Geheime Adresse der Operativen Hauptdirektion des Generalstabs der Rijkswacht in Meise. 16.00 Uhr

„Das geht nicht, Barca“, sagte Kolonel Paquet unwirsch, „und Sie wissen auch, warum.“

Der Mann, der ihm im Ledersessel gegenübersaß und mit den Manieren eines Aristokraten Kaffee trank, sah den Kolonel aus harten blauen Augen an. Barca, der eigentlich Alfred Haussler hieß, war kein Aristokrat, sondern der Sohn des SS-Gruppenführers Heinrich Haussler, der 1946 von den Russen gehängt worden war wegen Kriegsverbrechen in der Ukraine. Alfred Haussler war jetzt sechzig Jahre alt, doch er hatte einen Körper, der, bis auf die kurzgeschnittenen grauen Haare, zwanzig Jahre jünger aussah und es physisch dank ständigem Training auch war. Er maß einen Meter achtzig und war schlank wie ein Skilehrer, hatte ein männliches Gesicht, das während des Naziregimes als Prototyp der reinen germanischen Rasse gegolten hätte, und Hände wie ein Chirurg, die jede Bewegung perfekt ausführten. Er war Chef der Abteilung K, Externe Operationen der Sicherheitsgruppe TE 11, der berühmten Anti-Terror-Brigade, die unter dem Befehl von Oberst Ulrich Wegener nach 1972 in Deutschland mit dem Terrorismus in Rekordzeit Schluß gemacht hatte; ihr Glanzstück war die Erstürmung des entführten Lufthansa-Jets in Mogadischu. Die Spezialität der Abteilung war die Ausführung geheimer Aufträge im Ausland, die mit aller Diskretion geschehen mußte, besonders die Liquidierung von Personen auf Wunsch ihres eigenen Landes – *Objekten* – so, daß der Tod natürlich aussah oder den Anschein erweckte, er wäre durch einen Unfall verursacht worden. Haussler war der Nachfolger des berüchtigten Georg Pohl, der in den achtziger Jahren mit den letzten Mitgliedern der Rote-Armee-Fraktion in den Niederlanden und in Frankreich aufgeräumt hatte. Soeben hatte er Kolonel

Paquet lächelnd gefragt, warum der den Auftrag nicht an seine eigene Gruppe Dyane[51] gebe. Er wäre doch völlig simpel, hatte er in französisch hinzugefügt, der Sprache, in der sie sich gewöhnlich unterhielten.

Scheißdeutscher, dachte Kolonel Paquet von ganzem Herzen.

„Belgien ist auch außerhalb der Städte ein dichtbevölkertes Land, Barca", erklärte er ruhig, „und in einem dichtbevölkerten Land zu operieren ist immer riskant. Hinzu kommt noch, daß die Polizeidichte[52] bei uns größer ist als in jedem anderen Land Europas. Wir setzen unsere eigenen Männer für solche Aufträge niemals im eigenen Land ein, das ist eine Regel, von der wir nicht abweichen."

„Dyane hat eigentlich einen soliden Ruf, wenn geschossen werden muß", erwiderte Haussler, absichtlich auf die Antwort nicht eingehend, um den Kolonel in Wut zu bringen und so in der Diskussion die Oberhand zu gewinnen.

„Barca, es – muß – nicht – geschossen – werden, kommen Sie bitte zur Sache."

„Gut. Nach unserem Gespräch von gestern nachmittag, das siebzig Minuten dauerte, ist mein Agent sich an Ort und Stelle umsehen gegangen, er hat den nächtlichen Einbruch erfolgreich durchgeführt und ist mit Angaben über die Flapulle Insulin, die wie erwartet im Kühlschrank lag, zurückgekehrt. Wir sind heute morgen im Labor an die Arbeit gegangen, und in der kommenden Nacht wird noch einmal eingebrochen und die Flapulle Insulin durch eine andere ersetzt werden, identisch mit der entwendeten, doch mit einem Mittel gefüllt, das für den Zweck geeignet ist. Danach wird der Agent . . ."

„Ich würde gerne von Ihnen erfahren, was für ein Mittel genau angewandt wird", unterbrach ihn der Kolonel beherrscht. Es lag ihm auf der Zunge zu fragen, was eine Flapulle sei, doch er hielt sich zurück.

„Ist das unbedingt nötig, mein Kolonel?" fragte Haussler und lächelte amüsiert, „wenn ich Ihnen *hundertpro-*

51 Siehe Anhang.
52 Siehe Anhang.

zentig garantiere, daß das Mittel wirkt, ist das nicht genug?"

„Ich muß Bericht erstatten", sagte der Kolonel, sich selbst zuwider, „und in einem Bericht kann man schlecht mitteilen, daß das Mittel gewirkt hat, ohne zu präzisieren, was es für ein Mittel war."

„Machen Sie einen *schriftlichen* Bericht darüber, mein Kolonel?" fragte Haussler in gespielt erschrockenem Ton.

„Barca, Sie wissen ebensogut wie ich, daß alles zwischen uns *mündlich* geschieht."

„Nun, mein Kolonel, dann werde ich Ihnen erst mal eine spannende Geschichte erzählen, die übrigens authentisch ist." Haussler trank geziert einen Schluck Kaffee und stellte Tasse und Untertasse auf die mittelalterliche Truhe zurück, die als Salontisch diente. „Am 20. August 1965 starb im Städtchen Longboat Key in Florida eine gewisse Carmela Coppolino. Sie war zweiunddreißig, kerngesund, hatte zwei hübsche Kinder und war mit einem Anästhesisten verheiratet, Carl Coppolino. Die Todesursache war Embolie infolge von Verhärtung der Hauptschlagader. Es fiel offensichtlich niemandem auf, daß eine solche Erkrankung bei Frauen in diesem Alter selten auftritt, aber es kommt ja öfter vor, daß Menschen nachlässig denken.

Nachlässiges *Handeln* konnte man Dr. Coppolino indessen nicht vorwerfen", fuhr er mit sichtbarem Vergnügen fort, „denn fünf Wochen später war er schon mit einer anderen Frau verheiratet, die sehr attraktiv und außerdem sehr reich war. Nun ja, ein Fakt ist ein Fakt, aber früher hatte der Doktor schon mal ein Verhältnis mit einer anderen Frau gehabt, deren Ehemann, ein Major der Infanterie, auch eines natürlichen Todes gestorben war. Diese letztere Dame nahm es ihrem Exliebhaber besonders übel, daß sie nun ganz allein auf der Welt zurückblieb, und sie ging stehenden Fußes zum örtlichen Sheriff. Dort gab sie eine Erklärung ab, daß Dr. Coppolino ihrem Mann, dem Major, und seiner eigenen Frau Carmela ein bestimmtes Medikament in ihr Derrière* gespritzt hatte, mit den Ihnen schon be-

* (franz.) Hinterteil.

kannten Folgen. Er hatte ihr sogar den Namen des Mittels anvertraut. Ein Betäubungsmittel, genannt Succinylcholin, das auch manchmal zu Anästhesien verwendet wird. Aber erst ein bißchen Chemie. Succinylcholin ist ein Produkt, das, wenn es injiziert wird, nach wenigen Minuten zu Succinylsäure und Cholin abgebaut wird, zwei Stoffe, die gewöhnlich in allen Geweben des menschlichen Körpers vorhanden sind, aber in dermaßen kleinen Mengen, daß man sie mit den üblichen toxikologischen Methoden nicht nachweisen kann. Und jetzt kommt die Pointe meiner Geschichte. Wenn man eine bestimmte Dosis Succinylcholin in den Körper spritzt, so daß der normale Gehalt in den Geweben plötzlich erheblich ansteigt, widerfährt einem etwas Merkwürdiges, nämlich Atemstillstand und Herzlähmung. Einige Minuten später wird das Mittel, wie Sie schon wissen, abgebaut, und selbst wenn eine Autopsie vorgenommen wird, findet man nichts, was auf etwas anderes als einen natürlichen Tod hinweist. Der perfekte Mord, werden Sie sagen. Aber perfekte Morde gibt es nicht, mein Kolonel, nur leider unvollkommene Kriminalisten. Weil der Name Succinylcholin gefallen war, fing der berühmte Dr. Helpern, Chief Medical Examiner des Leichenschauhauses von New York, ein bißchen an zu graben. Nach vier Monaten fand er ein Präparat, mit dessen Hilfe man die wahre Todesursache toxikologisch nachweisen kann, und Dr. Coppolino bekam lebenslänglich. Ende der Geschichte. Hätten Sie noch eine Tasse von diesem ausgezeichneten Kaffee?"

„Interessant", sagte Kolonel Paquet zustimmend, während er aus einer silbernen Kanne Kaffee einschenkte, „das erste Mal, daß ich davon höre."

„Der Fall Coppolino steht ausführlich beschrieben in einem empfehlenswerten Taschenbüchlein für zwei Dollar fünfzig, erschienen bei Signet 1977", sagte Haussler, während er mit echtem Genuß seinen Kaffee trank, „es heißt ‚Autopsy', und der Autor ist Dr. Milton Helpern. Wenn Sie möchten, kann ich es Ihnen leihen."

Kolonel Paquet preßte die Kiefer so aufeinander, daß sie weh taten, und sagte: „Die Flapulle mit dem Gift wird also nach dem Einbruch nächste Nacht im Kühlschrank den Platz der Flapulle Insulin einnehmen. Das Objekt, das an schwerer Diabetes leidet und sich jeden Morgen selbst eine Injektion Insulin gibt, nimmt mit ein bißchen Glück die Flapulle, die Ihr Agent ausgetauscht hat, und es tritt der Tod wegen Herzlähmung ein."

„Nicht mit ein bißchen Glück, sondern *garantiert*, mein Kolonel", verbesserte Haussler, „der Mann, der den Auftrag ausführt, weiß genau, welche Flapulle benutzt werden wird[53], er ist nämlich vom Detail besessen, ich glaube sogar, daß er leicht zwanghaft handelt, aber das kann nichts schaden, wenn es bestimmte Grenzen nicht überschreitet. Nebenbei bemerkt, die Tatsache, daß Sie und ich in unserer Branche so gut sind, weist ein bißchen in dieselbe Richtung, finden Sie nicht auch?"

Kolonel Paquet enthielt sich sorgfältig jeder Erwiderung, weil er aus Erfahrung wußte, daß sein systematischer Geist in dieser Hinsicht den brillanten Sprüngen Hausslers nicht gewachsen war.

„Okay, Barca, ich danke Ihnen. Sie kennen den Weg, Ihr Wagen steht unten in der Garage. Nur eins ist anders als beim letzten Mal: Die Garagentür wird elektronisch geöffnet, wenn der Motor anspringt; Sie sehen, ab und zu lernen wir auch noch etwas dazu . . ."

„Mein Agent kommt also mit diesem Wagen zurück, läßt ihn in Gent am verabredeten Ort stehen und nimmt den Zug nach Hause?"

Kolonel Paquet nickte und gab Haussler die Hand. In dem Augenblick, als die Tür des geräumigen, komfortabel eingerichteten Zimmers mit gutbürgerlichem Mobiliar sich hinter Haussler schloß, war Kolonel Paquet schon in die Lektüre des Autopsieberichts aus Mainz vertieft.

53 Siehe Anhang.

Villa Rittersporn, Deurle-aan-de-Leie. 17.00 Uhr

Velge saß, nur mit einer Badehose bekleidet, an einem Tisch im Schatten einer großen Amerikanischen Eiche und arbeitete. Den Tisch hatte er aus der Veranda der Villa, wo es heiß war wie im Treibhaus, nach draußen geschleppt. Nach dem kurzen morgendlichen Briefing hatte er um halb zehn mit der Haussuchung begonnen, die bisher nichts Brauchbares ergeben hatte. Von dem Augenblick an, als er den Schlüssel, der am Portemonnaie des Generaals hing, ins Schloß der Vordertür gesteckt hatte, erfuhr er zum erstenmal in seiner Karriere das lästige Gefühl, in die Privatsphäre eines anderen Menschen einzudringen. Nicht unbedingt, weil er sozusagen verbotenes Gebiet betrat, sondern weil ihm erstmals bewußt wurde, was es *für ihn* bedeuten würde, wenn *jemand anders* in *seinen* Schubläden und Schränken herumschnüffeln würde. Er wußte, daß diese Haltung unprofessionell war, aber er führte es darauf zurück, daß er in dem Haus umherwanderte, in dem sein Studienkamerad und Kollege Boudewijn Welckenraedt aufgewachsen war. Zum erstenmal fehlte ihm die wichtigste Triebfeder, eine Haussuchung gründlich durchzuführen: ungesunde Neugier.

Er hatte einen vorläufigen Bericht entworfen, weil zwei Räume, ein Wandsafe und ein langer, fensterloser Steinbau hinten im Garten abgeschlossen waren. Er hatte Türen und Fenster sorgfältig nach verwischten Spuren eines Einbruchs abgesucht. Ohne Resultat. Die Haushälterin, die etwa gegen Mittag vorbeigekommen war, hatte versprochen, nach den Schlüsseln der Zimmer zu suchen, aber den Schlüssel zur Remise hatte sie nicht. Kein einziger Schlüssel des Generaals paßte zu der schweren Tür mit den schmiedeeisernen Angeln. Velge hatte sie gefragt, wozu diese Remise diente. Das wußte sie nicht, sie hatte übrigens noch nie einen Fuß hineingesetzt. Sie wußte zu erzählen, daß am Abend zuvor Männer mit einem speziellen Lastkraftwagen gekommen waren, um das Pferd des Generaals abzuholen. Wenn der Generaal das wüßte, hatte sie weinend gesagt, niemand durfte Rasputin auch nur mit dem Finger berühren. Velge hatte sie beiläufig gefragt, in der Küche bei einer Tasse Kaffee (den sie auf dem schwedischen Aga-Herd bereitete), wer außer ihr und dem Generaal noch einen Schlüssel zum Haus besaß. Ihres Wissens niemand. Waren nachts alle Haustüren verschlossen? Ganz sicher. Was war ihre normale Arbeitszeit? Von sieben bis fünf, montags hatte sie frei. Gab es oft Familienbesuch? Einmal im Monat, immer am letzten Sonntag. Dann kamen Mijnheer Boudewijn mit seiner Frau und Mademoiselle Geneviève mit ihrem Mann und den zwei Kindern. Mademoiselle Geneviève war die Schwester von Mijnheer Boudewijn. Ja, es wurde die ganze Zeit französisch gesprochen. Sie, Irma, kochte und bediente. Kein Besuch von Freunden? Nein, ihres Wissens niemals. War der Generaal am vergangenen Mittwoch zu Hause gewesen, oder war er weg gewesen? Die Haushälterin hatte lange nachgedacht, war zum Kalender an der anderen Küchenwand gegangen und triumphierend zurückgekehrt. Jeden Mittwoch, mittags um Punkt zwei Uhr, ging der Generaal aus dem Haus und soupierte in der Stadt, wie konnte sie das nur vergessen! Ja, zu Fuß, wie immer. Velge hatte nicht unnötig viel nachgefragt. Er wußte von Notar 'T Kint, daß der Generaal jeden Mittwochabend um halb acht in der Rooseveltlaan anrief, um nach Sint-Martens-Latem mitzufahren, zum Bridge-Abend bei der Leblanc. Die Ausritte des Generaals begannen um Punkt halb elf, und um Viertel vor eins war er zum Mittagessen zurück. Der Generaal lebte sehr einfach. Ein Glas Rotwein zum Mittagessen, das aus braunem Reis, frischem Gemüse mit Rindfleisch oder Fisch bestand. Niemals Kartoffeln, hatte die Haushälterin kopfschüttelnd gesagt. Das Abendessen, das nur aus zwei Weißbrotscheiben mit Butter und Filet d'Anvers bestand, bereitete sie für ihn. Dazu trank er ein Glas Milch. Wie war der Generaal zu ihr? Sehr korrekt und höflich. Jeden Morgen lag auf dem Küchentisch ein Zettel mit den Aufträgen, die sie am Tage zu erledigen hatte. Der Generaal hatte immer im Garten und im Pferdestall zu tun. Er war sehr fit und unermüdlich. Im Sommer und im Winter nahm er eine eiskalte Dusche. Er mistete sogar persönlich den Stall aus, mit Mistgabel und Schubkarre. Ohne daß Velge sie danach fragte, hatte sie gesagt: „Mijnheer, ein Mensch wie der Generaal schießt sich keine Kugel durch den Kopf, das ist unmöglich."

Während er im Haus umherging, konnte sich Velge eine allgemeine Vorstellung von der Persönlichkeit dieses Mannes bilden. Das Haus besaß keinen Kühlschrank, keinen Fernseher, keinen Gasherd, der Ofen der Zentralheizung wurde mit Kohle geheizt, das Badezimmer gehörte in ein Heimatmuseum, der Aga-Herd stammte aus der Zeit vor dem ersten Weltkrieg, die Möbel waren robust, streng und alt, aber völlig staubfrei und glänzend poliert, die Parkettböden knarrten, die Gardinen waren geflickt, die Tapeten verblichen, die Teppiche hatten kahle Stellen. In den Schränken lagen Berge von Leintüchern mit eingestickten Initialen, es gab ganze Stapel von Kästen mit schwerem Silberbesteck, Porzellanservice, Kristallgläser, aber der Generaal aß von einem Teller aus dem Offizierskasino mit dem Wappen der Rijkswacht. Das war auch in sein Besteck eingraviert. In das Weinglas, aus dem er jeden Mittag trank, war eine persönliche Widmung der Reitschule von Saumur geschliffen. In Schränken auf dem Boden und in den Gästezimmern fand Velge eine große Menge Kartons, Körbchen und Kästchen mit völlig unbrauchbaren Dingen, mit Schnur gebündelte Stapel von Zeitungen, „La Dernière Heure" und „La Flandre Libérale" von vor vierzig Jahren, im Keller Wein aus den fünfziger Jahren, der wahrscheinlich ungenießbar war. Der Generaal selbst trank einjährigen Beaujolais. Ein ganzer Schrank war angefüllt mit dem Briefwechsel des Vaters von Generaal Welckenraedt, eines Flachsfabrikanten, und dem des Großvaters, der die Villa gebaut hatte, Generalstaatsanwalt Leopold Welckenraedt. Die Villa war recht stattlich, sie war mit Efeu bewachsen, das Schieferdach mit Türmchen und Schornsteinen war in tadellosem Zustand, die Fenster waren gestrichen, die Dachrinnen geteert. Es gab einen Schrank voller Kleider aus dem vorigen Jahrhundert, mit Umschlägen aus Spitze und Jabots, aber die Sachen rochen nach Mottenkugeln. Außerdem Fotoalben und Berge von wertlosem Plunder, Knöpfe, Schnurreste, Korken, zusammengefaltetes Geschenkpapier. Auffällig war, daß es im ganzen Haus keine Pflanzen oder Blumen gab, kein einziges wertvolles Stück, kein Juwel, kein Kunstwerk, keine antike Plastik. Kein einziges Foto von Boudewijn und Geneviève, von ihren Familien oder von der verstorbenen Frau des Generaals.

In dem geräumigen Zimmer neben dem Schlafzimmer entdeckte er etwas Merkwürdiges. Zwei Wandschränke mit geschnitzten Eichentüren wie in einer Sakristei, jeder fünf Meter breit. Dazwischen an der Wand ein lebensgroßes Ölgemälde des Generaals, in Uniform und zu Pferde. Der eine Schrank hing voll dunkelblauer Uniformen, die gleichsam die ganze Laufbahn des Generaals im Korps abbildeten. Die erste hatte noch einen hohen roten Stehkragen und einen einzigen goldenen Stern. Die Zahl der Sterne stieg an bis auf drei. Als er Kapitein war, hatte er schon das Stabsbrevet erlangt.

Velge zählte erstaunt achtunddreißig Uniformen und neun Galauniformen, fleckenlos und gebügelt, als kämen sie gerade aus der Reinigung. Darunter standen drei Paar schwarze Stiefel mit Sporen, aufrecht gehalten durch Stiefelspanner aus Palmenholz. Der andere Wandschrank enthielt sechsundvierzig Maßanzüge mit Firmenschildern von Old England, Butch Tailors und Savile Row London. Acht Reithosen und vier Paar abgetragene, doch tadellos geputzte Reitstiefel. Der Schrank roch nach Lavendel.

Was Velge suchte, hatte er jedoch noch nicht gefunden. Dosen mit .38-Special-Patronen, weder von Norma noch von einer anderen Marke, weder mit noch ohne Kupfermantel. Es war unwahrscheinlich, daß ein Mann wie der Generaal eine gutgepflegte Waffe ohne Munition besaß. In der Schublade des Nachttischs hatte er eine Schachtel gefunden, in der der Revolver gelegen hatte, in ein Flanelltuch gewickelt. Jedesmal wenn er daran dachte, daß der Generaal eine illegale Waffe besessen hatte, trat sein psychologischer Abwehrmechanismus eines Rijkswacht-Offiziers in Aktion. Aus Sicherheitserwägungen hatte er vom Distrikt aus keinen Kontakt mit der Kanzlei des Strafgerichts in Hasselt aufgenommen. Aber in der Revue der Rijkswacht, Jahrgang 1986, hatte er im Januarheft, das er in der Distriktsbibliothek studiert hatte, eine ausführliche Beschreibung der Karriere des ausscheidenden Korpskommandanten Welckenraedt gefunden. *1957 war Kapitein Stabsbrevetträger Welckenraedt Zweiter Commandant des Rijkswacht-Distrikts Hasselt.*

Selbst im Schatten der Amerikanischen Eiche war es drückend heiß. Kein Blatt bewegte sich. In dem großen Garten war es ruhig. Velge nahm das Glas, das vor ihm auf dem Tisch stand, und trank von dem lauwarmen Brunnenwasser. Er hatte ein kleines Picknick gemacht mit Filet-américain-Brötchen, die er vormittags in Deurle-Dorf gekauft hatte. Er mußte jetzt mit dem Vergleichen aller unumstößlichen materiellen Fakten beginnen, über die er bei den drei Verbrechen verfügte. Er unterteilte das Blatt seines Notizblocks in drei breite Spalten und schrieb LEBLANC über die erste Spalte, SCHAUWBROECKE über die zweite und WELCKENRAEDT über die dritte. Er fing an zu schreiben, verbesserte hier und da, hatte nach einer Stunde die erste Version fertig und begann sofort mit der zweiten. Die teilte er schematisch ein wie ein Logbuch. Als die chronologische Übersicht fertig war, las er sie aufmerksam durch und war zufrieden.

Er reckte sich, unterdrückte ein Gähnen, dachte an eine kalte Dusche und blickte auf die Uhr: 18.55 Uhr. Er ging in die Veranda, wo es noch immer drückend heiß war, durch die Küche, wo der Herd leise brannte, durch den Flur in das Vestibül, wo er den Hörer vom Telefon nahm und die Übertragungszentrale anrief. Boel, der im Distrikt war, meldete sich.

Es gab vier neue Sachverhalte. Der Erste Wachtmeister Van Leuven hatte im Genter Homosexuellen-Milieu zwei Alberts aufgespürt, doch der eine war schon seit einer Woche in Italien auf Reisen; ein Ticket-Checking im Computer der Fluggesellschaft bestätigte sein Alibi.

Der andere leistete seinen Militärdienst ab. Alibi wasserdicht.

Velge schluckte eine Bemerkung über Homosexualität in der belgischen Armee hinunter und ging von dem zweiten Sachverhalt (vergrößerte Fotos des Poststempels auf dem Briefumschlag, die keinen einzigen Unterschied zu den Proben aus der Sortierabteilung 10 Gent-Sint-Pieters aufwiesen) sofort zu dem dringenden Auftrag über, die Fingerabdrücke des Briefträgers von Sint-Martens-Latem zu nehmen.

„Normalerweise müßten seine Fingerabdrücke auf dem Umschlag sein. Ich würde morgen früh beim Briefing gern Neues erfahren."

Der vierte Sachverhalt war die vollständige Liste der Colt .38 Special für ganz Belgien. Negativ. Wie könnte es auch anders sein, dachte Velge.

„Sonst nichts Neues?" fragte er kurz und legte den Hörer auf. Er rief seine Frau an, bekam aber keine Verbindung. Nach dem Krach von Freitagnacht hatte er keine zehn Worte mit ihr gewechselt. Das war immer so. Sie brauchte Zeit, um sich von seiner verbalen Gewalt, wie sie es auf holländisch nannte, zu erholen. Er hatte sich geweigert, seine Entschuldigung anzubieten. Immer wenn er so weit war, es doch zu tun, war in ihm eine Sperre gefallen. Sie würde schon nachgeben. Das schlimmste war, daß sie nicht zu den Typen gehörte, die im Bett alles beilegen. Und er verspürte ein heftiges Bedürfnis nach einer Ejakulation.

Er drehte sich um und ging in die Küche, nahm eine neue Flasche Mineralwasser und ging hinaus, goß sein Glas voll und trank es in einem Zug leer. Lauwarm. Wie war es möglich, daß ein Haus im Jahre 1990 keinen Kühlschrank hatte? Er beschloß, dem Pferdestall einen Besuch abzustatten.

Er überquerte die gemähte Wiese und ging auf das kleine Backsteingebäude mit den dicken Eichenbalken im Mauerwerk zu, das ein Schilfdach hatte. Es war auffallend gut gepflegt. Die obere Hälfte der Stalltür war offen. Eichenholz. Mit Karbolineum behandelt. Alles in diesem Haus besteht aus Eichenholz, dachte Velge. Er blickte hinein. Holztrog, Tränke, Stroh, durchdringender

Pferdegeruch. Neben dem Stall war eine zweite Tür. Velge drückte die kupferne Klinke und öffnete die Tür. Er erschrak. Die massive Täfelung der Sattelkammer war mit kunstvollen Schnitzereien verziert. Blätter und Eicheln. An schweren Holzpflöcken, deren Köpfe ebenfalls geschnitzt waren, hingen zwei prächtige Sattel. An den Wänden hingen gerahmte Kupferstiche, die Pferde mit Reitern in überdeckten Manegen abbildeten. An Kupferhaken hingen Zügel mit unterschiedlichem Zaumzeug, Reitgerten und Sporen. In Regalen lagen Bürsten, Striegel und allerlei Büchsen und Töpfe mit Pflegemitteln für Pferde. In perfekter Ordnung.

Velge drehte sich unvermittelt um und verließ die Sattelkammer. Während er zum Haus zurückschlenderte, beschloß er, mit dem Zusammentragen von möglichst vielen Informationen über Generaal Welckenraedt zu beginnen. Vielleicht war dies ein Weg, um zur Psyche einer Person vorzudringen, die eine so enorme Menge an Haß hatte entfesseln können, daß jemand anders zu ihrer vollkommenen Vernichtung übergegangen war. Er würde der Selbstmordthese noch eine letzte Chance geben, indem er morgen die Operative Direktion bitten würde, den Colt durch den besten Waffenexperten des Landes untersuchen zu lassen. Er vertraute Fons hundertprozentig, doch er wollte nicht das geringste Risiko eingehen, seine Ermittlung von einer falschen Voraussetzung aus zu beginnen, die einem menschlichen Irrtum zu verdanken wäre.

Er würde auch um die offizielle Zustimmung bitten, einen Experten für Schlösser und Tresore in der Villa Rittersporn einzusetzen.

Er trug den Tisch und den Stuhl wieder auf die Veranda, schloß die Tür, ging ins Vestibül und rief erneut bei seiner Frau an. Niemand meldete sich. Einige Sekunden zögerte er, aber er hatte schon gecheckt, ob das Telefon abgehört wurde. Er nahm den Hörer ab und wählte die Nummer der Bar „Gaylord".

Es wurde abgenommen. Die gutturale Stimme, die er kannte. Plötzlich fiel ihm etwas ein. Er legte schnell auf. Beinahe hätte er einen fatalen Fehler begangen.

Er sah sich um. Ein unheimliches Gefühl überfiel ihn.

Er hielt den Atem an und lauschte. Es war, als hätte er oben irgendwo die Dielen knarren gehört. Er behielt die Treppe im Auge. Suchte nach etwas, womit er sich eventuell verteidigen könnte. Sein Revolver lag in der Küche.

Er stand lange da und horchte. Dann bewegte er sich langsam in Richtung Küche. Der hellerleuchtete Raum ließ das Angstgefühl verebben. Vielleicht gab es ein Mittel, das Haus mit einem Stillen Alarm zu präparieren. Er beschloß, am Montag mit dem Kolonel darüber zu sprechen.

Er blickte auf seine Uhr: 19.32 Uhr. Es war noch zu früh, um zum „Gaylord" zu gehen.

Montag, 16. Juli 1990

Operative Hauptdirektion, Generalstab der Rijkswacht, Brüssel. 9.00 Uhr

Der einzige Schmuck des großen Raums war die belgische Fahne an einem Bambusstock zwischen den offiziellen Fotos vom König Boudewijn und Königin Fabiola, letzteres mit einem Trauerflor in der oberen linken Ecke. In Reichweite rechts auf dem kahlen Ministerschreibtisch ein Notizblock, daneben ein goldener Dupont-Füllhalter. Ein Intercom mit Lautsprecher. Kein Telefon. In Reichweite links ein Cyber-205-Terminal mit Tastatur, daneben ein überdimensionaler Fernsehschirm. Die Klimaanlage summte und sorgte für eine Raumtemperatur von zwanzig Grad, doch Velge war in seiner engen Uniform warm. Der Plastikstuhl, auf dem er saß, wackelte. Er sah auf den Kolonel, den Blick auf die Stabsbrevetinsignien über den drei Sternen mit dicken Balken gerichtet, die mit Goldfäden auf die roten Kragenspiegel gestickt waren. Die Reihe Ordensbändchen. Er hat unendlich viel mehr Macht als ich, dachte Velge mit Bedauern. Er fühlt sich behaglich in Situationen, die für mich noch gefährlich sind. Er ist kurz davor, Generaal zu werden. Albert Welckenraedt hatte in meinem Alter schon ein Stabsbrevet.

Kolonel Paquet legte das in drei Spalten aufgeteilte Blatt nieder und las die Fotokopie des Briefes, den Edmond Schauwbroecke an die Leblanc geschickt hatte.

Sein Gesicht war völlig ausdruckslos. Als er mit der Lektüre fertig war, sah er Velge an.

„Ich werde dir erst vorlesen, was sie in Mainz alles gefunden haben", sagte er und öffnete die Mappe. „Die Autopsie befand einen absoluten Nahschuß in die rechte Schläfe, der den Tod zur Folge hatte. Pulvereinsprengung und Schmauchspuren. Die Rückstands-Probe ist positiv für die rechte Hand, negativ für die linke. Der Vergleich der Schamhaare durch Neutronenaktivierung ist positiv. Das heißt, daß das Haar aus dem Bett der Leblanc zu dem Mann gehört, den wir tot im Bett gefunden haben. Und er ist Non-Sekretor. Was die Spermaanalyse deines Spezialisten bestätigt. Sie haben in Mainz nota bene sogenannte Mundflüssigkeit benutzt. Sie haben auch die Fingerabdrücke der Leiche genommen. Und wie du selbst schon erkannt hast, kommen die drei Kugeln aus derselben Waffe. Die Schlußfolgerung – Selbstmord – ist so evident, daß wir dazu *verpflichtet* sind, die Akte zu schließen. Plus Sonnabendnachmittag der unerfreuliche Fall Schauwbroecke ..." Der Kolonel kniff die Lippen zusammen und blies durch die Nase. „Als ob der Fall Leblanc das Maß nicht schon voll machte", sagte er zu sich selbst. Er lehnte sich auf seinem Stuhl zurück und gab Velge durch eine Handbewegung zu erkennen, daß er ihm das Wort erteile.

Velge öffnete den Aktenkoffer und holte den Revolver und die Plastiktüte mit den Hülsen heraus.

„Es ist eine nichtregistrierte Waffe", begann er, „die 1952 von einem gewissen Alfons Fryns legal gekauft wurde, die aber 1957 in Hasselt bei seiner Person beschlagnahmt wurde wegen unerlaubten Waffenbesitzes."

„Soso, Selbstmord begehen mit einer illegalen Handfeuerwaffe in einem Wohnsitz, dessen Umzäunung höher als ein Meter fünfzig ist[54]", sagte der Kolonel gleichgültig, „ich kenne Individuen, die für weniger eine B-Fiche haben ..."

Velge reagierte nicht auf die vernichtende Bemerkung. Die Hecke der Villa Rittersporn war nach der neuen Gesetzgebung in der Tat zu hoch. Doch die Schlußfolgerung Selbstmord enthielt zugleich die Schlußfolgerung Doppelmord, Homosexualität, Nekrophilie und Sadismus. War das dem Kolonel etwa entgangen? Velge war enttäuscht.

„Ich möchte gern eine Kopie des Urteils vom Strafgericht Hasselt in dieser Sache bekommen", fuhr er fort, „durch Ihre Vermittlung. Aus Sicherheitsgründen, versteht sich."

„Ist das wirklich nötig, Willy, jetzt, wo du weißt, was ich weiß?"

54 Siehe Anhang.

„Kolonel, da ist noch etwas“, sagte Velge, während sein Herz in der Kehle schnell zu schlagen begann, „der Lauf, den Sie auf dieser Waffe sehen, gehörte ursprünglich nicht zu der Waffe. Und die Hülsen, die darin stekken, wurden aus einer anderen Waffe abgefeuert, doch durch denselben Lauf ...“

„Was sagst du da?“ platzte der Kolonel heraus. Er hatte sichtlich Mühe, auf seinem Stuhl sitzen zu bleiben. „Wenn diese Expertise richtig ist, dann sitzen wir da mit einem *Mord*!“

„In der Tat“, antwortete Velge, „und das paßt nicht zu dem absoluten Nahschuß und der positiven Rückstands-Probe, die direkt auf Selbstmord hinweisen.“

Der Kolonel blickte ihn mit einem Ruck an.

„Gestern fand ich es seltsam, daß kein Abschiedsbrief da war, aber vielleicht war der Mann im Bett dafür zu stolz“, sagte er.

Er nahm den Revolver, öffnete die Trommel, rieb nachdenklich über den kurzen Lauf und schlug die Trommel mit einer brüsken Bewegung des Handgelenks wieder zu.

„Warum steht dieser wichtige Fakt nicht in diesem Bericht hier?“ fragte er auf einmal und tippte mit seinem goldenen Dupont auf das Blatt.

„Weil es noch keine *unwiderlegbare* Tatsache ist“, antwortete Velge ruhig, „ich würde es gern sehen, wenn die Waffenexpertise nochmals vorgenommen wird. Durch den besten Waffenexperten des Landes. Falls seine Feststellungen mit denen meines Experten übereinstimmen, haben wir endlich eine solide Ausgangsbasis.“

„Und das Schamhaar im Bett der Leblanc, paßt das dann noch zu den vorliegenden Fakten?“

„*Hier paßt absolut nichts zusammen, Kolonel*“, sagte Velge mit Nachdruck, „ich meine, bis jetzt, denn ich warte noch auf den Fingerabdruckvergleich des Briefträgers, der den Brief am Sonnabendmorgen bei der Leblanc zugestellt hat. Ich warte auf den Vergleich des einen deutlichen Fingerabdrucks auf dieser Waffe mit denen der Leiche, die in Mainz genommen wurden ...“ Er wollte noch hinzufügen: Ich habe den Eindruck, daß der Mörder uns eine Gehirnwäsche verabreichen will, aber er schwieg.

Der Kolonel starrte ärgerlich vor sich hin. Er war im Begriff, Velge einen kräftigen Rüffel zu verpassen, aber er wußte nicht recht, warum. Er erkannte, daß sein Untergebener diesmal besser über den Fall informiert war, aber daß jemand gegenüber einem Vorgesetzten einen Sieg errang, war unerträglich. Er beneidete Velge insgeheim um dessen große Gestalt, eine Schwäche kleiner, ehrgeiziger Männer. Gerade noch rechtzeitig hielt er sich zurück, wenn auch mit Mühe. Es ist nicht der Augenblick, die Selbstbeherrschung zu verlieren, dachte er, nimm deine Arbeit ernst, nicht deine eigene Person.

„Willy", begann er lächelnd, „ich bin wirklich kein Fanatiker der totalen Kontrolle, und ich gehe davon aus, daß, wenn zwei Menschen immer gleicher Meinung sind, einer von beiden eigentlich überflüssig ist . . ."

Velge hielt den Atem an.

„Kennst du den Witz über den Gerichtsmediziner?" fragte der Kolonel.

„Nein, Kolonel", antwortete Velge überrascht.

„Ein Psychiater weiß alles, doch er tut nichts. Ein Chirurg weiß nichts, doch er tut alles. Und ein Gerichtsmediziner weiß alles, doch immer einen Tag zu spät."

Velge brach in Lachen aus. „Ja, die Patienten eines Gerichtsmediziners sind immer schon tot, wenn er sie behandelt", wiederholte er den Witz, den er von Dr. Lahary in New York gehört hatte.

„Bist du ein Pessimist, Willy?" fragte der Kolonel, nachdem er flüchtig gelächelt hatte.

„Ich versuche, nach Möglichkeit *Realist* zu sein, Kolonel", antwortete Velge vorsichtig.

„Das ist keine schlechte Haltung", fuhr der Kolonel fort, „permanenten Pessimismus halte ich für eins der lästigsten Dinge, die es gibt. Bestenfalls kann ein Pessimist, vorausgesetzt, daß er geduldig und beharrlich ist, für jemanden mit gesundem Verstand gelten. Doch inzwischen verliert er kostbare Zeit . . ."

Velge stimmte höflich zu.

Der Kolonel drückte auf den Sprechknopf des Intercoms. „Würdest du bitte mal kommen", sprach er ins Mikrofon. Zehn Sekunden später klopfte es an der Tür. Der Kolonel drückte auf einen anderen Knopf. Die Tür ging auf. Ein junger, blonder, athletisch gebauter Luitenant betrat das Büro. Er hielt einen Stenoblock in der Hand.

„Luc, das ist Kandidaat-Majoor Velge, SGO Gent", sagte der Kolonel.

„Rottiers, zu Befehl, Commandant", entgegnete der Luitenant.

Velge reichte ihm die Hand.

„Luitenant Rottiers ist mein neuer Sekretär", erklärte der Kolonel, „und ich denke, daß er bald reif ist für ein Praktikum bei Ihnen in Gent."

Velge nickte.

„Luc, setz dich telefonisch mit dem Waffenspezialisten Baudry in Luik in Verbindung; sag ihm, daß eine Waffe unterwegs ist für eine dringende, ich wiederhole, dringende Expertise. Aufgabe: Bestimmen, ob die Hülsen, die sich in der Trommel dieser Waffe befinden, auch wirklich durch diese Waffe abgefeuert wurden. Schick einen Mann mit dem Wagen hin. Er soll auf das Ergebnis warten. Wenn Baudry vorgibt, er habe keine Zeit, halte ihm Artikel 53 unter die Nase.[55]"

Luitenant Rottiers notierte alles auf seinem Block, nahm den Colt, nahm kurz Haltung an und verließ das Büro.

Velge konnte sich nur mit Mühe zurückhalten.

„Die Fotos der Fingerabdrücke auf der Waffe?" fragte der Kolonel sachlich.

Velge holte den gelben Umschlag aus seinem Aktenkoffer und reichte ihn dem Kolonel, der ihn in seine Mappe steckte. Der Kolonel gab Velge eine Kopie des Autopsieberichts und schrieb eine Telefonnummer auf seinen Block.

„Nur über die Militärleitung", sagte er, während er Velge das Blatt aushändigte. „Merk dir das. Briefing nur, wenn wichtige Fakten dazukommen. Die Adresse gebe ich dir später. Weiter. Codename. Frage nach Paco. Dein Codename ist Paquito. Codename von Generaal Welckenraedt ist Sabra. Falls Baudry die Feststellung

55 Siehe Anhang.

deines Waffenexperten bestätigt, gehen wir bis zum Äußersten. Ruf mich um sechzehn Uhr unter dieser Nummer an. Es wird Voice identification* geben. Falls wir die Mordthese doch akzeptieren müssen, sorgen *wir* dafür, daß die begonnene Ermittlung im Fall Leblanc-Schauwbroecke abgebrochen wird. Denkst du, daß Adjudant Boel etwas riecht?"

„Ich kann ihn schlecht direkt fragen, Kolonel, aber er hält vorbildlich seinen Mund. Wenn er in diesem Moment eine Zeitung gelesen hat, dann weiß er, daß äh ... Sabra tot ist. Während meiner Abwesenheit trägt er die Verantwortung über die zwei Fälle. Ich kann ihn nicht daran hindern, im Rahmen der Ermittlung beispielsweise die Haushälterin zu befragen. Er weiß auch, daß der Generaal Albert heißt ..."

„Ich zweifle wirklich nicht eine Sekunde an seiner Loyalität", unterbrach ihn der Kolonel und blickte auf die Uhr, „der Korpskommandant erwartet dich um zehn Uhr."

„Oh", sagte Velge. Er fühlte, wie sich seine Kopfhaut zusammenzog.

„Ja – um dir die Ehre zu erweisen ..."

Kolonel Paquet stand auf und ging zur Tür. Er öffnete sie und winkte Velge zu sich. Der erhob sich und kam näher. In dem kleinen Raum stand ein Kühlschrank neben einem Waschbecken und einer Dusche. Vor der Dusche stand ein Garderobenständer aus Holz. Daran hing eine Uniform mit den Abzeichen eines Majoors. Auch eine Mütze mit goldenen Palmblättern auf dem Schirm.[56]

Velge sah den Kolonel stumm an.

„Der Minister hat vorgestern deine Ernennung auf besonderen Vorschlag des Inspecteur-Generaals unterzeichnet. Gratuliere, Willy!" sagte der Kolonel lächelnd und gab Velge die Hand.

„Kolonel ...", stammelte Velge, „zu Ihren Diensten."

56 Majoor Velge genießt hier eine höchst seltene Vorzugsbehandlung. Normalerweise kaufen Offiziere ihre Uniformen selbst. Es ist auch ungewöhnlich, daß ein hoher Offizier unter Umgehung des Waffenkomitees ernannt wird.

* (engl.) Stimmenidentifizierung.

„Zuerst die Uniform wechseln, Majoor", antwortete der Kolonel väterlich.

Als ginge er auf Schaumgummi, näherte sich Velge dem Ständer und begann, die Knöpfe seiner Uniform einen nach dem anderen zu öffnen.

Dienstwagen
SGO Distrikt Gent. 11.14 Uhr

Während der BMW in dem dichten Verkehr des Kleinen Ringes an der Brand Whitlocklaan vorbei in Richtung E 5 fuhr, wählte Velge, mit einem vom Champagner rauschenden Kopf, auf dem Mobilofon die Nummer seines Hauses. Seine Frau nahm den Hörer ab.

„Tag, Schatz", sagte Velge munter. Er sprach dicht am Hörer, damit De Groodt nicht hörte, was gesagt wurde.

„Ja, was ist?" fragte seine Frau äußerst kühl.

Er war in einer zu guten Stimmung, um sich daran zu stören, und sagte: „Ich habe sehr gute Neuigkeiten, Schatz."

„Ja . . ."

„Ich bin Majoor. Vor einer Stunde habe ich dem Korpskommandanten meine Aufwartung gemacht."

„So . . ."

„Das hört sich an, als fändest du es nicht gut?"

„Um ehrlich zu sein, Willy, es interessiert mich einen Dreck, selbst wenn du jetzt Kolonel wärest."

„Was-sagst-du-da?"

„Verstehst du kein Flämisch mehr?"

Velge hatte das Gefühl, als würde ihm langsam die Haut abgezogen.

„Und im übrigen, so kann es zwischen uns nicht länger weitergehen", fuhr sie entschlossen fort.

„Ha, das ist also die zweite gute Nachricht", sagte er beherrscht, aber vor Wut kochend.

„Du brauchst nicht wieder zu versuchen, die Oberhand zu gewinnen wie immer."

„Und darf ich vielleicht erfahren, *warum* es zwischen uns so nicht länger weitergehen kann?" fragte er mit zusammengepreßten Zähnen.

„Ich bin deiner überdrüssig."

„Rede bitte nicht so geschraubt, wir sind nicht in Holland."

„Ist es noch nötig, daß ich weiterspreche?"

„Erkläre mir bitte erst, *warum* du an mir nichts mehr findest?"

„Erstens, Willy, sehe ich dich in letzter Zeit nur noch morgens beim Frühstück, zweitens diene ich dir nur noch als Hausmädchen, das deine schmutzige Wäsche wäscht, und drittens bin ich als Frau nur noch dazu da, besprungen zu werden wie eine Kuh."

„Soso", sagte Velge.

„Ich habe es am Wochenende schon zu Mama und Papa gesagt. Du denkst nur noch an dich selbst."

„Deine Mutter und dein Vater haben mit dem, was zwischen uns geschieht, absolut nichts zu tun, verstanden?"

„Wem soll ich es denn sonst erzählen?"

„Ich sagte, deine Mutter und dein Vater haben mit dem, was zwischen uns geschieht, absolut nichts zu tun. Verstanden?!"

„Du brauchst mich nicht so anzublaffen. Ich bin kein Mörder, den du einschüchtern oder dem du drohen kannst, ihm seine falschen Zähne aus dem Maul zu schlagen, falls . . ."

„Würdest du davon bitte schweigen?"

„Ach ja, warum mache ich mir eigentlich noch die Mühe, es ist alles nicht mehr so wichtig. Aber ich möchte dir nur noch das Folgende sagen, und dann lege ich den Hörer auf: Nach acht Jahren Ehe weißt du immer noch nicht, wie du mit einer Frau umgehen mußt. Weil du nichts *empfindest* bei einer Frau. Weil du keine einzige Vibration einer Frau wahrnimmst. Du merkst natürlich, daß du ohne Frau nicht auskommen kannst, aber es ist, als wenn du dich dafür schämst, und du läßt die Frau jede Intimität – laß mich lachen – mit der schlimmsten Erniedrigung bezahlen, die man sich nur ausdenken kann. Ich glaube, Willy, daß wir dich als menschliche Wesen eigentlich nicht im geringsten interessieren. Oder vielleicht fürchtest du dich vor uns . . .?"

Mit dem Zeigefinger der linken Hand unterbrach Velge die Verbindung des Mobilofons und schnaufte durch den Mund. Langsam legte er den Hörer auf und schluckte seine Kehle frei, ließ sich in den Sitz zurücksacken und schloß die Augen. Er fühlte sich wie bei einem Fieberanfall. Er bekam Schüttelfrost und saugte Luft durch die kaum geöffneten Lippen. Er versuchte, seinen Geist leerlaufen zu lassen, indem er langsam und tief atmete. Es dauerte eine Viertelstunde, bis er wieder normal funktionierte. Er öffnete die Augen und sah, daß sie auf der E5 waren. Er griff wieder zum Hörer und rief seine Mutter an.

„Tag, Mamachen“, sagte er, als sie abnahm.

„Tag, Jungchen, wie geht’s? Ich freue mich, dich wieder mal zu hören ...“

„Mamachen, ich habe gute Neuigkeiten. Ich bin Majoor.“

„Majoor! Ach, mein Jungchen! Das ist ja eine Überraschung. Meinen Glückwunsch. Wenn du hier wärst, würde ich eine Flasche öffnen. Wann kommst du mal vorbei, Baron?“

„Wenn wir mit dem Mord in Gent fertig sind.“

„Ach ja, ich hab davon in der Zeitung gelesen. Und was ist der Dienstgrad, der nach Majoor kommt?“

„Luitenant-Kolonel, ist in vier bis fünf Jahren fällig.“

„Ich bin richtig stolz auf meinen Sohn. Weiß Suzy es schon?“

„Jaja.“

„Was sagt sie dazu?“

„Sie freut sich natürlich.“

„Übrigens, es ist doch schade, daß unser Papa das nicht mehr erleben darf, nicht wahr?“

„Ja, Mamachen“, sagte Velge zögernd, „ich lege jetzt auf, denn ich telefoniere aus meinem Wagen.“

„Ei, ei, wo bist du denn?“

„Zwischen Brüssel und Gent.“

„Allez, dann alles Gute, mein Junge, und noch mal meinen Glückwunsch, und Grüße an Suzy und Erikchen.“

„Tschüs, Mamachen.“

„Tschüs, Baron, einen dicken Kuß, he!“

Velge vernahm ein schmatzendes Geräusch im Hörer und legte auf. Wie immer nach einem Telefongespräch mit seiner Mutter fühlte er sich federleicht und relaxed. Er würde sie so bald wie möglich besuchen. Mit einer Flasche Champagner und Blumen. Und ihr die Situation in seiner Familie darlegen. Sie würde schon die richtige Lösung finden. Er fühlte sich topfit. Auch wegen der aufregenden Aussichten. Gleich der Distriktskommandant, der Augen machen wird. Jeder würde ihm gratulieren. Der Empfang. Majoor Velge. Er fuhr kurz über den aus Goldfäden gewirkten Stern mit dem dicken Balken auf seinem Kragen und wählte die Nummer von Little Fons.

„Ha, John Edgar, was gibt's Neues?" fragte Fons sachlich.

Velge wußte, daß er am Telefon immer kurz angebunden war.

„I've got a problem."

„Muß das unbedingt am Telefon sein?"

„Wir haben Brotkrümel an einer Einschußwunde gefunden, was kann das nach deiner Meinung sein?"

Er hörte, wie Fons in Lachen ausbrach.

„Das ist doch ganz simpel, John Edgar. Das bedeutet, daß zwischen den Lauf einer Waffe und die Eintrittswunde ein Brot gehalten wurde."

„Ja, und was hat das für einen Zweck?"

„Ein frisches Bauernbrot ist als Schalldämpfer gar nicht so schlecht. Du mußt das mal probieren. Jim Carmichel hat in ‚Outdoor Life' erst vergangenes Jahr einen Artikel darüber geschrieben. Ich hab es in meinem Atelier probiert, und es war nicht schlecht, aber ziemlich albern. *Ein Brot,* hahaha!"

„Danke für die Aufklärung, Fons. Bye."

„Bye, John Edgar. Be careful.*"

Velge legte lächelnd auf und sah auf seine Uhr.

„Johan, laß dir Zeit", sagte Velge.

„Wilco, Commandant", antwortete De Groodt, „correction: Majoor", fügte er schnell hinzu.

Velge nahm die erste Zeitung vom Stapel, „De Standaard". Auf der Titelseite las er: SCHLAGWORT FÜR REFORM DES STRAFGESETZBUCHS HEISST „FREIHEIT UND SICHERHEIT". Kein schlechter Einfall, dachte er und fing an, diagonal zu lesen.

* (engl.) Sei vorsichtig.

Distriktskommando Rijkswacht Gent. 15.25 Uhr

Majoor Velge saß in hellblauem Denim-Jeansanzug hinter seinem Schreibtisch.

Auf der anderen Seite saßen Adjudant Boel und der Erste Oberwachtmeister Borry, beide im Anzug. Sie hatten jeder eine Tasse Kaffee vor sich.

„Wenn der Briefträger diesen Umschlag bei der Leblanc in den Briefkasten gesteckt hat, müßten normalerweise *Fingerabdrücke* von ihm darauf zu finden sein", sagte Velge nachdenklich, „und die sind also *nicht* darauf?"

Borry bestätigte es.

„Manche Briefträger", begann er ruhig, „haben so viel feinen Papierstaub in den Poren ihrer Fingerspitzen durch das ständige Hantieren mit Briefumschlägen, daß sie nach einem Arbeitstag praktisch keine Abdrücke mehr hinterlassen. Das hat man zufällig in den Staaten entdeckt, während der Ermittlungen im berühmten ‚Son of Sam'-Fall[57] in New York. Der schrieb Schmähbriefe an die Polizei, und auf den Briefumschlägen waren nur die Fingerabdrücke des Postboten, der den Brief zugestellt hatte. Die Polizei dachte also, daß Son of Sam Handschuhe benutzte, denn auf den Briefen waren auch keine Fingerabdrücke. Nein, er war einfach Sortierer in einem Hauptpostamt . . ."

Velge schrieb auf seinen Notizblock: *Warum ist Marc noch kein Adjudant?*

„Und es gibt noch einen zweiten Faktor", fuhr Borry fort, „in welchem Maße ist der fragliche Mann ein Schweißsekretor? Nun, ich kann Ihnen versichern, daß der Postbote von Sint-Martens-Latem bei einer Temperatur von dreißig Grad mehr als genug ins Schwitzen kommt. Par acquit de conscience haben wir seine Ab-

57 Siehe Anhang.

drücke genommen, nachdem er seine normale Runde gemacht hatte – trocken auf Papier – also unter denselben Bedingungen wie am letzten Sonnabend, als er ..."

„Was ist deine Schlußfolgerung?" fragte Velge trokken.

„Daß der Brief vom Postboten von Sint-Martens-Latem *nicht* angerührt worden ist."

„Erinnert er sich, ob er den betreffenden Brief *ausgetragen* hat?"

„Wir haben ihn vernommen. Er kann sich nicht erinnern. Das ist normal, finde ich."

„Auch nicht, nachdem er wußte, daß die Leblanc ermordet worden war? Postboten sind die neugierigsten Individuen, die ich kenne. Ein diskreter Postbote ist ebenso selten wie eine weiße Amsel."

„Das dachten wir auch, Majoor, und setzten ihn etwas unter Druck. Er erinnerte sich an nichts. Ein anderes Detail: Sonnabends beeilt er sich immer besonders, um so schnell wie möglich ins Wochenende zu gehen."

Velge blies verächtlich durch die Nase.

„Zweiter Auftrag", fuhr Borry fort, „die Handschrift. Wir konnten während der Haussuchung Muster der Handschrift sicherstellen. Wir nahmen den Experten Capuyns. Er ist teuer, aber zuverlässig. Schon nach zwei Stunden hatte er keinen Zweifel mehr. Schauwbroecke hat den Brief geschrieben und den Umschlag beschriftet."

Velge nickte langsam. „Welches Ergebnis gibt es bei den sechsundzwanzig Gerichtsvollziehern?" fragte er Boel.

„Niemand ist im letzten Monat in Gent und Umgebung bei einem Gerichtsvollzieher gewesen, um einen Brief zu einem bestimmten Datum abschicken zu lassen. Das geschieht nicht so häufig. Und von so etwas wird immer ein Protokoll gemacht. Ich habe darüber nachgedacht. Ein Gerichtsvollzieher ist nicht so *bekloppt*, daß er seinen Job riskiert, indem er etwas Illegales tut, selbst nicht gegen gute Bezahlung."

„Du sagst da etwas sehr Wichtiges, Guido", sagte Velge und sah ihm direkt in die Augen, „mehr und mehr gelange ich zu der Überzeugung, daß *unser* Kunde ein bißchen bekloppt ist. Wir sollten vielleicht versuchen, so denken zu lernen wie er, aber das ist natürlich nicht so einfach . . .", fügte er unbestimmt hinzu.

„Ich habe noch etwas gefunden, Majoor", nahm Borry wieder das Wort. Er holte mit einer Pinzette den Umschlag aus der Aktentasche. „Sehen Sie sich den Umschlag an. Bei der Behandlung mit schwarzem Magnetpulver habe ich festgestellt, daß es hier und da hängenblieb auf einer sauber abgezeichneten, rechteckigen Fläche von fünf mal vier Zentimetern Größe mit abgerundeten Ecken. Par acquit de conscience habe ich zwei beliebige Umschläge aus dem Stapel, den wir in seinem Haus gefunden haben, auf dieselbe Art behandelt. Keine Spur von einem Rechteck . . ."

Velge betrachtete den Umschlag aufmerksam. Dann nacheinander die Spuren des Magnetpulvers, den Stempel, die Briefmarke, die Adresse und die lilafarbenen Fingerabdrücke von Schauwbroecke auf der Rückseite, die dort deutlich zu sehen waren. Ebenso deutlich wie der Daumen auf dem Colt. Das konnte kaum ein Zufall sein, dachte er. Es gab auch einige unbrauchbare Fragmente, wie immer.

„Ist der Autopsiebericht schon da?" fragte er, ohne aufzublicken.

„Nein", antwortete Boel, „aber ich war bei der Autopsie dabei."

„Gratuliere", sagte Velge amüsiert. „Ich weiß, daß du da nicht wegzukriegen bist. Erzähl mal, was du gesehen hast."

„Dasselbe wie bei der Leblanc, aber mit einem Unterschied."

Velge brach in Lachen aus. „Nur ein Unterschied?"

„Ja, daß er Sperma in seinem Mastdarm hatte."

„Hatte er nicht alles laufen lassen?"

„Ja, aber das Sperma wurde *danach* eingebracht."

„Ha", sagte Velge, „sind sie da absolut sicher?"

„Ich habe mit Noré nicht gesprochen", erwiderte Boel, „ich bin gleich zu Professor Moerman gegangen. Der war im Gebäude, um Prüfungen abzunehmen. Er gab eine plausible Erklärung. Schauwbroecke hat wahrscheinlich *durch große Angst* alles laufen lassen. Wenn dir jemand den Lauf eines geladenen Revolvers an den Schädel drückt, kann das schon passieren. Man könnte sich für weniger in die Hosen scheißen", fügte er trocken hinzu. „Und nach dem Schuß wurde das Sperma eingebracht, denn der Enzymtest zeigt Fehlen von vitaler Reaktion an."

„Konnte die Blutgruppe anhand des Spermas bestimmt werden?" fragte Velge mit angewidertem Gesicht.

Boel sah Borry fragend an.

„Das Sperma war natürlich zu alt, Majoor."

„Und Schauwbroeckes Blutgruppe?"

„A, Rhesusfaktor positiv. Die Info ist in Argus. Der Bursche saß im Knast. Außerdem ist er Sekretor . . ."

Velge notierte es.

„Kann man anhand des Speichels die Blutgruppe von dem Typ bestimmen, der die Briefmarke auf diesen Umschlag geklebt hat?" fragte Velge Borry.

„Kein Problem, Majoor. Wird gemacht."

„Gibt's noch Neues aus der Gegend von Merelbeke?" erkundigte sich Velge bei Boel.

„Nein, niemand hat einen Schuß gehört. Niemand hat etwas Ungewöhnliches bemerkt. Schauwbroecke zog wegen der Hitze die Jalousien nicht hoch. Er empfing fast niemals Besuch. Er kam nur raus, um Einkäufe zu machen. Litt noch immer unter seiner früheren Gefängnisstrafe. Er wohnte schon seit zwanzig Jahren in dem Haus, das sein Eigentum war. Er hielt es auch selbst sauber. Stattete wöchentlich in Gentbrugge seiner Schwester einen Besuch ab und seiner neunundachtzigjährigen Mutter in einem Altersheim. Die Schwester hatte nichts als Gutes über ihn zu berichten. Sie wußte von keinen Herrenbesuchen. Die Mutter haben wir in Ruhe gelassen, sie weiß nicht einmal, daß ihr Sohn tot ist. Der ehemalige Direktor seiner Schule hatte nur Lobendes zu berichten. Bisher keine Spur von festem homosexuellem Kontakt. Der Name Albert sagt niemandem etwas."

Boel seufzte.

„Einer unserer Männer überwacht das Haus", sagte er, „aber bis jetzt kein Anruf. Nur jeden Morgen ‚Het Laatste Nieuws' im Briefkasten." Er machte eine hilflose Gebärde. „Ich frage mich, was Etienne an so einem Informanten hatte? Ich werde ihn demnächst mal fragen. Noch niemals habe ich so einen mysteriösen Fall erlebt."

„Kam der Bäcker auch ins Haus?" fragte Velge plötzlich.

„Ich weiß, was Sie meinen, Majoor", sagte Borry schnell.

„Ich habe inzwischen herausbekommen, was die Ursache der Brotkrümel ist, die um die Einschußwunde im Haar klebten, und der Stückchen Kruste, die auf dem Kissen lagen."

Borry und Boel sahen ihn an. Er trank von seinem Kaffee und sagte lächelnd: „Wenn man das Geräusch von einem Schuß dämpfen will, nimmt man ein frisches Bauernbrot, hält es zwischen Lauf und Kopf und schießt. Hut ab vor unserem schlauen Freund. In kurzer Zeit haben wir schon zwei Tricks von ihm gelernt. Die Pisse von Hündinnen versprühen, um die Spürhunde närrisch zu machen. Und ein Brot als Schalldämpfer benutzen. Ich habe das zufällig in einem Artikel von Jim Carmichel in der Zeitschrift ‚Outdoor Life' gelesen."

„Vielleicht ist der Mörder auf diese Zeitschrift abonniert", meinte Boel mit einem unbestimmten Lächeln auf seinem bärbeißigen Gesicht.

„Gut bemerkt. Besorge mir eine Liste der Abonnenten in Belgien", sagte Velge beiläufig. Ohne auf ihre erstaunten Blicke zu achten, fuhr er fort: „Marc, faß bitte zusammen. Welche brauchbaren Fingerabdrücke wurden auf dem Briefumschlag gefunden?"

„Nur die von Schauwbroecke", sagte Borry, „wie fast immer auf der Rückseite, die zugeklebt wird. Da drükken sie am festesten. Es sind gute Abdrücke mit hohem Säuregrad. Vielleicht ein Hinweis darauf, daß Schauwbroecke nervös war. Plus einige nicht identifizierbare Fragmente."

„Keiner von den Männern der Mobilen Gruppe, die damit herumgefahren sind?"

„Zum Glück nicht. Das verdanken wir dem Ersten Wachtmeister Van Gool, der übrigens eine erstklassige Kraft ist", sagte Boel, „er benutzte Gummihandschuhe und steckte den interessanten Briefwechsel in einen Umschlag, den er zugeklebt in die Groendreef schickte."

„Ausgezeichnet", gab Velge zu, „der Brief wurde sozusagen durch einen Gerichtsvollzieher abgeschickt, ging durch die Sortiermaschine von Gent-Sint-Pieters, traf in Latem ein, wurde erneut sortiert und durch den Postboten der Leblanc zugestellt. Das ist ohne Fingerabdrücke unmöglich. Wie lautet die allgemeine Schlußfolgerung, Marc?"

„Darf ich eine Nacht darüber nachdenken, Majoor?"

„Ist das Problem so schwierig?" fragte Velge scharf.

„Kein Problem ist einfach, Majoor."

Velge nickte widerwillig und fuhr in ganz anderem Ton fort: „Wißt ihr schon die Neuigkeit von Generaal Welckenraedt?"

„Wir haben es in der Zeitung gelesen, und es steht auch auf dem Brett unten im Flur", antwortete Boel, „aber kennst du auch schon die andere Neuigkeit?"

„Nein", sagte Velge.

„Seine Haushälterin fand man heute früh um neun Uhr tot in ihrem Haus auf. Herzversagen."

Velge konnte sich gerade noch rechtzeitig beherrschen, nicht zu fragen, wie Boel das erfahren hatte, und erwiderte ruhig, als ginge ihn die Sache nichts an: „Vielleicht hat der plötzliche Tod ihres Patrons die Frau umgeworfen, das kommt öfter vor. Ist schon etwas geregelt für das Begräbnis des Generaals?"

„Nein", antwortete Boel.

„Noch etwas?"

„Ja", sagte Boel, „morgen wird Hélène Leblanc um elf Uhr in Latem beigesetzt. Bleibt der Auftrag gültig, alles mit der Minox B zu fotografieren?"

„Habe ich den Auftrag etwa widerrufen?" fragte Velge.

„Nein, aber manche Dinge lasse ich mir gern noch einmal bestätigen", entgegnete Boel unbeirrbar.

Boel und Borry verließen das Büro. Als er allein war, blieb Velge einige Minuten in Gedanken versunken sitzen, dann blickte er auf die Uhr und drückte den Knopf des Switchboards, wodurch er mit dem Telefonnetz der Armee verbunden wurde, wählte die geheime Nummer in Brüssel und sagte, als abgenommen wurde und er hörte, wie der Voice identificator sich einschaltete:

„Paco, this is Paquito, over.“ Er wartete und hielt seinen Kugelschreiber bereit. Dann ertönte die Stimme von Kolonel Paquet.

„Paquito, this is Paco, folgende Info steht zur Verfügung: Erstens, Fingerabdruck auf Waffe stimmt mit dem rechten Daumen von Sabra überein. Zweitens, Fingerabdrücke auf Champagnerglas Villa Leblanc stimmen mit denen von Sabra überein. Drittens, zweite Expertise Waffe identisch mit der ersten Expertise . . .“

„Roger“, antwortete Velge, vor Erregung zitternd, „darf ich aus Punkt drei Schlußfolgerungen ziehen und bis zum Äußersten gehen?“

„Affirmativ.“

„Zusatzauftrag.“

„Affirmativ.“

„Auftrag an vereidigten Tresorexperten, in Residenz Sabra zwei Zimmer, ein Nebengebäude mit Yaleschloß plus einen Safe mit Buchstabenschloß zu öffnen.“

„Affirmativ. Schicke Ihnen einen aus Deutschland. Rufen Sie mich um 18.00 Uhr an.“

„Wissen Sie, daß die Haushälterin von Sabra heute morgen um 9.00 Uhr tot in ihrem Haus aufgefunden wurde?“

„Negativ. Woher weißt Du das?“

„Von meinem ersten Assistenten. Ungefragt.“

„Wie ist er zu der Info gekommen?“

„Ich habe nicht nachgefragt. Soll ich dem nachgehen?“

„Affirmativ. Aber äußerst diskret. Halte mich auf dem laufenden. Zusätzliche Info: Begräbnis Sabra auf ausdrücklichen Wunsch der Familie äußerst schlicht. Keine Blumen oder Kränze. Keine Korpsabordnung. Datum: Freitag, 20. Juli. Einäscherung in Ukkel um drei Uhr.“

Velge wartete noch und wollte gerade fragen, ob er bei der Bestattung des Generaals Minox Bs einsetzen dürfe, aber die Verbindung wurde unterbrochen. Er legte den Hörer auf und ging zum Kühlschrank, machte ihn auf und nahm eine Dose Bier heraus, öffnete sie und trank, während er zurück in sein Büro ging. Er setzte sich, zündete sich eine Camel an und inhalierte den Rauch tief in die Lunge. Er begann nachzudenken.

Dienstag, 17. Juli 1990

Villa Rittersporn, Deurle-aan-de-Leie. 9.55 Uhr

Voll Bewunderung hatte Velge die Schnelligkeit beobachtet, mit welcher der Deutsche die Schlösser der zwei Türen im Flur der ersten Etage geöffnet hatte. Er war nicht hineingegangen, und der Deutsche hatte nicht das mindeste Interesse gezeigt. Jetzt war er mit dem Yaleschloß des Nebengebäudes hinten im Garten beschäftigt. Beeindruckt war Velge vor allem von der Akkuratesse des Deutschen, der konzentriert, als ginge es um die Entschärfung eines gefährlichen Sprengkörpers, die dünnen Metallplättchen eins nach dem anderen im Schloß anbrachte, nachdem er mit dem Zerstäuber einen Stoff ins Schlüsselloch gesprüht hatte. Geduldig wechselte er jedesmal ein Plättchen, das er in eine Schachtel zurücklegte, probierte ein neues, und nach genau zwölf Minuten und fünf Sekunden drehte er den improvisierten Schlüssel um. Die Tür war offen. Velge nickte zufrieden, ging aber nicht hinein.

„Vielen Dank“*, sagte er mit einem breiten Lächeln.

Der Deutsche, in grauer Arbeitsjacke, klein, fett, kahl, mit einem Kranz dünnen rötlichen Haars und hellgrauen Augen hinter einer Brille mit vergoldeter Fassung, verzog keine Miene und holte die Metallplättchen aus dem Schloß, legte sie sorgfältig in die Schachtel und fragte: „Und jetzt noch einen Safe, nicht?“*

„Kommen Sie mit“*, antwortete Velge.

Gemeinsam gingen sie über den Rasen. Das Gras war schon seit drei Tagen nicht gesprengt worden und fing an zu vertrocknen. Es war der zehnte Tag der Hitzewelle, die West- und Mitteleuropa heimsuchte. Der Deutsche folgte Velge die Treppe zum Schlafzimmer hinauf. Velge öffnete die Tür. Die muffige Luft des geschlossenen Raumes drang ihm in die Nase. Er öffnete

* Im Original deutsch.

das Fenster weit und ging dann direkt auf ein Bild zu, das ein Stilleben mit Früchten, Fischen und Geflügel darstellte, nahm es von der Wand, und die graue Stahltür eines Wandsafes von vierzig mal fünfzig Zentimetern mit vier Drehknöpfen kam zum Vorschein. Der Deutsche warf einen kurzen Blick darauf und fragte: „Gibt's 220 Volt hier?"*

Velge antwortete bejahend und folgte ihm nach unten. Der Deutsche ging zu seinem grünen Opel mit belgischer Nummer, öffnete den Kofferraum und holte zwei bleischwere Koffer heraus. Er wollte nicht, daß ihm Velge half, und sie kehrten zusammen ins Haus zurück. Der Deutsche schleppte keuchend seine Koffer die Treppe hinauf. Im Schlafzimmer wischte er sich, außer Atem, den Schweiß vom Schädel, hockte sich nieder und öffnete einen Koffer. Ein Elektrogerät mit allerlei Knöpfen, Schaltern und Zifferblättern kam zum Vorschein. Er rollte ein Kabel aus und öffnete den anderen Koffer, aus dem er einen schweren, glockenförmigen Apparat herausnahm. Dann verband er das Kabel mit einem Anschluß hinten an dem Apparat und steckte den Stecker eines anderen Kabels in eine Steckdose. Er hockte sich erneut vor das Elektrogerät und testete es, indem er langsam an den Knöpfen drehte. Das Gerät begann zu summen. Er holte einen Filzstift aus der Tasche seiner Arbeitsjacke und ein Stahllineal und zeichnete sorgfältig eine horizontale Linie auf die Safetür, hob mit Mühe den glockenförmigen Apparat hoch, ging damit zum Safe, setzte die rechte Oberkante genau auf die schwarze Linie und drückte auf einen Schalter. Einige Sekunden lang summte das Elektrogerät einen Ton höher. Er legte den Apparat auf das Bett, kniete sich vor den Koffer und wartete.

Langsam kam ein großes Foto aus einem Schlitz, wie bei einer Polaroid-Kamera. Als das Foto draußen war, legte er es auf das Bett, schaltete das Gerät aus, zog die Stecker aus den Anschlüssen, packte alles ein, schnell, aber sorgfältig, und als nur noch die zwei Koffer und ein großes Röntgenfoto übrig waren, nahm er das Foto und zog mit einem kräftigen Ruck die Plastikschutz-

* Im Original deutsch.

schicht ab. Der positive Abdruck vom Inneren des Buchstabenschlosses wurde sichtbar. Der Deutsche betrachtete das Foto aufmerksam, nahm wieder seinen Filzstift und setzte auf jeden der vier abgebildeten Rotoren des Mechanismus jeweils einen schwarzen Punkt. Er holte eine winzig kleine Schere aus seiner Tasche, schnitt geschickt vier Kreise aus dem Bild und schob es vorsichtig über die Drehknöpfe des Safes. Es paßte perfekt. Unbeirrbar holte er ein Päckchen aus seiner Tasche und zog sich Fingerkondome über Daumen und Zeigefinger der rechten Hand. Schnell drehte er den Strich auf jedem Knopf bis zu dem schwarzen Punkt auf dem Foto und blickte kurz zu Velge, der ihm den Safeschlüssel reichte, befestigt an der Brieftasche des Generaals. Der Deutsche steckte ihn ins Schloß, drehte ihn zweimal um, und die Safetür öffnete sich. Als ob die ganze Angelegenheit ihn nichts mehr anginge, nahm er das Foto weg, sah Velge an und fragte: „Brauchen sie den Code?"*

„Jawohl"*, antwortete Velge.

Der Deutsche riß ein Blatt aus seinem Taschenkalender, notierte:

1	2	3	4
B	o	u	w

und gab das Blatt Velge, der es wegsteckte.

Der Deutsche faltete das Foto zusammen und steckte es in die Tasche, zog die Fingerkondome ab, ergriff, ohne Velge noch einen Blick zu gönnen, die beiden Koffer und wankte die Treppe hinunter. Einmal stürzte er beinahe.

Du kannst verrecken, dachte Velge, ich habe dir meine Hilfe angeboten.

Der Deutsche lud, schwitzend wie ein Pferd, die Koffer in seinen Wagen, sah Velge kurz aus seinen Fischäuglein an, blickte auf die Uhr und sagte trocken: „Bin fertig."*

„Ausgezeichnet"*, lobte Velge. Er hatte bereits auf seine Stoppuhr geblickt: 54 Minuten und 38 Sekunden.

* Im Original deutsch.

Nicht mal eine Stunde. So etwas hätte er nie für möglich gehalten.

Ohne ihm die Hand zu geben, machte der Deutsche eine kurze, steife Verbeugung, öffnete die Wagentür, zog seine Arbeitsjacke aus, legte sie zusammen, stieg ein, startete den Opel und fuhr ab.

Nachdem das Motorengeräusch erstorben war, rannte Velge ins Haus und die Treppe hinauf ins Schlafzimmer. Er blieb vor dem Safe stehen und öffnete die Stahltür mit dem Nagel seines rechten Daumens. Vornan lag eine Mappe. Er nahm sie heraus. Hinten im Safe sah er eine Anzahl flacher Pappschachteln. Mit klopfendem Herzen nahm er eine heraus. Eine rote, rechteckige Schachtel aus Holzimitation. Revolverpatronen. Punkt 38 Special. Norma. Jacketed semi wadcutter. 158 grain. Fasziniert öffnete er die Schachtel und nahm eine Patrone aus dem Pappfach. Die vertraute Form und Farbe. Kupferkopf, Kupferhülse. Er stellte sich vor dem offenen Fenster ins Licht und betrachtete die Patrone aufmerksam. Er sah es sofort: Der Dichtungslack war dunkellila. *Der von den Hülsen in der Trommel des Colts war rot.*

Er ließ die Patrone auf seiner Handfläche hin und her rollen und fühlte, wie seine Gedanken abschweiften.

Er ging zurück zum Safe. Zehn Schachteln mit je fünfzig Patronen. In einer Schachtel fehlten zwölf Stück.

„Willy, nicht interpretieren!" rief er.

Er holte aus der Tasche den Zettel, den ihm der Deutsche gegeben hatte.

„B-O-U-W", buchstabierte er laut. „Bouw", sagte er nochmals und überlegte.

Plötzlich erkannte er die Bedeutung. *Boudewijn Welckenraedt.* Es überraschte ihn nicht. Er wußte aus Erfahrung und aus dem Kursus Spezielle Psychologie während seiner Applikationszeit, daß Menschen für geheime Safecodes häufig die Initialien geliebter Personen aus ihrer Umgebung wählen.

Er setzte sich aufs Bett und öffnete die Mappe. Sie enthielt eine Anzahl offizieller Beförderungsdokumente, mit dem belgischen Wappen und der Unterschrift des jeweiligen Ministers versehen. Velge fing an, eine nach der anderen zu lesen.

Albert Leopold Hortense Welckenraedt, geboren in Gent am 21. März 1924.
1948 Onderluitenant
1950 Luitenant
1956 Kapitein-SBH*
1960 Kapitein-Commandant-SBH
1961 Majoor-SBH
1966 Luitenant-Kolonel-SBH
1969 Kolonel-SBH
1977 Generaal-Majoor
1981 Luitenant-Generaal

Die ältesten Papiere waren aus glänzendem, vergilbtem Bristolkarton. Sie rochen staubig. Auf einmal überkam ihn das unangenehme Gefühl, daß ihn jemand durch das Schlüsselloch beobachtete. Er wandte sich um. In der Nische stand die Puppe, mit dem Rücken zum Zimmer; der dunkelblaue Stoff der Uniformjacke war von Kugeln zerfetzt. Er hatte die Kugeln am vorigen Sonnabend aus der Wandverkleidung gepolkt und die Puppe umgedreht.

Vergangene Woche lebte der Generaal noch, dachte Velge. Und vergangene Woche lag Hélène Leblanc vielleicht nackt in ihrem Garten in der Sonne. Plötzlich war er davon überzeugt, daß jemand wie Generaal Welckenraedt niemals Selbstmord begehen würde.

Er stand auf, schloß die Tür und setzte sich wieder auf das Napoleonbett. Er nahm den zweiten Stapel offizieller Papiere. Er erschrak. Die des Sohnes, verdammt. Überrascht las Velge die Jahreszahlen, die mit denen seiner eigenen Beförderungen übereinstimmten.
1979 Onderluitenant
1980 Luitenant
1986 Kapitein
1990 Kapitein-Commandant

1979 war Boudewijn also ein blutjunger Onderluitenant in dem Korps, wo sein Vater damals Stabschef war. 1982, als sein Vater der große Chef wurde, war der Junior Luitenant.

Velge ordnete die Papiere wieder in die Mappe. *Warum lagen die von Boudewijn im Safe seines Vaters?*

* Stafbrevethouder (dt. Stabsbrevetträger).

Velge stand auf, legte die Mappe zurück in den Safe, stellte die Schachtel Patronen darauf und schloß die Stahltür; er drehte den Schlüssel zweimal um und veränderte den Stand der Drehknöpfe. Er hängte das Stilleben an seinen Platz zurück. Er zögerte, ob er zuerst zu den beiden Zimmern oder zu dem Nebengebäude im Garten gehen sollte, aber er hatte Lust auf etwas frische Luft. Er ging die Treppe des Hauses hinunter, das ihm bereits vertraut geworden war, in die Küche, wo der Herd noch immer lauwarm war. Die Veranda. Der Garten.

Er stieß die schwere Tür der Remise auf. Ein stockdunkler Raum. Er fand den Lichtschalter. Das Licht flammte grell auf. Velge stand geblendet in der Türöffnung.

„Eine Schießbahn", flüsterte er, „verdammt, eine *Schießbahn* ..."

Nach einigen Sekunden stieg in ihm das vertraute Triumphgefühl auf. Er wußte, daß er dabei war, etwas Wichtiges zu entdecken. Seine Augen jagten von einem Detail zum nächsten. Ein Eimer mit leeren Hülsen. Er bückte sich. Norma .38 Special. *Lila Dichtungslack.* Ein großer Eichentisch, darauf ein Karton mit Reinigungsgerät für einen Revolver. Ordentlich zusammengelegte Putzlappen. Zwei Gehörschutze in Form von Kopfhörern. Auf dem Boden ein dunkelblauer Teppich, der den ganzen Raum ausfüllte. Fleckenlos. Gepolsterte Wände und Decke, um den Lärm der Schüsse aufzufangen. Eine Reihe TL-Lampen, die den langen Raum hell erleuchteten. Velge ging nach hinten zu dem hölzernen Rahmen, auf dem die Zielscheiben befestigt werden mußten. Er zählte zwanzig Schritte von ungefähr einem Meter, der vorschriftsmäßige Abstand. Breite vier Meter.

„Buh!" rief Velge.

Das Geräusch klang lächerlich, wie in einem akustischen Labor. Hinter dem hölzernen Rahmen lag ein Haufen Sand, der bis zur Decke reichte. Velge krempelte seinen rechten Hemdsärmel hoch und ging zu dem Sandhaufen, steckte den Arm bis zum Ellenbogen hinein und begann darin zu wühlen und zu tasten.

Er holte zwei Kugeln heraus. Nach einem Blick wußte er es: das gleiche Kaliber und der gleiche Typ. Er begann erneut zu suchen. Nach einer halben Stunde hatte er über hundert Kugeln zusammen. Er kehrte zum Tisch zurück, leerte den Karton mit den Reinigungsgerät, ging wieder zu dem Sandhaufen, kniete nieder und sammelte die Kugeln in die Schachtel. In einer Ecke neben dem Tisch stand ein hoher Schrank mit zwei massiven Eichenholztüren an kupfernen Scharnieren. Er öffnete die Tür. Stapelweise Pappzielscheiben, auf denen eine menschliche Figur abgebildet war. An der Stelle, wo das Herz ist, ein schwarzer Kreis. Velge schloß den Schrank, nahm den Karton mit den Kugeln, schaltete das Licht aus und schloß die Tür der Schießbahn. Er ging in Richtung Villa, doch auf einmal blieb er stehen, überlegte kurz und kehrte um. Er stellte den Karton auf die Erde, öffnete die Tür einen Spalt breit, holte aus seiner Tasche eine winzige Tube, kniete nieder und riß sich ein Haar aus; er öffnete die Tube und brachte äußerst sorgfältig einen Tropfen Superkleber auf der Türschwelle an, einen zweiten Tropfen auf dem unteren Türrand und verband die beiden Tropfen mit dem Haar.

Dann schloß er die Tür. Er war zufrieden. Normalerweise hätte er die Tür versiegelt, doch dazu hatte er keine offizielle Erlaubnis. Seine heimliche Tat ließ ihn eine sonderbare Erregung empfinden.

Langsam ging er zur Villa. Er blickte auf die Uhr: 10.56 Uhr. Er lauschte. In der Ferne grollte Donner. Über den Bäumen des Gartens sah er dicke Gewitterwolken, die langsam den Himmel bedeckten. Die Sonne glühte kupferfarben hinter einem nebelartigen Schleier. Es war windstill und drückend heiß.

Er hatte noch drei dringende Aufgaben zu erledigen. Den zwei Zimmern einen Besuch abstatten, die der kleine Mof* geöffnet hatte. Die Haushälterin. Eine Anzahl der Kugeln aus dem Sandhaufen der privaten Schießbahn so schnell wie möglich durch die Operative Direktion mit den Kugeln vergleichen lassen, die der Colt abgefeuert hatte.

Er nahm die volle Patrone aus dem Munitionsvorrat im Safe aus seiner Tasche, dann die leere Hülse aus dem Eimer in der Schießbahn. Die Dichtung beider Kugeln

* Niederländisches Schimpfwort für einen Deutschen.

war lila. Er wußte es schon, doch er wollte sich nochmals überzeugen. Es war, als wollte er seine Ausgangsbasis solider gestalten.

Er beschloß, alles systematisch abzuarbeiten. Zuerst die Haussuchung. Dann die Haushälterin. Dann Verbindung mit der Operativen Direktion aufnehmen.

Während er zur Villa ging, fegte ein Windstoß durch den Efeu am Giebel. Die Bäume begannen heftig zu rauschen. Alles wurde von grünlichem Licht überzogen. Ein Blitz zuckte aus einer Wolke herab. Automatisch zählte Velge die Sekunden: zwei-und-zwan-zig. Es folgte ein langes Donnern.

Villa Rittersporn. 12.05 Uhr

Als Velge die Tür des ersten Zimmers öffnete und verwundert stehenblieb, hatte er zum erstenmal das Gefühl, er würde, indem er hineinging, seine Befugnis mißbrauchen. Es war ein luxuriöses, rosafarbenes Mädchenzimmer. Offensichtlich in dem Zustand, wie es am Tage ihrer Hochzeit zurückgelassen wurde. Geneviève Welckenraedt. Jemand mußte das Zimmer regelmäßig saubergemacht haben, denn es war blitzsauber *und gelüftet*. Unter einem Himmel mit weißem, in breiten Falten fallendem Schleier stand ein glänzendes kupfernes Bett mit einer Tagesdecke mit englischer Stickerei, auf der ein riesiger Pink Panther aus Plüsch in einem Stapel Kissen lag. Die Tapete war rosa, mit feinem Blumenmuster, der Teppich, der das Zimmer ausfüllte, war geschmackvoll ausgewählt. An der Decke ein kupferner Leuchter, auf der Empire-Kommode kupferne Tischlampen mit weißem Milchglas, eine Wand bestand aus einem riesigen Einbauschrank mit altrosa Türen. Ein Blumenmotiv auf jeder Tür. An der Wand in vergoldete Rahmen gefaßte Kupferstiche, die Belle-Epoque-Hüte darstellten. Die einzige Dissonanz zu den Pastellfarben war ein einfach gerahmtes Familienfoto. Das erste. Velge erkannte Generaal Welckenraedt, viel jünger, ein großer, strenger Mann in dunklem Anzug. Neben ihm ein schmächtiges Dämchen in einem einfachen Kleid mit weißem Kragen. Beide auf einem Kanapee sitzend. Zu ihren Füßen zwei Kinder. Velge erkannte Boudewijn, einen mageren, hochaufgeschossenen Jungen von etwa zwölf Jahren, gekleidet in einen Tweedanzug mit Kniehosen, das Ebenbild seiner Mutter. Die Tochter Geneviève. Velge brachte sein Gesicht dichter an das Foto. Atemlos betrachtete er es. Sie hatte das edle Gesicht ihres Vaters, langes dunkles Haar, schräge assyrische Augen, sie *strahlte* Schönheit aus, dank eines wunderbaren Airs fürstlicher Herablassung. Sie trug einen weiten plissierten Rock und eine offene Bluse. Eine Frau von sechzehn. Velge blickte auf ihre Beine, ihre Knöchel, die hauchdünnen Sandalen, *ein Knöchelkettchen.* Er schluckte seine Kehle frei und ging langsam zur anderen Seite des Zimmers. Neben dem Bett stand eine große Wiege, geschmückt mit Schleier und Bändchen. Darin gebettet war eine häßliche alte Puppe mit fromm geschlossenen Augen, wachsbleich wie ein totes Kind.

Er drehte sich ruckartig um und sah erneut zu dem Wandschrank. Er näherte sich ihm auf Zehenspitzen. Alle Türen außer der letzten waren verschlossen. Er öffnete sie vorsichtig. *Lavendelduft.* Leere Fächer. Eins war halb voll mit Damenunterwäsche. Äußerst behutsam streckte er seine Hand aus und nahm ein beigefarbenes, spitzengesäumtes Satinhöschen. Faltete es auseinander. Schaute. Brachte es an seine Nase. Es war, als würde es noch benutzt. Die Erektion kam. Mit einem Ruck warf er die Schranktür zu und steckte das Höschen wie ein Dieb in seine Tasche.

Mit schnellen Schritten verließ er das Zimmer, schloß die Tür hinter sich und öffnete die zweite. Ein Knabenzimmer, wie er vermutet hatte, aber doch völlig anders. Kahle, weißgestrichene Wände mit vier Reproduktionen in schwarzen Rahmen. An der Decke eine Glühlampe. Die Schlafstelle war ein reguläres eisernes Soldatenbett der belgischen Armee, mit dünnen, khakifarbenen Dekken und groben Laken. Auf dem glänzenden Kasernenschrank aus olivgrünem Blech war kein Kratzer. Außen hing ein Vorhängeschloß daran, ein beinahe obszöner Anblick. Die Holzdielen waren nicht gebohnert. Keine Gardinen. Kein Teppich. Velge betrachtete die Reproduktionen eine nach der anderen. Die erste war ein Brustbild von Julius Cäsar aus dem Museo Capitolino. Die zweite „Napoleon zu Pferde in den Alpen“ von Delaroche. Die dritte war ein Foto von General Douglas MacArthur, mit seiner legendären Mütze schräg auf dem Kopf. Die vierte, wahrhaftig, eine Reproduktion von „Generaal Welckenraedt zu Pferde“, deren Original im

Ankleidezimmer zwischen den beiden Sakristeischränken hing.

Velge spitzte die Lippen und seufzte enttäuscht. Er blickte auf seine Uhr: 12.16 Uhr. Plötzlich begannen Regentropfen gegen die Zimmerfenster zu schlagen. Er sah hinaus. Der Wind riß die Baumwipfel hin und her. Die Luft darüber war dunkelgrün, Wolkenfetzen hingen herab.

Er verließ das Zimmer, ging langsam durch den halbdunklen Gang und die Treppe hinab ins Vestibül, wo er sich erneut die Fotos des Generaals ansah. Draußen war das Gewitter mit aller Macht losgebrochen. Es regnete in Strömen, fortwährend leuchteten Blitze wie eine Magnesiumlampe, gefolgt von knallenden Donnerschlägen. Er ging in die Küche und setzte sich an den Tisch. Bevor er zu dem Briefing an der geheimen Adresse aufbrach, mußte er mangels einer aufklärenden allgemeinen Auswertung mit Guido Boel – etwas, was er normalerweise niemals ausließ – notgedrungen ganz allein versuchen, die neuen Tatsachen in ein Gesamtbild zu integrieren, denn Kolonel Paquet erwartete zweifellos eine zusammenfassende Beurteilung. Plus ein Motiv. Das schlimmste war, daß die ganze Sache anfing, ihm dermaßen zuwider zu sein, daß ihm die Freude über seine Beförderung dadurch vergällt wurde. Eigentlich war der Fall durchsichtig geworden. Selbstmord war ausgeschlossen, aber er war fachkundig inszeniert. Es gab also einen Mörder. Der mußte aufgespürt werden. Und bestraft. Wie das letzte geschehen sollte, war Velge ein Rätsel. Der Fall interessierte ihn nur noch akademisch, denn indem sie die Herzinfarktversion aufrechterhielt, hatte die Rijkswacht sich in bezug auf die Strafverfolgung des Mörders selbst schachmatt gesetzt. Trotzdem faszinierend. Eine Person, die dermaßen von Haß gegen den Generaal besessen war, daß sie zwei andere Morde begangen hatte, um die dann virtuos dem Generaal in die Schuhe zu schieben. Sadismus, Doppelmord, Nekrophilie, Homosexualität beim Ex-Korpskommandaten der Rijkswacht! Der Mörder mußte ein kaltblütiger Teufel sein, der über die Polizeitechnik und -taktik perfekt Bescheid wußte. Er hatte seinen Plan ausgezeichnet vorbereitet, getimed und durchgeführt. Ein wahnsinniger Teufel, der den Generaal und seine Umgebung kannte. Haß war das einzige plausible Motiv. Er mußte versuchen, schnell ein glaubwürdiges Profil des Mörders aufzustellen. Vor dem Briefing. Er stand auf und ging ins Vestibül, rief den Distrikt an und bat um Verbindung mit dem Labor. Der Erste Oberwachtmeister Borry war anwesend, wie immer während der Lunchpause. Dann konnte er ungestört lesen.

„Schon was Neues über die Blutgruppe auf der Briefmarke, Marc?"

„Ja, Majoor", antwortete Borry, „Non-Sekretor."

„Hm . . . War Schauwbroecke nicht Sekretor?"

„Genau, Majoor. Der erste Fehler, den der Täter gemacht hat. Plus noch einen zweiten . . ."

„Du hast also eine Schlußfolgerung?"

„Ich denke schon, Majoor. Ich habe alles schematisch zu Papier gebracht. Haben Sie etwas zum Schreiben?"

Velge öffnete sein Notizbuch und sagte zu Borry, er könne anfangen.

„Ich habe einfachheitshalber mit elf Punkten gearbeitet", begann Borry in seinem üblichen ruhigen Ton.

„Erstens. Am Dienstag, dem 11. Juli, nachmittags begibt sich der Täter zum Haus Schauwbroecke.

Zweitens. Er bringt es irgendwie fertig, daß S. den Brief schreibt. S. muß auch die Adresse der Leblanc auf den Umschlag schreiben.

Drittens. Der Täter gibt S. einen anderen Umschlag, zwingt ihn, den Brief hineinzustecken und den Umschlag zuzukleben. Die drei perfekten Fingerabdrücke sind ein Traum. Rechter Zeige-, Mittel- und Ringfinger. Kommt nicht oft vor. Der Umschlag, ein Selbstkleber, wurde nur einmal zugeklebt. Mikroskopisch festgestellt. Guido hat den Umschlag zum Glück oben aufgeschnitten.

Viertens. Der Täter zwingt S., sich auszuziehen und sich aufs Bett zu legen.

Fünftens. S. läßt – Verzeihung – alles laufen.

Sechstens. Der Täter hält das Brot an den Kopf von S. und erschießt ihn.

Siebentens. Der Täter bringt auf irgendeine Weise Sperma in den Mastdarm von S.".

„Warum auf irgendeine Weise?" unterbrach ihn Velge.

„Ich drücke mich vorsichtig aus, Majoor", erwiderte Borry, „weil es noch immer nicht in meinen Kopf will, daß jemand in der Lage ist, es auf die naheliegendste Art und Weise zu tun . . ."

„Nicht sentimental werden, das lenkt ab, aber die Haltung ehrt dich. Sprich weiter."

„Achtens. Er sticht Löcher in den Rücken von S.

Neuntens. Er zieht Handschuhe an und klebt einen rechteckigen Aufkleber auf den Umschlag mit Fingerabdrücken von S. und begeht dadurch seinen ersten kapitalen Fehler. Zweiter Fehler: Er klebt mit Speichel eine Briefmarke auf. Warum, weiß ich nicht. Er hatte jede Möglichkeit, das von S. tun zu lassen, aber inzwischen war es natürlich zu spät. Vielleicht hatte S. keine im Haus, denn wir haben bei der Haussuchung keine einzige Briefmarke gefunden.

Zehntens. Der zweite Fehler bringt unwiderruflich den dritten mit sich. Er schreibt seine eigene Adresse auf den Aufkleber und schickt den Brief am 12. Juli irgendwo in Gent ab. Der Brief wird um 16 Uhr im Sortierbüro von Sint Pieters abgestempelt. Der Brief trifft am 13. Juli bei ihm zu Hause ein. Mit einigen Fingerabdrücken *seines* Postboten, den wir nicht kennen. Er hat nun einen abgestempelten Umschlag, aber nicht die richtige Adresse. Er zieht vorsichtig den Aufkleber ab. Kopiert perfekt die Adresse, die S. auf den anderen Umschlag geschrieben hat, Sie wissen doch . . ."

Velge fühlte, wie ihm das Herz im Hals zu schlagen begann. Seine Kehle war trocken vor Spannung.

„Elftens. In der Nacht von Freitag zu Sonnabend begibt sich der Täter in die Eikeldreef in Latem und läßt den Brief vorsichtig in den Briefkasten der Leblanc gleiten, während unser Erster Wachtmeister ungefähg zwanzig Meter weiter seine wohlverdiente Nachtruhe genießt. Das ist die einzig plausible Erklärung für das totale Fehlen von Abdrücken anderer Personen, außer denen von Schauwbroecke und dem unbekannten Postboten. Das erklärt auch die unnormal lange Zeit von zwei Tagen, die der Brief brauchte, um von Gent nach Latem zu kommen. Die einzig offene Frage ist meines Erachtens jetzt: *Warum* in Gottes Namen hat der Täter sich die ganze Mühe gemacht? Warum hat er nicht *Schauwbroecke* die Adresse schreiben lassen? Dieser blöde Aufkleber hat ihn eigentlich verraten. Wenn wir das erfahren, kommen wir vielleicht hinter das Motiv der beiden Morde. Das beste wäre natürlich, wenn wir diesen Albert finden. Er ist sozusagen der einzige, der uns weiterhelfen kann . . ."

„Du bist heute so ironisch", sagte Velge.

„Immer, wenn ich einen Fall ernst nehme, Majoor."

„Deine Erklärung ist plausibel und außerdem bestechend, Marc. Gratuliere!"

„Ich habe mein Bestes getan, Majoor."

„Nun tu nicht wie ein dummer Student, der das immer als Entschuldigung benutzt, wenn er durchgefallen ist. Ich finde, es war ein solides Stück Kopfarbeit. Hast du den Originalumschlag und den Brief im Labor?"

„Nein, Guido hat sie."

„Sorge dafür, daß der Umschlag und der Brief auf meinen Schreibtisch kommen. Ich brauche sie für das Briefing in der Operativen Direktion."

„Mach ich, Majoor."

„Noch etwas?"

„Ich glaube nicht, Majoor."

Velge legte den Hörer auf und ging langsam zurück in die Küche. Er setzte sich wieder an den Tisch und starrte in den Regen, der die Fensterscheiben herabströmte.

Nach einigen Minuten stand er auf, lief schnell ins Vestibül, rief den Kristenstab des Distrikts an und erteilte den Auftrag, die Nachbarschaft von Schauwbroecke gründlich zu befragen. Ob jemand am Mittwochnachmittag, am 11. Juli, eine Person beobachtet hatte, die bei Schauwbroecke klingelte, hineinging oder vielleicht herauskam. Plus die Personenbeschreibung.

Dann kehrte er wieder in die Küche zurück, holte aus seinem Aktenkoffer einen Notizblock hervor und schrieb in Druckschrift oben auf das Blatt:

VORLÄUFIGE ALLGEMEINE BEURTEILUNG
VORLÄUFIGES TÄTERPROFIL.

Er dachte kurz nach und schrieb links oben in Klammern: HAUSHÄLTERIN. In Gedanken versunken, holte er das Satinhöschen aus der Tasche und faltete es auseinander, strich es glatt und streichelte damit seine Wange.

Geheime Adresse
Operative Hauptdirektion. 18.06 Uhr

Velge saß in demselben Ledersessel, in dem zwei Tage zuvor Barca mit der Kaffeetasse seine aristokratischen Gebärden vorgeführt hatte. Kolonel Paquet, in hellgrauem dreiteiligem Anzug, hatte ein Glas Tonic vor sich, Velge ein Bier. Er trug einen beigefarbenen, sportlichen Leinenanzug. Der Kolonel las aufmerksam den vorläufigen Ermittlungsbericht und blickte ab und zu nachdenklich vor sich hin. Velge ließ seine Gedanken schweifen.

„Du hast die Bezeichnung *wahnsinniger Teufel* gebraucht“, sagte der Kolonel, „war das, weil du vor dem Ausdruck *Psychopath* ein bißchen zurückschreckst?“

„Ich halte Psychopath für ein gefährliches Wort, Kolonel, es ist auf zu vielen Gebieten anwendbar. Ich halte mich, wenn Sie erlauben, mehr an den amerikanischen Terminus *sociopath* . . .“

„In unserem Fach muß man sich natürlich bemühen, *superintelligent* zu sein, sonst läuft man Gefahr, für einen Imbezilen gehalten zu werden“, sagte der Kolonel, ohne von seiner Lektüre aufzublicken.

Velge erschrak, aber reagierte nicht.

„Es gibt eine Reihe von Dingen, die mir weiterhin zu schaffen machen“, fuhr der Kolonel fort, als hätte er den vorherigen Satz nicht gesagt, „und zwar folgende: *Das Motiv*, warum der Täter ein Schamhaar von Sabra im Bett der Leblanc deponiert hat. Die Art und Weise, wie er zu diesem Schamhaar gekommen ist. Daß er daran gedacht hat, einen besonders deutlichen Daumenabdruck von Sabra auf den Revolver zu bringen. Daß er durch Post-mortem-Behandlung dafür sorgte, daß der Rückstands-Test positiv ausfiel. Das Ablenkungsmanöver mit dem Hundeurin. Die originelle Methode, das Geräusch des Schusses zu dämpfen. Die glänzende Idee mit dem

Brief, auf die wir zum Glück nicht hereingefallen sind, weil er es ein kleines bißchen *zu* kompliziert gemacht hat. Von dem perfekten Nahschuß ganz zu schweigen ... Und die perfide Idee, Sperma von einem Non-Sekretor zu benutzen. Sie denken also, daß das Motiv Haß ist? Gut, *ich* weiß es *nicht*. Ich möchte mich vorläufig auf die *greifbaren* Dinge beschränken ..."

„Gut möglich, daß der Täter auf irgendeine Weise erfahren hatte, daß Sabra Non-Sekretor war", sagte Velge dankbar.

„Und er versteht einiges von Kriminalistik, Kriminologie und Polizeitaktik ..."

„Und er *kennt* Sabra", sagte Velge, „und er haßte ihn so sehr, daß er ihn nicht nur physisch vernichten wollte, sondern *vollkommen*."

Der Kolonel sah ihn vorwurfsvoll an, doch er ging nicht darauf ein. „Was schlägst du vor?"

„Ich würde ab sofort die ganze Umgebung von Sabra elektronisch einschalten wollen", antwortete Velge ohne Zögern mit dem euphemistischen Ausdruck, der in der Rijkswacht seit einigen Jahren für „abhören" gebraucht wurde, hauptsächlich mit Hilfe des Harmonica bug.

Der Kolonel sah verträumt vor sich hin.

„Die Feststellungen in der privaten Schießbahn zusammen mit dem Munitionsvorrat in dem Safe finde ich äußerst wichtig", fuhr er fort, „sie bestätigen nochmals die Expertise der Mordwaffe. Morgen wissen wir darüber auch mehr, nach dem Vergleich der Kugeln, die du aus dem Sand geholt hast. Aber ich möchte gern noch etwas anderes herausfinden, das unsere Ausgangsbasis noch solider macht." Er sah Velge lächelnd an.

Velge seufzte unhörbar. Es war deutlich, daß der Kolonel sich aus irgendeinem Grund an ihm rächen wollte.

„Von wem stammt die geniale Theorie über den Brief?" fragte der Kolonel plötzlich.

Velge war auf der Hut. „Vom Ersten Oberwachtmeister Borry", antwortete er zurückhaltend.

„Unser Praktikant in den Staaten?"

„Affirmativ, Kolonel."

„Falls sich später herausstellen sollte, daß, was er da so

prächtig aufgebaut hat, richtig ist, möchte ich ihn persönlich sehen."

„Sein Hobby ist Schach per Briefwechsel, Kolonel. Daher."

„Die Kopie des Urteils des Strafgerichts Hasselt ist mittlerweile eingetroffen. Sabra war in jener Zeit Zweiter Commandant des Distrikts Hasselt. Aus einem unbekannten Grund vernahm er den Herrn Fryns persönlich. Die Waffe war danach spurlos verschwunden."

Velge zog die Oberlippe hoch und saugte Luft ein.

„Schön ist das natürlich nicht", sagte der Kolonel bedächtig, „aber die Wahrheit ist niemals schön oder häßlich. Die Wahrheit ist einfach die Wahrheit."

„Ich habe gehört, daß das BKA in seinem Labor in Wiesbaden ein neues elektronisches Gerät hat", sagte Velge, „mit dem man Handschriften vergleichen kann. Eine unfehlbare Methode, die den Prozentsatz an Irrtümern der Handschriftenexperten auf Null bringt. Darf ich die Handschrift dieses Briefes mit der auf dem Umschlag vergleichen lassen?" Er überreichte dem Kolonel eine Mappe.

„Okay", nickte der Kolonel, „dafür wird gesorgt. Ich werde mich auch informieren, ob es der Mühe wert ist, so eine Maschine anzuschaffen."

„Das ist immer der Mühe wert, Kolonel", sagte Velge unbesonnen.

„Manchmal ziehe ich es vor, bestimmte Dinge fern von zu Hause machen zu lassen, das ist sicherer und billiger", antwortete der Kolonel, ohne zu lächeln, „hast du schon herausgefunden, wo Adjudant Boel die Nachricht über die Haushälterin her hat?"

„Ich bin gerade bei der seligen Irma De Schutter zu Hause gewesen. Ihr ältester Sohn war da, um einige Dinge zu regeln. Er konnte mir zwei Sachen erzählen. Gestern nachmittag gegen halb zwei rief ihn *jemand von der Gerichtlichen Polizei* an; der Anrufer fragte, ob er seine Mutter sprechen könne. Als der Sohn ihm mitteilte, daß seine Mutter an jenem Morgen verstorben war, fragte der Mann am Telefon nach Einzelheiten. Das ist typisch für Adjudant Boel. Der Sohn sagte ihm die Wahrheit. Daß seine Mutter sich jeden Morgen eine Insulinspritze gab gegen Diabetes. Sie ist übrigens mit der Spritze neben sich tot aufgefunden worden, von einer Nachbarin, die regelmäßig zu einem Schwatz kam. Der Arzt stellte Herzversagen fest. Ich habe die benutzte Ampulle und die Spritze angefordert. Hier sind sie. Sie spritzte sich jeden Tag 1,5 Kubikzentimeter. In so einer Ampulle sind etwa 10 Kubikzentimeter. Möchten Sie den Inhalt untersuchen lassen, Kolonel?"

Kolonel Paquet nahm den Umschlag, holte das Fläschchen mit dem Gummistöpsel heraus und sagte: „Das ist keine Ampulle, Willy, sondern eine Flapulle."

„Hm, das Wort habe ich noch nie gehört."

„Moderne Fachsprache. Manche sagen Phiole oder Phiale vom englischen vial. Ich werde das Produkt analysieren lassen. Du wirst Nachricht erhalten."

„Werden wir keine Autopsie anordnen, Kolonel?"

„Das wird von der Analyse abhängen. Ab sofort erhältst du von mir die Erlaubnis, jede Person elektronisch einzuschalten, die nach deiner Meinung dafür in Betracht kommt. Wen schlägst du vor?"

„Das Haus seiner Tochter in Heverlee. Sie ist mit einem superteuren Zahnarzt verheiratet. Das Haus von Junior in Astene. Das Haus von Notar 'T Kint. Ich möchte die Häuser auch diskret *visuell* bewachen lassen. Plus die Villa der Leblanc und das Haus von Schauwbroecke. Und die Villa von Sabra. Das sind alles Orte, wo sowohl der Täter als auch Sabra schon waren. Vorläufig sind wir gezwungen, uns darauf zu beschränken. Ich hoffe, daß die Mühe sich lohnt. Adjudant Boel setzt natürlich seine Ermittlung fort, als wäre nichts los. Ich hoffe nur eins: daß er nirgends auftaucht, wo ich zu tun habe. Der Name Albert hat ihm natürlich ein Licht aufgehen lassen. Sein Anruf bei der Haushälterin ist meiner Meinung nach eine Warnung, daß wir aufpassen müssen."

Eine absurde Situation, dachte er, zwei Kriminalisten, die denselben Täter suchen und dabei voneinander nichts wissen dürfen.

„Einverstanden mit der elektronischen Einschaltung. Negativ für die visuelle Bewachung. Eine diskrete visuelle Bewachung gibt es nicht. Sie durch Ihre Männer ausführen zu lassen ist ausgeschlossen, und Leute aus einem anderen Distrikt einzusetzen würde in kürzester Zeit zu einer Katastrophe führen. Ich habe eine Kompromißlösung gefunden, die meiner Meinung nach befriedigend ist. Vergangene Woche haben wir ein neues System in Betrieb genommen, das über die üblichen Bildschirme der Kabelfernseher arbeitet ..."

Velge bekam einen Schock. Der Kolonel sah es.

„Es heißt ‚Tele Video Scoop-out'", fuhr er fort, „und es hat unglaubliche Vorteile. Es ist nicht mehr davon abhängig, ob das Gerät eingeschaltet ist oder nicht; es ist mit Counter-Measure-Geräten nicht aufzuspüren, und bei uns auf dem Videotisch steht ein elektronischer Vocabulary selector*. Wenn niemand zu Hause ist, ruht das System, und wenn über belangloses Zeug geschwatzt wird, auch. Obwohl wir es dann, wenn wir wollen, einschalten können. Aber es schaltet sich *elektronisch* ein, wenn in Gesprächen bestimmte Wörter gesagt werden, die sorgfältig in den Minicomputer einprogrammiert wurden, der nicht größer ist als, sagen wir, eine Briefmarke."

Velge schwitzte vor Spannung. Er nahm einen Schluck Bier, um seine Verwirrung zu verbergen.

„Man hat also nicht nur den Ton, sondern auch das Farbbild auf japanischen Mirakelvideokassetten mit einer Spieldauer von einhundert Stunden. In jedem Haus gibt es heute mindestens zwei Fernsehgeräte. Zumeist im Wohn- und im Schlafzimmer. Sehr günstig, muß ich zugeben ..."

„Aber besteht nicht die Gefahr, daß die Kabelfernsehgesellschaften dahinterkommen?" fragte Velge, dankbar, daß ihm eine halbwegs intelligente Frage eingefallen war.

„Ihre Computersysteme wurden zum Glück vor zwei Jahren in Argus integriert, wie übrigens alle anderen Systeme des Landes auch. Wir schließen unsere Anschaffung ans Netz, geben die Codenummer der gewünschten Person ein, und zehn Minuten später sitzen wir gemütlich in deren Wohnzimmer."

* (engl.) Wortauswähler.

Im Schlafzimmer, dachte Velge sofort, aber er sagte es nicht.

„Das Haus von Sabra hat kein Kabelfernsehen", sagte Velge, „aber ich würde es gern einschalten."

„Negativ, Willy. Alles oder nichts. Keine Halbheiten."

„Okay, Kolonel. Am Freitag wird Sabra beerdigt. Ich würde gern Aufnahmen von der Feierlichkeit haben."

„Geht klar." Kolonel Paquet notierte die Bitte.

„Apropos, hast du daran gedacht, nach dem Schlüssel der Haushälterin zu fragen, mit dem sie jeden Morgen die Vordertür der Villa öffnete?"

„Hier ist er, Kolonel", sagte Velge triumphierend und holte ihn aus einem Briefumschlag. Der Kolonel lächelte ihm zu wie ein zufriedener Vater seinem vielversprechenden Sohn.

„Behalte ihn nur, und gib ihn auf keinen Fall aus der Hand", sagte er ironisch.

„No worry*, Kolonel. Noch eine letzte Bitte."

„Ich höre."

„Ich würde gern den Nachlaß von Sabra kennenlernen."

Der Kolonel überlegte. „So weit können wir nicht gehen. Leider, muß ich sagen", begann er leise, „aber wenn das ‚Tele Video Scoop-out' in die Häuser des Juniors, der Tochter und unseres Notars eingeführt ist, wird es meiner Meinung nach nicht allzu lange dauern, bis wir nützliche Informationen zugespielt bekommen. Gleich nach dem Ableben eines Menschen reden die Erben zwischen den Tränen manchmal auch über anderes. Das wird hier auch der Fall sein, nehme ich an, denn es geht um etwas mehr als um ein paar Tische und Stühle. Wie du vielleicht schon weißt, war Sabra nicht unvermögend."

Velge merkte, wie die letzte Spur rein akademischen Interesses für den Fall verschwand. Er war wieder voller Enthusiasmus.

Der Kolonel stand auf und gab ihm die Hand.

„Wie abgesprochen: keine Angst, mich, wenn nötig, nachts telefonisch aus dem Bett zu holen. Ich bin automatisch auf der Militärleitung."

Velge nahm flüchtig Haltung an.

* (engl.) Keine Sorge.

„Viel Erfolg, Willy."

„Danke, Kolonel."

Velge machte kehrt, doch in dem Moment, als er die Klinke in der Hand hatte, überlegte er und fragte: „Wurde der Umstand berücksichtigt, daß die Objekte französisch sprechen, Kolonel?"

„Unser Vocabulary selector wurde in sechs Sprachen programmiert, darunter Französisch", antwortete der Kolonel freundlich, „aber es freut mich, daß du daran denkst. Apropos, der Codename für die elektronische Einschaltung ist ‚Capriccio'!"

Velge nickte und öffnete die Tür.

„Willy . . ."

„Ja, Kolonel." Velge drehte sich um.

„Keine Lust, an den Kursen für das Stabsbrevet teilzunehmen?"

„Ich bin doch schon Majoor, Kolonel!"

„Auch nicht fürs Prestige? Dein Blick auf die Dinge wird dadurch erweitert, würde ich sagen."

„Ich werde darüber nachdenken, Kolonel."

„Tu das, Willy."

Velge verließ betreten den Raum und kam in die düstere Halle des Landhauses aus dem neunzehnten Jahrhundert.

Mittwoch, 18. Juli 1990

Distriktskommando Rijkswacht Gent. 15.51 Uhr

Velge saß an seinem Schreibtisch und wartete auf die abgesprochene Stunde, in der er mit Kolonel Paquet Verbindung aufnehmen sollte. Er sah hinaus. Das Gewitter des vergangenen Tages hatte die Hitzewelle nur kurz unterbrochen. Der Wetterbericht sagte wieder Temperaturen zwischen 35 und 38 Grad voraus.

Neben Velge lag die Mappe mit den vergrößerten Minox-B-Aufnahmen von der Bestattung Hélène Leblancs. Wenig Menschen. Der Diplomat aus Pakistan mit Frau und Kind. Die Tochter, die per Flugzeug aus New York gekommen war. Das Ehepaar 'T Kint. Die alte Tante aus Kortrijk. Ein paar Unbekannte. Anhand der Autonummern wurden sie als Künstler aus Brüssel und ein Galerist aus Paris identifiziert. Außerdem war eine Schwester ihres verstorbenen Mannes mit einem senilen Ehemann gekommen. Die Putzfrau. Einige Nachbarn.

Er hatte eine Verlängerung der Observation beantragt, doch die Anzahl der Telefonate war merklich zurückgegangen. Im Briefkasten nur ein letzter Brief aus Pakistan. Die Befragung der Masseuse hatte nichts ergeben. Er hatte auch den abschließenden Bericht über die Fingerabdrücke in den Häusern der Leblanc und Schauwbroeckes erhalten. Bei Schauwbroecke gab es ausschließlich Abdrücke des Opfers. Bei der Leblanc nur Abdrücke des Opfers und der Putzfrau. Auf den Champagnergläsern Abdrücke der Bridgespieler. Alles stimmte. Der Täter hatte aufgepaßt. Velge erwog, im Schlafzimmer der Villa Rittersporn selbst Abdrücke zu nehmen, doch er verwarf den Gedanken.

Er blätterte in dem Protokoll von Boel, der die belgischen Abonnenten von „Outdoor Life " durch einen Anruf in New York ermittelt hatte. Nur sechzehn Privatpersonen. Eine aus Gent. Ein emeritierter Biologieprofessor, der auf Teneriffa lebte und ab und zu nach Belgien kam.

Die Befragung der Nachbarn in Merelbeke hatte etwas Positives ergeben. Eine Frau, die Schauwbroecke gegenüber wohnte und gerne die Passanten beobachtete, erinnerte sich, am Mittwoch, dem 11. Juli , gegen fünf Uhr nachmittags einen schlanken Mann unbestimmten Alters mit Glatze, Schnurrbart und Brille gesehen zu haben, der bei Schauwbroecke klingelte und hineingelassen wurde. Er hatte eine Papiertüte bei sich gehabt. Sie war sich des Datums sicher, weil sie am Mittwochabend immer Besuch von ihrer Mutter bekam, und die war gerade bei ihr gewesen. Sie wußte auch, daß Schauwbroecke so gut wie niemals Besuch bekam. Darum war es ihr aufgefallen. Wegen der Uhrzeit war sie sich auch sicher. Im Fernsehen war gerade die Guldensporen-Feier gelaufen. Boel hatte die Fernsehprogramme überprüft, und es stimmte. Er hatte einen Mann hingeschickt mit Material, um ein Phantomfoto anzufertigen, und er hatte Argus befragt mit Hilfe neuer Parameter, aber dies hatte nichts Positives ergeben. Die Frau konnte sich nicht an genügend Details erinnern, um ein Phantomfoto zusammenzustellen, und der Parameter Schnurrbart-plus-Brille-*plus-homosexuell* hatte natürlich keinen Sinn, aber das hatte Velge nicht gesagt.

Kurz vor Mittag war er zur Villa Rittersporn gefahren. Das Haar an der Tür der Schießbahn war noch ganz. Er bedauerte es, daß die Villa nicht visuell bewacht werden konnte. Er hatte gezögert, ob er hineingehen sollte, doch er war weggefahren. Sein Instinkt sagte ihm dennoch, daß die Lösung irgendwo im Hause verborgen lag. Er spielte noch immer mit dem Gedanken, ein stilles Alarmsystem zu installieren, das jeden Besuch registrieren würde. Doch das System mit dem Distrikt zu verbinden war unmöglich, weil Boel es dann früher oder später entdecken würde.

Er hatte von der Gelegenheit Gebrauch gemacht, kurz in der Bar „Gaylord“ vorbeizuschauen. Am Abend würde wieder ein Filmchen bereitliegen. Er hatte sich für halb elf verabredet.

Er blickte auf die Uhr, nahm den Hörer ab, ließ sich

mit der Militärleitung verbinden und wählte die Nummer in Brüssel. Nach der Voice identification kam Paco ans Telefon.

„Die elektronische Handschriftenmaschine unserer deutschen Kollegen hat festgestellt, daß der Mann, der den Brief schrieb, die Adresse auf dem Briefumschlag *nicht* geschrieben hat."

„Das bestätigt die Schlußfolgerung von Oberwachtmeister Borry."

„Affirmativ. Aber es macht die Expertise deines Handschriftenspezialisten wertlos. Was den Vergleich der Kugeln aus der Schießbahn von Sabra angeht, sie kommen *nicht* aus dem Lauf der Mordwaffe. Sie wurden zwar mit der Mordwaffe *abgefeuert*, aber durch einen anderen Lauf, den der Täter rechtzeitig abnahm. Die Waffe des Mörders ist illegal, das wurde im Douglas nachgecheckt aufgrund der Angaben über die Colts aus der Zeit vor dem Waffengesetz von 1985. Oder sie wurde im Ausland gekauft. Der Inhalt der Flapulle ist Insulin. Es wurden auch Spuren von Insulin in der Spritze gefunden. Die Autopsie ist also überflüssig."

„Ein natürlicher Tod, der uns zufällig sehr gelegen kommt", sagte Velge trocken.

„Das Schicksal besteht hauptsächlich aus Zufällen, Paquito, vergiß das nicht. Hast du schon ein neues Element gefunden, das unsere Ausgangsbasis verstärkt?"

„Negativ, Paco", erwiderte Velge, „doch, mit Ihrer Erlaubnis, Sie haben mir eben erst drei gegeben."

„Vier sind besser als drei."

„Okay, Paco."

„Apropos, Capriccio hat schon Dienste geleistet. Sabras Sohn, dem wir den Codenamen Sabrito geben werden, wurde gestern wegen Krankheit beurlaubt. Er ist bei einem Genter Nervenarzt in Behandlung. Einem gewissen Doktor Lamoral. Eine seltsame Situation. In seinem Haus herrscht absolute Stille. Und sie haben keinen Fernseher im Schlafzimmer. Die Information über den Nervenarzt haben wir erhalten, weil Capriccio sich einschaltete, als Sabritos Frau, die wir Sabrita nennen werden, bei dem Nervenarzt anrief."

„Ist das nicht normal, Paco? Für einen Sohn bedeutet

es einen harten Schlag, wenn er so etwas über seinen Vater erfährt. Und für seine Offizierskarriere ist es auch nicht ideal, fürchte ich."

„Er hat noch eine zweite und letzte Chance, das Majoorsexamen abzulegen."

Velge erschrak, aber er enthielt sich eines Kommentars. Boudewijn war also bei der ersten Prüfung durchgefallen.

„Keine Information aus Heverlee oder vom Notar?" fragte er.

„Negativ. Außer der angenehmen Feststellung, daß die Tochter von Sabra, die wir Sybilla nennen werden, eine außergewöhnlich schöne Frau ist. Und daß sie den Schlag wesentlich besser zu verkraften scheint als ihr Bruder. Nun ja, ich möchte keine überstürzten Schlußfolgerungen ziehen."

„Erinnern Sie sich noch, daß Sabrito über seine Frau sagte, sie hätte empfindliche Nerven?"

„Ja, das scheint in der Familie zu liegen. Noch etwas?"

„Negativ."

„Morgen Telefonat um dieselbe Zeit. Viel Erfolg, Paquito."

Ehe Velge antworten konnte, klickte es im Hörer. Er legte auf und sah auf seine Uhr. Um halb fünf mußte er in Uniform beim Distriktskommandanten sein zum wöchentlichen Rapport der Unteroffiziere. Adjudant Meeus von der territorialen Brigade de Pinte würde sich wegen der Nachlässigkeit während der Untersuchung im Fall Leblanc zu verantworten haben.

Velge zog sein Sporthemd aus, betrachtete mit Genugtuung seine muskulösen Arme und nahm das hellblaue Uniformhemd aus dem Schrank, das dort zusammengefaltet lag. Auf einem Kleiderständer hing eine nagelneue Majoorsuniform. Velge pfiff leise, während er vorsichtig das Hemd aufknöpfte.

Bar „Gaylord“, Deurle-aan-de-Leie. 23.10 Uhr

Velge, in dunkelblauem Slip, hing träge in dem Plüschsessel und trank Whisky on the rocks. Die blonde Frau, in tief ausgeschnittenem, schwarz-golden durchwirktem Kleid, lag neben ihm und streichelte seine Hand. Sie fand, daß er ein hübscher Kerl war, und trotz der Erpressung war sie ein bißchen verliebt in seinen Körper. Eine halbe Stunde zuvor hatte sie ihm einen geblasen. Kurz danach hatte er sie heftig von hinten gevögelt. Sie hatte beinahe einen Orgasmus gehabt.

„Wieviel hast du diesmal?“ fragte er.

Die Frau zündete sich erst eine Zigarette an und nahm dann das Stück Papier aus dem Umschlag, der auf dem Tisch lag. Sie trank versonnen aus Velges Glas.

„Nur vier, der Rest sind Stammgäste; es ist Urlaubszeit, und sie sind mit ihren eigenen Weibern weg.“

„Lieber vier gute als zehn halbgewalkte“, sagte Velge mild.

„Der dritte ist einer so um die achtzig. Voriges Jahr brachte er's noch, aber er hat eine Operation an der Prostata gehabt, und jetzt kann er nicht mehr schießen. Aber er hat noch Freude daran, und einen Steifen kriegt er auch noch. Je suis à sec*, sagt er immer.“

Velge richtete sich im Sessel auf, packte sie am Handgelenk und sagte schnell: „Bist du dessen absolut sicher, was du da sagst?“

„He, du tust mir weh! Natürlich bin ich sicher. Warum sollte ich spinnen?“

„Operation an der Prostata. Er kriegt noch einen Steifen, auch einen Orgasmus, aber er ergießt keinen Samen? Ist das richtig so?“

„Vollkommen trocken. Sein Doktor hat gesagt, daß

* (franz.) Ich sitze auf dem trockenen.

das normal ist. Du bist so nervös. Hast du etwa Angst, daß du auch mal nur noch trocken kommen wirst?“

„Vorläufig noch nicht“, antwortete Velge lachend. Er stand auf und begann sich eilig anzuziehen.

„Du kommst hier immer vorbei wie ein D-Zug“, stellte die Frau sichtbar enttäuscht fest.

Er gab ihr einen flüchtigen Kuß. Sie faßte ihn um die Schultern, biß ihn kurz ins Kinn und drückte ihren weichen Bauch an seinen Penis. Er versetzte ihr einen heftigen Klaps auf den Hintern und drehte sich um. Sie war stark parfümiert. Er mußte zuerst zum Distrikt, um sich dort umzuziehen und zu duschen. Seine Frau war schon dabei nachzugeben, und der Gedanke, daß er sie gegen Morgen in ihrem Halbschlaf packen würde, jagte schon jetzt warme Wellen in seine Hoden.

„Mach's gut, Schnute.“

„Mach's gut, John, nächstes Mal mußt du's mit mir mal von vorne machen.“

„Geht klar. Hast du noch Filmchen?“

„Noch vier.“

Er ging zu seinem Wagen, stieg ein und fuhr schnell mit abgeblendetem Licht rückwärts. Er schlug die Richtung Gent ein, nahm am Sterre die enge Kurve zum Oudenaardsesteenweg und hielt zwei Minuten später auf dem Parkplatz des Rijkswacht-Komplexes. Im Fahrstuhl machte er sechs Lockerungsübungen für die Nackenwirbel und massierte seine Halsschlagader, um mehr Blut ins Gehirn strömen zu lassen.

Er öffnete die Tür seines Büros, ging zum Kühlschrank und nahm ein Bier heraus. Dann setzte er sich auf die Ecke seines Schreibtischs und wählte ein Amt, danach die Privatnummer von Kolonel Paquet, der nach vier Rufzeichen abnahm.

„This is Paquito, habe das gesuchte Element gefunden“, begann Velge.

„Ich höre.“

„Sabra kann unmöglich der Verursacher des Spermas im Bett der Leblanc sein“, sagte Velge so schnell, daß er über seine Worte stolperte, „aus dem einfachen Grund, weil er wegen einer Prostataoperation nicht mehr ejakulieren konnte.“

„Wie bist du so plötzlich darauf gekommen?“ fragte der Kolonel kühl, „erstens haben wir schon festgestellt, daß *der Täter* das Sperma ergossen hat, und der ist laut Analyse Non-Sekretor. Und woher weißt du, daß jemand, der an der Prostata operiert wurde, impotent ist?“

„Er ist wohl zum Orgasmus fähig, Paco“, sagte Velge geduldig, „doch er *ejakuliert* nicht.“

„Ich sehe den Unterschied nicht“, erwiderte der Kolonel.

Velge war enttäuscht. Zugleich bekam er dasselbe unangehme Gefühl wie während seines letzten Telefongesprächs mit Generaal Welckenraedt.

„Vor einer Stunde unterhielt ich mich mit einem Urologen, und zufällig kamen wir auf dieses Thema“, log Velge Hals über Kopf, „und diese Tatsache schließt von jetzt an Sabra vollkommen aus. Bisher bestand noch immer die Möglichkeit, daß er – bevor die Leblanc von jemand anders in ihrem Bett ermordet wurde – Beziehungen zur Leblanc hatte.“

„Soso, und ich dachte, euer Spezialist hatte festgestellt, daß es *keine vitale Reaktion* auf das Sperma gab? Nun ja, so weit, so gut. Es besteht noch immer die Möglichkeit, daß sie nach den *vitalen* Beziehungen-ohne-Sperma zu Sabra vom Mörder post mortem genommen wurde und daß dieser Mörder zufällig Non-Sekretor war. Daher das *Fehlen* der vitalen Reaktion. Wie du siehst, ist es ein außergewöhnlich verwickeltes medizinisches Problem. Aber da du dafür eine Lösung gefunden hast, würde ich gern morgen ein fachmännisches Gutachten dieses Urologen auf meinem Tisch haben, denn ich erinnere mich aus dem Autopsiebericht in der Tat, daß die bewußte Operation stattgefunden hat.“

„Okay, Paco“, antwortete Velge mit zitternden Halsmuskeln.

„Du bist auch von dem Auftrag entbunden, ein zusätzliches Element zu finden. Ich glaube, unsere Ausgangsbasis für die Suche nach dem Mörder ist nun solide genug“, entgegnete der Kolonel gedehnt und in merklich ironischem Ton.

Während das Klicken noch wie ein Schlag in seinen Ohren hallte, warf Velge wütend den Hörer auf, nahm einen langen Zug Bier und ging zum Fenster. Über der Stadt hing eine rötliche Glut. Die Straßenbeleuchtung war wie immer um halb zwölf wegen Energieeinsparung automatisch ausgeschaltet worden. Im Akademie-Krankenhaus brannte hier und da Licht. Der Rijkswacht-Komplex badete in den gelben Strahlen gewaltiger Halogenscheinwerfer, die auf die Fassade gerichtet waren.

Velge erreichte mit drei schnellen Schritten seinen Schreibtisch, öffnete eine Schublade und holte das Branchenfernsprechbuch von Gent heraus. Er fing an, unter der Rubrik „Mediziner" zu suchen. Mit dem Kugelschreiber ging er die Namen durch, bis er „Berckmans, P., Urologe" fand. Er überlegte kurz, schlug das Buch zu und nahm das normale Telefonbuch. Unter „Universität" fand er bei der Medizinischen Fakultät die Urologische Klinik des Akademie-Krankenhauses, Leiter Prof. Dr. M. Janseune. Er wählte die Nummer des Akademie-Krankenhauses und wartete. Schließlich wurde abgenommen.

„. . . kenhaus", sagte die Telefonistin.

„Die Urologische Klinik, bitte", sagte Velge kurz.

Er wurde verbunden. Es dauerte lange. Wieder wurde abgenommen.

„Mit wem spreche ich?" fragte eine Schwester.

„Mit der Rijkswacht", sagte Velge unfreundlich und fragte, ob sie ihm die Telefonnummer von Professor Janseune geben könne.

„Das dürfen wir nicht, Mijnheer", antwortete die Schwester, „der Professor möchte zu Hause nicht gestört werden."

„Mevrouw, wissen Sie, daß Sie gesetzlich verpflichtet sind, mir die Telefonnummer zu geben? Wenn es sein muß, schicke ich sofort einen Streifenwagen."

„Ich werde Sie mit dem diensthabenden Arzt verbinden, Mijnheer", sagte die Schwester merklich erschrokken.

Der Arzt war nachgiebig. Er kannte offenbar seine Pflichten. Er gab ihm die Nummer. Velge legte auf und wählte die Nummer von Professor Janseune. Seine Frau nahm ab.

„Ich werde meinen Mann rufen", sagte sie.

„Professor Janseune“, sagte eine Stimme nach einer Weile.

„Guten Abend, Professor“, begann Velge in sanftem Ton, „Sie sprechen mit Majoor Velge von der Rijkswacht Gent, entschuldigen Sie bitte, daß ich Sie so spät störe, aber ich habe ein dringendes urologisches Problem im Zusammenhang mit der Ermittlung in einem Mordfall. Haben Sie eine eine halbe Stunde für mich Zeit?“

„Ist es so dringend, Majoor?“ fragte der Professor hörbar belästigt, „ich wollte gerade schlafen gehen. Geht es nicht morgen früh? Um acht Uhr sind wir in unserer Klinik im Akademie-Krankenhaus zu sprechen.“

„Professor, wenn es nicht außergewöhnlich dringend wäre, würde es mir nicht einfallen, Sie so spät noch zu stören“, sagte Velge liebenswürdig.

„Fordern Sie mich auf kraft Artikel 53 des Gesetzes vom 18. November 1988?“

„So weit möchte ich wirklich nicht gehen. Nehmen wir also einfach an, daß dies unausgesprochen gemeint ist“, sagte Velge mit wachsendem Vergnügen. Akademisches Schwein, ich hab dich in meiner Gewalt, dachte er.

„Kennen Sie meine Adresse?“ fragte der Professor.

„Innerhalb von zehn Minuten bin ich bei Ihnen, Professor.“

Velge legte mit einem falschen Lächeln auf, trank in aller Ruhe die Bierdose leer und beförderte sie mit einem perfekten Wurf in den Papierkorb.

Er verließ das Büro. Der Fahrstuhl. Das Erdgeschoß. Er gab sein Fotolabel ab und lief zu seinem Wagen. Starten. Die schnellen, präzisen Bewegungen. Der Motor, der gut funktionierte. Es beruhigte seine Nerven. Langsam fuhr er zum Sint-Pieters-Bahnhof, wartete an der Ampel und bog links ab in die Albertlaan. Er fand das große Herrenhaus aus französischem Sandstein. Ein Kupferschild mit Namen und Titel. Professor plus eine Privatpraxis, wie üblich, dachte Velge.

Er klingelte. Nach einer Minute ging das Licht an. Die schwere Tür wurde geöffnet. Der Professor persönlich. Ein kleiner, korpulenter Mann um die Sechzig, in hellem Sommeranzug mit Krawatte. Goldrandbrille. Dünnes weißes Haar. Anstecknadel des Lions Club. Arrogant. Er nickte kurz und ließ Velge ein.

„Würden Sie sich bitte ausweisen?" sagte er.

Velge hatte es erwartet. Er zeigte seine Plastikdienstkarte. Der Professor blickte kurz darauf und drehte sich um. Velge folgte ihm durch das hohe Vestibül aus weißem Marmor. Eine Flügeltür mit geschliffenen Glasscheiben, Teppiche, antike Stücke, eine Tür mit vergoldeten Lilienmotiven. Das geräumige Sprechzimmer. Afrikanische Kunst. Bronze. Kristall. Ohne Aufforderung setzte sich Velge in einen Ledersessel vor dem Diplomatenschreibtisch. Der Professor nahm in einem modernen Drehstuhl mit Kopfstütze Platz.

„Sie haben also ein urologisches Problem, Majoor", stellte der Professor fest.

„In einfachen Worten folgendes", antwortete Velge munter, „kann ein Mann, der an der Prostata operiert wurde, noch normal ejakulieren?"

Der Professor sah ihn an, strich sich äußerst vorsichtig durchs Haar, nahm die Brille ab und fing an, sie mit einem Taschentuch zu putzen.

„Wenn Prostatektomie stattgefunden hat, dann gibt es danach nur noch retrograde Ejakulation"[58], antwortete er langsam, „unter der Voraussetzung, daß der Eingriff gut durchgeführt wurde."

„Professor, ich bin ein Laie", erwiderte Velge mit gespielter Bescheidenheit.

„Mit anderen Worten: wenn die Prostata gut entfernt wurde, ergießt sich der Samen beim Orgasmus in die Blase", sagte Professor Janseune mit herabgezogenen Mundwinkeln.

Velge schloß erleichtert die Augen. Plötzlich fühlte er sich leer und müde.

„Könnten Sie bis morgen ein medizinisches Gutachten anfertigen, das bestätigt, was Sie mir soeben erzählt haben, Professor?"

„Wenn Sie morgen gegen zehn Uhr jemanden in die Urologische Klinik des AK schicken, liegt es bereit, Majoor", antwortete der Professor.

„Ich danke Ihnen, Professor, und entschuldigen Sie

58 Siehe Anhang.

nochmals", sagte Velge automatisch; elastisch erhob er sich und lächelte breit.

„Sie brauchen sich nicht zu entschuldigen, Majoor. Sie haben von einem Gesetz Gebrauch gemacht, das die demokratischen Prinzipien dieses Landes auf impertinente Weise mit Füßen tritt. Als einem Staatsbürger, der seine Pflichten kennt, fiel es mir keinen Augenblick ein, gegen dieses Gesetz zu verstoßen."

Velge behielt sein Lächeln. Er folgte Professor Janseune zur Tür, nickte steif und hörte die Tür hinter sich ins Schloß fallen. Ohne Eile stieg er in seinen Wagen und fuhr mit fünfzig Stundenkilometern zur Tramstraat, wo er den Fahrstuhl nahm zu seinem Büro. Er setzte sich an den Computerterminal und gab seine Codenummer ein, dann Janseune, Albertlaan 78D 9000, und wartete. Als die Information des Cyber 205 auf dem Bildschirm erschien, drückte er auf den Print-out-Knopf. Die Maschine begann rasendschnell zu tippen.

Donnerstag, 19. Juli 1990

Operative Hauptdirektion des Generalstabs der Rijkswacht. 11.12 Uhr

Kolonel Paquet, in blauem Blazer und grauen Flanellhosen, las flüchtig das medizinische Gutachten des Urologen und rümpfte die Nase über die Zeichnung mit den lateinischen Benennungen.

Velge dachte: Mächtige Männer haben die Neigung zu glauben, das, was sie nicht wissen, sei überflüssig; sie ziehen einen Experten zu Rate und geben dem zu verstehen, daß er nur ein Fachmann ist, der von den großen Zusammenhängen nichts kapiert.

Ohne aufzublicken, sagte der Kolonel: „Willy, könntest du mir den Unterschied zwischen einem *Pädo*philen und einem *Homo*philen erklären?“

Velge war sehr auf der Hut. Schon am Morgen, als die HDO ihn um halb neun angerufen und ihn ins Hauptquartier befohlen hatte, hatte er das Gefühl gehabt, daß etwas nicht stimmte. Und in dem Moment, als er den Kolonel begrüßte, merkte er, daß dieser reizbar und müde war.

„Ich glaube, Kolonel, daß Pädophilie oder Päderastie eine besondere Art der Homosexualität ist“, sagte er, „in dem Sinne, daß sich Päderasten meistens auf Kinder des eigenen Geschlechts beschränken. Pais und philein. Kinder lieben ...“

„Genau“, sagte der Kolonel matt und spielte mit seinem goldenen Dupont, „aber dann frage ich mich, weshalb der Chef eurer Abteilung Sittlichkeitsdelikte schon seit vier Tagen den Homosexuellen von Gent das Leben sauer macht? Kannst *du* mir das vielleicht erklären?“

Velge fühlte, wie sich sein Magen zusammenkrampfte. Sein Mund füllte sich mit Speichel. Er suchte nach einer intelligenten Antwort.

„Ich habe mir die Mühe gemacht, vom Genter Strafgericht eine Kopie des Urteils anzufordern, das den seligen Herrn Schauwbroecke zu zwei Monaten Haft verurteilt hat", fuhr der Kolonel fort und holte ein maschinengeschriebenes Blatt aus der Mappe, „in der Urteilsbegründung steht ausdrücklich, daß der Angeklagte sich niemals, zu keinem Zeitpunkt seines Lebens, um erwachsene Männer gekümmert hat ... Wußte denn euer Chef der Abteilung Sittlichkeitsdelikte nichts davon?" Er sah Velge direkt in die Augen.

„Ich werde ihn nachher beim Briefing gleich fragen, Kolonel", antwortete Velge hilflos in einer Art motorischem Reflex. Dieser fette Sack von einem Van Leuven wird dafür büßen, fuhr es ihm durch den Kopf.

„Manche Menschen sollten lernen, nur das zu tun, wofür sie am besten geeignet sind", fuhr der Kolonel unbestimmt fort, „findest du nicht auch, Willy?"

„Sicher, Kolonel."

„Würdest du dann bitte nachher beim Briefing deinem Chef der Abteilung Sittlichkeitsdelikte mit einer Empfehlung von mir ausrichten, daß eine Beförderung auf zwei Voraussetzungen beruht: Loyalität und Verdienste. Sage ihm auch, daß er noch nicht den Rang in der Hierarchie des Korps erreicht hat, wo seine Vorgesetzten Verdienste nebensächlich finden."

„Sie können sich darauf verlassen, Kolonel", sagte Velge aus tiefstem Herzen.

„Hier habe ich ein Exemplar des Perintreps", sagte der Kolonel sachlich und überreichte ihm den periodisch erscheinenden geheimen Informationsbericht zur Situation der Kriminalität und der öffentlichen Ordnung im Lande.

Velge steckte ihn in seinen Aktenkoffer. Der Kolonel klappte die Mappe zu, die vor ihm lag, fuhr sich über die Augen und sagte: „Capriccio hat uns wieder ein Stück Information geliefert, und ich habe dich speziell dazu hierherbestellt, daß wir uns zusammen einige ausgewählte Videobilder ansehen und überlegen, welche Schlußfolgerungen wir daraus ziehen können."

Velge spürte, wie sein Herz schneller zu schlagen begann.

Der Kolonel drückte auf einen Knopf, und langsam schoben sich Läden vor die Fenster, so daß das Büro stockdunkel wurde. Er schaltete ein Lämpchen über der Tastatur des Computerterminals ein und fing an, etwas einzugeben.

„Wir setzen uns in die Ecke“, sagte er. Velge stand auf und ließ sich in einen schwarzen Ledersessel sinken.

Der Bildschirm wurde hell, es erschienen eine Reihe von Codenummern, dann „1990 18. Juli Mittwoch 22:04“. Der Kolonel setzte sich mit der Fernbedienung in der Hand zu Velge. Aus einigen verborgenen Lichtquellen kam ein schwacher Schimmer.

„Ready?“ fragte er.

„Ready, Kolonel.“

Das Videoband startete. Das Wohnzimmer des Hauses von Boudewijn Welckenraedt. Nachahmungen strenger spanischer Möbel. Stühle mit hohen Lehnen. Zwei Sessel mit Armstützen aus Holz. Kein Mensch. Über dem Kamin ein eisernes Schild mit dem Wappen der Rijkswacht zwischen zwei gekreuzten Kavalleriesäbeln, ein silberner Brustharnisch, ein Kürassierhelm mit Federn, mehrere Musketen.

„Das ist der Schauplatz“, sagte der Kolonel seufzend, „um dir einen allgemeinen Eindruck zu vermitteln.“

Velge saß und schaute gespannt.

Der Kolonel drückte auf einen Knopf der Fernbedienung, und plötzlich erklang eine hohe Männerstimme, die schrie: „J'ai dit de te *taire*, connasse!“* Es folgte lautes Schluchzen. Schritte. Boudewijn Welckenraedt, in Uniform, erschien im Bild. Er sah totenblaß aus, seine Augen quollen hervor wie bei einem Wahnsinnigen. Mit eckigen Gebärden drohte er mit der Faust in die Richtung seiner Frau, die unsichtbar blieb. Es dauerte einen Moment, bis Velge bewußt wurde, daß die Rangabzeichen auf der Uniform die eines Luitenant-Generaals waren.

„Fous le camp!“** rief Boudewijn Welckenraedt auf einmal und drehte sich mit einer theatralischen Bewegung um, wie in einem Melodram.

Auf der Holztreppe wurden Schritte laut. Mit drei schnellen Schritten verschwand Welckenraedt aus dem

* (franz.) Ich habe gesagt, du sollst *still sein*, du Fotze!

** (franz.) Verschwinde!

Blickfeld des Televideos. Man konnte ihn wütend die Treppe hochrennen hören. Der Bildschirm wurde weiß, und es erschien ein anderes Datum. 1990 19. Juli Donnerstag 8:45

Velge räusperte sich und wollte etwas sagen, aber Kolonel Paquet bedeutete ihm, daß er zuerst die folgende Aufnahme ansehen solle.

Dasselbe Zimmer. Die Frau Welckenraedts. In einem hellrosa Morgenrock. Sie wählte eine Nummer auf dem Telefon. Eine kleine, mollige Frau mit auffallend weißer Haut, großen Brüsten, dünnen Beinen in rosa Pantoffeln. Sie rauchte nervös eine Zigarette und blickte ab und zu über die Schulter zurück. Sie hielt den Hörer ans Ohr und wartete sichtlich gespannt.

„Hallo, spreche ich mit Doktor Lamoral?" fragte sie in sehr vornehmem Niederländisch. „Doktor, ich muß Sie *unbedingt* sprechen ... Ja, sehr ernst ... Es betrifft meinen Mann ... Lieber nicht am Telefon, Doktor ... Nein, er schläft noch ... Er ist erst vor einer Stunde in Schlaf gefallen ... Morgen bin ich verhindert, Doktor, morgen wird mein Schwiegervater beerdigt ... Um vier Uhr? In Ordnung, Doktor, bis bald ..."

Sie legte auf. Schloß für einen Moment die Augen. Machte einen langen Zug aus der Zigarette. Inhalierte tief. Stand auf ...

Der Kolonel betätigte wieder die Fernbedienung. Der Bildschirm wurde grau, im Zimmer gingen die Lichter an.

Velge starrte vor sich hin. „Wir müssen unbedingt erfahren, was nachher um vier Uhr im Sprechzimmer gesprochen wird", sagte er erregt wie ein Jagdhund.

„Dafür wurde schon gesorgt", antwortete Kolonel Paquet, „und ich werde dir gleich erklären, wie. Von der RTT-Zentrale in Gent aus wurde das Telefon von Doktor Lamoral außer Betrieb gesetzt. Fünf Minuten später rief seine Sekretärin von einer Telefonzelle aus den Entstörungsdienst an. Zwei Spezialisten der Abteilung C 18 sind in diesem Augenblick auf dem Weg, verkleidet als Techniker des Reparaturdienstes. Mit einem organefarbenen Renault des RTT. Ins Telefon des Sprechzimmers wird ein Harmonica bug eingebaut.

Sorge dafür, daß du um vier Uhr an eurem Abhörpult in Gent bist, denn um ein Risiko soweit wie möglich auszuschließen, habe ich die Verbindung so kurz wie möglich gemacht."

„Ich danke Ihnen, Kolonel", stammelte Velge und seufzte.

„Was hältst du vom ersten Aufzug?"

„Sehr seltsam", antwortete Velge, „Boudewijn benahm sich sehr seltsam, ich kannte ihn früher immer als einen zurückhaltenden jungen Mann, ich weiß nicht, was ich davon halten soll . . ."

„*Welckenraedt ist ein Nervenkranker, Willy*", sagte der Kolonel heftig, „ich hätte es am Sonnabend in der Villa seines Vaters merken müssen. Als ich ihm sagte, daß wir beschlossen hatten, eine Haussuchung vorzunehmen. Er sah mich mit solchen Augen an . . . Diesen zurückgehaltenen Haß, der daraus strahlte, habe ich bisher nur selten bei einem Menschen gesehen. Wie ein wildes Tier, das gequält wird. Und eine Sekunde später verschwand die Glut völlig aus seinen Augen, und er redete zu mir, als ob nichts geschehen wäre. In demselben sanften, freundlichen Ton . . ."

„In der Uniform eines Luitenant-Generaals, verdammt", sagte Velge kopfschüttelnd.

„Worauf weist das deiner Meinung nach hin?"

Velge sah den Kolonel an und sagte behutsam: „Kolonel, erlauben Sie mir bitte, vorläufig noch keine Schlüsse zu ziehen. Zuerst würde ich gern von gewissen Feststellungen berichten, die ich während der Haussuchung in der Villa Rittersporn gemacht habe und die nun plötzlich Bedeutung zu erlangen beginnen."

„Ich höre", sagte der Kolonel, „Kaffee?"

„Gern, Kolonel."

Kolonel Paquet erhob sich, ging zu einem kleinen Wandschrank, öffnete ihn, entnahm ihm eine Filterkanne, die auf einer heißen Elektroplatte stand, und zwei Tassen und stellte alles auf den Polyestertisch bei den Sesseln.

„Milch und Zucker?"

„Schwarz, Kolonel."

Raum 856, Rijkswacht-Komplex Gent. 16.22 Uhr

Velge saß mit einem Kopfhörer am Tisch 6 des Raums mit vierundzwanzig Abhöranlagen, deren elektronisch gesteuerte Magnetbänder stillstanden, sich drehten, sich ein- und ausschalteten, je nachdem, wie Telefongespräche aufgenommen wurden. Jeden Abend gegen zwanzig Uhr kam eine Mannschaft der Abteilung Information, um die Bänder zu filtern und die „heißen" Gespräche auf ein gesondertes Band zu kopieren, zur Interpretation. Velge hatte noch dreieinhalb Stunden Zeit, trotzdem war er nervös vor Ungeduld. Er sah auf seine Uhr. Wie erwartet, mit Verspätung. Um die Langeweile zu vertreiben, hatte er ein Gespräch mit einer Patientin abgehört, die an Schlaflosigkeit, psychosomatischem Asthma und Herzklopfen litt. Dr. Lamoral hörte der Frau eine Viertelstunde lang zu, stellte einige stereotype Fragen, verschrieb Librium und berechnete 2000 Franc Honorar.

Der Harmonica bug, ein überempfindliches deutsches Modell, das gerade erst in Umlauf kam, gab das Gespräch so klar in Stereo wieder, als befänden sich die Beteiligten ganz in der Nähe. Er mußte die Lautstärke auf 2 stellen, während der Modulationsmesser beinahe das Maximum anzeigte. Als Velge hörte, wie die Frau die Sprechzimmertür schloß und Dr. Lamoral offenbar ein Gähnen unterdrückte, hielt er sich bereit, die Aufnahmetaste zu betätigen.

„Schwester, Mevrouw Welckenraedt, bitte", sagte der Arzt ins Mikrofon der Sprechanlage. Velge drückte die Taste ein. Die Kassette in der Abhöranlage begann zu summen.

Die Tür wurde geöffnet.

„Guten Tag, Doktor."

„Mevrouw Welckenraedt. Bitte nehmen Sie Platz."

Das Geräusch eines Feuerzeugs. Dr. Lamoral, der sich

etwas zum Rauchen anzündete. Eine Zigarre, nahm Velge an, der gespannt wie eine Feder saß und wartete.

„Ich sehe auf meiner Kartei, daß Ihr Mann wegen Krankheit beurlaubt ist, und ich hatte gestern um sieben Uhr auch einen Termin mit ihm wegen eines Krankenscheins, aber er ist nicht gekommen, sehe ich . . ."

„Er hat seine Meinung geändert, Doktor."

„Gut, aber er braucht einen Krankenschein, und ich bin gegen das Ausschreiben von Krankenscheinen, ohne daß ich den Patienten gesehen habe."

„Ja, Doktor . . ."

„Kann er nicht nach der Beerdigung seines Vaters kommen, übermorgen zum Beispiel?"

Man hörte, wie ein Taschenkalender aufgeschlagen wurde.

„Nein, am Sonnabend ist Nationalfeiertag. Sagen wir, am Montag?"

„Doktor, ich bin nicht gekommen, um einen Termin für meinen Mann zu vereinbaren, ich bin gekommen, weil ich mir in der jetzigen Situation keinen Rat mehr weiß. Ich halte es einfach nicht mehr aus. Gestern hat er mich zum zweitenmal mit einer Pistole bedroht . . ."

„Gut, Mevrouw, aber mir wäre es lieber, wenn Sie von vorn anfingen. Ich sehe auf meiner Kartei, daß Sie schon seit zwei Jahren Librium bekommen, doch ich erinnere mich nicht, daß Sie die Ursache Ihres Stresszustandes jemals mit Ihrem Mann in Zusammenhang brachten . . ."

„Ich habe den wirklichen Hergang immer verschwiegen, Doktor. Aber jetzt ist es zu schlimm. Nun muß sich etwas ändern, oder es geschieht ein Unglück."

„Immer langsam, Mevrouw, was haben Sie mir während der zwei Jahre verschwiegen?"

„Daß die Ursache von meinem Stress gerade das Verhalten meines Mannes war, Doktor."

„Versuchen Sie, die Situation so genau wie möglich zu beschreiben, Mevrouw. Fühlen Sie sich nicht gut? Möchten Sie lieber zuerst ein Beruhigungsmittel? Sie sehen so . . . verängstigt aus."

„Doktor, ich fühle mich wie ein gehetztes Tier, ich . . ."

Velge war Zeuge einer Entladung von aufgestautem

Kummer. Die Frau schluchzte und jammerte vier Minuten lang, bis sie sich langsam beruhigte. Er hörte, wie der Arzt aufstand. Einen Schrank öffnete . . . Eine Ampulle aufsägte.

„Kommen Sie, bevor Sie zu reden beginnen, gebe ich Ihnen eine Spritze. Nach ein paar Minuten werden Sie sich viel besser fühlen."

Eine Nase, die geputzt wurde. Stille. Schritte. Ein Hüsteln. Wieder das Feuerzeug.

„So, schließen Sie Ihre Augen und entspannen Sie sich vollkommen. Wenn Sie sich besser fühlen, können wir anfangen."

Velge blickte auf seine Stoppuhr. Nach drei Minuten und vierzig Sekunden sagte sie, sie fühle sich nun tatsächlich besser.

„Lassen Sie uns zuerst in allgemeinen Begriffen reden, Mevrouw Welckenraedt. Wie war das Verhalten Ihres Mannes Ihnen gegenüber im allgemeinen?"

„Im allgemeinen? Ich verstehe Sie nicht recht."

„Versuchen Sie erst ein allgemeines Bild zu geben, ehe wir zu Einzelheiten übergehen."

„Nun, Doktor, Boudewijn benimmt sich in Gegenwart anderer immer äußerst freundlich und zuvorkommend. Aber von dem Moment an, wo wir allein sind, ohne Publikum sozusagen, schlägt sein Benehmen um. Von einem freundlichen, wohlerzogenen Mann wird er zu einem unglaublich perfiden Schuft."

„Sie gebrauchen da ein hartes Wort, Mevrouw."

„Es ist eigentlich alles die Schuld seines Vaters, Doktor."

„Der ist ja nun tot."

„In der Tat, doch das hat die Situation nicht verbessert. Im Gegenteil. Nach diesem schrecklichen Familiendiner im Juni kam eine Art Krise . . ."

„Versuchen Sie, Ihre Gedanken zu ordnen, Mevrouw. Wir haben Zeit."

„Der normale Gang der Dinge war, daß mich mein Mann ständig auf eine ganz raffinierte Weise erniedrigte und mit Worten in den Grund bohrte. Schlagen tat er mich nie. Aus dem einfachen Grund, weil er mich niemals berührte. Dieses tödliche Verletzen mit Worten hatte er von seinem Vater. Sie haben keine Ahnung, wozu *der* mit Worten imstande war. Es ist so unvorstellbar, daß Sie mir vielleicht nicht glauben werden."

„In unserer Praxis sind wir einiges gewöhnt, Mevrouw, und wir sind durch die Schweigepflicht gebunden. Sie brauchen sich nicht zu fürchten ..."

„Sexuell ist mein Mann ein Ungeheuer, Doktor ..."

„In welcher Hinsicht, Mevrouw?"

„In den zwölf Jahren, die wir verheiratet sind, hat er noch nie ... auf die natürliche Weise ... sexuellen Kontakt mit mir gehabt ... Er ..."

Eine Pause. Velge lauschte mit trockener Kehle. Unter seinen Achseln bildete sich Schweiß.

„Er tat Folgendes, Doktor ... Er ... befriedigte sich selbst ... vor meinen Augen ... In eine Art Plastikvagina, die er an der Innenseite mit einer Creme aus einer Tube bestrichen hatte ... Dann, Doktor ... dann ... Sie werden es nicht glauben ... führte er eine Art Pumpe in das Gerät ein, das von außen wie ein männliches Glied aussieht und vorn ein kleines Loch hat. Er zwang mich jedesmal, mich auf den Bauch zu legen, stieß das Gerät von hinten in mich hinein und verbot mir, die geringste Bewegung zu machen, und dann spritzte er alles hinein."

„In die Vagina, Mevrouw?"

„Nein, Doktor, nicht in die Vagina."

Velge hörte, wie der Arzt seufzte. Es vergingen einige Sekunden.

„Seit seiner Jugend, die er übrigens in einem Jesuiteninternat verbrachte, hatte ihm sein Vater zwei Dinge verboten: jemanden körperlich zu berühren und Gefühle zu zeigen. Jeux de mains, jeux de vilains.*"

„Das gibt es häufiger, als Sie denken, Mevrouw."

„Ja, aber mein Mann hatte einen Tyrannen zum Vater, und selbst ist er ein ... Absolutist ... zu keinem einzigen Kompromiß in der Lage ... Er lebt gleichsam nur, um zu dominieren ... Er vernichtet alles um sich her, außer in der Kaserne, wo er buchstäblich auf dem Boden kriecht vor seinen Vorgesetzten ... Innerlich ist mein Mann ein einziges Knäuel von unterdrücktem Haß,

* (franz.) Fingerspiele, schlimme Spiele.

Doktor ... Er ist zu keinem einzigen Gefühl fähig ... Für andere ist er undurchdringlich wie eine Sphinx."

„Haben Sie das nicht gemerkt, bevor Sie ihn heirateten, Mevrouw?"

„Nein, Doktor, bevor wir heirateten, war er ruhig und freundlich. Zumindest äußerlich, denn er ist ein Meister im Verbergen seiner Gefühle. Nach unserer Heirat hat es angefangen. Er gibt nur noch Befehle. Trifft Maßnahmen. Bestraft. Genau wie sein Vater. Wissen Sie, daß in unserem Haus manchmal wochenlang kein Wort gesprochen wird? Wenn er zu Hause ist, sitzt er oben in seinem Zimmer mit seinen Waffen ..."

„Waffen?"

„Ja, er kauft alte Gewehre und Pistolen und repariert sie, putzt sie stundenlang, er hat ein ganzes Arsenal an Waffen. Manchmal gehe ich auf Zehenspitzen an seine Tür und lausche. Wissen sie, daß er mit seinen Waffen *redet*?"

„Fahren Sie bitte fort, Mevrouw."

„Er hat auch die Gewohnheit, nachts aufzustehen, weil er an Schlaflosigkeit leidet. Dann schleicht er durchs Haus wie ein Gespenst. Er muß Katzenaugen haben, denn plötzlich steht er manchmal im Stockfinstern an meinem Bett, und wenn ich vor Schreck hochfahre, kichert er grauenhaft. *Connasse*, nennt er mich immer. Den Namen mußte ich tausendmal hören. Gegen Sonnenaufgang nimmt er immer Vesparax und schläft. Um sieben Uhr klingelt der Wecker, und dann nimmt er Amphetamin, um in der Kaserne fit zu sein. Wie er es aushält, weiß ich nicht."

„Weshalb haben Sie die Situation so lange schleifen lassen, Mevrouw? Sie hätten zum Beispiel eine Ehescheidung beantragen können."

„Bei dem politischen Regime, das jetzt herrscht, kann ich mir das schwer vorstellen. Und Sie haben keine Ahnung, was für einen Clan die Welckenraedts darstellen. Die sogenannte Familienehre geht ihnen über alles. Oh, dieser Schuft von einem Albert Welckenraedt, *mon général*, wie seine arme Frau zu ihm immer sagte, bevor sie an Krebs starb, ein Skelett, das keine dreißig Kilo mehr wog, Boudewijn vergoß bei ihrer Beerdigung keine Träne. Sein Vater ebensowenig. Fast vierzig Jahre ließ sie sich von ihm mit Füßen treten, oh, dieser Schuft ..."

„Sie sagten, daß nach dem bewußten Familiendiner in dem ohnehin nicht sehr freundlichen Verhalten Ihres Mannes eine Krise entstand. Wie kam das?"

„Im Februar hatte mein Mann nach einer schrecklich angespannten Periode von Kursen und Praktika am Majoorsexamen teilgenommen, ein sehr wichtiger Schritt in der Karriere eines Rijkswacht-Offiziers. Ich meine, wenn man es nicht schafft, bleibt man bis zur Pensionierung Kapitein-Commandant ... Nach dem Examen war er auch sehr reizbar, weil er es nicht bestanden hatte und es in einem Jahr wiederholen mußte. Ende Juni war also wie an jedem letzten Sonntag des Monats Familiendiner bei Generaal Welckenraedt. Meine Schwägerin und ihr Mann kommen dann auch. Das ist schon seit Jahren Tradition. Im Smoking, und wir im halblangen Rock. Für den äußeren Schein haben die Welckenraedts ebensoviel übrig wie für die Tradition. Das Diner verlief förmlich und, wie man so sagt, herzlich, aber als die Haushälterin das Dessert abgeräumt hatte und der Kaffee serviert wurde, begann das Drama. Mit einem falschen Lächeln sagte der Generaal auf einmal: ‚Weißt du, mein bester Boudewijn, daß du niemals in deinem Leben Majoor werden wirst?' Ich dachte, mein Mann würde bewußtlos zu Boden fallen, aber er beherrschte sich wie immer. ‚Ja, Papa', sagte er. ‚Und weißt du auch, bester Boudewijn, daß *ich* dafür gesorgt habe?' sagte der Generaal. Mein Mann sah kreideweiß aus, Doktor, wir sind einiges gewöhnt, aber das ..."

„Wie reagierten seine Schwester und sein Schwager?"

„Seine Schwester ist ein verwöhntes Luxustierchen, sie lebt nur für Kleider und Reisen und Ausgehen, und ihr Mann, ein international bekannter Stomatologe, kauft sich nur deshalb wertvolle Kunstgegenstände, um seine Villa damit vollzustopfen."

„Gut, erzählen Sie weiter, Mevrouw."

„Der Generaal sagte schließlich: ‚Eigentlich hätte ich dich lieber niemals zum Sohn gehabt, ich schäme mich deiner zutiefst, du solltest lieber vor meinen Augen zu

Staub werden.' Mein Mann saß wie eine Steinfigur auf seinem Stuhl."

„Soso ..."

Velge fühlte sich zittrig wie nach einem Grippeanfall. Er konnte kaum schlucken.

„Danach war es so, als wäre gar nichts geschehen. Der Generaal leitete das Gespräch über Politik, Wirtschaft und die Disziplin, die nicht ausreichend sei, seine üblichen Lieblingsthemen, und alle hörten zu, und es wurde gelächelt und genickt, und um Punkt drei Uhr stand er auf, und alle gingen nach Hause. Als wir zu Hause eintrafen, habe ich meinen Mann einen Wutanfall bekommen sehen, wie ich ihn noch nie in meinem Leben mitgemacht habe, er wälzte sich auf dem Boden, er schlug Vasen in Trümmer, riß Gardinen herunter, er hat mich aus dem Haus gejagt und eine Stunde lang ununterbrochen geschrieen, er würde seinen Vater *ermorden*, seine Kehle war davon ganz heiser. Er ist nach oben gelaufen, schloß sich in sein Zimmer ein und fuhr am nächsten Morgen wie immer zur Kaserne. Seitdem hat er einen seltsam starren Blick in seinen Augen, als würde er durch alles hindurchsehen. Und ein Lächeln, als wäre es auf sein Gesicht gemalt."

„Hat er danach noch Kontakt mit seinem Vater gehabt, Mevrouw?"

„Jeden Dienstagabend ging er wie gewöhnlich zu seinem Vater, um zu schießen ..."

„Schießen?"

„Ja, das einzige, worin er seinem Vater ebenbürtig war, war Pistolenschießen."

„Hm, Sie sprachen von Tradition ..."

„Ja, da war alles an Tradition gebunden. Der Generaal hieß Albert, weil er unter König Albert geboren wurde. Sein Vater hieß Leopold. Und Boudewijn ..."

„Das gibt es häufig, Mevrouw, manche Familien finden das normal."

„Ja, aber Boudewijn fährt beispielsweise einen Peugeot, der schon seinem Vater gehörte, *ein Peugeot Baujahr 1963* ... Ist das auch normal?"

„Hm ..."

„Und finden Sie es normal, daß im Haus wohlhabender Menschen im Jahre 1990 nicht einmal ein Gasherd steht, kein Kühlschrank, kein Fernseher, nur Fahnen, Porträts, Medaillen und Pokale von Pferdewettbewerben, alles in Verbindung mit diesem uniformierten Tyrannen, der den Menschen um ihn herum niemals erlaubt hat, auch nur eine Minute ihres Lebens zu genießen?"

„Meinen Sie den Generaal, Mevrouw?"

„Ja, Doktor, aber in *meiner* Familie ist es nicht viel besser. Jeden Morgen ein Zettel mit Aufträgen auf dem Küchentisch, wie in der Kaserne. Inspektionen, um zu kontrollieren, ob alles perfekt ausgeführt wurde. Anrufe, um sich zu erkundigen, ob ich dies oder das tue. Angeblafft zu werden wie ein Hund. Mir bleibt keine einzige Erniedrigung erspart. Sogar *Tiere* werden von meinem Mann auf eine unvorstellbare Weise erniedrigt. Sein Vater hatte noch Respekt vor seinem Pferd, obwohl es mehr einem Roboter ähnelte als irgend etwas anderem. Ein Hund und eine Katze dürfen wegen meines Mannes nicht ins Haus kommen, aber letzten Winter, als seine Schwester im Skiurlaub war, blieb ihr Hund bei uns. Was er mit dem Hund gemacht hat . . ."

„Was machte er mit dem Hund, Mevrouw?"

„So eine schöne Setterhündin, Doktor, ein Schatz von einem Tier, aber sie war läufig und lief im Haus mit einer speziellen Monatsbinde umher. Wissen Sie, daß er . . ."

Velge fühlte einen Schweißtropfen in seine Augenbrauen laufen. Er massierte seine Halsschlagadern. Sein Magen brannte.

„Er hat dasselbe getan wie bei mir, Doktor, mit diesem Gerät. Danach hat er den Hund geschlagen, weil der vor Schreck auf den Teppich urinierte, ich konnte es nicht mehr mit ansehen, ich bin nach draußen geflüchtet, in den Schnee. Wissen Sie, daß ich die ganze Nacht in der Kälte gestanden habe, weil er sich weigerte, mich hineinzulassen?"

„Haben Sie nicht versucht, mit Ihrem Mann zu *reden*, Mevrouw?"

„Das ist unmöglich, Doktor. Es ist mir verboten, als erste das Wort an ihn zu richten. Sie wissen nicht, in was für einer Hölle ich lebe. Wenn ich versehentlich etwas sage, heißt es: ‚Tais-toi, connasse!'*"

„Sie sind doch nicht verpflichtet, eine solche Behandlung hinzunehmen, Mevrouw."

„Das war nur in Krisensituationen. Normalerweise herrschte vollkommene Gleichgültigkeit. Tagelang war es einfach so, als gäbe es mich nicht. Aber nach diesem Familiendiner fing er an, sich sehr merkwürdig zu benehmen. Ganze Nächte lief er draußen herum. Ich habe alles aufgeschrieben. Am Mittwoch vor dem Tod seines Vaters ist er die ganze Nacht weggewesen. Er kam am Donnerstagmorgen gegen sechs Uhr nach Hause, er hat mich ohne ein Wort aus dem Bett geholt, das Licht angemacht, er sah schrecklich aus, vollkommen überdreht, er holte eine Pistole hervor, hielt sie an meine Schläfe und sagte mit ganz leiser Stimme: ‚Je vais te tuer un jour, je te jure que je vais te tuer . . .'** Und zwei Tage später, am Sonnabend, rief Irma, die Haushälterin, morgens um Viertel nach sieben an und sagte, daß sein Vater tot im Bett liege. Diese Nacht war er auch bis fünf Uhr früh weggewesen. Mein Mann stieg in sein Auto und fuhr hin, aber er zeigte keinerlei Gefühlsregung. Als ich ihn fragte, ob ich Papa sehen dürfe, sagte er: ‚Tais-toi, connasse.' Sein Chef hat ihn beurlaubt, weil er so furchtbar aussah. Vergangenen Sonnabend, nachdem er die Nachricht vernommen hatte, schloß er sich die ganze Nacht in seinem Zimmer ein, ich habe an der Tür gelauscht. Ein Laut, den ich nie wieder vergessen werde, Doktor. Ein leises Gekicher, wie das eines Wahnsinnigen oder einer alten Frau. Stundenlang. Ich habe mich zu Tode geängstigt, Doktor. Und jetzt läuft er im Haus herum in der Generaals-Uniform . . ."

„Wie halten Sie das aus, Mevrouw?"

„Schließlich bin ich Madame Welckenraedt. Glauben Sie, ich hätte je einem Menschen mein Herz ausgeschüttet? Es ist, als wäre ich von innen völlig leer. Was mir noch bevorsteht, weiß ich nicht, aber in vierzehn Tagen ziehen wir in die Villa seines Vaters um. Die Familien-

* (franz.) Sei still, du Fotze.

** (franz.) Ich werde dich eines Tages töten, ich schwöre dir, daß ich dich töten werde . . .

tradition fordert nämlich, daß der männliche Erbe der Welckenraedts dieses Haus bewohnt. *Der Namensträger*, heißt das. Der Generaal hat mich – nie seinen Sohn – mehrmals zu sich zitiert und von mir Auskunft verlangt, warum noch kein Erbe da sei. Ich habe geantwortet, daß einfach noch keiner da sei. Er erteilte mir den Befehl, zum Gynäkologen zu gehen. Boudewijn verbot mir das. Er log seinem Vater vor, ich wäre in einer Hormonbehandlung. Daß wir keine Kinder hatten, konnte selbstverständlich nur *meine* Schuld sein. Ach, Doktor, ich bin so unglücklich . . ."

Velge hörte, wie die Frau wieder zu weinen begann. Er zitterte am ganzen Körper. Er schloß die Augen, um nachzudenken, aber es gelang ihm nicht.

„Mevrouw, ich fürchte, ich kann Ihnen nicht helfen. Erstens bin ich Neurologe und kein Psychiater, und zweitens fürchte ich, daß die Kontaktstörung sehr ernsthaft ist . . ."

„Ja, Doktor, ich weiß nicht, was mich noch erwartet, *ich habe Angst.*"

„Haben Sie noch ein Beruhigungsmittel, das Ihnen gut bekommt, Mevrouw?"

„Ich würde lieber Valium nehmen anstelle von Librium, Doktor, eine Freundin hat mir ein paar Tabletten gegeben, und dann ist es, als könnte ich alles viel besser ertragen."

„Gut, Mevrouw."

Stille. Das Geräusch eines Blattes, das von einem Block abgerissen wurde.

„Hier sind das Rezept und der Leistungsbeleg für Ihre Krankenversicherung. Es macht dreitausend Franc."

„Darf ich einen Scheck ausschreiben, Doktor?"

„Ich hätte es gern in bar, Mevrouw."

Eine Handtasche, die geöffnet wurde. Stille. Leises Hüsteln des Arztes. Rascheln von Geldscheinen.

„Hören Sie, Mevrouw Welckenraedt, Sie können mit Ihrem Mann jederzeit kommen. Für diesen Fall werde ich mit einem Psychiater-Kollegen Kontakt aufnehmen . . ."

„Vielen Dank, Doktor, darf ich anrufen, wenn wieder eine Krise kommt?"

„Selbstverständlich, Mevrouw, aber vom 24. Juli bis zum 10. August bin ich in Urlaub."

„Vielen Dank, Doktor."

Eine Tür, die auf- und zuging. Das Geräusch eines Feuerzeugs. Lange Stille. Plötzlich die Stimme des Arztes, der in die Sprechanlage sprach: „Schwester, Mevrouw De Martelaere, bitte."

Velge schaltete das Band ab, griff zum Telefonhörer, rief die Nummer des Arztes an, drückte vor dem ersten Rufzeichen auf den Frequenzknopf des Schaltgeräts, um den Harmonica bug auszuschalten, und legte den Hörer auf.

Er setzte den Kopfhörer ab, wischte sich den Schweiß von der Stirn, nahm erneut das Telefon, ließ sich mit der Militärleitung verbinden und wählte die Nummer von Paco. Es dauerte ziemlich lange, bis Kolonel Paquet gefunden wurde.

„Paco, this is Paquito."

„Ja."

„Ich habe 38 Minuten Tonband zur dringenden Interpretation."

„Ist es wirklich dringend?"

„Affirmativ."

„Komm Asap hierher."

„Wilco out."

Velge legte den Hörer auf, rief die Übertragungszentrale an und gab Befehl, daß Adjudant Boel das Briefing um sieben Uhr übernehmen und den Bericht auf seinen Schreibtisch legen solle. Und daß sein Wagen in drei Minuten am Haupteingang bereitstehen solle. Er drückte auf den Review-Knopf, spulte das Band zurück, holte die Kassette aus dem Gerät und steckte sie in seinen Aktenkoffer.

Er erhob sich, ging zur Tür, machte das Licht aus und betrat den Gang zum Fahrstuhl.

Akustisches Labor, Übertragungszentrale Generalstab Rijkswacht. 19.22 Uhr

Nach dem Anhören des Bandes blickte Kolonel Paquet regungslos auf seinen Schreibblock, wo er Notizen gemacht hatte. Die perfekte Wiedergabe der Aufnahme durch die vier Lautsprecher hatte den Raum bis in die entfernteste Ecke ausgefüllt, so daß selbst das Paffen Dr. Lamorals an seiner Zigarre zu hören gewesen war.

Velge saß da und wartete gespannt auf die Reaktion seines Chefs. Die Tragweite dieser Aufnahme wurde ihm erst jetzt völlig bewußt. Er bereitete sich auf eine der unerwarteten Fragen vor, die Kolonel Paquet auf ihn abfeuern würde.

„Kennst du den Witz über den Assisenhof, Willy?" fragte der Kolonel.

„Nein, Kolonel", antwortete Velge perplex. Er brach fast in ein nervöses Lachen aus.

„Während der Sitzung des Assisenhofs ist niemand zufrieden außer dem Staatsanwalt, denn das Publikum möchte gern in der Geschworenenbank sitzen, jeder Geschworene möchte als Zeuge auftreten, jeder Zeuge möchte Rechtsanwalt, jeder Rechtsanwalt Richter und jeder Richter Staatsanwalt sein."

Velge lachte herzlich. Er gönnte seinem Chef den Gebrauch des erprobten Mittels mächtiger Männer, die Oberhand zu erlangen. „Die Experten wurden vergessen", sagte er, „was möchten *die* lieber sein?"

„Ich frage mich, ob dieses dumme Weib den Unterschied zwischen einer Pistole und einem Revolver kennt", sagte der Kolonel trocken.

„Wenige Außenstehende kennen ihn, Kolonel, selbst Männer nicht."

„Ja, die Dummheit ist allgegenwärtig, aber das schließt nicht aus, daß wir fünf Indizien am Halse haben, die wir so schnell wie möglich in materielle Beweise umwandeln können müßten, doch das wird schwer sein ohne Geständnisse, fürchte ich."

Velge wartete, während sich der Kolonel auf dem Stuhl zurechtsetzte. Er war nur noch Konzentration.

„Erstens. Das Plastikgerät, mit dem er Frauen und Hunde glücklich macht, müßte zu einem Instrument werden, mit dem er alten Pädophilen post mortem zu Leibe rückt, von den Satinlaken reicher Damen ganz zu schweigen. Zweitens. Der Setter seiner Schwester führt uns zu der berechtigten Annahme, daß die Methode, unseren Spürhund irrezuführen, tatsächlich angewandt wurde. Drittens. Seine Abwesenheit in der Nacht vom Mittwoch zum Donnerstag, also zu dem Zeitpunkt, als Hélène Leblanc ermordet wurde, gefolgt von der Todesdrohung mit der äh . . . *Pistole*. Viertens. Seine Abwesenheit in der Nacht vom Freitag zum Sonnabend. Fünftens. Die Tatsache, daß er Schießübungen mit seinem Vater veranstaltet hat. Mit einem Revolver vom Typ Colt .38 Detective Special . . ."

Velge nickte zustimmend. „Ich würde gern noch etwas anderes herausbekommen", sagte er, „ich . . ."

„Ich habe noch nicht ausgeredet", unterbrach ihn der Kolonel, „wir müßten in der Tat festzustellen versuchen, ob Herr Boudewijn Welckenraedt Non-Sekretor ist. Und ob er einen Colt .38 Detective Special besitzt, ein Modell aus der Zeit vor 1970, dessen Lauf ursprünglich am Colt seines Papas saß. Und ob er Norma-Munition der uns bekannten Marke im Hause hat. Und eine spitze Stichwaffe."

Velge war ärgerlich. Das war genau, was er dem Kolonel hatte sagen wollen.

„Das Haß-Motiv scheint mir in ausreichendem Maße vorhanden zu sein", sagte der Kolonel nachdenklich, „so kriegst du indirekt *auch* ein bißchen recht . . ."

Velge hielt rechtzeitig an sich.

„Hast du Vorschläge für die nächste Zukunft?" fragte der Kolonel, ohne ihn anzusehen.

„Ja, Kolonel. Morgen wird der Generaal beigesetzt. Es ist sehr wahrscheinlich, daß Boudewijns Haus leer steht. Wir müßten versuchen, ohne Spuren eines Einbruchs einzudringen, und eine diskrete Haussuchung durchführen, um den Revolver, die Munition und die Stichwaffe zu finden. Und ein Stück Unterwäsche von ihm, in das er geschwitzt hat. Wenn das nicht zu finden ist, bei der Mobilen Gruppe auf seinem Schreibtisch zum Beispiel einen Umschlag zu finden versuchen, den er beim Zukleben angeleckt hat."

„Genau, was ich gedacht hatte", bestätigte der Kolonel, „aber *wen* willst du das tun lassen, Willy?"

„Haben wir keinen Spezialisten in der Gruppe Dyane, Kolonel?"

„Das schon, aber wir müssen die Sache außerhalb des Clubs halten. Ich werde noch einmal unsere Freunde jenseits der Grenze anrufen müssen, denke ich."

„Ich hätte es niemals für möglich gehalten, was ich dieses rosige, fette Kerlchen in weniger als einer Stunde mit dem Safe und den Schlössern habe tun sehen", sagte Velge.

„Normalerweise müßte dieser Revolver in seinem Zimmer liegen, und das ist das einzige Element, womit wir ihn eventuell auf die Knie kriegen können. Angenommen, wir finden nur heraus, daß er Non-Sekretor ist, dann ist das noch kein unumstößlicher Beweis; er ist leider nicht der einzige auf der Welt."

„Ich bin auch Non-Sekretor", sagte Velge, „schade, daß dieser Parameter für Korpsangehörige nicht in den Computer eingegeben wurde . . ."

Sie mußten lachen.

Der Kolonel dachte nach. Er sah auf seine Uhr. Er mußte Barca zu erreichen suchen.

„Weißt du, wo genau Boudewijn Welckenraedt wohnt?"

„Ja, Kolonel, ich war einmal dort."

„Ein Reihenhaus?"

„Eine Fertigvilla mit Garten."

„Diese Nacht wird ein deutscher Spezialist die erste Erkundung an Ort und Stelle machen. Du wirst ihn begleiten."

„Wilco, Kolonel, aber angenommen, Boudewijn ist gerade auf Wanderschaft, wie seine Frau sagte . . ."

„Bist du nicht Meister im Schwergewicht, Willy?"

„Ja, Kolonel."

„Dann zieh deine Schlußfolgerungen, aber sorge dafür, daß er bei der Einäscherung unbeschädigt erscheint."

Velge mußte lachen.

„Ich gehe telefonieren", sagte der Kolonel, „warte auf mich in der Bar des Kasinos. Wir werden nachher zusammen etwas essen."

„Okay, Kolonel."

Sie erhoben sich. Der Kolonel spulte das Band zurück, nahm es heraus und steckte es ein. Sie verließen das akustische Labor.

Freitag, 20. Juli 1990

Kerselarenlaan 31 C, Astene. 2.35 Uhr

Zwei Gestalten in schwarzen Trainingsanzügen, mit Kapuzen über dem Kopf, die nur die Augen und die Nase frei ließen, schlichen lautlos über das Gras neben der Auffahrt zur Garage. Es war eine laue Nacht mit einem klaren Himmel voller Sterne. Windstill. Sie hatten den Wagen, einen Mercedes 500 SE, zwei Kilometer entfernt in einer von Villen gesäumten Allee zurückgelassen. In der christlich-demoraktischen Wohngegend war kein Verkehr.

Der Deutsche schaltete sein Infrarot-Nachtsichtgerät ein, das mit Kadmiumbatterien arbeitete, und betrachtete die Fassade und die Vordertür.

„Hinten“*, flüsterte er dicht an Velges Ohr. Sie waren beide gleich groß. Schritt für Schritt gingen sie über den Kies. Die Gummisohlen ihrer Sportschuhe waren völlig lautlos.

„Still bleiben“*, flüsterte der Deutsche. Fünf Minuten lang blieben sie regungslos stehen und horchten.

Der Deutsche betrachtete die Rückfront, er ließ sein Fernglas langsam hin und her gleiten und steckte es dann ein. Er ging direkt auf eine Tür zu, die meist Zutritt zur Küche verschafft, holte aus einem Täschchen an seinem Gürtel ein Instrument, hockte sich vor die Tür, und ein dünner, aber kräftiger Lichtstrahl richtete sich auf das Schlüsselloch. Er holte ein anderes Instrument, ein „Ouistiti“, aus seiner Tasche und klemmte es um den Schlüssel im Schlüsselloch, schraubte es fest an und drehte es vorsichtig um hundertachtzig Grad nach links. Dann griff er die Türklinke, drückte sie leise nach unten und öffnete äußerst behutsam die Tür, tastete schnell, ob kein Riegel daran war, der eventuell von innen vorgeschoben sein konnte, was sein Problem verkomplizieren

* Im Original deutsch.

würde, fand keinen, schloß die Tür geräuschlos, drehte das Ouistiti eine halbe Umdrehung nach rechts und schraubte es los.

„Fertig"*, flüsterte er. Sie drehten sich um. Der Kies. Das Gras neben der Auffahrt. Die Gartentür, die offenstand. Die Straße, auf der sie sofort die Kapuzen vom Kopf zogen und mit eiligen Schritten zurück zum Wagen liefen.

Als sie dort ankamen, öffnete der Deutsche die Tür, setzte sich hinters Steuer und öffnete die rechte Tür von innen. Velge stieg ein und schlug die Tür nicht zu, sondern hielt sie fest, wie der Deutsche. Der startete und fuhr in Richtung Kortrijksesteenweg. Unterwegs schlugen sie die Türen zu. Der Deutsche sagte kein Wort. Er fuhr auffällig vorsichtig, als hätte er Angst, einen Unfall zu verursachen.

Am Kortrijksesteenweg, auf der Höhe des GB-Einkaufszentrums, hielt er an und drückte Velge kräftig die Hand.

„Auf Wiedersehen, Herr Major."*

„Auf Wiedersehen, Zorro"*, sagte Velge spöttisch. Er war verärgert, daß der Deutsche diesen prima Auftrag bekommen hatte.

Der Deutsche reagierte nicht.

Velge schlug die Tür zu und ging, ohne sich noch einmal umzudrehen, in Richtung seines Wagens, der auf dem Parkplatz des GB stand.

* Im Original deutsch.

Operative Hauptdirektion, Generalstab Rijkswacht. 14.40 Uhr

Velge sah das grüne Licht angehen, und das elektrische Schloß sprang auf. Er zog die Tür auf, öffnete die zweite gepolsterte Tür, ging hinein und sah es sofort. Vier Plastiktüten mit Aufklebern auf seinem Schreibtisch. Revolver. Schachtel mit Munition. Ein Stück weiße Unterwäsche. Ein Stahlpfriem mit Plastikgriff. Kolonel Paquet winkte ihm. Er trat näher, nahm Haltung an und setzte sich.

„Ich brauche dir nicht mehr zu erzählen, was los ist", sagte der Kolonel stirnrunzelnd. Er wies mit Abscheu auf die Päckchen.

Velge öffnete seinen Aktenkoffer, holte den Colt des Generaals und das Päckchen Hülsen heraus und legte alles auf den Schreibtisch. Der Kolonel stand auf, nahm den anderen Colt, der, vom Lauf abgesehen, prächtig glänzte, aus der Tüte und legte ihn daneben.

„Ich denke, wir müssen keinen Waffenexperten mehr belästigen", sagte der Kolonel, „der wirkliche Hergang ist augenfällig. Wir brauchen nur noch Geständnisse."

„Darf ich mal eine Patrone sehen, Kolonel?"

„Nur zu."

Velge stand auf, holte die Schachtel aus der Plastiktüte, löste den Deckel, schob ihn auf, nahm eine Patrone und betrachtete den Dichtungslack. „Rot, wie ich vermutete."

„Und der getrocknete Schweiß unter den Achseln des Unterhemds besagt, daß der Träger Non-Sekretor ist."

„Wo ist Boudewijn jetzt, Kolonel?"

Der Kolonel blickte auf die Uhr. „Ich glaube, er macht sich gerade bereit, in Ukkel die Asche seines Vaters auszustreuen. Danach werden wir sehen. Er wird beschattet."

„Hatte Zorro keine Schwierigkeiten?"

„Wer?“

„Der deutsche Agent.“

„Nein. Nach einer Viertelstunde hatte er die Beweisstücke gefunden. Das sind alles eiskalte Profis, Roboter, eben Deutsche.“

„Ich beneide ihn.“

„Ich nicht. Früher oder später bricht er sich doch den Hals.“

Velge blickte den Kolonel kurz an, doch der verzog keine Miene.

„Zur Sache“, sagte der Kolonel, „wir werden kein Gras über den Fall wachsen lassen, Welckenraedt darf keine Chance bekommen zu entdecken, daß wir seinen Revolver mitgenommen haben. Sobald er in Astene ankommt, fangen wir ihn ab, sagen seiner Frau, daß er auf Befehl des Stabs in der Klinik irgendeines Akademie-Krankenhauses betreut werden soll, und fahren mit ihm direkt nach Wiesbaden, wo wir die Zitrone ausquetschen werden, bis kein Tropfen Saft mehr übrigbleibt.“

„Und dann ziehen wir Schlußfolgerungen“, sagte Velge vor sich hin.

„Den Dingen nicht vorauseilen, Willy, bist du etwa nicht zufrieden, daß der Fall geklärt ist?“

„Doch, Kolonel, aber ich bin vor allem neugierig zu hören, wie alles genau zusammenhängt, denn es gibt noch einige Rätsel.“

„Morgen. Sag deiner Frau, daß du für ein paar Tage auf Dienstreise mußt.“

„Kommen Sie mit, Kolonel?“

„Affirmativ. Und wahrscheinlich noch ein hoher Offizier des Stabs, ich weiß noch nicht, wer.“

„Wer führt die Festnahme durch, Kolonel?“

„Ich selbst und Kolonel Vergote. Es muß administrativ korrekt sein.“

Der Lautsprecher auf dem Schreibtisch summte.

„Ja“, meldete sich der Kolonel.

„Die Zeremonie hat begonnen, Kolonel. Sie wird etwa zwanzig Minuten dauern.“

„Okay.“

Der Kolonel stand auf.

„Sobald ich dich anrufe – das kann schon heute abend

sein –, kommst du zu dem Ort, den ich dir nennen werde. Bring das vollständige Dossier und alle materiellen Beweisstücke mit.“

Velge stand auf, nahm Haltung an, der Kolonel nickte kurz und war gleich wieder in ein Dossier vertieft, das er zu sich herangezogen hatte.

Velge drehte sich um und verließ das Büro.

Sonnabend, 21. Juli 1990

Raum 2140, 21. Stock, BKA-Komplex Wiesbaden. 8.45 Uhr

Ein großer Raum ohne Fenster. Quadratisch, zehn mal zehn Meter. Genau in der Mitte ein weißer schalenförmiger Polyesterstuhl mit weichem Bezug aus braunem Leder. Auslegware aus dunkelbraunem Nadelfilz. Weiße Wände und Decke. Kahl. Ein Meter rechts neben dem Stuhl ein kompliziertes elektronisches Gerät mit Spektrogramm, durch Kabel mit einer Steckdose verbunden. Zwei Meter vor dem Stuhl ein schwerer, massiver Schreibtisch mit drei Stühlen dahinter, identisch mit dem in der Mitte. Vier Videokameras, die aus verschiedenen Ecken auf den Stuhl gerichtet sind. Diskreter Fichtenduft, der von Zeit zu Zeit durch das Gitter der Klimaanlage in den Raum geblasen wird. Kein einziges Geräusch dringt herein.

Um Punkt 8.45 Uhr öffnet sich die Schiebetür aus rostfreiem Stahl geräuschlos. Drei Männer mit Aktenkoffern in der Hand betreten den Raum. Einer von ihnen trägt noch ein anderes kleines Köfferchen. Sie sind in graue Flanellanzüge gekleidet, mit weißem Hemd, klassischem Schlips und schwarzen Schuhen; es sieht aus wie eine Uniform. Der erste, Generaal-Majoor Guy Denis, Inspecteur-Generaal der Rijkswacht, ist lang und mager, mit braunem, seitlich gescheiteltem Haar, braunen Augen, leicht getönter Haut, ein Aristrokrat; er geht kerzengerade, und seine ganze Haltung strahlt Autorität aus. Im Knopfloch trägt er eine lila Rosette auf silbernem Untergrund. Der zweite Mann ist klein, sehnig, agil; er hat ein faltiges Gesicht, harte Augen, kurzgeschnittenes, graublondes Haar. Kolonel SBH Paul Paquet, Chef der Operativen Hauptdirektion. Der dritte ist groß, sehr muskulös, ein athletischer Typ mit braungebrannter Haut, dunkelbraunem Kraushaar, blauen Augen, entschlossenem Auftreten. Majoor Willy Velge, SGO Rijkswacht-Distrikt Gent.

Sie nehmen am Schreibtisch Platz. Generaal-Majoor Denis in der Mitte, rechts von ihm der Kolonel, links der Majoor. Sie öffnen ihre Aktenkoffer und holen jeder eine Mappe heraus. Der Majoor öffnet auch das Köfferchen und entnimmt ihm zwei Coltrevoler .38 Detective Special, von einem alten Modell, er legt sie nebeneinander auf die weiße Tischplatte. Dann ein Plastikpäckchen mit leeren Hülsen. Ein Päckchen mit drei Kugeln. Zwei Schachteln mit Revolverpatronen. Ein gläserner Zerstäuber. Ein Päckchen, das auf den ersten Blick leer erscheint. Beim näheren Betrachten entdeckt man ein langes, weißes Kräuselhaar auf einem kleinen Blatt schwarzem Papier. Ein Tütchen mit braunen Krümeln. Ein Brief und ein Umschlag, auf denen hier und da lila Fingerabdrücke sind. Ein weißes Unterhemd. Ein gerader, spitzer Stahlpfriem mit einem runden gelben Griff. Ein seltsames Instrument aus weißem Plast in Form eines Penis, auf dem hinten eine Pumpe mit henkelförmigem Griff befestigt ist.

Der Generaal-Majoor nickt dem Kolonel kurz zu. Dieser drückt auf einen nicht sichtbaren Knopf unterhalb der Tischplatte. Über den offenen Türen leuchtet ein rotes Lämpchen auf. Ein korpulenter blonder Mann von ungefähr vierzig Jahren mit goldener Brille, in makellosem weißem Arztkittel, kommt herein und sieht ihn an.

„Wir sind fertig, Herr Doktor"*, sagt der Kolonel.

Der Doktor, Nervenarzt Werner Beck, verläßt den Raum und kehrt eine Minute später zurück, gefolgt von einem blassen, mageren, halbkahlen Mann mit auffallend kurzgeschnittenem Haar, gekleidet in einen blauen Blazer und eine graue Hose. Er kommt zögernd wie eine Eidechse herein, sieht sich scheu um, lächelt dünn und geht mit hochgezogenen Schultern direkt auf den Stuhl in der Mitte zu. Er nimmt Haltung an. Der Kolonel und der Generaal-Majoor sehen einander an. Verblüfft oder gelangweilt. Der Generaal-Majoor nickt. Der blasse Mann setzt sich. Er sieht sie alterslos an mit einem starren, glasigen Blick. Vor einer halben Stunde hat er von Dr. Beck zehn intravenöse Injektionen von je 0,05 Gramm Thiopental bekommen, in 1-cm^3-Shots, in Ab-

* Im Original deutsch.

ständen von zwei Minuten. Ein sogenanntes Enthemmungsmittel, ein mildes, lange Zeit wirkendes Wahrheitsserum mit einem Wirkungskoeffizienten von 0,80. Das elektronische Gerät neben ihm ist ein Dektor PSE[59], der durch ein Spektrogramm die Stimmvibrationen mißt und dadurch eindeutig feststellt, in welchem Moment die Person, die gerade spricht, von Stress erfaßt wird. Dr. Beck schaltet das Gerät ein und verläßt den Saal. Die Türen schließen sich. Das rote Lämpchen geht aus.

Der Generaal-Majoor sagt „Okay“ zum Kolonel.

Kolonel: Verdächtiger Welckenraedt, Sie werden des vorsätzlichen, dreifachen Mordes beschuldigt: am 11. Juli 1990 in Merelbeke an der Person des Schauwbroecke, Edmond; am 12. Juli 1990 in Sint-Martens-Latem an der Person der Leblanc, Hélène; und am 14. Juli 1990 in Deurle an der Person des Welckenraedt, Albert; Verbrechen, die unter Anwendung der Paragraphen 392, 393, 394 und 395 des Belgischen Strafgesetzbuches fallen. Verdächtiger, geben Sie zu, die oben genannten Verbrechen begangen zu haben?

W.: Jawohl, Kolonel.

Kolonel: Majoor Velge, der die Untersuchung geleitet hat, wird jetzt zur Vernehmung über die Umstände übergehen. Sie werden darauf aufmerksam gemacht, daß dieses Gerät, ein Dektor PSE, jede Abweichung von der Wahrheit sofort signalisieren wird. Jeder Versuch, sie zu beschönigen oder zu umgehen, ist also unnötig.

W.: Das ist keineswegs meine Absicht, Kolonel.

Kolonel: Majoor, Sie können anfangen.

Majoor: Verdächtiger, bitte zählen Sie chronologisch die materiellen Details auf bezüglich der genauen Art und Weise, wie das erste Verbrechen, der vorsätzliche Mord an dem genannten Schauwbroecke, Edmond, begangen wurde. Danach werden wir die zwei folgenden Verbrechen analysieren und zusammenfassend über die Triebfeder und den Zusammenhang zwischen den drei Verbrechen sprechen.

W.: Majoor, am 11. Juli 1990 gegen fünf Uhr nachmittags klingelte ich in der Florastraat 42 A in Merelbeke,

59 Psychological Stress Evaluator (dt. Gerät zur Messung der psychischen Belastung).

gekleidet in einen grauen Anzug, mit einer Brille und einem falschen Schnurrbart, um mich gegen ein eventuelles Wiedererkennen durch die Nachbarn zu schützen. Unter dem Arm trug ich eine Papiertüte mit einem frischen Roggenbrot von einem Kilogramm, Briefpapier und Briefumschlägen darin. Es wurde geöffnet, weil man auf mich wartete.

Majoor: Sie kannten Schauwbroecke also bereits?

W.: Jawohl, Majoor, in den Parametern des Rijkswacht-Computers hatte ich nach einem verurteilten, allein wohnenden Homosexuellen gesucht, der gerade aus dem Gefängnis entlassen worden war. In den B-Fiches suchte ich nach einem Indic der Abteilung Sittlichkeitsdelikte der BOB. Innerhalb einer Minute hatte ich den geeigneten Kandidaten. Das ist übrigens der große Vorteil unseres Computersystems. Nun, am Abend des 9. Juli 1990 stattete ich Schauwbroecke den ersten Besuch ab, und nachdem ich mich als BOB-Offizier aus Brüssel vorgestellt hatte, fing ich an, ihn langsam, aber gründlich einzuschüchtern. Er gestand mir, zitternd vor Schreck, daß er jeden letzten Montag des Monats eine Verabredung mit dem Chef der Abteilung Sittlichkeitsdelikte der Genter BOB hatte, um ihm Informationen über junge Männer zu liefern, mit denen er im Stadtpark oder auf der Straße Kontakt suchte.

Majoor: Worin bestand diese Einschüchterung?

W.: Ich sagte ihm, daß er von *unserem* Kontakt niemandem ein einziges Wort erzählen dürfe, sonst würde ich dafür sorgen, daß man ihn sofort wieder festnähme. Er versprach mir alles, was ich verlangte, und wir trafen eine zweite Verabredung für den 11. Juli um fünf Uhr, um über einen Arbeitsplan zu sprechen. In einem Supermarkt kaufte ich einen Block Briefpapier, ein Paket weiße Briefumschläge, einen billigen blauen Bic-Kugelschreiber und, wie schon gesagt, ein Roggenbrot von einem Kilo.

Majoor: Erzählen Sie uns jetzt exakt und chronologisch, was von dem Augenblick an geschah, als Schauwbroecke die Tür seines Hauses für Sie öffnete.

W.: Gewiß, Majoor. Ich betrete das Haus. Wir gehen ins Eßzimmer. Die Jalousien sind wegen der Hitze heruntergelassen. Er macht das Licht an. Wir setzen uns an den Tisch. Ich sage: Edmond, hier ist Papier, du wirst darauf einen Text schreiben, den ich diktieren werde. Ich diktiere, und er schreibt. Als dies getan ist, befehle ich ihm, die Adresse der Hélène Leblanc auf einen Umschlag zu schreiben. Er tut es. Ich nehme den Umschlag und stecke ihn in die Tasche. Ich sage: Falte den Brief zusammen und stecke ihn in einen anderen Umschlag, auf den du nichts schreibst. Er tut es, und ich befehle ihm, sich mit den Fingerspitzen über die Stirn zu fahren, ein bekannter Trick, gute Fingerabdrücke zu hinterlassen; ich nehme seine Hand und drücke die Fingerspitzen auf die Rückseite des Umschlags. Ich ziehe mir jetzt sterile Latex-Chirurgenhandschuhe der Marke Pharmaseal an, Größe $8^1/_2$, nehme den Brief und stecke ihn zum Schutz in einen braunen Umschlag. Ich frage ihn, ob er eine Briefmarke zu vierzehn Franc hat. Die hat er nicht. Ich habe keine bei mir, aber das macht nichts. (*Der Majoor schreibt etwas auf seinen Notizblock.*) Ich sage: Edmond, wo ist das Schlafzimmer? Wir gehen hinauf. Ich sage: Ausziehen. Er fängt an zu flennen und sagt: Mijnheer, ich bin kein Homo, ich habe so was noch nie gemacht. Ich lache ihn aus und wiederhole: Ausziehen! Als das geschehen ist, sage ich: Auf den Bauch, du Dreckskerl. Er gehorcht. Ich nehme das Brot aus der Papiertüte, halte es an seinen Kopf, hole meinen Colt .38 Detective Special hervor, ramme den Lauf in das Brot, bestimme sorgfältig den Schußwinkel, aber in dem Moment, als ich schießen will, furzt Schauwbroecke, und er kackt das ganze Bett voll. Ich spanne den Hahn erneut, bestimme den perfekten Schußwinkel und drücke ab. Ein dumpfes Geräusch ungefähr wie eine Faust auf weichem Teig. Er erbebt, krallt sich für einen Moment ins Laken, und das Blut spritzt auf das Kissen, das in wenigen Sekunden völlig rot ist. Ich packe das Brot wieder in die Papiertüte, stecke den Colt weg, ziehe die Chirurgenhandschuhe aus, überzeuge mich, ob alles perfekt in Ordnung ist, hebe meinen Ice pick* hoch und steche das Instrument neunmal in den Körper, dann nehme ich meinen Dildo, schmiere ihn ein, masturbiere und spritze

* (engl.) Eispfriem (zum Zerkleinern von Eis).

meinen Samen in Edmonds Loch. Ich gehe hinunter, wasche Dildo und Ice pick sorgfältig mit warmem Wasser und Seife ab und setze mich ins Eßzimmer. Es ist sieben Uhr. Ich muß warten, bis es dunkel ist. Ich habe Zeit genug und langweile mich. Ich bekomme Hunger, schneide mir eine Scheibe von dem französischen Brot ab, das in der Küche liegt, streiche Butter und Konfitüre darauf, trinke ein Glas Milch, wasche das Glas ab, das Messer, lese „Het Laatste Niews", und um halb elf schleiche ich aus dem Haus. Es ist kein Mensch auf der Straße, ich gehe in aller Ruhe zu meinem Wagen, der im Brusselsesteenweg steht, und fahre nach Sint-Martens-Latem. Ich habe vergessen zu sagen, daß ich die Hälfte des Schreibpapiers und eine Packung Umschläge in einen Schrank im Eßzimmer legte, um das Ermittlungsteam bei der Haussuchung hinters Licht zu führen.

Majoor: Erzählen Sie mir nun zuerst chronologisch, was mit dem Brief nach dem Mord an Schauwbroecke geschah?

W.: Majoor, chronologisch geschah folgendes. Im Verlauf des Donnerstags, des 12. Juli, habe ich auf meinem Schreibtisch im Stab der Mobilen Gruppe eine Briefmarke auf den weißen Umschlag geklebt, in dem der Brief war. Kein einziger Fingerabdruck. Ich klebte ein selbstklebendes Etikett darauf, auf welches ich meine Adresse in Astene schrieb, und warf den Brief im Sint-Pieters-Bahnhof in einen Briefkasten. Am folgenden Morgen, am Freitag, dem 13. Juli, also, war der Brief gegen neun Uhr in meinem Briefkasten. Ich stellte ihn sicher, zog vorsichtig den Aufkleber ab, schrieb die Adresse von Hélène Leblanc darauf – mit demselben Bic-Kugelschreiber, den Schauwbroecke benutzt hatte –, nachdem ich seine Handschrift unzählige Male geübt hatte, bis die Adresse perfekt war. In der Nacht vom Freitag zum Sonnabend, kurz vor der dritten Aktion, bin ich zu Fuß von der Bosstraat, wo ich meinen Wagen zurückgelassen hatte, in die Eikeldreef gelaufen, habe den Brief in den Briefkasten der Leblanc geworfen, bin zum Wagen zurückgekehrt und habe darin gewartet, bis es Zeit war für die dritte Aktion. Verzeihung, ich glaube, ich eile den Dingen etwas voraus, denn ich habe die zweite Aktion noch nicht beschrieben . . .

Majoor: Wie sind Sie zu dem Colt .38 Special gekommen?

W.: Mit Ihrer Erlaubnis, Majoor, das ist ein Colt .38 *Detective* Special, Baujahr 1967. Den konnte ich illegal in New York kaufen, während der Studienreise, die Offiziere des Korps im September 1989 nach den Vereinigten Staaten unternahmen. Ich mußte dafür viel mehr bezahlen als für einen Colt 1990. Nagelneue Waffen von früher sind bei Sammlern sehr begehrt.

Majoor: Geschah es mit einer bestimmten Absicht, daß Sie einen Revolver von demselben Kaliber und Typ kauften, wie der Ihres Vaters war? Und daß Sie genau dieselbe Munition kauften, die er verwendete?

W.: Ja, Majoor, ich hatte schon seit langem beschlossen, den Generaal auszuschalten. Alles war bis ins Detail vorbereitet. Ich wartete nur auf eine besondere Gelegenheit, ein *Zeichen*, das er mir geben würde. Die beiden anderen Aktionen sind gleichsam *sekundär*. Aber doch sehr nützlich, muß ich sagen. Sie werden mir zum Beispiel zugestehen müssen, daß der Briefinhalt plus die tolle Idee mit dem Gerichtsvollzieher in eine ganz bestimmte Richtung wiesen. Es ist durchaus reizvoll, solche Elemente einzubauen, in dem Wissen, daß die Ermittlung inzwischen auf vollen Touren läuft . . .

Majoor: Woher hatten Sie die Idee, ein Brot als Schalldämpfer zu benutzen?

W. : Der Mann, der mir in New York die Waffe verkaufte, gab mir diesen Hinweis, Majoor.

Majoor: Warum wollten Sie . . . Sperma auf diese Weise einbringen?

W.: Um den Generaal so schwer wie möglich zu belasten. Die Spur sollte ja langsam, aber sicher zu ihm führen. Das ist doch gelungen, nicht wahr?

Majoor: Woher hatten Sie dieses Instrument, diesen . . . Dildo?

W.: Das weiß ich nicht mehr.

Kolonel: Der Dektor PSE zeigt an, daß Sie die Wahrheit verdrehen, Verdächtiger.

W. (*mit einem leeren Lächeln*): Ich weiß es wirklich nicht mehr, Kolonel.

Kolonel zum Majoor: Der Dektor weist auf enormen Stress hin, Willy, ich werde Doktor Beck bitten, die Kurve zu interpretieren. (*Der Kolonel greift zum Telefon und führt ein Gespräch von etwa drei Minuten.*) Doktor Beck sagt, daß es bezwungene Tobsucht und plötzliche Blokkierung des Enthemmungsmechanismus sind, weil wir nach einem für ihn furchtbar wichtigen Detail gefragt haben, das er trotz des Wahrheitsserums aus unbekannten Gründen lieber geheimhalten will. Er rät uns, nicht darauf zu drängen und auf einen anderen Stressmoment zu warten, um zu sehen, was wir tun werden.

Majoor: Haben Sie diesen Dildo auch bei anderen Gelegenheiten benutzt?

W. : Ja, bei Hélène Leblanc.

Majoor: Davor niemals?

W. : Das weiß ich nicht mehr.

(*Der Majoor sieht den Kolonel an, der ein Zeichen macht, nicht darauf zu drängen.*)

Majoor: Warum haben Sie die Adresse der Leblanc nicht einfach von Schauwbroecke auf den Umschlag schreiben lassen? Das wäre doch ganz einfach gewesen?

W. : Das hätte die *Pikanterie* vermindert. Ich hätte keinen Gerichtsvollzieher einbeziehen und auch nicht den Brief nachts selber in den Briefkasten der Leblanc werfen können.

W. : Woher hatten Sie den Stahlpfriem?

W. : Aus einem Do-it-yourself-Laden in Gent. Es ist ein Ice pick, Majoor.

Majoor: Warum bezeichnen Sie diesen Stahlpfriem als Ice pick?

W. : Weil in den Vereinigten Staaten die Hitmen der Mafia Ice picks benutzen, um *Verträge* auszuführen.

Majoor: Warum haben Sie die Stiche so perfekt abgemessen?

W. : Eine Galauniform der Rijkswacht hat doch eine Reihe von neun Knöpfen![60]

60 1986 wurde bei der Rijkswacht erneut eine Galauniform eingeführt. Ausschließlich für Offiziere.

Majoor: Aber der Hund der Leblanc, der hat doch nur zweimal vier Stiche mit dem Ice pick erhalten?

W.: Er wurde wach von dem Schuß, kam die Treppe hochgelaufen und begann, furchtbaren Lärm zu machen. Ich nahm einen kleinen Perserteppich, um nicht gebissen zu werden, hielt den Dackel mit den Knien fest, packte ihn im Nacken und trug ihn in die Küche hinunter, wo ich ihn erstach.

Majoor: Mit zwei Reihen von je vier Stichen?

W.: In der Tat, Majoor, denn ein Hund ist kein Mensch.

Majoor: Was meinen Sie damit?

W.: Ich konnte den Hund doch nicht zu einem Generaal der Rijkswacht machen?

Majoor: Aber eine Frau schon?

W.: Eine Frau ist auch ein Mensch, Majoor, und Hélène Leblanc hat den Generaal *berührt.*

Majoor: Kannte der Generaal den genannten Schauwbroecke?

W.: Natürlich, Majoor!

Majoor: Haben Sie dafür einen Beweis?

W.: Der Generaal ist Korpskommandant der Rijkswacht, und Schauwbroecke kennt den Chef der Abteilung Sittlichkeitsdelikte der Genter BOB. Dieser steht unter dem Befehl des Generaals. Das geht also auf. (*Der Majoor sieht den Generaal-Majoor und den Kolonel erstaunt an. Er wird gebeten, der Vernehmung eine andere Richtung zu geben.*)

Majoor: Erzählen Sie mir in derselben Weise wie beim ersten Mord, also chronologisch, wie Sie den zweiten Mord begangen haben.

W.: Ich wußte, daß der Generaal jeden Mittwochabend zur Leblanc ging, um Bridge zu spielen, und daß er vor Mitternacht zu Fuß nach Hause ging. Kurze Zeit danach verabschiedete sich stets auch das Ehepaar. Nun, am Donnerstag, dem 12. Juli, warte ich das alles ruhig ab, nach Mitternacht. Um halb drei parke ich meinen Wagen in der Bosstraat, ungefähr eine Viertelstunde zu Fuß entfernt, gehe in die Eikeldreef, schleiche in den Garten, komme zur Küchentür, öffne sie und bin im Haus.

Kolonel: Einfach so, Verdächtiger?

W.: So ist es, Kolonel. Vom Generaal hatte ich zufällig erfahren, daß die Leblanc ein Jahr zuvor im Zusammenhang mit einem Diebstahl keine Anzeige erstattet hatte, wegen ihrer Gewohnheit, alle Haustüren Tag und Nacht offenzulassen. Das gibt es häufiger, als man denkt. Der Generaal hatte ihr gesagt, es sei ihre Pflicht, Anzeige zu erstatten, aber sie hatte nicht auf ihn gehört. Übrigens hatte ich die Nacht davor die Türen gecheckt.

Majoor: Fahren Sie fort.

W.: Ich schleiche unhörbar die Treppe hinauf, komme ins Schlafzimmer, dessen Tür offensteht, ich nähere mich dem Bett, sehe, daß sie schläft, stecke Pfropfen in meine Ohren, bestimme den Winkel zum Kopf, nehme bei dem Lichtschalter an der Tür Aufstellung, etwa fünf Meter vom Ziel entfernt, richte meinen Colt, wende die Umarow[61]-Methode an, das heißt blind zielen und sich ausschließlich auf Visier und Ziel konzentrieren; ich baue meinen Schuß in äußerster Konzentration auf, bis die Umgebung verschwindet und nur noch das Ziel existiert, beginne mit der Phase des Luftholens, schalte vorsichtig das Licht an, korrigiere im Bruchteil einer Sekunde meine Ziellinie und drücke ab. Ich hatte gerade noch Zeit, die Pfropfen aus meinen Ohren herauszunehmen, da höre ich schon den Hund wie einen Wahnsinnigen die Treppe hochrennen. Welche Maßnahme ich mit dem Hund getroffen habe, wissen Sie bereits. Kehren wir nun zum Ziel zurück. Es war ein ziemlich guter Schuß. Eine Neun, würde ich sagen. Ich hätte es lieber etwas weiter oben im Schädel gehabt, aber ich muß das Gehirn doch ordentlich getroffen haben, denn das Ziel war auf der Stelle tot. Hammer-dead, wie man sagt. Ich bringe also die Stiche an, bringe den Samen, den ich auf dieselbe Weise gewonnen habe, mit meinem Dildo in ihre Connasse, hole das Schamhaar des Generaals heraus, das ich zufällig vor einiger Zeit bei ihm zu Hause auf dem Rand der Badewanne fand, und lege es zwischen die Beine der Frau; ich hebe die Decken hoch, besprühe das Bett und den Teppich mit dem Urin einer läufigen Hündin und verlasse das Haus. Ich wußte, daß

61 Russischer Großmeister im Präzisionspistolenschießen.

die Putzfrau jeden Donnerstagmorgen kam, daß die Rijkswacht alarmiert werden und auch, daß man automatisch einen Spürhund einsetzen würde. Ich wollte ihnen eine Lektion erteilen. Von meinem Schreibtisch bei der Mobilen Gruppe aus konnte ich die ganze Ermittlung genau verfolgen, wenn ich wollte.

Majoor: Woher hatten Sie den Urin?

W.: Meine Schwester hat eine Setterhündin. Im Dezember vorigen Jahres war die Töle bei mir zu Hause untergebracht, und sie war läufig. Ich konnte ihr in kurzer Zeit beibringen, auf Befehl zu pissen, und die Pisse habe ich in einem Töpfchen aufgefangen und in der Tiefkühltruhe für späteren Gebrauch aufbewahrt. Ich wußte, daß ich diesen Faktor bei einer bestimmten Aktion brauchen würde, aber damals wußte ich noch nicht genau, wie und wann. Das kam später.

Majoor: Also trugen Sie sich schon lange mit einem Plan?

W.: Das *habe* ich doch schon *gesagt*, und ich wiederhole es noch einmal! Ich hatte alles im voraus perfekt ausgearbeitet. Ich wartete auf einen *Anlaß*, ein *Zeichen*, um mit der Aktion zu beginnen. Ich wußte, daß es früher oder später geschehen würde. Deshalb, sehen Sie!

Majoor: Mit Hilfe des Spermas wollten Sie den Generaal *doppelt* belasten?

W.: So ist es, Majoor. Hat das etwa nicht geklappt? Sperma bei *beiden* Geschlechtern.

Majoor: Wußten Sie, daß der Generaal Non-Sekretor war, genau wie Sie?

W.: Aber natürlich, Majoor! Es ist doch nichts einfacher, als das über jemanden zu erfahren, wenn man unbedingt will! Aber es war noch etwas sehr Pikantes an dem Fall. Von dem Adjudant, der die Abteilung Wachtmeister der Mobilen Gruppe anführte, welche die Umgebung von Sint-Martens-Latem durchkämmte, erfuhr ich, daß der Zerstäuber gefunden wurde. Natürlich ohne einen einzigen Fingerabdruck. Das fand ich herrlich . . .

Majoor: Würden Sie bitte den dritten Mord schildern, Verdächtiger?

W.: Gewiß, Majoor. Die dritte Aktion wird nun selbstverständlich. Die beiden davor waren ohne einen einzigen Fehler durchgeführt. Am Sonnabend, dem 14. Juli, früh um halb drei, schleiche ich in den Garten des Generaals. Ich begebe mich zur Verandatür, deren Schlüssel ich nachgemacht hatte. Auf der Breite des Schlüssellochs schiebe ich eine Zeitung unter die Tür, ich nehme eine kleine spitze Zange, drehe damit vorsichtig den Schlüssel um, der von innen steckt, stoße ihn hinaus, und er fällt lautlos auf die Zeitung; dann stecke ich meinen eigenen Schlüssel ins Schloß, schließe auf, ziehe den Schlüssel wieder ab, betrete die Veranda, stecke den ursprünglichen Schlüssel wieder ins Schlüsselloch und schließe die Tür von innen ab. Ich falte die Zeitung zusammen und stelle sie sicher. Ich schleiche unhörbar die Treppe hinauf, in den Flur, zur ersten Tür rechts, die ich vorsichtig öffne; ich höre den Generaal in gleichmäßigen Zügen schnarchen, ich zögere keine Sekunde, hole die Waffe aus der Tasche, halte den Lauf in einem perfekten Winkel an die rechte Schläfe und schieße à bout touchant* durch den Kopf, wohlgemerkt, ein perfekter Selbstmordschuß, der Generaal hat nur kurz den Mund geöffnet, sein Ohr war weggeschossen; ich schalte das Licht an, öffne den Kleiderschrank, hole eine Winterdecke heraus, rolle sie fest zusammen, drücke meinen Revolver in die rechte Hand des Generaals und feuere einen Schuß in die Decke ab, um die Hand post mortem mit Spuren zu versehen, in der Voraussicht eines möglichen Rückstands-Tests, dann schieße ich nach der Umarow-Methode aus fünf Meter Abstand vier Kugeln in das Herz des Generaals, der uns weiter anblickt, er stirbt, denn es sind vier Zehnen ... *(Generaal-Majoor Denis blickt den Kolonel mit größtem Erstaunen an, aber dieser schüttelt lächelnd den Kopf, er werde es gleich erklären ...)* Ich hole die sechs Hülsen aus der Trommel, nehme den Colt .38 Detective Special des Generaals aus der Schachtel im Nachtschrank, gehe hinunter in die Garage, schalte das Licht an, spanne seinen Colt zwischen zwei spezielle Gummiblöcke in den Schraubstock, demontiere die Trommel, drehe den Lauf heraus, tue dasselbe mit meiner eigenen Waffe und vertausche die Läufe. Danach stecke ich die fünf Hülsen in

* (franz.) aus allernächster Nähe, mit Hautberührung.

die Trommel der Waffe des Generaals, dazu noch eine volle Patrone, denn wie Sie sich vielleicht noch erinnern, hatte ich einen Schuß aus seiner Hand in die Decke abgefeuert, und das durfte nicht herauskommen; ich putze die Waffe, gehe wieder hinauf, bringe einen deutlichen Abdruck vom rechten Daumen des Generaals links neben dem Hahn an und hier und da noch ein paar undeutliche Abdrücke und lege den Revolver unter seiner Hand neben das Bett. Ich habe natürlich dafür gesorgt, daß die volle Patrone für den nächsten Schuß bereit war.

Majoor: Sie wußten nicht, wo der Generaal seine Munition aufbewahrte?

W.: Nein, Majoor, aber das machte nichts, ich hatte Munition derselben Marke und desselben Typs aus den Vereinigten Staaten mitgebracht.

Majoor: Warum haben Sie die Läufe ausgetauscht? Es wäre doch viel einfacher gewesen, *Ihren* Colt neben das Bett zu legen und den des Generaals mitzunehmen?

W.: Haha, gefehlt, Majoor! *Seinen* Colt hatte der Generaal nach einer Beschlagnahmung veruntreut. Ich wußte, daß Sie aufgrund der Nummer seine Herkunft herausfinden würden. Das war viel raffinierter. *Und außerdem* war ich nicht bereit, mich von *meiner* Waffe zu trennen. Wie Sie sehen, habe ich an alles gedacht.

Majoor: Nicht an alles. Darum haben wir auch sofort gesehen, daß es kein Selbstmord war.

W. *(scharf)*: Könnten Sie mir vielleicht *genau* sagen, *welchen* Fehler ich gemacht habe, Majoor, ich bin der erste, der ein Recht darauf hat, das zu wissen . . .!

(Der Majoor sieht den Kolonel an, der seinerseits zu Generaal-Majoor Denis blickt.)

Generaal-Majoor Denis: Wir werden jetzt eine kurze Pause machen, wir danken dem Verdächtigen für seine klare Darlegung. *(Zum Kolonel)* Paul, würdest du bitte den Arzt rufen?

Der Kolonel drückt auf den Knopf, das rote Lämpchen über der Schiebetür leuchtet auf, und eine Minute später erscheint Dr. Beck, der Welckenraedt mit einem kurzen Nicken zu sich winkt. Sie verlassen den Saal.

Generaal-Majoor Denis zündet sich eine Zigarette an

und inhaliert tief, sieht nachdenklich vor sich hin und sagt: „Warum, denkst du, blockierte er in einem bestimmten Moment, Paul?"

„Keine Ahnung, Generaal, Psychiatrie ist nicht meine Branche", antwortet der Kolonel.

„Und Sie, Majoor?"

„Er ist dreimal wütend geworden, Generaal, das erste Mal, als wir ihn fragten, wo er diesen . . . Dildo herhatte, das zweite Mal, als wir ihn fragten, ob er den Dildo früher schon jemals benutzt hatte, und das dritte Mal, als ich sagte, daß er bei der Selbstmordinszenierung einen grundlegenden Fehler begangen habe. Er scheint mir davon überzeugt zu sein, daß niemand in die Hintergründe seiner Verbrechen Einblick hat. Und er *will* auch nicht, daß andere Einblick bekommen. Immer, wenn wir über die bloßen materiellen Fakten hinausgehen, blockiert er. Aber warum genau, das weiß ich ebensowenig wie der Kolonel."

„Könnten Sie Ihre Worte etwas näher erklären, Majoor?"

„Generaal, dieser Dildo ist sein einziges Mittel, um sogenannten normalen sexuellen Kontakt mit seiner Frau auszuüben. Das wissen wir aufgrund eines elektronisch abgehörten Gesprächs seiner Frau mit einem Nervenarzt. In diesem Zusammenhang habe ich gestern noch einmal ein Buch zur Hand genommen, das ich früher gelesen hatte. ‚The Psychology of Murder' von Colin Wilson. Der Verdächtige scheint mir in mancher Hinsicht die Eigenschaften zu besitzen, die man bei den sogenannten psychopathischen Mördern immer antrifft. Ich werde mich natürlich hüten zu interpretieren, das ist nicht mein Beruf . . ."

„Welche Eigenschaften aus dem Buch treffen auf den Verdächtigen zu?"

„Zum Beispiel die Tatsache, daß er eiskalt die abscheulichsten Dinge tut und sie erzählt, als ginge das Geschehene ihn überhaupt nichts an. Daß er die Folgen seiner Taten für andere nicht berücksichtigt. Der Gebrauch abstrakter Begriffe wie Aktion, der Generaal, ein Vertrag, das Ziel. Er erinnert mich an einen Hitman der Mafia, Luparelli, der seine ‚Verträge' vom FBI auf Band aufnehmen ließ. Der Verdächtige redet genau wie Lupa-relli (der ein reiner Psychopath war). Wie eine Art öffentlicher Henker, der auf eine möglichst perfekte Weise seine Pflicht tut. Er duldet keinerlei Widerspruch, aus dem einfachen Grund, weil er glaubt, immer in allem recht zu haben. Er lebt nur, um seine Umgebung zu dominieren und zu peinigen. Es ist, als wäre er permanent von verdrängtem Haß erfüllt. Er ist davon überzeugt, daß er ein Superhirn ist und alle anderen minderwertige Wesen. Erinnern Sie sich nur an die platten Ausdrücke, mit denen er Geschlechts- und andere Organe beschreibt. Seine sexuelle Erregung, nachdem er die Stiche mit dem Ice pick zugefügt hatte. Und beim Revolverschießen sieht es aus, als wäre der genannte Umarow an allem schuld. Denken Sie an den vagen Charme, die vollkommene Selbstbeherrschung, mit der er seine Gefühle verbirgt. Während der Stress Evaluator hohe Kurven zeichnete, konnte man ihm nichts anmerken, nur seine Augenfarbe veränderte sich, wie bei einem Raubtier . . ."

„Fahren Sie fort", sagt Generaal-Majoor Denis.

„Bisher wissen wir nur, wie sich das Geschehen *global* zugetragen hat. Strafrechtlich steht nach meiner Meinung die Vorsätzlichkeit fest. Es gibt eine ganze Reihe materieller Fakten, die durch Geständnisse bestätigt wurden. Wir haben nur noch kein plausibles Motiv. Ich weiß nicht, was weiter mit ihm geschehen soll; die Frage ist, ob die psychiatrischen Hintergründe, die die Triebfedern seiner Handlungen waren, uns noch interessieren oder nicht."

Generaal-Majoor Denis zeigt keine Reaktion.

Der Kolonel sieht ihn an und sagt: „Generaal, es gibt noch eine Menge Details, von denen wir durch elektronische Überwachung erfahren haben. Die Art und Weise, wie er seine Frau behandelte, seine sexuellen Perversitäten mit ihr, und nicht nur mit ihr, auch mit dem Setter seiner Schwester, den er mit dem Dildo vergewaltigte . . . Die Tatsache, daß er in der Uniform eines Luitenant-Generaals im Hause herumlief . . ."

„Ist das wahr, Paul?"

„Wir haben die Videokassette mitgebracht, Generaal, wenn Sie wünschen, können Sie sie sich ansehen."

„Ich *schäme* mich als Offizier! Dieser Mann ist ein Ungeheuer!“ sagt der Generaal-Majoor zwischen zusammengebissenen Zähnen. Er zieht beherrscht an seiner Zigarette, denkt nach und sagt nach einer Minute: „Sein Schicksal ist besiegelt, aber das hindert uns nicht daran, uns rein akademisch in den Fall zu vertiefen. Es gibt zwei Reihen von Unbekannten. Primo, das Netzwerk seiner Methoden bei der Durchführung der Verbrechen. Secundo, die Triebfeder seiner Handlungen im allgemeinen. Ich frage mich, ob Doktor Beck keine Lösung unseres Problems weiß . . .“

„Wir können ihn jederzeit fragen, Generaal.“

„Mach du das mal, Paul, du sprichst besser deutsch als ich.“

Der Kolonel geht zu dem Schreibtisch und drückt auf den unsichtbaren Knopf. Das rote Lämpchen über der Schiebetür leuchtet auf.

Landgut „Boekeloo“, Heverlee. 14.30 Uhr

Am Ende der Privatstraße, die sich durch einen alten Buchenwald schlängelte und abends von Scheinwerfern beleuchtet wurde, war ein schwarzes Eisentor zwischen zwei massiven Betonblöcken. Nach beiden Seiten eine hohe Buchenhecke, die das Anwesen umgab. Velge hatte sofort die Videokamera bemerkt.

Er stoppte und wollte gerade aussteigen, als sich das Tor langsam öffnete.

„Wir werden erwartet, Kolonel“, sagte Velge spöttisch.

Kolonel Paquet reagierte nicht. Er war angespannt.

Sie mußten langsam weiterfahren wegen der Betonsperren, die alle zehn Meter quer über dem Weg angebracht waren. Links und rechts ein üppig sprießender Rasen mit Sprengern. Hier und da ein Felsblock. Das Landgut lag mitten im Wald wie ein Wildpark. Auf der ganzen Grünfläche stand nur ein Baum, eine seltene alte Koniferenart, Hinter der Kurve stand das Haus auf einem breiten Hügel in einem Meer von Blumen. Es war eine bungalowähnliche Konstruktion aus Beton und getöntem Glas, mit Plexiglaskuppeln auf dem flachen Dach. Es wirkte imposant durch seine Schlichtheit. Wasser rann an Ketten vom Dach in rechteckige Teiche voller Papyrusgewächse.

Velge hielt vor dem Haus. Sie stiegen aus und standen in der Nachmittagshitze. Sahen einander an, ohne zu sprechen.

Sie gingen zur Vordertür. Getöntes Glas in einem rostfreien Stahlrahmen. Velge klingelte. Nach einer halben Minute wurde geöffnet. Es erschien eine lange, schlanke Negerin in einem dunkelblauen griechischen Kleid mit weiten Ärmeln. Als sie die beiden sah, entblößte sie prächtige Zähne.

„Madame vous attend“*, sagte sie mit einer heiseren Kehlstimme. Ihre Haare waren in kleine Zöpfe geflochten, mit Lapislazuli-Perlen darin.

Als sie in die Halle kamen, bemerkte Velge, daß sie genauso groß war wie er. Sie lief ihnen voraus, barfuß, geschmeidig wie ein Tier. Sie winkte mit eleganter Gebärde, ihr zu folgen. In der Halle, auf einem Block aus schwarzem Marmor, stand eine polierte Bronzeskulptur. Weiße Betonwände. Weißer Bodenbelag. Kühl. Still. Ein breiter Flur mit modernen Zeichnungen an der Wand. Der Salon. Ein großer Raum mit Treppen, geblümten Kissen, einem romanischen Marienbildnis, schwarzem Teppichboden, in der Mitte ein Kamin unter einem kelchförmigen bronzenen Rauchabzug. Von irgendwoher aus dem Flur drang leise indische Setarmusik mit Tabla-Begleitung. Die Negerin blickte sich um und lachte ihnen schelmisch zu. Velge behielt den apfelförmigen Hintern im Auge, der unter dem Rock wippte. Sie folgten ihr zur Terrasse, die zu einem von schräg wachsenden Trauerweiden umstandenen Teich abfiel. Die Zweige der Weiden hingen ins Wasser. Zwei weiße Schwäne, die bewegungslos auf dem Wasser trieben. Dahinter begann ein Park mit Bäumen in vielerlei Schattierungen von Grün, unterbrochen von Rotbuchen.

„Je vais appeler madame“**, sagte die Negerin mit einem plötzlichen Lachen, während sie kokett wegrannte.

Velge sah sich um.

Der Kolonel setzte sich in einen Gartenstuhl unter einem dunkelblauen Sonnenschirm, rieb sich die Augen und seufzte.

„Unglaublich schön“, sagte Velge zu sich selbst.

Der Kolonel sah ihn einen Moment lang an. Er fand die Umgebung für seinen Auftrag völlig ungeeignet. Er blickte auf seine Uhr. Sie hörten Schuhe, näher kommend, über Ziegel klappern. Hinter einem vorspringenden Teil des Hauses trat eine in helles Lila gekleidete Frau mit langem dunklem Haar hervor. Kolonel Paquet

* (franz.) Madame erwartet Sie.
** (franz.) Ich werde Madame rufen.

erhob sich aus seinem Stuhl und verbeugte sich kurz, während er sich förmlich vorstellte.

Velge schluckte seine Kehle frei und sagte deutlich: „Majoor Velge, angenehm, Mevrouw."

Eine kühle, kräftige Hand. Einem Impuls folgend, sah er ihr direkt in die Augen. Sofort erkannte er den assyrischen Blick des Mädchens auf dem Foto im rosa Zimmer der Villa Rittersporn. Dunkelblau. Fremdartig. Lange, gebogene Wimpern wie Schmetterlinge. Gesunde hellbraune Haut. Lockere Bluse. Weite Pumphose. Goldene Sandalen. Knöchel. Sie nahmen unter dem Schirm an einem weißen runden Tisch Platz. Velge zog seine Lederjacke aus und hängte sie über seinen Stuhl. Er trug ein Sporthemd mit kurzen Ärmeln. Geneviève Welckenraedt lächelte. Sie bekam ein anderes Gesicht: mit flachen Augen, einer jüdischen Nase, Zähnen, hohen Jochbeinen, erstaunten Augenbrauen.

„Was darf ich Ihnen anbieten, Kolonel?" fragte sie. Die Stimme. Tiefer, streichelnder Klang. Kleine Ohren mit Diamanten. Langer Hals.

Kolonel Paquet wählte Fruchtsaft.

„Majoor?" Ihre Augen trafen sich wieder.

„Einen Longdrink bitte, Mevrouw", antwortete er lächelnd.

Sie drehte sich um und ging. Plötzlich erfüllte die Setarmusik aus versteckten Lautsprechern die Terrasse. Sie wurde leiser gestellt.

„Unglaubliches Haus", sagte Velge noch einmal und reckte sich behaglich.

„Ihr Mann ist Zahnarzt", stellte der Kolonel fest.

„Genau, Kolonel, allerdings ein ganz besonderer. Hat in der Schweiz studiert. Das scheint das Nonplusultra zu sein."

„Das sieht man", gab der Kolonel zu.

Die Negerin schob sich auf die Terrasse, ließ ihre Zähne sehen, nahm, ohne zu fragen, Velges Jacke und verschwand mit ihr ins Innere des Hauses.

„Sonderbare Musik", sagte Velge, „sie gefällt mir. Macht ein bißchen schläfrig."

„In der Tat", sagte der Kolonel kurz.

Geklapper von Schuhsohlen. Geneviève Welckenraedt

näherte sich mit einem silbernen Tablett. Bediente den Kolonel. Dickes Kristallglas. Heller, orangefarbener Saft. Eiswürfel. Zwei hohe, schmale Gläser mit massivem Fuß. Ein leuchtend violettes Getränk mit Schaumrand. Gestoßenes Eis. Ein Silberstäbchen.

Sie setzte sich Velge gegenüber. Sie tranken.

Velge kostete. Eine raffinierte Mischung, in der er Ananassaft erkannte, Champagner, Grand Marnier und noch etwas anderes, das in seinem Hals brannte.

Er trank noch einen Schluck. Schloß für einen Moment die Augen.

„Schmeckt es Ihnen, Majoor?"

„Eine gewagte Kombination, Mevrouw", sagte Velge.

„Es heißt Skorpion."

Er erschrak. Er erinnerte sich von ihrer Personenkennzahl her, die er im Computer herausgesucht hatte, daß sie am 29. Oktober 1950 geboren worden war.

Der Kolonel hüstelte.

„Mevrouw", sagte er gedämpft, „der Generalstab der Rijkswacht hat uns den Auftrag erteilt, bei Ihnen einige persönliche Informationen in bezug auf Ihren Bruder Boudewijn einzuholen, der im Augenblick in der Neurologischen Klinik des Militärhospitals in Brüssel in Behandlung ist. Die Ärzte haben uns gebeten, an Sie einige Fragen zu richten bezüglich der . . . Jugend Ihres Bruders. Das erwies sich als notwendig für die Therapie. Sie sind natürlich nicht verpflichtet, unserer Bitte nachzukommen, aber wir geben Ihnen unser Ehrenwort als Offiziere, daß alles, was hier gesagt wird, gegenüber Außenstehenden streng geheimgehalten wird . . ."

„Ich höre, Kolonel", sagte Geneviève Welckenraedt würdevoll. Um ihren Mund schwebte ein unbestimmtes Lächeln. Sie begann ihren Drink aufzusaugen wie eine junge Wölfin. Velge blickte fasziniert auf die vorstehende Unterlippe. Auf einmal mußte er an den beigefarbenen Satinslip denken. Sein Schwanzbein begann zu jucken.

„Wie waren die . . . Beziehungen im allgemeinen im Elternhaus während seiner frühen Jugend?"

„Das ist einfach, Kolonel. Wir waren, was man eine normale Familie nennt. Wenn er zu Hause war, lebte Pa ausschließlich für seine Frau und seine Kinder. Wir hatten eine sehr glückliche Jugend, und Boudewijn war ein ruhiger Junge, der in der Schule außerordentlich gute Ergebnisse erzielte."

„Wurde er ... streng erzogen?"

„Überhaupt nicht, Kolonel. Boudewijn war Papas Liebling. Eigentlich wuchs ihre Beziehung zueinander im Laufe der Zeit zu einer echten Kameradschaft. Ich würde sagen ..."

Eine prächtige Siamkatze mit kupiertem Schwanz erschien sehr langsam hinter den Papyrussträuchern, sah die Besucher aus hellblauen Augen an, miaute heiser und sprang auf den Schoß Geneviève Welckenraedts. Sie stieß mit ihrem spitzen Kopf gegen Genevièves Hand, die sie sanft zu streicheln begann.

Velge sah fasziniert auf diese Hand. Haselnußfarben, dunkellila Fingernägel, gespannte Haut, am Ringfinger ein birnenförmiger Diamant, der ab und zu aufblitzte.

„Waren Ihre Eltern auch zu *Ihnen* freundlich?" fragte der Kolonel müde weiter. Es war, als spräche er in ein leeres Zimmer hinein.

„Ich dachte, Sie wollten Informationen *über meinen Bruder*, Kolonel", sagte sie mit einem breiten Lächeln. Velge zuckte zusammen.

Der Kolonel trank mit bewundernswerter Selbstbeherrschung von seinem Fruchtsaft.

„Sie haben da eine schöne Katze", sagte er, „mochte Boudewijn Katzen?"

Geneviève Welckenraedt hörte auf zu streicheln. Sie brach in ein helles Lachen aus, verscheuchte die Siamkatze mit einer unglaublich eleganten Bewegung von ihren Knien, zog die Pumphose hoch, blickte auf ihre lila Fingernägel und sagte achselzuckend: „*Er* war eher ein Dog boy*, Kolonel. *Ich* war eine Féline**."

Velge griff nach seinem Glas, um nicht in Lachen auszubrechen, und trank schnell zwei Züge. Um ihren Knöchel hatte sie ein goldenes Kettchen mit kleinen Korallen.

Der Kolonel seufzte, sah abrupt auf seine Uhr und

* (engl.) Hundefreund.
** (franz.) Katzenartige.

sagte: „Vielleicht ist es zu lange her, um sich noch an markante Details zu erinnern, Mevrouw. Wir danken Ihnen jedenfalls für Ihr Entgegenkommen . . ."

„Aber nicht doch, Kolonel!" entgegnete sie kehlig, „bleiben Sie ruhig noch ein bißchen, es ist hier so gemütlich, darf ich Ihnen noch etwas anbieten?"

„Vielen Dank, Mevrouw", sagte der Kolonel, brachte ein Lächeln auf sein Gesicht und erhob sich.

Velge trank mit Bedauern sein Glas leer. Er fühlte eine seltsame Wärme im Nacken.

„Der Skorpion ist gefährlich", sagte er beim Aufstehen, „übrigens genauso wie Skorpionmenschen."

„Sind *Sie* etwa ein Skorpion, Majoor?" fragte sie nekkisch.

„Nein, ich bin nur ein Widder, Mevrouw."

„Ein Feuerzeichen ist nicht schlecht für einen Mann", sagte sie, während sie ihr durch den Salon folgten. Dieselbe schwüle Musik. Prächtiges Haar. Schwarz, mit einem Schimmer wie Mahagoniholz. Zu lockere Bluse, um etwas sehen zu können. Was für einen Slip hatte sie wohl an?

Die Halle mit der Bronzeskulptur. Die Negerin gab ihm seine Lederjacke. Er zog sie an. Dabei fühlte er sich unbeholfen wie ein Polderbauer.

„Ich danke Ihnen, daß Sie uns empfangen haben, Mevrouw", sagte der Kolonel steif. Er war einen Kopf kleiner als sie.

„*Ich* habe Ihnen zu danken, Kolonel", antwortete sie förmlich. Weiße Zähne. Schneller Ruck mit dem Kopf, um das Haar in Ordnung zu bringen.

Velge nahm ihre Hand, roch ihr Parfüm, hielt den Atem an, aber es kam kein Signal. Mit einem hohlen Gefühl der Enttäuschung im Magen ging er zu seinem Auto.

Sonntag, 22. Juli 1990

Raum 2340, 23. Stock, BKA-Komplex Wiesbaden. 18.30 Uhr

Ein Zimmer mit denselben Abmessungen wie Raum 2140. Der einzige Unterschied ist, daß Schreibtisch und Stuhl in der Mitte fehlen. Statt dessen steht dort eine Trage auf Rädern. Darauf der Patient: Boudewijn Welckenraedt. Versonnen lächelnd, mit geschlossenen Augen. Gekleidet in weißen Overall mit Reißverschluß. Barfuß. Von Dr. Beck hypnotisiert. Der Schädel ist mit einem Elektroenzephalographen verbunden, die Brust mit einem Elektrokardiographen, der linke Arm mit einem elektronischen Blutdruckmesser. Neben der Trage stehen ein Terminal des VOTRAX-Computers ohne Tastatur und drei Stühle für die Rijkswacht-Offiziere. Nach einer langen, ermüdenden Beratung wurde in Absprache mit dem Generalstab in Brüssel beschlossen, den Patienten pro forma – und weil der Fall Dr. Beck faszinierte – einem sorgfältig vorbereiteten Verhör unter Hypnose zu unterziehen. Nach einer vollständigen medizinischen Untersuchung. Der Computer wurde mit einem Chip Deutsch-Niederländisch ausgestattet, der die Worte des Patienten für Dr. Beck übersetzen soll.

Dr. Beck sitzt in einem angrenzenden Raum vor einem anderen Terminal. Er wird seine Fragen auf deutsch ins Keyboard eintippen, der VOTRAX übersetzt sie in niederländische Computersprache, die auf dem Terminal in Raum 2340 erscheint. Nach der Vernehmung wird DIAG 17, dessen Speicher die Resultate der medizinischen Untersuchung enthält, die Diagnose plus die Behandlung ausdrucken.

Genau um 18.30 Uhr erscheinen Generaal-Majoor Denis, Kolonel Paquet und Majoor Velge. Sie nehmen Platz. Aus der Sprechanlage ertönt metallisch die Stimme Dr. Becks: „Ich bin fertig, Herr General."*

* Im Original deutsch.

Generaal-Majoor Denis nickt Kolonel Paquet zu, der den Bildschirm des Terminals im Auge behält; darauf erscheint ein Text:

FRÜHESTE ERINNERUNGEN
KL. JUNGE
VORSCHULALTER ZUHAUSE
MIT MUTTER, VATER & SCHWESTER

Kolonel: Boudewijn, was sind deine frühesten Erinnerungen an die Zeit als kleiner Junge, bevor du zur Schule gingst. Zu Hause mit Mama, Papa und Genny?

W.: Ich habe niemals Mama oder Papa gehabt. Die Eiche war fast nie zu Hause, und seiner Gattin hatte er verboten, mich zu berühren. Genny säugte mich, aber das war verboten. Darum waren wir Kameraden. Sie war nicht nur meine Mutter. Auch meine Frau. Die Eiche verabscheute Frauen. Jeden Morgen pünktlich um sechs Uhr übergoß er mich mit einem Eimer kaltem Wasser. Meine Frau durfte sich derweil ausschlafen. Ich mußte meinen Lebertran einnehmen und pro Tag einen Liter Milch trinken. Nur bei meiner Frau war ich sicher. Da war ich unauffindbar. Dann aßen wir heimlich Kuchen. Sie hat mich eigentlich durch die Schuld der Eiche verraten. Sie wird noch später an der Reihe sein. Na ja. Vielleicht.

Kolonel: Wer ist die Eiche, Boudewijn?

W.: Albert Welckenraedt. Aber als ich ein kleiner Junge war, hatte er noch nicht so einen hohen Dienstgrad. Ich bin froh, Luitenant-Generaal zu sein in einem Alter, in dem die Eiche noch ein simpler Kapitein war. Er ist übrigens nie Majoor geworden. Dem habe ich rechtzeitig einen Riegel vorgeschoben, hi, hi!

Kolonel: Erinnerst du dich noch an etwas aus der Grundschule, Boudewijn?

W.: Eine Klasse voller lächerlicher Kinderzeichnungen. Alle beobachteten mich ständig. Ich hatte Angst. Wenn ich dann in die Hose pißte, lachten mich alle aus. Genny hatte mir das Bettnässen abgewöhnt, weil die Eiche mich jedesmal mit der Nase in meine eigene Pisse stieß, wenn er mich dabei erwischte. Dazu zog er Handschuhe an. In der Schule ging es wieder los. Genny schützte mich vor der Eiche und den anderen Ungeheuern, von denen die Klasse voll war. Sie waren grob, ungebildet und sehr stark. Ich war ziemlich oft krank, und das war schön. Dann konnte Genny mich in ihre Arme nehmen. Sie roch gut. Ich durfte überall bei ihr riechen. Dann lag sie ganz still auf ihrem Bett und schloß die Augen. Sie zeigte mir, wo die besten Stellen waren.

Kolonel: Erinnerst du dich an etwas vom Jesuitencollege, Boudewijn?

W.: Jesuiten riechen nach Schweiß. Sie haben stechende Augen und verbergen alles unter ihrer schwarzen Soldatenkleidung. Sie gehorchen blind einem Generaal ohne Sterne. Bei ihnen wirst du noch mehr ausgelacht als in der Grundschule. Und sie peinigen dich mit Worten. Um dich hart zu machen, damit du später als Elite deines Volkes kalt und unerbittlich bist. Ich war unverwundbar, weil ich unentwegt an meine Frau dachte. Und daran, was wir am Abend tun würden. Uns gegenseitig Kuchen in den Mund stecken. Küssen. Den Kuchen des anderen mit der Zunge angeln und aufessen. Einander Knopf für Knopf ausziehen. Ihre Brüste streicheln und die Warzen hart werden lassen. Dann streichelt sie sich selbst und empfindet Lust. Wenn sie mich mehrmals streichelt, empfinde ich auch Lust. Danach gehen wir gemeinsam schlafen. Wenn die Eiche zu Hause ist, schleiche ich unhörbar zu meinem Zimmer. Das geschah nicht so oft.

Kolonel: Wie alt warst du damals, Boudewijn?

W.: Ich lernte Latein. Dux, ducis, duci, ducem, duce. Ich konnte die Patres insgeheim auslachen, denn ich war ein Mann. Sie wußten nicht, daß ich schon eine Frau hatte. Sie mußten ohne eine Frau klarkommen. Alle Tage hatten wir Lust. Am liebsten mit dem Mund. Mittwochs und sonnabends manchmal zwei- oder dreimal. Aber eines Nachts kam die Eiche in unser Schlafzimmer gestürzt. Er fand uns einander in den Armen liegend. Damals wurde ich ermordet. Ich erwachte in einem Krankenhaus unter einem Sauerstoffzelt. Ich hatte eine schwere Gehirnerschütterung. Ich erinnerte mich an nichts mehr. Niemand kam mich besuchen. Als ich genesen war, wurde ich nach Turnhout geschickt, in das strengste Internat des Ordens. Die Eiche wollte nicht einmal, daß ich in den Ferien nach Hause kam. Er war eifersüchtig wegen meiner Frau. Darum gab er ihr schöne Kleider und ließ sie verreisen. Um mir weh zu tun. Ich hatte keine Frau mehr. Jedesmal wenn ich mir Lust verschaffte, dachte ich an sie. Dann hatte sie auch Lust. Doch ich schwor mir jedesmal, daß ich Rache nehmen würde.

Kolonel: An wem, Boudewijn?"

W.: An allen. Ich mußte erst für ein ausreichendes Machtpotential sorgen. Um jeden wie ein Insekt zerquetschen zu können. So. Päng!

Kolonel: Und Mama, Boudewijn?

W.: Sie war die Ehefrau der Eiche. Wenn er da war, mußte absolute Stille herrschen. Wenn sie einen hysterischen Anfall bekam, goß die Eiche eiskaltes Wasser über sie und steckte sie in ein dunkles Zimmer. Wie eine Glucke ohne Küken. Zum Glück war sie häufig zur Beobachtung in einer psychiatrischen Klinik. Danach bekam sie Krebs. Damals kannte ich sie nicht mehr. Sie war ein Skelett, das ein bißchen schnatterte. Ich nannte sie damals die Ente.

Kolonel: Hast du gern studiert, Boudewijn?

W.: Nein, aber ich erzielte gute Noten, um zu verhindern, daß er mich noch einmal ermorden würde. Vor anderen prahlte er mit meinen Leistungen. Aber er war nie zufrieden. Als ich als erster in der Klasse 82% erreichte, forderte er das nächste Mal 85%. Inzwischen kam die Nachricht, daß meine Frau beschlossen hatte, einen anderen Mann zu heiraten. *Da wurde ich zum zweitenmal ermordet.* Ich wurde wach und schwor, Rijkswacht-Offizier zu werden, damit ich später über die technischen Kenntnisse verfügen würde, um nach dem dritten und letzten Mordanschlag auf meine Person endlich Rache nehmen zu können. Der Verrat traf mich doppelt schwer, weil ich ihr die ganze Zeit treu geblieben war. Ich wußte, daß ich keine andere Frau mehr würde berühren können. Jede Frau würde kleine Brüste haben müssen. Ein festes Derrière. Dunkles Haar. Große schräge Augen. Die anderen Frauen rochen anders als meine. Sie haben eine häßliche Connasse und ein Loch. Die Frau, die ich heiraten mußte, wollte ich daher nie anfassen.

Kolonel: Wie fühltest du dich auf der Können Rijkswacht-Schule?

W. : Viele große Persönlichkeiten wurden dort ausgebildet. Brixhe, Arnoul, Kenens, d'Espinois, Baudry, Wolf, Lambert, Creten, Vedrine, Lemaire, Lemercier, De Coene, Selliers de Morenville. Das waren die Korpskommandanten von vor 1914. Sie alle waren Militärs. Das sollte sich ändern, denn während des ersten Weltkrieges war kein einziger Rijkswacht-Angehöriger desertiert, geflohen oder übergelaufen. Der erste Rijkswacht-Offizier im Rang eines Generaals war Blondiau im Jahre 1920. Sein Nachfolger für die Jahre 1982 bis 1986 war damals noch nicht geboren. Er mußte bis zum 21. März 1924 warten, dem Tag der Eiche. Niemand war sich dessen damals bewußt. Auf Befehl der Eiche mußte ich als Kadett ganze Passagen aus dem Pisart[62] aufsagen. Das war nicht so schwer. Er wußte nicht, daß ich ein gutes Gedächtnis hatte. Als ich den Degen des Königs nicht erlangt hatte, im Gegensatz zu ihm, wollte er mich beim Empfang nicht ansehen.

Kolonel: Wie hast du deine Frau kennengelernt, Boudewijn?

W. : Die Eiche, die damals Stabschef war, erteilte mir eines Tages den Befehl, für *einen Namensträger* zu sorgen. Er hatte einen geeigneten Körper mit einer Connasse gefunden. Er wußte da natürlich nicht, daß ich schon einen Sohn hatte. Genny und ich hatten jede Nacht ein- bis zweimal zusammen Lust. Das Ergebnis war ein Junge. Albert. Danach hatten wir noch ein Töchterchen. Eva. Das war ausreichend.

Kolonel: Liebtest du Tiere, Boudewijn?

W. : Ja, Katzen. Katzen reden nicht. Sie sterben vor allem mit den Augen, wenn man ihre Kehle lange genug zudrückt. Es gibt natürlich auch andere Mittel. Benzin plus ein Streichholz. Oder eine lange Stopfnadel. Es war spannend zu erleben, wie sie starben. Jedesmal anders. Schießen war nicht nötig. Das ist den Menschen vorbe-

62 Geschichte der Rijkswacht.

halten. Schießen ist Siegen. Umarow hat mich das gelehrt.

Kolonel: Schießt du gern mit einem Revolver, Boudewijn?

W.: Die Eiche behauptete, daß Großmeister Weinstein[63] der Beste war. Ich habe bewiesen, daß ich, indem ich Großmeister Umarow meine Hand führen ließ, letzten Endes recht hatte. Umarow konnte eine Trommel mit sechs Kugeln immer eine Sekunde schneller ins Schwarze schießen als Weinstein, der einige Jahre älter ist und unter zitternden Händen leidet. Die Eiche mußte zugeben, daß er auf zwanzig Meter mit dem Revolver nicht so schnell war wie ich. Allerdings war er besser in der Pferdedressur. Er dachte, daß ich ihn um diese Fertigkeit beneidete. Er vergaß, daß mir Pferde gleichgültig waren. Pferde kann man am besten mit einem taubstummen, debilen Kind vergleichen. Sie sind nur viel stärker als ein Mensch. Letzten Endes war ich mehr wert als er, denn ich hatte Luitenant-Generaal werden können, ohne ein Stabsbrevet erlangen zu müssen. Zumindest das war Eitelkeit. Ich wußte schon, daß ich ihm irgendwann den Rang ablaufen würde.

Kolonel: Wie erklärst du, daß du von einer Frau, die dich verraten hat, zwei Kinder hast?

W.: Wir betrogen zusammen ihren Ehemann, und aus diesem ehebrecherischen Verhältnis wurden unsere Kinder geboren. Das geschah natürlich unter tiefster Geheimhaltung. Ich war am besten dazu geeignet, den Stamm fortzusetzen. Ich würde doch das Familienvermögen und das Haus erben. Die Kinder sollten niemals etwas entbehren.

Kolonel: Was bedeutet Julius Cäsar für dich?

W.: Gaius Julius Cäsar besiegte die Gallier, weil sie die Eiche anbeteten. Sie hätten es besser wissen müssen. Der Schatten der Eiche ist schließlich tödlich.

Kolonel: Und Napoleon?

W.: Napoleon Bonaparte ist Generaal geworden ohne Stabsbrevet. Er hatte die größte Eitelkeit von allen. Er weigerte sich, Befehlen Folge zu leisten, während er kei-

63 Deutscher Großmeister im Präzisionspistolenschießen.

nerlei Widerspruch tolerierte, wenn er selbst welche erteilte. Er verabscheute Frauen ebenfalls. Er zwang sie, sich auf seinem Mantel auszustrecken. Sie durften sich nicht bewegen. *Er rührte sie nicht an.*

Kolonel: Und Generaal Douglas MacArthur?

W.: Er ist der einzige Fünfsterne-Generaal, der je Kaiser gewesen ist. Die Ratte Hirohito lag ihm zu Füßen. Wäre Harry Truman damals seinem Rat gefolgt, so hätte er China und Rußland mit Atombomben von der Landkarte gefegt. Die Eiche bedauerte, daß dies niemals geschehen ist. Das ist übrigens eines der wenigen Dinge, worin wir uns einig waren. Vor allem am 21. März, dem Tag der Eiche.

Kolonel: Erzähle mir einmal etwas mehr über die Eiche und den 21. März.

W.: Im astronomischen Baumring der Kelten herrscht die Eiche nur einen Tag. Zur Frühjahrssonnenwende. Albert der Zweite wurde an jenem Tag geboren. Deshalb hatte er so eine exklusive Vorliebe für Eichenholz. Die einzige Eigenschaft der Eiche, die die Eiche nicht besaß, war Gastfreundschaft. Dafür war er zu geizig. Nur für sich selbst gab er unverhältnismäßig viel Geld aus. Und für Genny. Und täglich mußte eine saubere Uniform bereithängen. Er gehörte ja schließlich zu der kleinen Elite, zu der auch Cäsar, Napoleon und Douglas MacArthur gehörten. Douglas zog sich manchmal dreimal am Tag ein sauberes Hemd an. Das war auf den Philippinen, wo es immer warm ist. Die Eiche hat sich natürlich gewaltig in mir geirrt. Er wußte nicht, daß er irgendwann vernichtet werden würde. Das Wappen der Rijkswacht und der Degen des Königs sind für ewig besudelt. Die Bibel von Pisart wird vielleicht in einer neuen Ausgabe erscheinen, wie damals die Geschichtsbücher unter Stalin. Es wird ihm nicht gelingen, mich ein viertes Mal zu ermorden. Das eine und andere war nun mal nötig, um Rittersporn in Ruhe verwalten zu können. Ich werde den Namen ändern. Ich brauche auch keine Uniform mehr zu tragen. Die kann für immer auf die Puppe gehängt werden.

Kolonel: Haben die Kriminalisten dich bei einem einzigen Fehler ertappen können, Boudewijn?

W. : Beinahe. Nach dem Sieg ging ich eines Nachts in die Remise, um nachzusehen. Sie war aufgebrochen. Ich hatte selbst vorgeschlagen, eine Haussuchung durchführen zu lassen, um festzustellen, ob er tatsächlich Selbstmord begangen hatte. Über die Remise wurde in diesem Zusammenhang damals nicht gesprochen. Sie haben da auch nicht wenig Unsinn gemacht. Sie haben die bequemste Lösung gewählt. Mord zu beweisen war zu schwer. Als ich die Remisentür wieder zumachte, fiel mir etwas ein. War das nicht als Falle gedacht? Ich zündete ein Streichholz an und entdeckte den alten Trick sofort. Ein Haar zwischen zwei Tropfen Leim. Wie im Buch. Ich bin ins Haus gegangen wie in der Nacht der letzten Aktion und fand eine Tube Leim in der Küche. Ich riß mir ein Haar aus und klebte es zwischen zwei neue Leimtropfen. Dadurch war mein einziger Fehler gerade noch rechtzeitig korrigiert.

Kolonel: Du mußtest doch die drei Morde gestehen, Boudewijn. Das ist, scheint mir, ein Beweis dafür, daß du irgendwo Fehler gemacht hast?

W. : Ein Fehler ist erst dann ein Fehler, wenn einem dadurch nicht wiedergutzumachender Schaden zugefügt wird. *Ich* gehe straffrei aus. Meine dritte Aktion wurde übereilt als ein Fall natürlichen Todes interpretiert. Das Gesetz des geringsten Widerstands. Alles ist dadurch gelöst. Der Leichnam ist verbrannt worden. Die Asche wurde ausgestreut. Eigentlich hat es die Eiche niemals gegeben. Es lebt kein einziger Zeuge mehr, und ein Prozeß ist ausgeschlossen. Das ist die Folge eines Denkfehlers bei Menschen, die sich so etwas normalerweise nicht erlauben dürfen. Es wird Zeit, daß ich mich pensionieren lasse und mich um meine Kinder kümmere.

Kolonel: Was geschah während des letzten Familiendiners, Boudewijn?

W. : Da wurde ich also das dritte Mal ermordet. Wie die vorigen Male stürzte ich danach in eine tiefe schwarze Grube, wurde wach und war ein anderer Mensch. Ich konnte eine Zeitlang gleichsam außerhalb meines Bewußtseins handeln. Ich war Luitenant-Generaal. Zwei Korpskommandanten gleichzeitig sind administrativ nicht möglich. Einer von ihnen mußte also verschwinden.

Die Eiche hatte mir ein Zeichen gegeben. Es war meine Pflicht, die Aktion so perfekt wie möglich auszuführen. Zum Glück waren alle Vorbereitungen rechtzeitig getroffen worden. Ich mußte den Mechanismus nur in Gang setzen. Und darauf achten, daß mir die Sache nicht außer Kontrolle geriet.

Kolonel: Warum bist du so gern nachts durch das Haus geschlichen, Boudewijn?

W. : Das tat ich schon, als ich noch ganz jung war. Um nachts ins Zimmer meiner Frau zu kommen. Ich tat es still und *unsichtbar*. Es war vor allem verboten und gefährlich. Es war die Ursache dafür, daß ich als zwölfjähriger Junge zum erstenmal die Bestätigung erhielt, ein Mann zu sein. Ehe ein Mann Lust empfinden kann, ist er wie eine Fliege in einer Flasche. Danach erfährt er im Laufe der Zeit, daß die anderen eigentlich Wespen sind. Es war eine ausgezeichnete Vorbereitung auf die drei Aktionen.

Kolonel: Was fühltest du während der Ausführung der drei Aktionen, Boudewijn?

W. : Es war eine unglaubliche Erfahrung. Als würde man explodieren. Sich allmächtig fühlen. Einen anderen Körper vernichten. Dafür sorgen, daß er sich nicht mehr bewegt. Ohne ihn zu berühren. Zuschlagen. Während es niemand weiß außer dir selbst. Das hat große Vorteile. Du bist dann unverletzbar. Die anderen existieren nicht.

Kolonel: Gab es in dieser Hinsicht einen Unterschied zur Mißhandlung von Tieren, Boudewijn?

W. : Eigentlich nicht; dabei bildete ich mir ein, es wären Menschen. Es war eine gute Übung, aber im Grunde frustrierend, weil ich überzeugt war, unterhalb meiner Möglichkeiten zu funktionieren.

Kolonel: Bedauerst du die drei Aktionen, Boudewijn?

W. (*antwortet mit einem leisen, beängstigenden Gekicher und kurzen Schnieflauten durch die Nase*).

VOTRAX beginnt zu piepen, und der Bildschirm wird grün. Kolonel Paquet betätigt eine Taste. DIAG 17 beginnt rasendschnell zu schreiben. Langsam kommt das Papier des Print-outs zum Vorschein. Die Maschine stoppt. Kolonel Paquet reißt die Blätter mit den drei Kopien ab und händigt ein Exemplar dem Generaal und eins Velge aus. Sie setzen sich. Fangen an zu lesen. Generaal-Majoor Denis in cremefarbenem Sommeranzug, das Haar tadellos, als käme er direkt vom Friseur. Er raucht eine Zigarette. Kolonel Paquet auffällig bleich und ermüdet. Majoor Velge ruhig, blasser als gewöhnlich, mit geschwollenen Augenlidern, auffällig zerstreut. Man hört nur das leise Blasen der Klimaanlage oben an der Decke. Fichtenduft.

WELCKENRAEDT BOUDEWIJN L. S. DEURLE (B)
MAI 16 1954 GRÖSSE 169,4 CM
GEWICHT 62892 GR PULSSCHLAG 97
(TACHYCARDIE) BLUTDRUCK 18/12
CHOLESTERIN 360 MGR PRO CENT
(BESCHLEUNIGTE ARTERIOSKLEROSE)
EKG EXTRASYSTOLEN AUF NERVÖSER BASIS
EEG (ABSCHWÄCHUNG DES PULSSCHLAGS
FRONTAL RECHTS: GEHIRNTRAUMA
SUBDURALES HÄMATOM: HYPERNERVOSITAS
NEUROVEGETATIVE STÖRUNGEN TREMOR
KALTE EXTREMITÄTEN URINDRANG)
SCHILDDRÜSE NORMAL.
PSYCHISCHE ERSCHEINUNG:
KRITIKLOSER BEFEHLSAUTOMATISMUS
AUTISMUS ÜBER MANCHMAL
UNVERSTÄNDLICHE SPRACHE UND
WORTSALAT PERMANENTER STRESS UND
ANGSTPFEIFEN IN INNEREM OHR
DOMINIERUNGSKOEFF. +84
VERLETZBARKEITSKOEFF. UND
BLOCKIERUNG DER GEFÜHLSÄUSSERUNG +93
EGOZENTRIZITÄT +91 BETRACHTET
MENSCHEN ALS OBJEKTE HINDERNISSE
ABFALL REAGIERT INADÄQUAT AUF JEDEN
KONTAKTVERSUCH TOTALE GEFÜHLSARMUT
LEISTUNGSDRANG DURCH OSMOSE
AUTORITÄRER ERZIEHUNG
ANGST ZU VERSAGEN
KONTRAST STRESS UND ÄUSSERLICHE
UNERSCHÜTTERLICHKEIT PERMANENTE TICS
ZWANGSHANDLUNGEN HELDENVEREHRUNG

MIT ALLMACHTSTRÄUMEN GRAUSAMKEIT
GEGENÜBER TIEREN MIT PROJEKTIONEN
PERMANENT UNTERDRÜCKTER
AGGRESSIONEN MIT HASSPOTENTIAL +97
ÜBERLEGENHEITSGEFÜHL MIT BEWUSSTSEIN
DER EIGENEN KLEINHEIT
SIMULATIONSPOTENTIAL +89
AUSDAUERNDE INZESTPHANTASIEN
MIT MASSLOSEM MASTURBIEREN
VERLANGEN NACH ZÄRTLICHKEIT
MIT BERÜHRUNGSANGST
NORMALER SEXUELLER KONTAKT
UNMÖGLICH ACHTUNG
ACHTUNG DIAGNOSE: CHRONISCHES
SUBDURALES HÄMATOM FRONTAL RECHTS
BEHANDLUNG: TREPANATION
ERFOLGSCHANCE 99%
GENESUNGSCHANCE 0%
KONSTITUTIONELLE NERVOSITÄT DURCH
ERBLICHE BELASTUNG MUTTER
SCHIZOIDES CHARAKTERLICHES MODELL
EVOLUTIONIEREND ZU SCHIZOPHRENIE
GENESUNGSCHANCE 0%
ENTWICKLUNGSPSYCHOPATHIE
UNTERDRÜCKTEN HASS
DURCH GEWALTTATEN REALISIEREN
GETRIEBEN DURCH GEHIRNTRAUMA
GENESUNGSCHANCE 0%
EVENTUELLE BÄNDIGUNG DURCH
MEDIKAMENTÖSE THERAPIE HOFFNUNGSLOS
WIEDERHOLE HOFFNUNGSLOS
WIEDERHOLE HOFFNUNGSLOS

Kolonel Paquet drückt auf einen Fußschalter unter dem Teppich. Über der Tür hinter ihm leuchtet ein rotes Lämpchen auf. Dr. Beck betritt den Saal, marschiert in militärischem Schritt zur Trage und beginnt schnell die EKG- und EEG-Drähte loszumachen, dann den Blutdruckmesser. Er beugt sich über den Patienten und sagt leise, aber deutlich: „Boud'wijn." Gibt ihm einen Klaps auf die Stirn. „Boud'wijn." Noch einen Klaps. Es dauert über drei Minuten, bis der Patient die Augen öffnet und geistesabwesend zur Decke starrt.

Die drei Rijkswacht-Offiziere sehen schweigend zu.

„Ich habe Durst", flüstert der Patient. Er beginnt zu kichern, doch der erloschene Blick ändert sich nicht. Seine zitternden Finger tasten nach etwas, einem eingebildeten Knopf an seinem linken Ärmel, den er zwischen Daumen und Zeigefinger dreht, eine Bewegung, die er stundenlang durchhalten kann.

Dr. Beck geht mit einer Schnabeltasse aus Plast zur Trage, schiebt die Tülle zwischen die Lippen des Patienten, der gierig zu trinken beginnt, bis er sich verschluckt.

Generaal-Majoor Denis sieht der Szene voller Abscheu zu.

„Ich *schäme* mich als Offizier", sagt er mit zusammengebissenen Zähnen, „komm, Paul, wir gehen hinaus, sonst vergesse ich mich."

Die drei Männer verlassen den Raum.

Montag, 23. Juli 1990

Zimmer 722, BKA-Komplex Wiesbaden. 7.30 Uhr

„Was Sie mir gestern abend vorgeschlagen haben, ist in vieler Hinsicht äußerst riskant, mein Kolonel“, sagte Haussler mit einem unschuldigen Blick, der hauptsächlich darauf abzielte, Kolonel Paquet zu reizen und irrezuführen, „Korsika ist eine Insel, was zur Folge hat, daß die Fluchtwege erheblich eingeschränkt sind. Und das Kaunertal im österreichischen Tirol ist ein sogenanntes *totes* Tal, bei dem der einzige Fluchtweg durch eine Straßensperre zu einer Mausefalle werden kann. Wir zögern diesmal wirklich, eine derart *auffällige* Aktion durchzuführen, und fragen nachdrücklich, ob es keine Möglichkeit gibt, aus der Gruppe Dyane ein Kommando zusammenzustellen. Diesmal brauchen sie nicht in Belgien zu operieren. Also . . .“

„Negativ, Barca, ich würde es schon wollen, aber ich kann es mir administrativ nicht erlauben“, antwortete Kolonel Paquet ruhig, „Operationen gegen Belgier im Ausland sind mir vorläufig verboten.“

Er saß neben Haussler in einer Polstergarnitur aus weißem Leder, die hufeisenförmig um einen niedrigen Tisch angeordnet war, eine dicke Glasplatte auf einem quadratischen Betonblock. Sie hatten soeben ausgiebig gefrühstückt und genossen den Kaffee, den sie sich aus einer Thermosflasche einschenkten. Der Kolonel hatte dunkle Ränder unter den Augen. Er sah bleich aus.

„Drei meiner Kommandos operieren gegenwärtig in Frankreich und sind doch auch hinter deutschen Landsleuten her, also?“

„Pardon, *Terroristen*, das ist ein grundlegender Unterschied, denke ich. In meinem Fall betrifft es belgische *Bürger*.“

„Natürlich mit unbescholtenem Lebenswandel“, fügte Haussler kühl hinzu.

„Einer von ihnen allerdings, leider, aber wir haben keine Wahl."

„Sie meinen den Nervenarzt. Reist er nicht mit seiner Frau?"

„Richtig, Barca."

„Das sind also, wenn Sie erlauben, *zwei* unbescholtene Bürger."

Der Kolonel reagierte nicht.

„Lassen Sie ihn leben. Sind die Ärzte in Belgien nicht an das Berufsgeheimnis gebunden?"

„Doch, schon, aber zufällig habe ich privat ab und zu mit Ärzten zu tun, so daß ich mir in dieser Hinsicht keine Illusionen mehr mache."

„Das besagt, daß wir uns letztlich nur noch auf unsere Priester verlassen können", sagte Haussler, die Augen naiv zur Decke gerichtet.

Kolonel Paquet seufzte durch die Nase. „Doktor Lamoral bricht morgen, am 24. Juli, sehr früh mit dem Auto von Gent nach Toulon auf. Dort nimmt er um 22.00 Uhr die Fähre nach L'Ile-Rousse, an der Nordspitze von Korsika. Wenn die Fähre keine Verspätung hat, legt sie am 25. Juli um fünf Uhr morgens an. Er hat für zwei Nächte Plätze reserviert im Hôtel de la Paix in Corte. Die Straße N 197 von L'Ile-Rousse nach Corte ist schmal, kurvenreich und verlassen. Hinter dem Städtchen Palasca steigt sie steil an zum Col de Colombano. Auf der Abfahrt hinter dem Paß gibt es eine ganze Reihe Haarnadelkurven ohne Schutzabsperrung, mit tiefen Abgründen dahinter, die besonders geeignet sind . . ."

„Woher wissen Sie das alles so genau, mein Kolonel?"

„Die belgische Armee hat eine Basis in Solenzara. Ab und zu führt die Rijkswacht dort Übungen durch, unter anderem, um die Männer der Gruppe Dyane zu trainieren. Die haben von der Gelegenheit Gebrauch gemacht, die Gegend ein bißchen zu erkunden."

„Exzellent. Könnten Sie mir vielleicht Dokumentationsmaterial für unser Archiv besorgen?"

„Gern, Barca, wir haben auch Luftaufnahmen mit Infrarotkameras gemacht. Ich kümmere mich darum. Wenn nötig, können Sie sogar über die militärische Basis verfügen. Ich meine, falls etwas schieflaufen sollte."

„Das ist sehr freundlich. Haben Sie für meinen Agenten schon einen Platz auf der Fähre reserviert? Er fährt mit einem großen Mercedes, der ein bißchen . . . aufgepeppt wurde."

„Abfahrt in Toulon heute um 22.00 Uhr. Morgen hat er einen ganzen Tag Zeit, um sich mit dem Terrain vertraut zu machen. Ich brauche nur seine Autonummer für die Reservierung. Er wird sich beeilen müssen. Und hier haben Sie die Angaben zum Wagen von Doktor Lamoral."

Haussler nahm den gelben Umschlag entgegen und dachte einen Moment nach. Dann holte er eine kleine Dose hervor und überreichte sie dem Kolonel.

„Würden Sie dafür sorgen, daß jemand dieses Ding unbemerkt am Chassis vom Wagen des Doktors anbringt, bevor er Gent verläßt, dann ist jeder Irrtum von vornherein so gut wie ausgeschlossen."

Der Kolonel hatte die Dose geöffnet und betrachtete das kleine Gerät aufmerksam.

„Das hier ist ein starker Magnet", erklärte Haussler, „darauf ist ein winziger Sender angebracht, der alle zwei Sekunden einen Impuls aussendet mit einem Aktionsradius von dreißig Kilometern. Von dem Augenblick an, wo unser Doktor in Korsika eintrifft, weiß der Agent, der natürlich die Töne empfängt, sofort, was die Uhr geschlagen hat, im buchstäblichen und im übertragenen Sinne."

„Können Sie mir auch eine Beschreibung des aufgepeppten Mercedes geben?" fragte der Kolonel, der spürte, daß Haussler in einer milden Stimmung war.

„Das ist eine spannende Geschichte, mein Kolonel", begann der und trank von seinem Kaffee, „die 1979 anfing. Der selige Schah von Persien mußte damals umständehalber endgültig umziehen, und er war interessiert an einem kugelsicheren, gepanzerten Angriffswagen. Ohne sein Wissen hatte einer seiner vielen finanziellen Strohmänner über Schweizer und monegassische Banken ein Kapital in eine Fabrik investiert, die in einem Londoner Außenbezirk lag und Alcom Armalite Devices hieß. Der Direktor war ein undurchsichtiger Grieche, Alexis Mordas. Und der Verkaufschef war kein

Geringerer als Exkönig Konstantin, ein Flegel mit den nötigen Beziehungen in geeigneten Kreisen plus jahrelangem Interesse für aufgepeppte Motorfahrzeuge. Nach einigen unglücklichen Erfahrungen mit Ölscheichs und König Juan Carlos von Spanien, die in schlecht ausbalancierten Wagen beinahe ihr Leben einbüßten, begann man die Sache ein bißchen wissenschaftlicher anzugehen. Ein deutscher Ingenieur, der in dieser Geschichte seine Anonymität zu wahren wünscht, fing an, schwere Mercedesmodelle umzubauen, und zwar folgendermaßen: Das Originalchassis wurde durch ein Äquivalent aus mittelhartem Siemens-Martin-Stahl ersetzt, das direkt übergeht in eine besonders feste, vier Zentimeter dicke vordere Stoßstange aus Molybdänstahl, Scheinwerfer aus kugelfestem Glas und eine Vorderfront aus verstärktem Polyester, gleichsam der Rammsporn beim Angriff. Die Reifen versah er mit Luftkammern, die kugelfesten Scheiben waren drei Zentimeter stark, der Wagen erhielt Allradantrieb, und der Ingenieur setzte Glasfaserplatten ein, die die Karosserie, den Radiator, den Motor, den Wagenboden und den Benzintank von zweihundert Liter gegen Kugeln schützten. Die Sitze wurden mit Bolzen in dem Boden aus Stahlplatten verankert, sozusagen um zu verhindern, daß der Fahrer während rauher Zwischenfälle durch die Gegend fliegt. Sie sehen, wie gründlich* alles gemacht wurde."

Der Kolonel grinste flüchtig. „Zum Glück hat Doktor Lamoral einen Citroën", sagte er, „ein sehr schöner, komfortabler, aber *leichter* Wagen. Wäre es möglich, einige eindrucksvolle Fotos vom Resultat zu erhalten?"

„Mit oder ohne Teleobjektiv?" fragte Haussler sachlich.

„*Deutliche* Fotos, bitte."

„Jetzt würde ich zur Abwechslung gern von *Ihnen* eine Geschichte hören, mein Kolonel."

„Sagen Sie es ruhig."

„Warum haben Sie gerade *das Kaunertal* gewählt, um ihren überspannten Patienten und seine Frau die Bergluft genießen zu lassen?"

„Das ist einfach, Barca. Die österreichische Polizei hat

* Im Original deutsch.

schon seit zwei Monaten einen sehr unangenehmen Fall am Hals. Das Berggebiet zwischen dem Kaunertal und der Schweizer Grenze wird von einem Scharfschützen unsicher gemacht, einer Art einsamem Wolf, der bis jetzt schon sieben Opfer gefunden hat. Seine Methode ist folgende: Er legt sich irgendwo auf die Lauer und sucht mit einem Fernglas die Umgebung ab. Bekommt er jemanden ins Blickfeld, bis jetzt ausschließlich Touristen, vergewissert er sich erst, ob keine anderen Gruppen in der Nähe sind, dann nimmt er sein Steyr-Mannlicher .308, legt das Auge ans Zielfernrohr und schießt seinem Opfer mit einer expansiven Kugel ein großes Loch in die Brust. Ballistische Untersuchungen haben gezeigt, daß er aus einer Entfernung von 250 bis 300 Meter schießt. Seine andere Vorliebe ist es, auf Pärchen zu schießen. Jedesmal ein Doppelmord."

„Wird die Dame der Gesellschaft auch post mortem *vergewaltigt*?" provozierte Haussler.

„Glücklicherweise nicht, sonst würde Ihren Agenten ein *ambivalenter* Auftrag erwarten, der möglicherweise nicht völlig seiner natürlichen Veranlagung entspricht", entgegnete der Kolonel spitz und mit seiner Antwort recht zufrieden.

Haussler lachte versöhnlich. Er liebte diese Art der Konversation.

„Woher wissen Sie, daß die Mordwaffe ein Steyr-Mannlicher ist, mein Kolonel?"

„Durch die Spuren der Züge auf einer der sichergestellten Kugeln."

„Auf *einer* der Kugeln?

„So ist es. Die sechs anderen waren so deformiert, daß sie für den Experten unbrauchbar waren."

„Also müßten wir dafür sorgen, daß dies auch bei *unseren* Kugeln der Fall ist?"

„Genau, Barca."

„Das geht. Wir verfügen in unserem Waffenarsenal über einen Typ von .308-Patronen mit einem äußerst weichen, expansiven Kopf und einem ganz speziellen Mantel, die prima sind hinsichtlich der Tragweite und die nach dem Aufschlag selbst den erfahrensten Experten in Erstaunen versetzen werden."

„Und natürlich verfügt Ihr Arsenal auch über einen Steyr-Mannlicher-Karabiner mit Zielfernrohr?"

„Und über einen Schützen, der keine Mühe hat, mit gleichgültig welchem Scharfschützengewehr auf dreihundert Meter eine Zehn zu schießen."

„Unser Mörder schießt lieber mitten in die Brust. Ich gebe ihm auf diese Distanz nicht unrecht. Da kann sogar eine Neun nichts schaden."

„Hoffen wir, daß der *echte* Mörder nicht geschnappt wird, bevor Ihr Patient im Kaunertal spazierengeht. Apropos, gibt es viel Polizei in den Bergen?"

„Nein, allerdings ein paar Förster. Die sind, wohlgemerkt, viel gefährlicher. Wenn die schießen, überlasse ich den Rest Ihrer Phantasie."

„Ich werde meinem Schützen am besten eine spezielle Seife mitgeben, damit er sich nach dem Schuß jede Rückstands-Spur von den Händen waschen kann", sagte Haussler nachdenklich, „und es wird die belgische Rijkswacht den Preis eines teuren Jagdkarabiners kosten."

„Das hat die belgische Rijkswacht dafür übrig, Barca."

„Das nehme ich an; aber es gibt noch ein Detail, das mich etwas beunruhigt, nämlich der Zweifel, ob Sie sich hundertprozentig darauf verlassen können, daß Ihr Patient ein Freund derartiger Wanderungen ist, die ihn in ausreichenden Abstand von der bewohnten Welt bringen, so daß mein Schütze ..."

„Dazu haben wir nachher eine Besprechung. Mit dem kranken Ehepaar geht ein Pfleger dieses Hauses mit, der unter anderem ein Freund langer Bergwanderungen ist. Und er trägt einen kleinen Sender bei sich, der sehr dem Magneten ähnelt, der Doktor Lamoral nach Korsika begleitet. Zufrieden?"

„Sehr. Doch nehmen wir an, das Ehepaar ist zu ... abgespannt, um lange Wanderungen zu machen?"

„Der Patient gehorcht gern Befehlen. Und seine Frau ist von dem folgsamen Typ, der in meinem Land zum Glück noch recht häufig vorkommt."

„Genau. Das ist der unendliche Vorteil der gefestigten Moral. Sie ändert sich nicht, und abgesehen von ihrer Langweiligkeit kann man sich felsenfest auf sie verlassen, was?"

Kolonel Paquet sah auf seine Armbanduhr und stand auf. „Zeit für das Briefing", sagte er mit einem Seufzer.

„Wo findet es statt?" fragte Haussler, der langsam seine Tasse austrank.

„Raum 3410. Auf dem Dach."

„Soso, der Big Boss bemüht sich darum. Dann wird es vielleicht doch der Mühe wert sein."

„Haben Sie je einen Moment daran gezweifelt, Barca?"

„Mit keinem Haar auf meinem Kopf, mein Kolonel."

Haussler erhob sich und folgte ihm mit dem gewohnten amüsierten Lächeln um den Mund.

Während sie zum Fahrstuhl gingen, dachte Kolonel Paquet erneut über das Problem nach, das ihn in den letzten zwei Nächten stundenlang vom Schlaf abgehalten hatte. Das war er nicht gewöhnt, denn normalerweise konnte er Sorgen recht mühelos von sich abschütteln.

Nach dem enttäuschenden Gespräch mit der Tochter Generaal Welckenraedts in ihrer palastähnlichen Villa in Heverlee waren kurz nacheinander einige merkwürdige Dinge geschehen. Er hatte Capriccio aus allen Wohnungen des Falles C (ein Codename, gewählt nach der Marke der Mordwaffe) ausschalten lassen, aber er folgte der Top-secret-Methode und ließ diese Wohnungen noch mindestens zwei Wochen auf Harmonica bugs setzen, die eine RTT-Mannschaft einige Tage zuvor installiert hatte. Die Ergebnisse hatten nicht lange auf sich warten lassen. Noch am selben Abend lagen schon zwei Mitschriften der Abteilung C 18 auf seinem Schreibtisch.

Wenige Minuten nachdem sie am Sonnabend aus Heverlee weggefahren waren, hatte die Tochter Welckenraedts ihre Schwägerin in Astene angerufen. Das Gespräch lief im wesentlichen darauf hinaus, daß sie *ce flic merdeux** nur weisgemacht hatte, was ihr paßte, aus dem guten Grunde, weil kein Mensch sich um die Angelegenheiten der Familie Welckenraedt zu kümmern hatte. Sie hatte der Schwägerin außerdem geraten, dasselbe zu tun, falls die Kerle bei ihr erscheinen sollten, um *se faire tirer les vers du nez***. Sie hatte auch die Gelegenheit genutzt, einige persönliche Bemerkungen über die Besucher zu

* (franz.) diesem Scheißbullen.

** (franz.) ihr die Würmer aus der Nase zu ziehen.

machen. Den kleinen Alten fand sie *un faux jeton**, aber der Große schien ihr viel besser zu gefallen. *Un beau mâle aux yeux bleus. Et quels bras, oh làlà . . .!***

Das war das Gespräch von Viertel vor fünf. Das nächste, kaum zwei Stunden später, kam von niemand anderem als von Willy Velge, der sich ausgerechnet für *denselben Abend* in Heverlee verabredete. Mit Geneviève. Es erwies sich, daß die Hündin von ihrem schwarzen Dienstmädchen einen Umschlag mit einer Botschaft in Willys Brieftasche hatte schmuggeln lassen.

Sorgfältig hatte der Kolonel alle Einzelheiten des Besuchs rekonstruiert. Er erinnerte sich, wie das Dienstmädchen in einem bestimmten Moment die Lederjacke, die Willy wegen der Hitze ausgezogen hatte, von seinem Stuhl genommen hatte, um sie irgendwo aufzuhängen. Danach war die Dame des Hauses kurz verschwunden, um für Getränke zu sorgen.

Ihr erstes Telefongespräch war ein unvorstellbares Beispiel von Leidenschaft auf den ersten Blick, das den Kolonel an einen Film denken ließ. Nach einer Minute waren sie dabei, sich mit Worten heiß zu machen, als hätten sie schon seit Monaten intimen Umgang miteinander. Und was die Nacht darauf geschah, war dank der Wiedereinschaltung von Capriccio ausführlich auf einer Videokassette festgehalten. Das Schlafzimmer war mit einem Fernseher in der Decke ausgerüstet, damit man vom Bett aus fernsehen konnte. Der Kolonel war wütend, daß Willy sich so prompt bis zum Hals kompromittiert hatte. Und er war eifersüchtig wegen der wilden Liebesszenen mit den zwei Prachtexemplaren, denn die Negerin war ebenso geil wie ihre Herrin. Die Fortsetzung fand er durchaus sorgenerregend. Der Zahnarzt war für zwei Wochen in den Vereinigten Staaten, wo er einem internationalen Stomatologenkongreß vorsaß. Durch das Abenteuer schien Willy dermaßen auf den Geschmack gekommen zu sein, daß er beschlossen hatte, seine Urlaubspläne gründlich zu ändern. Normalerweise hätte er schon am 20. Juli mit Frau und Sohn zu einem Häuschen

* (franz.) einen falschen Fuffziger.

** (franz.) Ein schöner Mann mit blauen Augen. Und was für Arme . . .

in der Provence aufbrechen sollen, doch wegen der Vernehmung von Welckenraedt junior in Wiesbaden hatte er seine Abreise auf heute verschoben. Es sollte folgendes geschehen. Er würde mit der Familie verreisen. Geneviève würde ein Telegramm schicken, unterzeichnet mit „Chef der Operativen Direktion, Generalstab der Rijkswacht", um ihn dringend dienstlich nach Belgien zurückzurufen. Der Zweck war natürlich, zwei Wochen gemeinsam im Liebesnest zu verbringen. An sich war das nicht so schlimm, aber einige Bemerkungen Genevièves wiesen darauf hin, daß sie zum erstenmal in ihrem Leben in einen Kerl wirklich verliebt war. Den Beweis dafür lieferte die Tatsache, daß die Negerin schon nach der ersten Nacht ausrangiert wurde. Es wurde sogar von einer bleibenden Liaison gesprochen, von Ehescheidung und gemeinsam ausreißen, denn nach dem Tode ihres Vaters verfügte sie über beträchtliche Geldmittel. Und Willy hatte total den Kopf verloren. Unbegreiflich. Was der Kolonel auf dem Videoband gesehen hatte, übertraf jede Phantasie. Zu einem bestimmten Zeitpunkt begann er, sich über sich selbst zu ärgern, einfach weil ihm auf einmal bewußt wurde, daß er auf sexuellem Gebiet bisher niemals über die gewöhnliche Routine hinausgekommen war.

Es wäre verhängnisvoll, falls Willy sich im Fall Generaal Welckenraedt verplappern sollte. Die besten Spione fallen im Bett einer schönen Frau, das ist ein Axiom. Er war auch enorm enttäuscht von seinem vielversprechenden Schützling, den er sogar angespornt hatte, das Stabsbrevet zu erlangen. Er hoffte auf eins: daß Willy einfach eine Affäre hatte mit einer attraktiven Frau in einer märchenhaften Umgebung. Und daß er ihm, wenn es vorbei war, bei Gelegenheit gründlich den Kopf waschen könnte. Er fürchtete nur, daß der Generalstab in der Sache Welckenraedt keinerlei Risiko dulden würde.

Als der Lift im 34. Stock anhielt, hatte Kolonel Paquet die größte Mühe, seine Gedanken zu ordnen. Er folgte Barca durch den weißen Gang mit dunkelbraunem, festem Teppich, der jeden Laut dämpfte.

Mittwoch, 25. Juli 1990

Gare Maritime,
20220 L'Ile-Rousse. 6.10 Uhr

Der große, gebräunte blonde Mann mit dunkler Sonnenbrille, gekleidet in einen sportlichen khakifarbenen Denimanzug und Puma-Sportschuhe, kniff verächtlich die Lippen zusammen, als er die weiße Fähre aus Toulon langsam in den Hafen einfahren sah. Über eine Stunde Verspätung. Die Schweinerei hatte schon am Abend zuvor begonnen, als er von dem dreckigen PTT-Büro aus Haussler angerufen hatte, der ihm den ersten Zwischenfall mitteilte. Den Belgiern war es aus irgendeinem stumpfsinnigen Grunde nicht gelungen, den Magneten am Chassis des Citroën zu befestigen. Er hatte auch vergeblich versucht, im Büro des Gare Martime zu erfahren, ob ein belgischer Citroën CX 3900 Pallas, Kennzeichen 431V77, für die Nachtüberfahrt des 24. Juli reserviert hatte. Sie verfügten nicht über die Passagierliste. „Und der Computer dort, wozu ist der da?" hatte er gefragt. „L'ordinateur est en panne, monsieur"*, antwortete ihm ein Beamter zerstreut über die Schulter.

Das einzige, was er bis jetzt als positiv ansah, war die Tatsache, daß er nach einer sorgfältigen Erkundung drei geeignete Stellen gefunden hatte, wo der Auftrag Sirocco ausgeführt werden konnte. Die N 197 ins Landesinnere war tatsächlich schmal, in schlechtem Zustand und nicht viel befahren. Im Durchschnitt zehn bis zwölf Autos pro Stunde. Meistens Korsen. Zwischendurch ein GMC-Laster voller Legionäre mit runden weißen Mützen auf den kahlgeschorenen Köpfen. Die zweite positive Tatsache, wenn auch nebensächlich, war eine äußerst gelungene Bouillabaisse, die er gestern abend im Restaurant Le Laetitia am Hafen gegessen hatte. Geschlafen hatte er in seinem Wagen. Um vier Uhr war er aufgestanden und hatte entlang der Landzunge nach

* (franz.) Das Gerät ist gestört.

Phare de la Pietra eine lange Wanderung unternommen. Die Seeluft war erfrischend, und nach Sonnenaufgang war der Himmel leuchtend blau geworden. Er lief zurück zu seinem Mercedes 580 SEL-P mit deutschem Kennzeichen, der ungefähr fünfzig Meter entfernt von der Floßbrücke zum Gare Maritime geparkt war. Wie gewohnt pochte er mit den Knöcheln auf den fünf Zentimeter starken Polyesterkotflügel und lehnte sich dagegen. Die Fähre schob sich rückwärts an den verschlissenen Autoreifen des Piers entlang. An Deck wimmelte es von Menschen.

Der Mann war gespannt, doch nicht nervös. Er verstand sein Handwerk und nahm dessen Risiken in Kauf. Das einzige, was ihn beunruhigte, war die Möglichkeit, notgedrungen von der belgischen Militärbasis in Solenzara Gebrauch machen zu müssen. Er hatte einen Horror vor der romanischen Nonchalance, von der er in den letzten vierundzwanzig Stunden zwei Kostproben erlebt hatte. Er hatte Appetit auf eine Tasse starken Kaffee und ein Viertel Perrier, aber alle Cafés des Städtchens waren geschlossen.

Es dauerte noch eine Viertelstunde, bis der erste Wagen über die niedergelassene Brücke von der Fähre an Land rollte. Er hatte so geparkt, daß er die Wagen bequem der Reihe nach beobachten konnte. Er setzte sich hinters Steuer und blickte aufmerksam in seinen elektronisch verstellbaren Rückspiegel. Sein trainierter Geist registrierte jedes Detail der einzelnen Wagen. Enorm viele deutsche und französische Touristen, deren Autos und Wohnwagen von der Fähre rollten, weniger Niederländer, Engländer, Belgier, ein paar Schweden. Der vierundneunzigste Wagen war ein hellgrüner Citroën CX. Er startete den Motor. Weißrotes Nummernschild. Als er die Ziffern erkennen konnte, legte er den ersten Gang ein. Indem er das Steuer herumriß, manövrierte er sich zwischen den Citroën und den nächsten Wagen, einen Franzosen, der wie verrückt zu hupen begann und sich den Zeigefinger in die Stirn zu bohren suchte.

Das *Objekt* kann jetzt drei Dinge tun, überlegte der Mann, während er dicht hinter dem Belgier herfuhr: versuchen, hier zu frühstücken, oder durchfahren und die

N 197 nehmen, wie erhofft, oder nach Bastia fahren und die komfortable dreispurige N 193 nach Corte nehmen. Im letzteren Fall müßte er die Sache ganz anders anpakken.

Die Wagen fuhren recht flott, in dem verschlafenen Städtchen gab es keinen örtlichen Verkehr. Autos standen in Viererreihen und warteten, um mit der Fähre auf das Festland zu gelangen. Ein großer Teil der Touristen nahm die N 199 nach Calvi und zur Westküste. Der Belgier schlug die N 199 Richtung Osten ein, die sich nach sieben Kilometern in Lozari teilen würde. Geradeaus nach Bastia, rechts nach Corte. Kurz hinter Guardiola machte ein Simca mit Pariser Kennzeichen plötzlich unmittelbar vor einer Kurve ein verwegenes Überholmanöver. Der Mann im Mercedes bremste, damit der Simca sich vor ihm in die Kolonne schieben konnte, was gerade noch rechtzeitig geschah. Ein alter Renault kam mit hoher Geschwindigkeit aus der anderen Richtung und verfehlte den Simca um Haaresbreite. Schuld an der Situation hatte eigentlich der belgische Citroën, der irritant langsam fuhr. Eins nach dem anderen überholten ihn die Autos und schnitten ihn. Der Mercedes fuhr weiterhin ruhig hinter dem belgischen Citroën her.

Hinter Lozari bog der Citroën tatsächlich rechts ab nach Corte, und einen Kilometer weiter tat er etwas, worauf der Mann im Mercedes niemals zu hoffen gewagt hatte: Er hielt an einem ländlichen Café-Restaurant. Einige hundert Meter weiter hielt auch der Mercedes und ließ die Wagenkolonne vorbeifahren. Es wurde still.

Er nahm seine Sonnenbrille ab, öffnete den Reißverschluß einer mit Schaumgummi gepolsterten Ledertasche, die an der Rückenlehne neben ihm befestigt war, startete den Motor und fuhr los. Er fuhr geschmeidig und vorsichtig, nahm behende die erste scharfe Kurve vor Palasca, blickte ab und zu in den Rückspiegel und begann die Steigung zum Colombano-Paß hinaufzufahren. Nach dem Gipfel mit dem Schild „altitude 692 m“ schaltete er in den zweiten Gang und begann sachkundig die Abfahrt. Die ganze Zeit war ihm kein einziger Wagen begegnet. Er warf einen Blick auf die Uhr: 6.55 Uhr. Die Korsen schliefen noch. Nach der zweiten

Haarnadelkurve hielt er an, wendete den Wagen mit drei schnellen Manövern, schaltete den Motor ab und stieg aus. Stille, Wälder, Berge, Gesträuch, würziger Rosmarinduft, überall Grillengezirp, ein frischer, windstiller Morgen. Er streckte die Beine und blickte sich lauschend um. Der holprige Weg war hier und da nachlässig mit Asphalt ausgebessert. Überall Sand und kleine Kieselsteine. Allradantrieb nehmen, dachte er. Er ging zum Abgrund auf der anderen Straßenseite. Etwa fünfzig Meter tief, schätzte er. Zwischen Felsblöcken und verkohlten Bäumen von einem früheren Waldbrand sah er den San-Colombano-Bach, der sich wie ein weißes Band durch das schmale Tal schlängelte. Er lauschte weiter.

Ab und zu blickte er auf die Uhr. Horchte. Noch immer kein Wagen aus Richtung Corte. Wenn es plötzlich doch geschehen würde, könnte das für sein Timing die schlimmsten Folgen haben. Er behielt die andere Seite der Straße im Auge, eine Kurve in etwa zweihundert Meter Entfernung. Er hörte, wie sich ein Wagen mit defektem Auspuff näherte. Er behielt die Kurve im Auge. Ein blauer Lieferwagen wurde sichtbar. Mit viel Lärm fuhr er vorbei. Korsische Nummer. Zehn Minuten später ein Peugeot voller Kinder und Gepäck. Französische Nummer. Stille. Grillengezirp. Auf einmal, wie aus dem Nichts, erschien ein hellgrüner Citroën, der so langsam fuhr, daß er ihn nicht einmal gehört hatte. Er rannte zu dem Mercedes, sprang hinters Steuer, legte die speziellen Stuntsicherheitsgurte an, startete den Motor, schaltete den Allradantrieb ein, den ersten Gang und wartete mit dem linken Fuß auf dem durchgetretenen Kupplungspedal, dem rechten am Gas. Gespannt schaute er, und als er die weißrote Nummer deutlich sehen konnte, gab er ein wenig Gas und spannte den Rücken. Der Citroën näherte sich mit nicht einmal fünfzig Stundenkilometern. Er konnte das Gesicht von Dr. Lamoral deutlich erkennen; er hatte ein weißes Hütchen auf, an der Frontscheibe war ein Rot-Kreuz-Zeichen. Genau im richtigen Bruchteil einer Sekunde schoß der weiße Mercedes nach vorn, und bevor der Mann mit dem weißen Hütchen irgendein Ausweichmanöver machen konnte, rammte er ihn mit der vollen Wucht seiner zweieinhalb Tonnen schräg gegen das linke Vorderrad. Die Nase des Citroëns hob sich einen Meter vom Boden, der Wagen kenterte wie ein Boot unter einer Welle und verschwand völlig in einer großen Staubwolke. Der Mercedes fuhr mit aufheulendem Motor rückwärts und stellte sich mit der Nase in Richtung L'Ile-Rousse. Der Mann legte die Gurte ab, sprang aus dem Wagen und lief mit dem Fernglas und der Leica die Straße hinauf. Er spähte umher und konnte gerade noch eine Reihe dumpfer, metallisch klingender Schläge hören; er wartete, bis sich die Staubwolke verzogen hatte, und beugte sich neugierig über den Abgrund. Das erste, was ihm auffiel, war die breite Spur durch das Gesträuch, die direkt zu einer anderen Staubwolke dicht am Bach führte. Nach einer Minute konnte er sehen, was er sehen wollte. Er stellte sein Fernglas ein, und während sein Gehör auf die Straße gerichtet blieb, betrachtete er ungerührt das Häufchen zusammengequetschten Blechs.

Das Dach war bis zum Boden plattgedrückt, als wäre es unter einen Dampfhammer gekommen. Die Motorhaube und ein Rad lagen etwas weiter entfernt. Jeden Augenblick erwartete er eine Stichflamme und eine Explosion, aber nichts geschah. Er stellte das Objektiv der Leica ein, machte schnell fünf Schnappschüsse, lief zurück zu seinem Wagen, holte ein Fläschchen aus dem Verbandskasten und einen Wattebausch und inspizierte gründlich die Vorderfront des Mercedes. Auf der Polyesterverkleidung der stählernen Stoßstange waren an drei Stellen Spuren des Aufpralls. Sorgfältig entfernte er sie mit Verdünner, holte ein Feuerzeug hervor und zündete die Watte an. Er stieg ein, drehte das Fenster herunter und wartete, bis ein BMW mit deutschem Kennzeichen in Richtung Corte vorbeigefahren war.

In L'Ile-Rousse würde er erst in Ruhe frühstücken, gegen neun Uhr Haussler anrufen, ein bißchen spazierengehen, ein Sonnenbad nehmen, Mittag essen und um drei Uhr die Fähre nach Toulon nehmen.

Karl Libowski war zufrieden mit dem Ergebnis von Sirocco, seinem elften Auftrag. Er war der Enkel von SS-

Standartenführer Werner Libowski, Ritterkeuzträger, 1943 an der russischen Front gefallen in der Panzerschlacht bei Kursk.

Libowski startete den Motor, schaltete den Vorderradantrieb aus, setzte die Sonnenbrille auf und fuhr wie ein Pfeil davon.

Donnerstag, 26. Juli 1990

Wanderweg 4 zur Verpeil-Hütte, Kaunertal, Höhe 1642 m. 11.20 Uhr.

Regengüsse jagten mit Nebelschwaden durch die Schlucht am Südhang des Schweinkert, dessen schneebedeckter Gipfel bis weit herab in Wolken gehüllt war. Am Bergbach entlang führten grüne Wegweiser des Wanderwegs 4 zur Verpeil-Hütte, die eine Stunde entfernt lag.

Der Mann kniete auf einem Stück fester Plastikfolie neben dem Fels, fünfhundert Meter von der Stelle entfernt, wo der Pfad aus dem Fichtenwald kam. Dort begannen auch die letzten Ausläufer zur Baumgrenze hin. Der Mann trug eine Wollmütze, und seine Hände, die den Feldstecher hielten, waren eiskalt. Der Summer in der Tasche des Pullovers unter seiner Bergsteigerjacke hatte vor einer halben Stunde leise zu piepen angefangen, und der Ton wurde immer deutlicher. Er behielt die Stelle im Auge, wo die zwei Objekte, begleitet von Kurt, aus dem Wald kommen würden. Das Wetter hatte einen großen Vorteil: In den Bergen gab es praktisch keine Touristen.

Unter einem zweiten Stück Plastikfolie lag ein Steyr-Mannlicher-Karabiner SSG .308 mit einem Kahler-Helia-Super-Zielfernrohr, das auf Vergrößerung 3 justiert war. Im Trommelmagazin waren zwei spezielle Patronen, eine davon schon im Lauf. Es war Remington-„Accelerator"-Munition mit expansiven Köpfen und Teflonmantel. Dieser Mantel würde gleich nach dem Verlassen des Laufs auseinanderplatzen, so daß keine Identifizierung aufgrund der Spuren der Züge möglich war. Mit der superstarken Ladung konnte er, wenn nötig, auf dreihundert Meter Entfernung jemandem eine Zigarette aus dem Mund schießen. Er fand es nur frustierend, daß er dieses Juwel nach Erledigung des Auftrags sofort verschwinden lassen mußte, denn er liebte exklusive Scharfschützengewehre. Vor fünf Jahren war er mit 599

Punkten BKA-Meister im Karabinerschießen auf 200 m gewesen, was als Leistung von Weltniveau angesehen wurde. Auf dem Zielfernrohr saßen zwei Gummideckel. Er setzte sich anders hin, denn die feuchte Kälte drang durch seine Hose. Er blickte auf seine Armbanduhr, wischte zum soundso vielten Mal die Tropfen von seinem Fernglas und blickte erneut zum Wald. Es war wie ein Film in Zeitlupe. Zuerst erschien Kurt, mit einem Tirolerhut auf dem Kopf. Hinter ihm die beiden Belgier. Mann und Frau. Alle drei in Wetterjacken, die Männer trugen Rucksäcke. Er tastete nach seinem Summer und drückte darauf, während er Kurt im Auge behielt, der einen winzigen Empfänger im Ohr hatte. Kurt nahm, wie verabredet, für einen Moment den Hut ab. Das ist der Vorteil von Absprachen mit Profis, dachte der Mann, und doch läuft im Schnitt bei einem von fünf Aufträgen etwas Wichtiges schief, durch unvorhergesehene Ereignisse. Sie waren noch ungefähr vierhundertfünfzig Meter von seinem Beobachtungsposten entfernt. Er legte das Fernglas beiseite. Ruhig faltete er das Stück Plastikfolie zusammen, legte es neben den Karabiner und klickte das Zweibein unter dem Lauf in senkrechte Position. Er nahm erneut das Fernglas zur Hand. Noch vierhundert Meter. Er beschloß, das Risiko zu verringern und wegen der äußerst schlechten Sicht auf zweihundert Meter Entfernung zu schießen. Unmittelbar hinter der letzten Fichte der Baumgrenze. Als sich die drei näherten, sandte er kurz hintereinander drei Signale aus. Er sah, wie Kurt stehenblieb, zu den beiden anderen etwas sagte und nach dem Schulterriemen seines Rucksacks griff. Das Grüppchen blieb im Regen stehen. Er konnte das blasse Gesicht des Belgiers deutlich erkennen. Kurt holte ein Lunchpaket aus seinem Rucksack.

Der Mann nahm den Karabiner, entfernte die Gummideckel vom Zielfernrohr, steckte sie ein, stellte das Zweibein fest auf den Felsen, legte sich auf den Bauch und brachte den Kolben an die Schulter. Das Gesicht an die Wangenstütze. Sein Auge an das Zielfernrohr. Langsam suchte er das leicht verzerrte Bild der dicken Fichte und senkte das Gewehr einige Millimeter. Die bekannte Szene erschien direkt vor dem Fadenkreuz.

Die Wärme seines Gesichts ließ das Glas beschlagen. Er hatte damit gerechnet und das Glas mit einem besonderen Antibeschlagmittel behandelt. Er wartete geduldig, bis das Bild klar war. Er schob den Sicherungsbügel nach vorn, legte den Zeigefinger an den Abzug, atmete zur Hälfte aus, entspannte sich völlig, zielte genau, bis das Fadenkreuz exakt auf der Brust des Belgiers saß, der gerade in ein Sandwich biß. Und drückte federleicht ab. Nach dem Stoß gegen seine Schulter sprang das Echo des Schusses durch das Tal. Automatisch zog er den Verschluß zurück und wieder vor und zielte erneut. Auf die Frau, die neben dem Mann kniete und an seiner Schulter rüttelte. Da sie ihm nicht die Vorderseite zuwandte, plazierte er die Mitte des Fadenkreuzes unter ihre Achsel und drückte ab. Er sah die Frau umfallen. Kurt kniete bei den beiden Leichen. Unter seiner Jacke setzte der Summer wieder ein. Aktion Föhn war beendet.

Schnell stand er auf, stellte die ausgeworfene Hülse sicher, klappte das Zweibein zusammen, lief zu einem Felsvorsprung, hinter dem ein tiefer Spalt in eine Höhle führte, wischte die Stellen auf Kolben und Lauf, wo er möglicherweise Abdrücke hinterlassen hatte, mit einem Papiertaschentuch ab, warf den Karabiner in den Spalt, die leere Hülse, die beiden Gummideckel. Dann wikkelte er die beiden Stücke Plastikfolie um einen schweren Stein und ließ sie in den Spalt fallen.

Schnell holte er eine große Tube aus seiner Tasche, drückte eine fettige Substanz heraus und rieb sich damit Hände und Gesicht ein. Es war eine spezielle Seife, die das BKA-Labor zusammengestellt hatte, um jede Spur von Pulverrückständen auf der Haut verschwinden zu lassen. Er wartete einige Minuten und wischte dann alles mit mehreren Papiertaschentüchern trocken, die er zusammen mit der Tube in den Spalt warf.

Er blickte auf die Uhr. Wenn sich das Wetter nicht verschlechterte, würde er bei Sonnenuntergang in Sankt Leonhard im Pitztal sein, wo bei der Kirche sein Wagen stand. Er hoffte, daß Kurt blitzschnell aus dem Kaunertal verschwinden würde, denn er traute der Situation nicht. Alle Förster waren in Alarmzustand, und Beamte der österreichischen Kripo fuhren mit Funkwagen die Gegend ab.

Er holte einen Recta-Kompaß der Schweizer Armee hervor, klappte ihn auf und stellte den Drehring auf Azimut 50 Grad, brachte die Visiervorrichtung auf den gewünschten Punkt und entfaltete die Stabskarte im Maßstab 1 : 25000. Er beschloß, das Tal südlich vom Richtpunkt zu nehmen und später nach Norden abzubiegen. Dieser Weg war weiter, doch wesentlich flacher. Er hoffte nur eins: daß der Himmel dicht bleiben würde.

Freitag, 27. Juli 1990

Geheime Adresse Operative Hauptdirektion in Meise. 10.30 Uhr

„Was die Aktion Sirocco angeht, ist alles okay“, sagte Haussler, „hier sind die vergrößerten Fotos, ich denke, daß Sie zufrieden sein werden, mein Kolonel.“

Kolonel Paquet nahm den gefütterten Umschlag entgegen, öffnete ihn und holte die Farbfotos heraus. Betrachtete sie eins nach dem anderen. Nickte.

„Gute Arbeit, Barca“, sagte er, „nur schade, daß der Haufen nicht explodiert ist.“

Haussler nahm aus der silbernen Dose ein Stück Gebäck und schob es in den Mund.

„Apropos, wie kam es, daß Ihr Mann in Gent den Magneten nicht am Chassis des Wagens anbringen konnte?“ fragte er freundlich. „Zu einem bestimmten Zeitpunkt hing dadurch der gute Verlauf der Aktion Sirocco an einem seidenen Faden, ich übertreibe nicht.“

Kolonel Paquet seufzte und fuhr sich über die Stirn. Er blickte auf, direkt in die Augen Hausslers.

„Wie kommt es, daß die österreichische Polizei Ihren Agenten im Kaunertal immer noch nicht freigelassen hat, Barca, so daß ich ernsthaft am guten Verlauf der Aktion Föhn zu zweifeln beginne?“

„Leider hat Österreich ein demokratisches Regime, mein Kolonel“, entgegnete Haussler ungerührt, „aber die Cover story unseres Agenten ist zum Glück wasserdicht. Er wird an seiner Version der Fakten festhalten, und dann müssen sie ihn notgedrungen freilassen. Das ist dann ein *Vorteil* eines demokratischen Regimes. Oder eines Rechtsstaates, wie Sie wollen. Lassen Sie uns konkret werden. Ich möchte gern über die Geschehnisse berichten, wenn Sie danach so gut sein würden, *Ihre* Geschichte zu erzählen.“

„Okay“, sagte der Kolonel zurückhaltend. Er war über

den Gang der Dinge beunruhigt. In anderthalb Stunden mußte er beim Korpskommandanten Bericht erstatten.

„Nun, mein Kolonel, das Sprichwort ‚Kleine Ursachen haben große Wirkungen' scheint sich wieder mal zu bewahrheiten. Die Pension Raich in Grasse-Kaunertal, wo unsere drei logierten, ist ruhig und ideal gelegen, aber wir haben doch etwas übersehen, und zwar folgendes: Der Eigentümer der Pension, ein Herr Josef Raich, ist ein Berufsjäger, der während der Jagdsaison mit reichen Herrschaften in die Berge geht, um Gemsen und Hirsche zu schießen. Natürlich ist die ganze Gegend ein wenig in Panik wegen des Heckenschützen mit seinem Steyr-Mannlicher. Sieben Opfer in zwei Monaten sind hinsichtlich des *Risikokoeffizienten* ziemlich besorgniserregend. Unser Josef Raich muß also die beiden Schüsse gehört haben, und sein gesunder Bauernverstand verbindet sie sofort mit der Tatsache, daß keine Jagdsaison ist. Was tut er? Er ruft die Polizei in Prutz an, Sie wissen ja, das Dorf, wo das Kaunertal beginnt. Was tut die Polizei? Was ich immer befürchtet habe. Das Tal absperren mit einer Straßensperre und Patrouillen ausschicken. Das Kaunertal ist eine Mausefalle geworden oder ein Minenfeld, wie Sie wollen. Was tut unser Agent, der die beiden Objekte begleitete? Genau, was in seinem Auftrag steht. Im Sturmschritt ins Kaunertal. Seine Sachen läßt er in der Pension zurück. Mit dem Taxi nach Landeck, der ersten Stadt mit einem Bahnhof. In Prutz wird das Taxi aufgehalten. Wer sind Sie? – Der und der. – Deutscher? Dürfen wir Ihren Paß sehen? – Jawohl.* – Wo wohnen Sie? – Pension Raich in Grasse. – So, und wo fahren Sie hin? – Nach Landeck. (Wo er wohlgemerkt den Zug nach Innsbruck nehmen wollte und von dort aus den Expreß nach München.) – Was wollen Sie in Landeck tun? – (*Zum Glück hat unser Agent schon lange Lunte gerochen.*) Einen Doppelmord anzeigen bei der Polizei. – So, müssen Sie dazu nach Landeck, und ausgerechnet mit einem Taxi? Gibt es keine Telefone? – Ich war in Panik, meine Herren. – Genau. Kommen Sie mal mit."

* Im Original deutsch.

Haussler legte die Fingerspitzen aneinander und runzelte die Stirn.

„So war die Lage gestern am frühen Nachmittag. Unser Schütze ist mittlerweile sicher in Deutschland. Kein Problem. Der andere wird noch immer vernommen. Die beiden Leichen wurden inzwischen gefunden. Josef Raich hat ausgesagt, daß ihm diese drei von Anfang an ein wenig verdächtig vorkamen. Die Bergwanderung bei Regen hätte ihn endgültig mißtrauisch gemacht. Hat die österreichische Polizei noch keinen Kontakt mit *Ihnen* aufgenommen, mein Kolonel?"

„Doch, Barca. Wir haben die falschen Pässe angeblich gecheckt und ein Telex abgeschickt, daß *die Familie* tatsächlich über den Urlaub im Kaunertal informiert war. Die Leichen liegen im Eisschrank des Leichenschauhauses in Innsbruck, wo auch die Autopsie vorgenommen wurde. Wir sind voll dabei, jemanden zu suchen, der als Familienmitglied durchgehen kann, um die Leichen zu identifizieren, und sie zur Beisetzung freizubekommen."

„Kann ich meine Dienste anbieten, mein Kolonel? Wir haben einen geeigneten älteren Herren, der mit einem falschen belgischen Paß gut und gern für den Vater durchgehen kann, er spricht genug Französisch, und sein Akzent ist so abscheulich, daß die Österreicher sowieso glauben werden, er sei Belgier."

„Das ist sehr freundlich, Barca. Muß ich nun meine Geschichte über den Magneten vortragen?"

„Lassen Sie nur, mein Kolonel. Es wird sicher etwas in der Art sein von: Wir haben das Auto nicht gefunden. Oder: Die Garage war abgeschlossen. Oder: Der Besitzer war gerade dabei, den Kofferraum zu beladen, nicht wahr?"

Kolonel Paquet blieb ruhig, mehr aus Erschöpfung, als weil es seiner Art entsprach. Er hatte Mühe, seine Gedanken zu ordnen. Die ganze Zeit schon ging es ihm immer wieder durch den Kopf: Willy hat seine Familie in der Provence zurückgelassen. Er liegt jetzt mit Geneviève Welckenraedt im Bett. Der Generalstab wünscht kein Risiko einzugehen. Könnte ich ihm nur ein Zeichen geben!

Er versuchte zu überlegen, wie er seinen ersten Satz formulieren sollte.

Haussler sah ihn mit gespieltem Interesse an und ließ die Stille andauern. Er goß seine Tasse voll und nahm noch ein Stück Gebäck. Er knabberte hörbar.

„Barca", setzte der Kolonel an, „ich habe noch einen Auftrag, fürchte ich. Oder, besser gesagt, einen Plan, um einen Auftrag *eventuell* auszuführen . . ."

„Neunzehnhundertneunzig ist ein fruchtbares Jahr, nicht wahr, mein Kolonel?"

Kolonel Paquet tat, als hörte er die spöttische Bemerkung nicht.

„*Falls* wir jemals zur Ausführung übergehen, ist es bisher die . . . delikateste Entscheidung meiner Karriere . . ."

„Ich *brenne* gleichsam vor Neugierde, mein Kolonel."

Kolonel Paquet fuhr sich über die Augen, starrte vor sich hin, seufzte, blickte Haussler unvermittelt an und sagte: „Barca, von Mann zu Mann. Wissen Sie, daß ich . . . zögere, auch nur daran zu *denken*?"

Haussler nickte mit einem schiefen Lächeln.

„Ich wußte nicht, daß Sie ein Gefühlsmensch sind, mein Kolonel. Wissen Sie, daß dies in unserem Beruf gefährlicher ist als . . . Sentimentalität?"

Kolonel Paquet trank aus seiner Tasse, in der der Kaffee kalt geworden war, stellte sie laut auf die Untertasse zurück, preßte die Zähne zusammen und sagte: „Das Problem ist folgendes . . ."

Baarle-aan-de-Leie
10. August 1980

Anhang

Donnerstag, 12. Juli 1990

2 Mord war ein Gebiet, auf dem Kapitein-Commandant Velge mit Vorliebe, Talent und Gespür operierte. Dies war vielleicht auch der Grund, weshalb er sich in so auffällig kurzer Zeit bei seinen Vorgesetzten einen guten Ruf erworben hatte, den er sorgsam pflegte und der ihm über alles ging. Seine Zukunft sah nach dem Inkrafttreten des „Gesetzes über die Vollmachten" vom 18. November 1988 besonders hoffnungsvoll aus. Dieses Gesetz, beschlossen von dem blaublütig-katholischen Geschäftsführenden Kabinett Leysen-Schrans war für die Rijkswacht der Beginn einer Entwicklung, auf die die Befehlshaber schon seit Jahren gewartet hatten. Artikel 23 sah Stabsoffiziere für die Funktion des Supervisors der BOB-Detachements auf Gebietsebene vor, was Velge vorläufig als die höchste Funktion in seiner Branche betrachtete.

(In jedem Rijkswacht-Distrikt gibt es ein Detachement Gerichts- und Sicherheitspolizei mit präventiver und repressiver Aufgabenstellung, genannt Bewachungs- und Fahndungsbrigade [Bewakings- en Opsporingsbrigade = BOB]. Die Entwicklung ihres Effektivbestands im Distrikt Gent sieht folgendermaßen aus:

1980		1990	
insgesamt 34 Mann		insgesamt 94 Mann	
davon:		davon:	
Abteilung Information	10	Abteilung Information	30
Abteilung Anschläge auf Personen	9	Sondermorddezernat	14
		Abteilung Sittlichkeitsdelikte	16
Abteilung Anschläge auf Dinge	7	Abteilung Anschläge auf Dinge	8
		Abteilung Jugendkriminalität & White Collar Crimes	12
Abteilung Drogen, Ausländer, Szene	8	Abteilung Drogen, Ausländer, Szene	14)

Der Supervisor der BOB-Detachements auf Gebietsebene, die von Velge angestrebte Funktion, ist verantwortlich für alle gerichtlichen Ermittlungen in den Provinzen Ost- und Westflandern, dem Rijkswacht-Gebiet der Zwei Flandern. Im Februar hatte er das gefürchtete Majoorsexamen bestanden, die einzige Hürde vor dieser hohen Funktion. Die Ernennung ließ jedoch auf sich warten. Er machte sich deswegen nicht allzu große Sorgen, denn sein Schutzpatron in der HDO, Kolonel Stabsbrevetträger Paquet, hatte ihn in dieser Hinsicht beruhigt.

(HDO ist die Abkürzung für Operative Hauptdirektion des Generalstabs der Rijkswacht, bestehend aus:
DOP – Direktion Gerichtliche Polizei
DOO – Direktion Administrative und Ordnungspolizei
DOC – Direktion Verkehrspolizei
DOS – Direktion Organisation der Rijkswacht und Innere Dienste
CBO – Zentrales Fahndungsbüro Dienstsekretariat)

Den Gang der Dinge nach dem November 1988 fand Velge einmalig. Es erfolgte ein rascher Zuwachs des polizeilichen und technischen Effektivbestands der BOB-Detachements, dem Generalstaatsanwalt wurde jegliche disziplinäre Kontrolle über die Rijkswacht entzogen und der gerichtlichen Polizei der Staatsanwaltschaft alle Ermittlungsbefugnisse in Sachen Mord, Geiselnahme, Subversion, Überfall, Drogen, Szene und Ausländer. Sein Traum, eine BOB-Zentrale in Brüssel nach FBI-Vorbild, sollte in wenigen Jahren verwirklicht werden. Ein hartes Gemeinwesen nach amerikanischem Muster erforderte seiner Meinung nach einen harten Zugriff. In dieser Konstellation bewegte sich Velge wie ein Fisch im Wasser.

4 Krisenstab: Für jeden Mordfall wird in der Übertragungszentrale des Rijkswacht-Distrikts ein Krisenstab gebildet unter dem Befehl eines Offiziers, der mit dem Ermittlungsteam in Funkverbindung steht und der den Verlauf der Ermittlung in einem Logbuch festhält.

6 CVI (Centrum Voor Verwerking van Informatie): Informationsverarbeitungszentrum der Rijkswacht in Brüssel. Computerkomplex mit Datenbank, der 1973 einen Personalbestand von 53 Mann hatte, 1976 bereits 80 Mann, 1980 waren es 117 Mann und 1990 1435 Mann. Der Dienst untersteht der Hauptdirektion für Kommunikation.

7 C-Information: allgemeine Angaben über Personen, die noch nie mit dem Gesetz in Konflikt geraten sind.
B-Information: Information über Personen, die nicht Objekt einer Fahndung oder Ermittlung sind, aber deren gerichtliche Vergangenheit oder deren Lebenswandel die besondere Aufmerksamkeit der BOB rechtfertigt.
A-Information: Information über Personen, nach denen gefahndet wurde, oder Personen mit einer gerichtlich stark belasteten Vergangenheit, Häftlinge, Exhäftlinge und Rückfalltäter.

8 Die Nationalnummer (Personenkennzahl) des Rijkswacht-Registers besteht aus 11 Ziffern. Zum Beispiel bei Hélène Leblanc 370317004-92:
37 = Geburtsjahr 1937,
03 = dritter Monat (März),
17 = Tag des Monats.
004 = gerade Nummer für Frauen, ungerade für Männer. Die Leblanc war das zweite Mädchen, das am 17. März 1937 in Belgien geboren wurde.
92 = eingebaute Computersicherheit; wenn man von der Zahl, die sich aus den ersten neun Ziffern ergibt, 92 subtrahiert, wird sie teilbar durch den festen Koeffizienten 97.

10 Pulvereinsprengung: Folge des Eindringens von nicht oder nur teilweise verbrannten Pulverpartikeln in die Oberhaut. Häufig liegt diese Zone unter einem Rußniederschlag verborgen und wird erst entdeckt, nachdem dieser weggewaschen wurde.

11 Der Innendurchmesser des Laufs einer Handfeuerwaffe ist kleiner als der Außendurchmesser der Kugel. Dies hat den Zweck, die Kugel, die meistens aus weichem Metall besteht, durch die Züge des Laufs zu pressen, wodurch eine Drehbewegung entsteht.

12 Der McDonnell Douglas ist ein hochkompliziertes elektronisches Gerät, das mit Hilfe eines Laserstrahls sehr schnell Kugelvergleiche durchführen kann. Das Kugelprofil wird durch eine spezielle Spektralfotoaufnahme eingegeben. Wenn man eine verdächtige Kugel mit den Kugelprofilen vergleichen will, die im Computergedächtnis gespeichert sind (die Kugelprofile aller Schußwaffen des Landes, die nach 1985 nach Belgien eingeführt wurden), so kann eine

Operation, die früher ganze Tage in Anspruch nahm, nun in wenigen Sekunden elektronisch durchgeführt werden.

13 Ein lebender Mensch blutet, wenn ihm eine Wunde zugefügt wird. Eine Leiche nicht.

14 Anhand von Speichel, Sperma, Vaginalflüssigkeit und Schweiß einer Person kann man in 85% der Fälle die Blutgruppe bestimmen. Diese Personen nennt man Sekretoren. Die restlichen 15% sind Non-Sekretoren.

15 Mobile Gruppe: Jeder Rijkswacht-Distrikt verfügt über eine mobile, gut trainierte Rijkswacht-Abteilung mit Panzerfahrzeugen, Funkausrüstung, Wasserwerfern, Mörsern, Maschinengewehren und Pferden, deren Aufgabe es ist, die öffentliche Ordnung im Falle ihrer Verletzung wiederherzustellen sowie die Verteidigung des Landes zu sichern. 1990 verfügten die Mobilen Gruppen des Landes außerdem über CVRT-Panzerwagen Scorpion und Scimitar mit 90-mm-Kanonen und lasergesteuerter Zielvorrichtung.

16 Das Gesetz über die Reglementierung der Schußwaffen vom 12. Januar 1985 legte fest, daß mit jeder Waffe auf einer speziellen Schießbahn in Leuk ein Probeschuß abgegeben und daß das Kugelprofil in der Datenbank der Rijkswacht gespeichert werden mußte. Dies vereinfachte spätere Kugelvergleiche beträchtlich. Das Gesetz war jedoch nicht rückwirkend.

17 Kluyskensstraat: das Gebäude, in dem das Laboratorium für Gerichtsmedizin der Reichsuniversität Gent untergebracht ist.

18 MCK: magnetische Codekarte. Premier Tindemans hegte 1987 große Pläne, die belgische Bevölkerung einer totalen Kontrolle zu unterwerfen. Jeder Belgier sollte eine MCK erhalten. Systematisch sollte der Gebrauch dieser Karte auf alle Bereiche des Zusammenlebens ausgedehnt werden. Sie sollte zu dem einzigen Mittel werden, Geldoperationen vorzunehmen, Auto fahren zu dürfen, in Supermärkten einzukaufen, zu tanken, zu telefonieren, zu reisen, Zugang zu öffentlichen und privaten Gebäuden zu erhalten, in die Kirche, ins eigene Haus. Der Schlitz, in den die Karte jedesmal geschoben werden müßte, sollte einen Minicomputer enthalten, der jede Handlung in ein riesiges Computergedächt-

nis einspeichern würde, das auf diese Weise die Kontrolle über die geringsten Handlungen und Bewegungen jedes Staatsbürgers hätte. Eventuell könnte das Leben ihres Besitzers durch die Blockierung der Karte unmöglich gemacht werden. Lediglich eine kleine Elite sollte von der Verpflichtung, eine MCK zu besitzen, ausgenommen werden: Minister, Prälaten, Parlamentsabgeordnete, hohe Beamte und Richter, Diplomaten, hohe Offiziere, streng ausgewählte Notare, Mediziner, Rechtsanwälte, Universitätsprofessoren, wichtige Ausländer usw.

20 Der Public-Relations-Dienst des Generalstabs der Rijkswacht wußte mit Hilfe der Manipulation von Informationen die latente Zukunftsangst, die bei der rechtschaffenen Mehrheit der Bevölkerung infolge der nun schon seit zehn Jahren andauernden ökonomischen Rezession herrschte, geschickt zu nutzen zur Stützung des Establishments. Die Banken, die Industrie und das Großkapital erhielten immer mehr Einfluß auf die politische Beschlußfassung. Die unerbittliche Kontrolle über 914 000 Arbeitslose, von denen nur 250 000 ein Recht auf das volle Arbeitslosengeld hatten, hatte vier Erscheinungen hervorgerufen: das Entstehen eines technologischen Proletariats, einen alternativen Arbeitsmarkt, Alkoholismus und Jugendkriminalität. Die wenig kampfbereiten Gewerkschaften und das arrogante Unternehmertum hatten weniger Mühe denn je, die qualifizierten Arbeiter mit einer Lohnerhöhung von 0,5% über der Inflationsrate zu versöhnen. Die Inflation war wegen der zurückgegangenen Produktion und Konsumtion recht niedrig: 4,5%. Die Arbeiter hatten vorläufig eingesehen, daß sie den sogenannten Sinn für die Realität zeigen mußten, und sie beugten sich vor den eisernen Gesetzen der neoliberalen Wirtschaft, die alles Mögliche tat, um die Arbeiter davon zu überzeugen, daß die letzten Spuren des Wohlstands vor allem dem freien Unternehmergeist der Arbeitgeber zu verdanken waren.

Generaal Welckenraedt stammte aus einer alten Genter Familie, die Verbindungen im Bankwesen und in der Industrie hatte. Unter seinem Befehl (1982–1986) hatte die Rijkswacht bei Streiks, Krawallen und Kundgebungen kraftvoll und effektiv eingegriffen. Die Kontrolle über die wenigen noch nicht ausgewiesenen Ausländer, über Rauschgiftsüchtige, Homosexuelle und andere subversive Elemente wurde erheblich verstärkt. Dank den enormen Budgetmöglichkeiten wurde das bestehende Netz von Abhöranlagen und bezahlten Spitzeln ausgebaut. Aufgrund der sorgfältig geprüften Methoden der Sonderabteilung C5 wurde folgendes Stadium vorbereitet: die effektive Anwendung der über bestimmte Personen gespeicherten Daten mit dem Ziel, zusätzliche Informationen zu erhalten. Es wurde auch an eine eventuelle gewaltsame Ausnutzung der obengeannten Daten gedacht, doch dafür war die Situation vorläufig noch nicht reif.

Zwei bemerkenswerte Phänomene hatten sich unter Generaal Welckenraedt auf politischem Gebiet herausgebildet: eine auffällige Toleranz seitens der führenden Liberalen gegenüber der ideologischen und ökonomischen Hegemonie des CVP-Staates in Flandern, der einzigen soliden Garantie für relative Ruhe im nördlichen Teil des noch immer unitären Belgien. Das zweite Phänomen war die Entstehung enger Kontakte zu Polizei- und Sicherheitsdiensten der Bundesrepublik Deutschland, wo unter Bundeskanzler Franz Josef Strauß ein ultrarechtes christdemokratisches Regime entstanden war. 1992 sollten in der Ostsee enorme Erdöl- und Erdgasvorräte ausgebeutet werden, die Deutschland auf dem Energiesektor von den arabischen Öllieferanten unabhängig machen würden. Es war abzusehen, daß mit Hilfe des aufsehenerregenden magnetischen Spiegels 2XIIB im Tokamak-Fusionstestreaktor der Universität Princeton, der erstmalig pro cm^3 10000 Trillionen Kerne von Olenterium und Tritiumisotopen zusammenpreßte, die Energiekrise innerhalb von zehn Jahren durch die Kernfusion weitgehend gelöst sein würde. In Deutschland trieb man wegen dieser Aussicht den Bau von sechzehn riesigen Kernfusionsreaktoren intensiv voran, die u. a. die belgische und niederländische Industrie mit Strom versorgen sollten. Ein Netz von Fernheizungsanlagen, die nach dem Vorbild von Reykjavik und New York mit 400 Grad heißem Dampf betrieben wurden, war in den wichtigsten deutschen Städten im Bau. Das Geschäftsführende Kabinett Leysen-Schrans bewunderte die kraftvolle Politik, mit der Deutschland seine Position als wirtschaftliche Großmacht in Europa ständig ausbaute. Den Belgiern fehlte es jedoch an der nötigen Disziplin und Planmäßigkeit*, denn das Land war nach wie vor dermaßen von sprachlichem und politisch-ideologischem Zwist innerlich zerrissen, daß die Deutschen zögerten, Belgien in ihren Zehnjahresplan einzubeziehen, mit dem sie Europa zu einer industriellen Supermacht entwickeln wollten, die mit den Vereinigten Staaten, Japan und China kon-

* Im Original deutsch.

kurrieren könnte. Während eines seiner berühmten Wutanfälle hatte Bundeskanzler Strauß den Vizepremier Schrans im November 1989 aus seinem Arbeitszimmer geworfen mit den Worten, er solle doch zu einem Gespräch wiederkommen, wenn die Belgier ihre verdammte Arabermentalität aufgegeben hätten. Diese Tatsache wurde vor allem von der niederländischen Presse mit nicht geringer Schadenfreude berichtet, wogegen die belgische Presse den Vorfall totschwieg, weil das Disziplinargericht des Journalistenverbands seit 1988 verbot – wie auch immer –, das Ansehen von Regierungsmitgliedern zu schädigen.

21 Jeder Jahrgang der Rijkswacht-Offiziersschule trägt den Namen eines besonders heldenhaften Offiziers, der sich – zumeist im ersten Weltkrieg – ausgezeichnet hat.

23 Monsignore-Dugardijn-Preis: erhält der Offiziersschüler, der sich durch moralische und militärische Eigenschaften am meisten ausgezeichnet hat, vor allem aber durch sein Engagement während der ersten zwei Jahre an der Königlichen Rijkswacht-Schule.

Der Preis wird jährlich durch den höchsten Geistlichen der Rijskwacht überreicht, der den Rang eines Generaals hat.

24 Vor allem die letzte CVP-PVV-Koalitionsregierung Tindemans – De Clercq (1983–1987), die noch mehr oder weniger auf das Parlament Rücksicht nehmen mußte, hatte diese früher für unmöglich gehaltene Situation gefestigt. Der Traum des CVI der Rijkswacht war Wirklichkeit geworden. Tag und Nacht waren Mannschaften von Technikern damit beschäftigt, die riesige Datenbank in der Brüsseler Kroonlaan mit Milliarden von Daten aus den Computer-Systemen des ganzen Landes zu füttern. Es sollte noch bis 1994 dauern, ehe jeder Belgier der Möglichkeit einer „totalen Kontrolle“ ausgesetzt war. Vizepremier De Clercq verhielt sich als Liberaler in dieser Hinsicht wesentlich neutraler, er unterhielt hauptsächlich enge Kontakte mit Finanz- und Wirtschaftsinstanzen. Aber Premier Tindemans, dessen Spitzname der Kupferne Kanzler war, projizierte bis zu seinem plötzlichen Tod im Jahre 1988 seine wachsende Paranoia auf das ganze Land. Die politische Apathie der Bevölkerung schlug lediglich einmal in unverhüllten Ärger um, nämlich als der Premier nach einem seiner zahlreichen Besuche in Deutschland die Einführung der Kirchensteuer forderte. Ungeachtet dessen trug die Amtszeit dieses Mannes große Früchte. Ihm

war es zu verdanken, daß die sozialistische Zeitung „De Morgen“, die einzige Stimme der Opposition, ihre Türen schließen mußte. Jetzt ertönte nur noch die offizielle Stimme der Regierung. Lediglich die Zeitung „Het Laatste Nieuws“ erweckte durch ihre verwaschenen Boulevardallüren den Eindruck, als gäbe es noch Pressefreiheit. Wochenzeitungen wie „Vrij Nederland“, „Le Nouvel Observateur“, „Pan“, „Le Canard Enchaîné“ und „Pour“ waren verboten. Generell stand auf Pornographie und Homosexualität Gefängnisstrafe. Das Strafgesetzbuch war bereits teilweise reformiert. Der „Zustand permanenter Notwehr“, in dem sich jeder Rijkswacht-Beamte befand, ermöglichte flagrante Mißbräuche. Die Sondergerichte arbeiteten auf vollen Touren. Die Richter erhielten von Justizminister Storme Anweisung, gegen Sittlichkeitsdelikte, Abtreibungen und Ehebruch streng vorzugehen. Ehescheidungen wurden mit einer zusätzlichen Stempelgebühr von 150.000 Franc belegt. Die Zuchtkammern von der „Freien Erziehung“ griffen beim geringsten Verstoß gegen die katholische Moral sofort ein. Die Macht des Ordens der Mediziner war wiederhergestellt. RAL, AMADA und die KP waren verboten. Die sozialistischen Gesetzesvorschläge von 1986 zum Schutz der Privatsphäre waren endgültig im Keller. Kultur und Nationales Bildungswesen waren fest in katholischen, die Wirtschaft in katholisch-liberalen Händen. Die zusammengeschmolzenen Gemeinden Groß-Brügge, Groß-Gent, Groß-Antwerpen und Groß-Hasselt hatten jede auf fragwürdige Weise einen CVP-Bürgermeister erhalten. Die endgültige Festlegung der Provinzen war aufgeschoben, bis die Wirtschaftskrise vorbei sein würde. Die freidenkenden Persönlichkeiten, Akademiker, Schriftsteller, Rechtsanwälte, Künstler und dergleichen wurden durch die BOB-Informationsteams regelmäßig „gecheckt“.

Die soziale Sicherheit war endlich nach amerikanischem Modell durch ein System von persönlich abgeschlossenen Versicherungsverträgen bei privaten Gesellschaften ersetzt. Der Zwiespalt in der sozialistischen Partei war nach der unerwarteten und bedauerlichen Beseitigung Karel Van Mierts durch den konservativen Flügel der SP praktisch unüberbrückbar geworden.

Das neue, wichtige Amt des Kommissars der Krone wurde von Wilfried Martens mit seiner gewohnten Schlauheit, Kompetenz und Halsstarrigkeit ausgeübt. Er wandte einen völlig neuen Stil an, der auf viele großen Eindruck machte. Während des zweiten triumphalen Besuchs von

Papst Johannes Paul II. in Belgien (1988) sah man ihn im vollen Ornat eines Malteser Ritters. Im Gegensatz zu seinem früheren, relativ nonchalanten Auftreten erschien er bei Empfängen und Feierlichkeiten protokollgemäß mit dem Großen Kreuz des Leopoldordens auf seinem Frack. Als Witwer mit unbescholtenem Lebenswandel verbrachte er regelmäßige Arbeitsurlaube in der Abtei von Tongerloo. Vor allem durch seinen Einfluß und den des CVP-Vorsitzenden Swaelen hielt langsam ein neuer Geist Einzug in katholische Schulen, Jugendbewegungen, Elternvereinigungen und ähnliches. Vor allem das Aufkommen der Jungen Ritter von König Christus sorgte für eine kämpferische ethische Erneuerung, die der CVP-Vorsitzende in seinen zahlreichen Reden recht pathetisch ankündigte. Der Kirchenbesuch nahm langsam zu. In der Kunst war Rückwärtsgewandtheit angesagt, dank einer geschickt abgestimmten Kritik und einseitig verteilten Unterstützung. Familien mit drei und vier Kindern waren keine Ausnahme mehr. In den Priesterseminaren und Noviziaten gab es wieder Kandidaten für Priesterschaft und Klosterleben.

In der niederländischen Presse wurde Flandern spöttisch mit Spanien, Irland und Polen verglichen. Dieselbe Presse verglich die Rijkswacht mit der SA unter Hitler und der Politischen Polizei mancher südamerikanischer Bananenrepubliken. Die Landespresse reagierte darauf mit gehässigen Artikeln über Drogenmißbrauch, Homosexualität und Banditentum in den Niederlanden, wo sich der ehrbare Bürger abends nicht auf die Straße wage.

Die Tendenz nach rechts wurde noch verstärkt durch die mächtige Unterstützung der schweigenden Mehrheit, die darin eine Garantie für Ordnung und Sicherheit zu sehen glaubte. Die Rijkswacht verfolgte diese Entwicklung aufmerksam, und nach ihrer Devise „Nihil Sine Labore" arbeitete sie Tag und Nacht daran, das bestehende Regime zu stärken.

25 Velge hatte irgendwo gelesen, an einem Konferenztisch links vom Vorsitzenden zu sitzen bedeute eine Machtposition. Die Römer hatten das bereits vor zwanzig Jahrhunderten erkannt. Sie plazierten gefürchtete Konkurrenten immer zu ihrer Linken, weil es bequemer war, nach links zu stechen, wenn man den Dolch in der rechten Hand hielt. Der Vorteil ist auch, daß der Konkurrent schwerer zustechen kann. Er muß nämlich den Rückhandstoß anwenden, um den Vorsitzenden zu durchbohren.

26 Minox-B-Kamera: eine Miniaturkamera, die hinter dem Revers angebracht ist, mit dem Objektiv in einem runden, unschuldig aussehenden Abzeichen. Sie wird von der Jakkentasche aus elektronisch bedient. Sie kann 200 Fotos machen ohne Filmwechsel.

27 Velge weiß auch, daß lediglich in dreißig Prozent der Fälle brauchbare Fingerabdrücke sichergestellt werden können. Von diesen Abdrücken sind durchschnittlich zehn Prozent vom Täter. Dies bedeutet, daß nur drei Prozent aller Fälle Fingerabdrücke vom Täter liefern. Außerdem ist das Fehlen von Fingerabdrücken keineswegs ein Beweis dafür, daß der Täter nicht am Ort des Verbrechens gewesen ist. Und schließlich verfügt man in den Identifikationszentren für Fingerabdrücke *nicht* über die Abdrücke der Personen, die mit dem Gericht noch nicht in Berührung gekommen sind. 1990 war man aufgrund einer Initiative von Justizminister Storme gerade dabei, die Fingerabdrücke auch dieser Personen aufzunehmen und zu klassifizieren. An den Schulen wurden die Schüler verpflichtet, ihre Fingerabdrücke nehmen zu lassen, ihnen folgten die Beamten und die Soldaten. Auch die normalen Bürger wurden straßenweise aufgefordert, sich derselben undemokratischen Maßregel zu unterziehen. Verweigerung wurde durch die Sondergerichte sofort mit einem Monat Gefängnis bestraft.

28 1980 war der hundertprozentig zuverlässige Enzymtest noch keine gängige Methode. Man ging hauptsächlich nach äußeren Zeichen vitaler Reaktion: Blutung, Risse, Reizung, Schwellung.

29 1974 richtete die Rijkswacht auf eigene Initative eine Nationale Rauschgiftbehörde ein, eine Parallelorganisation zur Verwaltung für Kriminalitätsinformation (1971), die unmittelbar der Justiz unterstand. Beide Organisationen hatten die Aufgabe, die Drogenszene und das Milieu des Schwerverbrechens zu infiltrieren, was zu endlosen Versuchen führte, einander den Rang abzulaufen. Sie arbeiteten auch mit der amerikanischen Drug Enforcement Administration zusammen, einer in Belgien ansässigen Abteilung des Bureau of Narcotics and Drugs, die, dem amerikanischen Gesetz gemäß, regelmäßig Provokationen durchführte.

Chef der Nationalen Rauschgiftbehörde war 1980 Kapitein-Commandant Léon François, ein ambitionierter Rijkswacht-Offizier, der die amerikanischen Methoden sehr bewunderte, die jedoch durch das damalige belgische Strafgesetzbuch verboten waren. Sein Leistungsdrang ließ ihn über diese Tatsache hinwegsehen, und die Sache ging schief. Ein Informant hatte sich mit drei Millionen auf und davon gemacht. Zwei Mitarbeiter von der Abteilung wurden in den Niederlanden wegen Kokainschmuggel festgenommen. Um das Defizit in der Kasse auszugleichen, begann man über die Flugplätze Zaventem und Deurne einen intensiven Drogenschmuggel. Solange wie möglich drückte der Generalstab der Rijkswacht beide Augen zu, doch die Staatsanwaltschaft kam dahinter, und François (Mister Drug) wurde festgenommen. Er verbrachte zwei Monate in einem Gefängnis, wurde dann aber plötzlich freigelassen.

1980 war in der Tat ein schlechtes Jahr für die Rijkswacht. Rechtsanwalt Graindorge, bezichtigt der Mitschuld an der Flucht eines berüchtigten Gangsters, wurde festgenommen und nach einem Prozeß, der besorgniserregende Praktiken der Polizei ans Licht brachte, freigesprochen.

Zudem veröffentlichte die linke Wochenzeitung „Pour" Dokumente über die Mikro-B-Fiches. Der BDX-Milliarden-Skandal brachte darüber hinaus indirekt auch die Rijkswacht in Mißkredit. Die Frau des ehemaligen Ministers Simonet hatte Interessen in der belgischen Firma Beherman, die die BDX-Panzerwagen der Rijkswacht herstellte. Die fortgesetzten Defekte an Gangschaltungen, Chassis und Antrieb zwangen das Korps schließlich, englische CVRT-Amphibienwagen anzuschaffen.

30 Blaurote Totenflecke entstehen unter Einwirkung der Schwerkraft auf der Seite der Leiche, die nach dem Tod zuunterst gelegen hat. Findet man z. B. eine Leiche, die auf dem Rücken liegt und Leichenflecken auf Brust und Bauch aufweist, so ist dies ein Hinweis darauf, daß die Leiche nach Eintritt des Todes umgedreht wurde.

31 Ein Harmonica bug besteht aus einem besonderen Mikrofon in der Sprechmuschel eines Telefons, das durch seine Verbindung mit einem Apparat im Telefon des Abhörenden ferngeschaltet werden kann. Der Abhörende wählt die Nummer des „Objekts" und drückt schon vor dem ersten Rufzeichen auf einen Knopf. Der Harmonica bug arbeitet jetzt, und die Abhöranlage kann permanent funktionieren, ohne daß das Objekt zu telefonieren braucht.

32 Schürfsaum (auch: Schmutzsaum) und Erosionszone: Der Schürfsaum ist der schwarze Ring um die Einschußwunde, der durch den Schmauch (Ruß) entsteht, mit dem das Projektil bedeck ist. Die Erosionszone ist die Hautabschürfung, die verursacht wird durch das Projektil, das die Haut aufreißt und quetscht.

Beschmauchung entsteht durch den Pulverniederschlag auf der Haut um die Einschußwunde.

33 Atheromatose: Synonym für Arteriosklerose, Hauptform eines degenerativen Prozesses an der Innenwand von Schlagadern.

34 Galea aponeurotica: Schädelhaut, die die Form eines Helms hat.

35 Ekchymose: blauer Fleck, Unterblutung.

36 FN Browning 140 DA 9 mm short: Dienstpistole der einfachen Rijkswacht-Angehörigen. Fassungsvermögen des Magazins 13 Kugeln. Die Besondere Verkehrspolizei der Rijkswacht ist mit der Barracuda .357 Magnum mit Vier-Zoll-Lauf und Schnellfeuerhalfter bewaffnet. Die Gruppe Dyane ist bewaffnet mit Barracudas und Uzimaschinenpistolen, die nach einem israelischen Patent bei FN Herstal produziert werden.

37 Combat conversion: verschiedene technische Verbesserungen, die ein Waffenschmied an einem Revolver oder einer Pistole vornimmt. U. a. das Polieren matter Oberflächen, das Färben von Kimme und Korn, die Anpassung von Kolben und Abzug an die Hand des Schützen, die Verkürzung oder Verlängerung des Laufs für eine besseres Gleichgewicht der Waffe, das Abfeilen des Hahns, das Anbringen von Rillen auf dem Kolben, mit dem Ziel, schneller und sicherer feuern zu können, Mängel zu beseitigen, ein gutes Funktionieren der Waffe zu sichern und ihre Präzision an die Normen ihrer Funktion anzupassen (Scharfschießen, Schnellfeuer, Body guard).

45 Rückstands-Test: Auf jeder Hand, die einen Schuß abgefeuert hat, befinden sich unsichtbare Teilchen Barium, Blei und Antimon, die von der Zündung des Zündhütchens stammen.

Für den Test wischt man zuerst die Hand mit Whatman-41-Filterpapier ab, das mit einer fünfprozentigen Salpetersäure-Lösung für die Neutronenaktivierung getränkt ist. 1980 mußte man dieses Papier noch fünfzehn Stunden trocknen lassen, dann wurde es in Pillenform gepreßt und vierzehn Stunden lang in einem Thetis-Reaktor bestrahlt. Nach einer Woche wurde die Gammastrahlung in einem Ge-Li-Detektor gemessen und von einem Computer analysiert, der feststellte, ob der Gehalt an Barium, Blei und Antimon darauf hinwies, daß die betreffende Hand eine Waffe abgefeuert hatte. 1990 konnte diese umständliche Prozedur in drei Stunden durchgeführt werden, mit Hilfe eines neuen elektronischen Verfahrens von IBM, genannt NAA 217. Dasselbe Verfahren wird auch zum Vergleich von Haaren angewendet. Parameter: Durchmesser, Struktur, Zusammensetzung, Pigmentierung. Das menschliche Haar besteht aus Kohlenstoff, Stickstoff, Wasserstoff, Sauerstoff, Phosphor und Schwefel. Außerdem enthält es noch Elemente, die von Ernährung, Beruf und physischem Zutand abhängig sind. Durch Neutronenaktivierung (zwei Stunden lang bestrahlen mit Milliarden von Neutronen) kann man jedes Element eines Haares bis auf ein Milliardstel eines Gramms bestimmen: Kobalt, Blei, Quecksilber, Molybdän, Selen, Zäsium, Silizium, Antimon, Kupfer, Zink, Eisen, Natrium, Vanadium, Gold, Arsen, Mangan. Wenn elf Elemente derselben Art und im gleichen Gehalt in zwei verschiedenen Haaren gefunden wurden, ist die Chance, daß diese Haare von zwei verschiedenen Personen stammen, 1:1 140 000 000.

46 Plastik-Codekarte, die die alte Identitätskarte ersetzt.

47 C 18: die Computerzentrale, die die Abhöranlagen des ganzen Landes elektronisch bedient und kontrolliert.

48 Vergleichsmikroskop: Jede Waffe hinterläßt auf der Kugel, die aus ihr abgefeuert wurde, einen Abdruck, der ebenso individuell ist wie ein Fingerabdruck. Um zwei Kugeln zu vergleichen, benutzte man 1980 noch dieses Instrument, bestehend aus einem Mikroskop mit zwei Objektiven und Kameras; man

konnte zwei Kugelprofile übereinanderschieben und so miteinander vergleichen. 1990 wurde der Apparat durch den bereits erwähnten McDonnell Douglas mit Laser ersetzt.

49 Nin Finger Print Spray: Spray, das Ninhydrin enthält. Man sprüht es auf das Papier, dann wird das Papier in einer feuchten Kammer bei einer Temperatur von 100 Grad getrocknet. Die Fingerabdrücke kommen als lila Flecke zum Vorschein.

50 Vollständiger Abdruck mit einem Zentrum, von dem aus man zwölf feste Vergleichspunkte für eine Identifkation finden kann.

Sonntag, 15. Juli 1990

51 Gruppe Dyane: besondere Eingreiftruppe, 1972 nach der palästinensischen Terroraktion während der Olympischen Spiele in München eingerichtet. Die Truppe besteht aus speziell trainierten Elitekadern der Rijkswacht mit paramilitärischer Ausbildung, die charakterlich einander angepaßt und nicht unter fünfundzwanzig Jahre alt sind. Ihre Aufgaben sind: Bekämpfung des Terrorismus und des Bandentums, Befreiung von entführten Personen, Stürmen von Gebäuden, Überwältigung oder Tötung von Gangstern, Entschärfung von Sprengladungen, Rettungsoperationen per Hubschrauber. Alle sind Experten im Nahkampf und Scharfschützen mit Präzisionsgewehren.

52 Polizeidichte einiger euroäischer Länder:

Niederlande	1 Polizist	auf	690	Einwohner
Dänemark	1	„	„	602	„
England	1	„	„	450	„
Deutschland	1	„	„	433	„
Frankreich	1	„	„	333	„
Belgien	1	„	„	325	„

53 Eine Flapulle Insulin enthält 10 cm^3. Jeden Morgen spritzt sich die Haushälterin in das Gesäß 1,5 cm^3, die 60 Einheiten Insulin enthalten, eine hohe Dosis. Um jedes Risiko zu vermeiden, füllt das Labor des Instituts für Rechtsmedizin der Universität Mainz (nahe Wiesbaden) eine leere Insulin-Flapulle mit einer hochkonzentrierten Lösung von 450 mg Succinylcholin pro 1,5 cm^3, eine absolut tödliche Dosis.

Montag, 16. Juli 1990

54 Das Gesetz vom 7. April 1986 über die gültigen Verhaltensnormen, das u. a. Normen festlegte für Kleidung, Haarschnitt, Lektüre, Entspannung, Geschlechtsleben, Farbe und Typ des Wagens, die Höhe der Umgrenzung eines bewohnten Grundstücks. Menschen, die um ihre Häuser hohe Hecken wachsen lassen, gehören zu Randgruppen oder zeigen abweichendes Verhalten. In den Niederlanden gab dieses Gesetz Anlaß zu einem satirischen Theaterstück, in dem Tindemans, der Initiator, in der Gestalt von Torquemada, dem berüchtigten Großinquisitor, erschien.

55 Artikel 53 des Vollmachtgesetzes vom 18. November 1988. Jede Person, die von einem Angehörigen der Rijkswacht oder der BOB in Anwendung dieses Gesetzes zur Hilfeleistung aufgefordert wird, ist dazu verpflichtet, bei Androhung einer Geldstrafe von 10000 Franc. Oder einer Gefängnisstrafe bis zu einem Jahr, falls er sich mit Beleidigungen oder Gewalt widersetzt. Das Urteil fällt das Sondergericht mit einem Strafrichter als Vorsitzendem, nach dem Beispiel der französischen Tribunaux des Flagrants Délits (ein schnell und kraftvoll zuschlagender Repressionsapparat, der 1984 auf Initiative von Minister Peyrefitte eingerichtet wurde). Diese Gerichte kümmern sich nicht um Verfahrensvorschriften, sie sind eine Art Automat, der Strafe produziert. Die zahlreichen Personen, die von diesen Gerichten verurteilt werden, büßen ihre Strafen im berüchtigten Lager Reinartzhof ab, in der unwegsamsten Gegend der Hohen Sümpfe.

57 The Son of Sam: ein New-Yorker Psychopath namens David Berkowitz, der 1976 und 1977 mit einem 44er Revolver fünf junge Frauen tötete und acht verwundete. (Infolge der Verwundungen blieb ein Opfer gelähmt und ein anderes blind.) Er nannte sich Son of Sam und behauptete, eine innere Stimme würde ihn zum Ermorden von Mädchen mit langem blondem Haar auffordern.

Mittwoch, 18. Juli 1990

58 Retrograde Ejakulation: Dem Ejakulieren geht ein ziemlich komplizierter Prozeß voraus, wobei eine Bewegung des Spermas nach draußen entsteht. Aus den Samenbläschen,

die hinter der Prostata und dem Blasenboden liegen, kommt das Sperma durch den Ductus ejaculatorius in die Prostata, die den Blasenhals verschließt. Das Sperma wählt den Weg des geringsten Widerstands, d. h. nach draußen, unterstützt durch das angenehme, stoßweise verlaufende Zusammenziehen des Musculus bulbocavernosus.

Wenn die Prostata sachgemäß entfernt wird, ändert das nichts an der Potenz (dem Erektionsvermögen), aber der Mechanismus, der den Blasenhals verschließt, ist nicht mehr vorhanden. Das Sperma kommt also in eine offene Prostatahöhle und wählt auch hier den Weg des geringsten Widerstands, d. h. in Richtung Blase. Das ist die retrograde Ejakulation. Der Sperma wird danach mit dem Urin entleert.